近现代域外游记丛编

日本看中国

漫游见闻录

［日］黑田清隆 著

胡稹 赖菲菲 译

生活·讀書·新知 三联书店

Copyright © 2025 by SDX Joint Publishing Company.
All Rights Reserved.
本作品版权由生活·读书·新知三联书店所有。
未经许可，不得翻印。

图书在版编目（CIP）数据

漫游见闻录 /（日）黑田清隆著；胡碽，赖菲菲译．
北京：生活·读书·新知三联书店，2025.9. -- （近现代域外游记丛编）. -- ISBN 978-7-108-08094-3

Ⅰ. I313.65

中国国家版本馆 CIP 数据核字第 2025KY0218 号

责任编辑	崔　萌
装帧设计	薛　宇
责任校对	陈　明
责任印制	李思佳
出版发行	生活·讀書·新知三联书店
	（北京市东城区美术馆东街 22 号 100010）
网　　址	www.sdxjpc.com
经　　销	新华书店
印　　刷	北京中科印刷有限公司
版　　次	2025 年 9 月北京第 1 版
	2025 年 9 月北京第 1 次印刷
开　　本	880 毫米 × 1092 毫米　1/32　印张 16.25
字　　数	260 千字　图 46 幅
印　　数	0,001 - 4,000 册
定　　价	69.00 元

（印装查询：01064002715；邮购查询：01084010542）

近现代域外游记丛编·日本看中国
丛书总序

学界通常把1853年佩里"黑船来航"视为日本开国之始。以此为开端，日本不仅结束了长达两个多世纪的锁国状态，而且开始了所谓"明治维新"，并逐渐步入现代化、扩张化国家之列。

开国、维新，给固守一隅的岛国国民带来了亲眼看世界的机会。因此，日本幕末明治，即大体相当于中国晚清时期，就曾出现众多海外航渡者，而且还留下了大量见闻资料，如所谓"洋行日记""使西日记"等，多是出使或考察欧美国家的使节、游历者所录下的见闻。

实际上，此时期涉及中国的见闻资料尤多，若单就国别而言，数量最多的恐非中国莫属，目前所知，大大小小不下百种。小岛晋治主编的《幕末明治中国见闻录集成》多达二十卷，虽收录44种，但也只能说是其中的精选部分，尚有许多未收录进去。

这些见闻记录形式多样，称呼不一，如日记、旅行记、游记、纪游、纪行、见闻录、考察记、报告书、复命书、游草、杂记等等，为称呼方便起见，这里通称之为游记。

进入大正、昭和初期，随着日本对外扩张步伐加快，加之海陆交通发展、贸易扩大等因素，不计其数的日本人或公派或自费，先后赴华游历，其中不少人或组织也都留下了见闻记录。东洋文库是收藏这类见闻资料较多的藏书机构，其下属近代中国研究委员会曾编纂《明治以降日本人的中国旅行记（解题）》（1980年刊印），收录截至1979年的近现代中国游记（单行本）逾400种，其中多半为1950年代以后的游记。可以说，到目前为止，这部解题书仍是我们了解和把握日本人所著中国游记的主要量化文献。不过，从数量上来讲，该书收录的游记与实际情况还有较大差距，譬如，明治时代至"二战"结束，即大体相当于晚清民国时期，该书收录的中国游记计169种，而笔者实际掌握或翻阅过的此时期游记则多达500种以上，也就是说，至少还有三分之二以上该书没有收录。即便如此，我们也能从一个侧面窥知这类游记文献数量之大。另外，以上涉及的中国游记仅仅是单行本，如果加上散见于各种报纸、杂志等刊物上的零散资料，以及尚未出版的手稿等，近现代日本人留下的中国游记文献至少数以千计。

除极少数来自某些组织或机构编撰之外，这些游记大多出自个人之手。其作者身份多种多样，上至一国之首的内阁总理大臣（如本系列中《漫游见闻录》作者黑田清隆），下至普通民众，其中既有官僚或政治家、军人以及大陆浪人，又有作家、艺术家、学者及编辑、记者，还有实业家、商人以及教习、留学生或民间人士等。其游华目的也不尽相同，有的是来工作、学习或观光，有的是来调查侦探、收集情报，还有的是出于其他目的。值得强调的是，鉴于当时这段不同寻常的中日关系，来华日本人即便名为游历，但实际上多以了解中国国情、探知各方面实况为目的。因此，这类游记明显不同于传统的山水游记，多为出于一定目的的"行役记"或考察记，且不同程度地带有中日关系所赋予的时代特色。所记内容也是包罗万象，从传统游记常见的山川景物、史地沿革、名胜古迹、风土人情，到军事海防、经济贸易、宗教民俗、科技文化、国民素质以及个人观感等，几乎无所不涉。从性质和类别来讲，作为近代"域外游记"的一部分，这些游记早已超出文学范畴，而是涉及地理、历史、政治、军事、社会、经济、民族、宗教、文化以及对外关系等领域、学科的综合门类。从研究角度而言，其史料价值、学术意义等均不容忽视。

晚清以来，郭嵩焘、曾纪泽、黄遵宪、王韬等士人撰写了众多域外游记，为我们提供了"睁眼看世界"的珍贵素材；同时，来华的日本及欧美国家人士也留下了大量有关中国的域外游记，同样也给我们提供了"世界看中国"的贵重材料。如何广泛利用这些域外游记，拓展并深化相关领域的研究，仍是摆在我们面前的一大课题。就近代日本人的中国游记而言，虽然多年来已经以成套或单行本形式出版了一些，但无论是数量还是质量方面，都还远远不够，很多有价值的重要文本也都没有译介过来，这对学界来说不无遗憾。

有鉴于此，本丛书旨在从近代（1867—1945）日本人留下的中国游记中，尽可能选取各领域较有影响且不易入手的文本，加以翻译，以呈现给读者。先期计划推出的游记主要有：日本第二任首相（内阁总理大臣）黑田清隆著《漫游见闻录》（1888）、驻华领事馆领事米内山庸夫著《云南四川踏查记》（1940）、政治家冈田忠彦著《南中国一瞥》（1916）、作家兼美术评论家木下杢太郎著《中国南北记》（1926）、游记作家迟塚丽水著《新入蜀记》（1926）和《山东巡礼》（1915）、地理学家藤田元春著《从西湖到包头》（1926）、宗教家来马琢道著《苏浙见学录》（1913）、著名宗教学家释宗演著《燕山楚水：楞伽道人手记》（1918）、《大汉和辞典》编纂者诸桥辙次著《游华杂笔》（1938）、实业家服部源次郎著《一商人的中国之旅》（1925）等。

需要说明的是，由于时代以及作者个人等因素，书中不免出现不切实际的文字记述，有的甚至带有明显的歧视或侮辱性质，为真实再现这段历史，还原当时日本人的对华认识，原则上不做删节处理，只是对个别不合时宜的称呼等稍做修正。

晚清民国时期的百年间，正值中国千年未曾有之"大变局"时代，也是中日关系发生逆转的关键时期，要了解和把握错综复杂的近代中日关系，尤其是从根源上解读这种关系是如何逆转的，可以说，这些游记提供了第一手的最直观、最生动的材料。

随着我国经济的发展和学术研究的不断深入，学界愈来愈关注近代以来中国人如何看世界，钟叔河先生主编的"走向世界"丛书的广泛传播也很好地说明了这一点。同样，我们也应该更加关注外部世界如何看中国。期待这套丛书能为此提供有帮助的文献材料。

张明杰

2020年春夏之交 于东京

译　序

一

初读本书略觉平淡无奇，除史料和日记等，很少有作者自身的评述；黑田清隆是谁，也让人有寂寂无名的感觉。但查后吓一跳：他竟然是日本第二任首相，以及某任枢密院[1]议长和农商务大臣（副首相级）等，算是当时的一个权贵，他的肖像后来还成为旧五千日元纸币的头像。而如此显赫的人物，缘何今天会鲜为人知？据说有几个原因：一、他能力平庸，缺乏政绩；二、爱发酒疯，每每做出匪夷所思之事；三、受制于政界的藩阀斗争，有人抹黑乃至暗中排挤他，以致具有强烈乡土情怀的鹿儿岛人也不以他为豪。最明显的证据就是，他的故乡至今没有为他立碑，更不竖铜像，而他曾经的工作地北海道却建了一尊；他的坟茔也不安置于故乡，而在东京。

清隆于1840年出生在萨摩藩鹿儿岛城下新屋数通町（今鹿儿岛县鹿儿岛市新屋敷町）一个年俸仅4石米的低级武士家庭，长大后向幕臣江川英龙学习炮术，还精通刀术

1　枢密院，天皇最高顾问府，与帝国议会和首相府同为支撑天皇制的三根支柱。

和武术。据说在1862年"生麦事件"[1]中，他作为参拜将军的本藩藩主随从，徒手就制服了一个欲拔刀砍杀英人的同伴。[2]1863年萨英战争爆发，清隆作为炮手英勇作战。1866年萨摩、长州两藩结盟之前，清隆作为萨藩使者出使长州藩，使西乡隆盛（萨藩）和桂小五郎（长藩）在大阪成功会面。这让清隆声名鹊起：极具口才，善于说服对手，而且深明大义，愿意抛弃过去，紧跟时代前进。

如果本事仅仅如此，那么之后的故事就无须再说。萨长两藩结盟的目的，是要将军退位，让天皇重新亲政，这让清隆有了进一步崭露头角的机会。在针对幕府发动的"戊辰战争"[3]中，清隆作为萨藩手枪队队长作战有勇有谋，故被委为"北陆道镇抚总督"高仓永祜的参谋，取得了一系列战功。1869年1月清隆出任军务官，"函馆战役"开始后担任对旧幕军发起最后攻击的总指挥，5月成功说服在五棱郭负隅顽抗的旧幕军司令榎本武扬投降。为了榎本，清隆甚至削发明志，死缠烂打维新元老，让前者死里逃生，榎本还成为了新政府的高官。清隆的理由很简单：榎本是一个知欧派，未来的日本需要这种人。此足见清隆为了日本，可以抛却政见，与

---

[1] 生麦事件，指1862年8月21日萨摩藩藩主岛津久光一行为参谒幕府将军经过横滨生麦村时，4名英国人骑马欲穿越队列，有武士怒不可遏，拔刀砍杀英国人一事。翌年英国军舰为此炮击鹿儿岛，导致萨英战争的发生。

[2] 据说清隆身手不错。军人和大陆浪人冈本柳之助评价："总之黑田力气非常大，我怎么也不是他的对手。"见《开拓北海道的先知先觉（4）——黑田清隆、榎本武扬》，《财界札幌》，2013年7月15日刊。

[3] 戊辰战争，指始于1868年（庆应四年/明治一年，即戊辰之年）至翌年新政府军与旧幕府军的战斗总称，包含鸟羽·伏见之战、彰义队之战（上野战役）、长冈藩·会津藩之战、函馆战役等。

各种人合作。

鉴于清隆善于谈判同时比较了解海外状况,1870年5月他被委为库页岛(当时日俄民众杂居于此)专任开拓次官,"7月出差库页岛与俄官员协商,对所有争议事项均无条件让步。9月返京建议:'应断然放弃库页岛经略方针。将该岛让与俄国,不费力于此无用之地为上策;或让俄一步,仍擘画经略为中策;依旧杂居,待机断然放弃为下策。'"[1] 另外,此时英美两国正就"阿拉巴马号"军舰[2]赔偿事宜闹得不可开交,为此清隆还提议:摆脱英国,与美国结好,专注于开发北海道。可见清隆还懂得实力对比,不一味示强,选择正确的国际伙伴。

1871年清隆赴美欧考察,在旅途中说服美国农务局局长霍勒斯·卡普伦[3]来日担任自己的顾问,打开了更多西方精英赴日工作的大门。归国后清隆升任陆军中将、"北海道屯田总理"和参议兼开拓使[4]长官,重用以榎本为代表的旧

1　森谷秀亮:《明治时代史》第二卷,内外书籍会社,1934年,第34页。

2　"阿拉巴马号"事件:1861年4月南北战争爆发,林肯总统下令封锁南方各港口。对此南方政府将通过设在英国的代表处购买的武器用普通的商船运到巴哈马,然后转用高速蒸汽船突破并不强大的北军封锁线。不仅如此,还向英国公司订购可以捕获北军船舶的巡洋舰。"阿拉巴马号"即是其中一艘。该舰后来参与向南军提供武器,并击沉了大量北方船只。南北战争结束后,美国以英国建造了"阿拉巴马号"等军舰为由,控告英国违反中立,要求赔偿损失。

3　霍勒斯·卡普伦(Horace Capron,1804~1885),美国军人、政治家,曾担任美国农务局长,1871年接受黑田清隆邀请,辞职赴日本担任开拓使雇用教师总监兼开拓顾问。1875年5月归国。

4　北海道开拓使,指1869年至1882年期间,日本为统治北海道及附近地区而对其实行殖民和开发所设置的专门机构。

幕臣，依靠卡普伦的政策指导和技术传授，制订了十年开拓计划，以推进北海道基础设施建设和当地产业振兴，阻止沙俄势力日益南扩。这一切都不容易。

然而更艰巨的工作还在后头，一个是外交，另一个是平定"西南战争"[1]。

清隆和大久保利通（萨藩）一样，都主张内政治理优先于对外扩张，故不免与同僚发生冲突。1873年西乡隆盛提出"征韩论"，清隆表示反对；1874年日本出兵台湾前，清隆也以沙俄威胁为由，不同意征台；出兵后清隆力倡避免与清国全面开战，尽快展开外交磋商；同年清隆推荐榎本为特命全权公使，与沙俄交涉库页岛·千岛群岛交换事宜，最终签约；而他自己则作为全权办理大臣，以1875年"江华岛事件"[2]为契机，于1876年与朝鲜展开谈判，逼迫后者签订了《日朝修好条规》（即《江华条约》）。[3]

更令清隆头疼的是平定"西南战争"。肇事者西乡隆盛是清隆的"先辈"[4]，清隆称之为兄。而隆盛也十分喜爱这个小弟，让他出使长州，而且对清隆后来善待榎本一事高度评

1　西南战争，指1877年西乡隆盛等人的叛乱。这是不满的士族对明治政府的最大且最后一场叛乱。隆盛在败于"征韩论"后辞去官职，在鹿儿岛建立"私学校"，后以那批学生为主，于1877年2月举兵，遭到政府军的反击后败退。9月隆盛自刃死亡。

2　江华岛事件，指1875年日本"云扬号"等3艘军舰先后骚扰朝鲜釜山、江华岛一带的历史事件。

3　以上清隆的各种表现皆引自《自由百科事典》（Wikipedia），https://ja.wikipedia.org/wiki/%E9%BB%92%E7%94%B0%E6%B8%85%E9%9A%86。

4　先辈，中国古代也有类似的说法，有依次排列于前者的意思。

价："改榎本极刑论为宽大论，乃出自黑田之诚心。诚为可靠之人。"[1]清隆也以得到隆盛垂青为荣，自任将继承他的事业。可现在要平定大哥，对清隆是一个考验。1877年3月清隆被委为征讨参军，3月30日与隆盛军交战，4月15日攻入熊本城。翌日清隆提出辞呈，23日获政府批准。之后清隆以任开拓使时培养的屯田兵接替自己的部队战斗，赢得了这场战争，隆盛自杀身亡。人们很难想象清隆当时的心情，但从以上叙事不难看出，为捍卫维新成果，清隆对大哥也不惜痛下杀手，只是换了一群刽子手而已。

二

隆盛死了，1878年大久保被暗杀。《东京日日新闻》评论："江藤、前原、西乡三公反叛身死；大村、广泽二公遇刺身亡；木户公因病而逝；板垣、后藤、副岛诸公名成身退；现阁中复古之元勋除三条、岩仓之外，唯余大久保公及黑田、山县二公。如今（大久保）公遭刺客暗杀，仅十一年间，当初之功臣损失大半矣。"[2]这时能够作为萨阀代表人物的就剩下清隆和松方正义，不觉间清隆已成为萨阀第一元老。1887年清隆就任第一届伊藤内阁农商务大臣，1888年成为第二任首相。据分析，清隆被推上元老的位置，以及萨长两阀为取得权力平衡，是他能成为首相的重要原因。

任首相期间，清隆遇上最大的事件是《大日本帝国宪

---

[1] 《西乡隆盛全集》第二卷，大和书房，1976年，第31页。
[2] 《东京日日新闻》，1878年5月28日。

法》的颁布，但这与他并无多大关系，有人因此认为，清隆没有留下太多的政治遗产。他让世人记住的反倒是他在宪法颁布翌日于鹿鸣馆的演说："政府不应被议会和政党的意志制约，而应贯彻自己的独立性。"[1] 这个主张即所谓的"超然主义"，和俾斯麦的专制思想无异，甫一问世即遭到自由民权派和在野党的激烈反对，甚至制定《宪法》的成员也大都不赞同他的"超然主义"。大津淳一郎批判："黑田内阁虽然没有出现任何政党的名称，但事实上它只不过是以萨长藩为主的藩阀党而已。由于他以旧藩阀为堡垒，无一定的主义和政纲，只好用超然主义来粉饰。"[2]

其后因交涉修改不平等条约也遭失败，[3] 清隆于翌年辞去首相职务，转任枢密院顾问官。1892 年担任第二届伊藤内阁通信大臣。在此期间甲午战争爆发，但清隆对此并不积极。1895 年清隆升任枢密院议长。1900 年因脑出血去世，出殡时由旧幕臣榎本充任治丧委员会委员长，可见这时萨藩乡人已对清隆敬而远之。[4]

由上可见，之所以有人认为清隆能力平庸，缺乏政绩，看来不是因为他在开拓使和农商务大臣任上的表现，而很可

---

[1] 转引自陈伟：《试析黑田清隆和伊藤博文的政党观——以其"超然主义"演说为中心》，《日本学论坛》，2008 年第 3 期，第 85 页。

[2] 大津淳一郎：《大日本宪政史》第一卷，宝文馆，1927 年，第 106 页。

[3] 清隆内阁大隈重信的修改不平等条约方案确有屈辱的一面，但包含了条约实施 5 年后废除外国人居留地治外法权、12 年后恢复关税自主的内容。如果按此方案实施，前者可以在 1894 年，后者可在 1901 年实现。但由于反对派要求签署完全平等条约，导致直到 1899 年才废除治外法权，1911 年才最终实现关税自主。

[4] 《开拓北海道的先知先觉（4）——黑田清隆、榎本武扬》，《财界札幌》，2013 年 7 月 15 日刊。

能是因为他任首相期间，既与《帝国宪法》制定无大关系，也不太关心改变日本命运的甲午战争，且因早亡，没能赶上日俄战争这一"为国争光"的大好机会，交涉修改不平等条约亦不成功。而这三项"好事"，都让伊藤博文给赶上了。

然而，我们不能以清隆任首相时期的表现而否定他之前的表现。以下无须回顾清隆为明治维新和新政发展以及在北海道所做的贡献等，而有必要花费篇幅，列举、统计和分析清隆所作的建议书和指示等，看他是否真的无能。

1. 书翰：给伊藤博文等权贵 58 封，大都与工作有关。

2. 任开拓使和省官时期的建议：(1) 与国家发展战略和外交、军队、行政、官制有关的建议三十余件，涉及国家会计和岁出；陆海军建设；《日朝条约》签订；政体改革；殖产兴业；外国人内地旅行；国会建立；农商务省创建；财政和对外财产处分；内政；政党内阁；废弃现行条约；区别政务官和事务官之欧美各国调查；教育与服制；行政组织原则；内阁日则等。(2) 与北方领土开发但也与国家整体利益不可分的建议二十余件，涉及开发北海道和库页岛；出兵库页岛；北海道移民、居民房屋和屯田制建设；开发千岛群岛；开拓使经费；根室县择捉岛渔猎；北海道各事业维持；对北海道各工作之意见；屯田兵增殖；移民经费概算；拓地殖民；天皇出巡时之工作意见；酒田、青森、旧馆等县向札幌等移民之费用等。

3. 任首相期间的指示等，有施政纲领、内阁一致条款和阁议案 3 件，向警方发出的"询问书" 4 件。此外，与修改不平等条约有关的文件较多，达十余件，如给外务卿井上馨的内部通知；对条约修改会议记录、秘录的意见书；就修改条约对劳斯莱尔氏的质询答复；关于废除国际条约的正当性见解；修改条约的意见陈述书和修改条约案第一次讨论意见；修改条约的中间报告书和意见书，以及对加速发布国民身份与归化法请示意见的回复等。

4. 任枢密院议长期间的问询书和机密报告11件，有的是与英国公使会谈的口头报告和机密电报；归还辽东半岛的阁议、备忘录；对枢密院官制第六条的意见；奉仪局调查大要；关于大隈后继内阁选任的备忘录等。

5. 与日朝关系相关的电报、日记、通牒、信件、引责书、训条、内谕、复命书、谈话笔记、报告书17件；与日清关系有关的复命书、意见书、电报、奏议、密谈、谈话概要、开战文件、大本营报告书、密报、交涉记事、复电等14件；与对俄关系及对其他国家关系的电报、书信和所作书籍序言等，以及有关"戊辰战争"、明治新政等文书多件。其中有一份文件值得关注，即清隆要求献出自己薪俸三分之二的申请书，说明清隆在明治内阁官员中比较清廉。[1]

其间清隆还在访问清国等地和欧洲后分别写出本书和《环游日记》，为日本的经济、贸易发展等提供指导。而这一切，都是清隆在繁忙的政务之余完成的。他后来的"无能"表现，除了可能与性格有关，[2] 也或许是从某时开始，精神受到刺激和受长阀等排挤，对政治逐渐消沉的结果。有人说是因为"基于近代日本新官僚制度的逐渐形成，官员更有必

---

[1] 以上整理自《黑田清隆相关文书——主要收录的史料》，北泉社，1993年，第54页。

[2] 清隆抄录过一个条幅："敬让则不竞于物"，现藏于维新故乡馆。此话出自中国史书《周书》，显示出清隆重视与人协调的性格。

要具备外交、内政和财政等方面的知识。而清隆在19世纪90年代这一重要时期离开政府，失去了在实践中学习这些知识的机会"[1]。然而仅从本书"国际贸易"等章节所列的大量商业数据和所做的分析，以及清隆在旅途中频繁会见各国领事、总督、外军军官等来看，就可以发现，他并非不懂外交、内政和财政等，实际上还相当精通。

三

关于清隆爱发酒疯，每每做出匪夷所思之事，也要从不同的角度进行分析。1878年3月28日，即隆盛死后不到一年，清隆之妻"因肺病"谢世。报载当夜清隆醉酒而归，妻子迎接较迟并抱怨他又去和艺妓厮混，清隆一怒之下用刀杀死妻子。警视总监川路利良受命掘开他妻子的坟墓，确认死因确为"生病"。然而世间仍旧质疑调查有徇私之嫌，因为川路本人也是萨藩出身。据岩仓具视的秘书回忆，伊藤博文（长州藩）和大隈重信（佐贺藩）都主张依法处置，但被大久保挡了回去。[2] 真相如何不得而知，但不能完全排除清隆当夜醉酒，特别是希望用酒精麻痹对隆盛的歉意。清隆因酒乱性的情状还有许多。比如：在议会一不如意就挥舞手枪；有些会议他认为无必要出席就喝酒逃避。伊藤看不下去前来劝说，清隆居然拔刀相向；井上馨批评他修改不平等条约的政

---

[1] 伊藤之雄著，沈艺、梁艳、李点点译：《元老：近代日本真正的指导者》，社会科学文献出版社，2019年，第103页。

[2] 佐佐木克编：《大久保利通》，讲谈社学术文库，2004年，第69页。

策，他竟然持刀冲进井上家，听说井上不在，就改用刀威胁井上夫人；[1]一次在宴席上撒酒疯，被武术高于自己的柔道家木户孝允压在地上，并以毛毯包裹后用绳子捆扎送回家里。清隆还兼有露出癖和方便癖。一次在自家二楼与高官们酒酣耳热时突然说道："喂，大家就从这儿（扶栏）撒尿吧。"这时刚好有人在庭院举办"神乐"[2]，可清隆接着说："没人撒我撒了。"观者见后吓了一跳，传出后世间也惊讶不已："大臣从二楼撒尿？太没品了吧。"更荒唐的是，清隆在任开拓使长官陪同外国专家乘坐商船（当时为避免海盗也装备火炮）时，也因醉酒向岩礁开炮，不承想击中民房，轰死一个渔民的女儿，最终赔钱了事。对此明治天皇表示："甚可厌。"[3]

如此斑斑劣迹自然成为笑料，但人们或许不知道，当时被笑的不应仅是清隆一人，而应包括一大批明治元老及高官，其中就有第一任首相伊藤博文。伊藤好色无比，最终"破产"，连住房都卖掉了，为此遭到天皇的一再怒骂。但天皇也不忍见一国首相露宿野外，故为他建了房子，这就是首相官邸的滥觞；好色不输伊藤的还有松方正义，他生了15个男孩和11个女孩。某日天皇发问："听说你有很多孩子，到底有几个呀？"因为孩子太多，记不住，松方回答："回去调查后再回禀皇上。"明治时代最后一任首相西园寺公望在法国留学时，为弄钱卖出一把极便宜的日本刀，还说"这

---

[1] 进士素丸：《明治时代的总理大臣们皆有些怪异》，https://www.ou-en-za.com/single-post/ 。

[2] 神社祭神的一种音乐或神舞。

[3] 《保古飞吕比——佐佐木高行日记》，明治十四年十月二十日。东京大学史料编纂所，1970年，第30页。

是正宗货哟，不骗你的"。[1] 日本近代警察制度的引进者、警视总监川路利良也有方便癖，有次在从马赛驶往巴黎的列车中突然有了便意，因不会法语，故在包厢地板铺上从横滨买来的报纸排泄。幸好没被发现，但温热的东西没法处理，川路只好将它包在报纸中从窗口扔出，没想到击中一个铁路巡线员。翌日巴黎报纸登出这一消息，说从包裹物可以判断是日本人所为。西乡隆盛之弟、后来出兵台湾的西乡从道元帅，为打破宴会的冷场，常会突然进出一句："那么我来表演我的拿手好戏——裸舞技艺！"[2]

这一切似乎都可以说明，当时逸出社会规范者绝非清隆一人，他们的行为皆由日本那时的社会通例使然。况且明治元老等除西园寺公望是贵族外，其余全部来自农村，如伊藤出身农民，清隆出身低级武士，他们虽在藩校读过一些中国古书，但皆未接受过正规的学校教育，包括礼仪培训。再说当时的"武人"必须"粗犷"，磨磨叽叽、拿腔拿调成不了大事。更重要的是，道德不能完全说明那时的政治家表现如何（当然有道德感最好）。对他们而言是看大节，看是否为国家、民族做了什么，能否让人民从中受益，由此富裕、进步、文明起来。而正是当时这批道德感不强的藩阀政治家，却将日本带上相较过去文明得多——当时日本平民能对本国领导人的道德进行评说，这从一个侧面印证了日本已文明开化——的资本主义道路。以此视之，清隆后来世评不高，与

---

[1] 进士素丸:《明治时代的总理大臣们皆有些怪异》, https://www.ou-en-za.com/single-post/ 。

[2] 《萨摩隼人的种种劣行！》,《日本史资料》, https://bushoojapan.com/jphistory/baku/2019/10/25/114378。

爱发酒疯、举止荒唐没有必然、直接的联系。

四

清隆世评不高，似乎与他在开拓使长官任上的所作所为更有关系。因为这不仅让他背上骂名，还导致自由民权派和萨阀、长阀三方的斗争以及日本政坛的分裂。

1871年清隆实际上成为开发北海道的总指挥。但他在主持工作的同时，还需作为参议参加国家政治活动，故大半的时间在东京度过，难免会与开拓使札幌总厅的代行者产生龃龉。为统一内部意志，清隆将许多萨阀心腹提拔到开拓使厅来，故该厅成了萨阀的垄断官厅。为此自由民权派仇视开拓使，甚于仇视以萨长为核心的藩阀政府，他们要求清隆退位和解散开拓使厅。而清隆却逆流而上，按美国方式推进北海道的开发，继而又成为开拓使长官，以致自由民权派在背地抱怨："到底是开拓使的黑田，还是黑田的开拓使？"[1] 这种抱怨后来演化为弹劾。

1881年当废止北海道开拓计划准备实施时，清隆为让该地官营事业能够延续下去，向太政大臣三条实美提出辞去参议职务，专心从事北海道开发的要求，同时筹划让其他官员退职接收这些设施和企业。他一面主张要优待那些不为私利所动的退职官员，另一面准备廉价出让那些官产，理由是这些企业长期亏损。官产原值约1400万日元，有船舶、栈

---

[1] 西野神社社务日志：《黑田清隆与榎本武扬》，https://search.yahoo.co.jp/search?p。

桥、仓库、煤矿、啤酒厂、制糖厂、农场等，而售价仅38万余日元，而且无息，分30年付款，出售对象是开拓使大书记官安田规则等人组建的北海公司。但由于该公司不谙此中的关系，故交易由与清隆同为萨藩出身的五代友厚以及鸿池、住友等大阪商人把持的关西贸易商会实施。

对此大隈重信断然反对。他来自佐贺藩，属于内阁旁系，其议会政治、政党内阁主张都带有另立炉灶、排斥他系的意图。据称他和福泽谕吉等人希望联合三菱公司，通过此事打击萨长藩阀，故有意将交易信息泄露给《东京横滨日日新闻》等。经报道后，自由民权派和市民义愤填膺，纷纷发表评论，指责藩阀横行、政商勾结，并说只有开设国会，才能消除这一腐败现象。这让清隆在当时日本人心目中的形象有了很大改变，同时引发了政府内部的斗争。

把持朝政的萨长藩阀在政见上虽有分歧，但还是与清隆等保守派联起手来，认为这是"由三菱的岩崎弥太郎提供资金，福泽谕吉撰写宪法草案，大隈联合自由民权人士图谋颠覆政府的行为"[1]，于是发动了"明治十四年的政变"，将大隈赶下了台。可是由于丑闻曝光，清隆不得不辞去开拓使长官职位，退任内阁顾问，但心有不服，说"我再不济，也在陆军中将兼参议的位置上，我死不足惧。新闻记者以笔论事，屁都不如"。"你们懂什么？我无私利私欲，而有信念，只根据开拓的必要做些事情。职务、性命都不足惜。"[2] 清隆或许

---

[1] 文春美：《大隈重信的两大政党制的官吏任用构想：以政务次官制度构想为中心》，收录于《东方历史上的对外交流与互动》，世界知识出版社，2018年，第53页。

[2] 《东京日日新闻》，1881年9月6日。

因此得罪了媒体，给他未来的社会评价留下了隐患。众所周知，自近代社会开始，媒体对形成舆论，塑造人的形象，已起到关键的作用。但清隆在某方面是正确的，知道官营企业效率都很低下，[1] 一如大洋彼岸清国洋务运动中出现的官营企业，故不如将它私有化。只是清隆做事粗糙、武断，不懂得公开招标，且有将它与本藩人士的发展联系在一起的嫌疑。这反映出他施政短视和部分经济知识短缺的一面。

尽管贱卖官产丑闻和杀妻疑案事件损害了清隆的名声，但却未动摇他作为萨阀元老的地位。"明治十四年的政变"后，伊藤内阁在交涉修改不平等条约时让步过多，萨阀因此逼退了主流派的长阀，将权力棒夺回并交给清隆内阁，取得了又一次胜利。顺便要说，早在1870年"日本帝国政府百万英镑海关关税公债"（简称"伦敦公债"）合同签订时，萨长两阀也发生过激烈斗争。先是弹正台提出弹劾，之后时任兵部大丞的清隆提交了一份取消该合同的建议书。检察厅和军部的反对，针对的是大隈和伊藤的违法乱纪，目的是逼迫政府放弃不必急于建设的铁路，而优先发展军备。最终萨阀也胜利了，因为弹正台和兵部省当时都掌握在萨阀手中（山县有朋那时出外考察）。另外，这个斗争的背后，还有美国公使德·隆格欲挑拨日英关系的黑手[2]，无意中帮助萨阀取胜。

---

[1] 宫地英敏：《北海道开拓使官产出售事件的再研究——谁泄露了信息？》，九州大学经济学会，《经济学研究》，2014年，第177—196页。据此文考证，那些官产，特别是岩内煤矿的各项效益都很差，故不得已要廉价售出。

[2] 《黑田清隆的方针》，《黑船前后·志士与经济及其他十六篇》，岩波书店，1981年，第78页。

然而，清隆内阁的运营也不顺利。该内阁包括萨阀的松方正义藏相、大山岩陆军相、西乡从道海军相、森有礼文相，长阀的山县有朋内务相、山田显义法务相、井上馨农商相，佐阀的大隈重信外相，旧幕臣榎本武扬邮递相等，几乎网罗了当时所有的元勋，故被人称作"网罗元勋的内阁"。这一方面说明清隆的性格圆通、善于协调，但另一方面也预示着他的工作掣肘必然很多，无法统一阁内的意见。另外，清隆或因在权力和威信方面都赶不上伊藤和山县，故急于在外交上有所突破，指派大隈重开修改条约谈判，但不幸这次谈判也告失败，故其内阁仅生存了一年多的时间，在未取得多少实际成就的情况下就宣告散伙。"其后，在初期议会时期有传言称，向来持保守内政观的清隆居然与大隈及其立宪改进党合作，这或是因为他过于将伊藤等人当作对手。但他没能像山县有朋那样将反政党的立场贯彻到底，反而使自己的存在感逐渐减弱。松方正义在初期议会时期和甲午中日战争后两次组阁，萨摩派从黑田清隆麾下逐渐聚集到松方正义旗下。就这样，黑田清隆逐渐失去了萨摩派一把手的地位。"[1]

五

清隆的一生需要重新评价。追求进步、刚毅直率、清廉公正、善于协调——他既有破坏力，又有调和力，如在萨阀

---

[1] 伊藤之雄著，沈艺、梁艳、李点点译：《元老：近代日本真正的指导者》，社会科学文献出版社，2019年，第103页。

和大隈派和解之前，他召集大隈派人物喝酒，大声谴责对方后又自行认错，提出再次喝酒重新议事——无疑是他的几大优点，但他也有行事急躁甚至凶残，同时又追求文明进步的另一面。政治家和普通人一样，都具有多面性、复杂性和矛盾性，人们很难用一种标准去评价清隆。

1875年因库页岛·千岛群岛交换条约，清隆让库页岛原住民阿伊奴人做出选择：在3年内或移居日本取得日本国籍，或留在库页岛取得俄国国籍。这时南库页岛阿伊奴人仅三分之一约850人移居至接近库页岛的宗谷。之后清隆像对待囚徒那样，强迫那些阿依奴人参与北海道的开发。1876年清隆派出30名警官，开枪威胁那些阿伊奴人，强制他们再移居到对雁[1]。阿伊奴人原以渔捞为业，不适应农业生产，加之疫病流行，人口大减。而取得俄国国籍的择捉阿伊奴人却生活得比较惬意，日俄战争后南库页岛割让给日本，几乎所有的择捉阿伊奴人都返回了库页岛。[2]

同时，北海道的官产、鲑鱼和鹿肉罐头厂及鱼粉制造厂等还摧毁了阿伊奴人的业态和生活，大量的本州移民也抢走了阿伊奴人的生活空间。在业态方面，清隆限制捕捉鲑鱼，禁止"拦栅捕鱼"[3]，规定不得捕捉鹿等兽类。总之，山林、河川、原野等空间都作为"无主地"被单方面公有化了。"对阿伊奴民族而言，他们的业态场所被剥夺了。可以

---

[1] 北海道江别市某地名，现有库页岛阿伊奴人慰灵碑。

[2] 库页岛阿伊奴史研究会编：《对雁之碑——库页岛阿伊奴人强制移居的历史》，1992年，第233—234页。

[3] 拦栅捕鱼法，即捕获江鱼的传统方法之一，指堵住江流，用木棍或竹子编成栅栏，让鱼流入其间并捕获的捕鱼方法。

说政府高官和政商所追求的开拓使官产,就是建立在阿伊奴民族牺牲的基础之上。"[1]

可就是在大致相同的时期,清隆也提出"派遣留学生,使之学习海外知识"[2]的建议,具体则指"派遣留学生赴俄罗斯,并且天皇须亲率留学生赴英法恳谈"[3]。事后清隆对此做了修正:"学习之国家不能偏向一国"[4],须将留学生分散到俄国和美国。后来因俄国不适合日本,清隆命令将留学地转为美国。这些学生后来回国为日本做出重要贡献,如山川健次郎,后来成为东京大学校长。

此外清隆在访美考察时,还为当地女性的学识教养所折服,回国后即向政府建议,也应将日本女性送出国门接受教育。此时岩仓具视恰好在组建欧美考察团,拟安排留学生随行,故同意清隆的建议,招募了几名女生。可以认为,是清隆率先解放了日本的一部分女性。

纵观清隆的一生,我们看到其前半生在"戊辰战争"和"西南战争"中作为官军指挥官表现优异,在政治、经济上则完成了萨长结盟,实现了明治维新,救济了知欧派榎本武扬,招聘了卡普伦等美国专业人士,推进了北海道的开发,启动了与清国等的贸易,但在开拓使官产出售事件中却

---

[1] 加藤博文、若园雄志郎:《今天所学的阿伊奴民族历史》,山川出版社,2018年,第80页。

[2] 关秀志、桑园真人、大庭幸生、高桥照夫:《新版北海道的历史 下 近代现代篇》,北海道新闻社,2006年,第39页。

[3] 榎本守惠:《北海道的历史》,北海道新闻社,1981年,第203页。

[4] 中西辽太郎:《明治政府北海道开发的构想——黑田清隆和霍勒斯·卡普伦》,《史境》,第五九号,2009年,第3页。

袒护本藩人士利益，并因此后来逆袭了大隈重信及自由民权派，等等；其后半生则未为制定《帝国宪法》、发动甲午战争等积极出力，反而沉浮于与"维新三杰"和自由民权派的政争之中，提出"超然主义"，弹压自由民权人士。他给人留下的印象似乎是，因西乡和大久保都先他而去，萨阀缺乏人才，他才作为萨阀代表人物被拖入政治舞台中央。而与掌控明治军部的同乡大山岩和山本权兵卫，长阀的伊藤博文、山县有朋、井上馨及民权派的板垣退助、福泽谕吉、大隈重信等人相比，清隆的存在感都显得比较单薄，"作为西乡隆盛和大久保利通的后任，他……没能很好地活用自己的地位"[1]。虽也成为首相，但总觉得表现并不出众，人望也不很高，并且后来自暴自弃，沉溺于酒精当中。有人干脆说，清隆的后半生是被长阀伊藤的光辉遮掩了："概括说来，认为黑田缺乏政策提出能力，仅仅是一种先入为主或基于伊藤博文中心史观的产物。"[2] 同时，清隆还给人一种自相矛盾的感觉：时而善于协调，时而却非常独断。他具有"卓越的人心掌握术和坚强的意志力。与伊藤等相比，政策制定能力是差了一些，但在'明治十四年的政变'后让敌对的大隈重信重回内阁、将民党首脑后藤象二郎拖进内阁等，都显示出他无比的说服能力。清隆是一个只要有需要，即使是政敌也诚意说服，并重视合作的具有独特魅力的政治家。清隆不仅擅于调整，而且还是一个不背离自身意志的硬汉。比如在出售开

---

[1] 《日本人列传》，http://omoide.us.com/retsuden/jinbutsu/detail?id=35。
[2] 佐佐木隆：《黑田清隆》，《近现代日本人物史料信息辞典》，吉川弘文馆，2005年，第90页。

拓使官产事件中，因不违背自身意志而被迫辞职；在修改条约过程中也不顾身边人反对，强行推进。在实行政策时发挥了勇往直前的突破力。"[1]这些矛盾现象，恐怕要依据他认为何为正确、实力如何来进行统一。另外，不得不强调的是，清隆似乎在其后半生都背负着来自萨藩的压力。他给人留下不好的印象，不完全是因为出售官产作弊、酗酒等，而很可能还因为对素有"萨摩英雄"之称的隆盛痛下杀手，违反了做人的原则。清隆和大久保一样，后来再也不敢回故乡鹿儿岛，这也从一个侧面说明了这一点。大久保被暗杀后，清隆没有了可以一道忍辱负重的伙伴，活得毫无光彩可言，最终被人遗忘。

六

我们还可以结合本书（以下简称《见闻录》），直接走进清隆的内心，加深对他多样性、复杂性、矛盾性的了解，之后或会改变看法，认为本书不仅不平淡无奇，反而内涵深刻，看点多多。

《见闻录》由日记、见闻、资料组成。日记写自1885年3月6日，终于同年8月26日；见闻和"采集之资料等"则由他人"誊写、整理"而成，于1888年由农商务省出版。这段时间处于清隆辞去开拓使长官，任内阁顾问期间。清隆"漫游"的契机是奉天皇亲谕："清国乃我同盟，

---

1 《从池上彰那知道的日本总理大臣摘选——总理大臣人物观察（19）》，https://pdmagazine.jp/trend/ikegami-akira-profile19/。

邻接最近，且方今与法国交战，故宜将经历中见闻逐一奏上。"然而清隆所去之处并不止于清廷统治范围，还包括香港、澳门、越南及新加坡等接受殖民统治的地方。随行的成员有"太政官"大书记官小牧昌业、农商务省"权大书记官"奥青辅、农商务省"御用挂准奏任官"相良长纲、农商务省"御用挂准判任官"兼外务省"御用挂"峰宽二郎，以及广业商会会长笠野吉次郎，因此其主要目的是考察贸易。

除此之外，此行还有几个附加目的：1. 纠正当时日本人的看法。"自我皇政维新以来，欧美各国频频派出使节、官员、学生来日……我全国通其学问，……而似乎唯独置清国于度外。我国制度、文化过去多取自中国，有所谓同文之国之称呼。然如今……人视彼或不无蔑视之感，……而近来……稍悟出与清国贸易之有利，故于今当不可失去机会，政府亦不可不劝导之。"[1]（总叙篇）从此言论可以看出，清隆对清国抱有好感，希望纠正日本人对清蔑视和短视的看法，与清国展开贸易。2. "推进支那状况之研究"。他认为，为与清交易，"必先研究其当下状况；欲研究其当下状况，则须通晓其语言。……宜从今开始，大力推广汉语学，以此推进清国状况之研究。……在与我相近、人情略同、嗜好不稍相异之国度，彼此大可相济，各有所益，并可敦邻交，裕民生"（总叙篇）。于此我们再次感受到清隆对清国的关注。

清隆为保护当时尚不熟悉清国情况且处于弱小的日商，提出应"先详细了解清人特有之买卖策略与内情，而清商

---

[1] 自此开始的引文，皆出自黑田清隆：《漫游见闻录》，农商务省，1888年，页码见夹注。

心机深重，善于权变……先使商贾之子中有志者，侨居彼重要之各口岸，恭随清国商贾身边，或成其用人，……与彼相亲相睦，熟知其权变之术，……并悉知其要领。而后着手生意，方能得其万全"（贸易篇）。不能不说，清隆的这个建议也很圆融柔滑，颇有见地。

《见闻录》还介绍了清国的贸易做法，对当时的日商大有裨益，并且让今天的我们也颇感新鲜："从事贩卖之批发商……应茶商委托，接受制茶与茶具制造一切事务，故他处而来之商客，皆信赖并委托该公司。此不仅可省去事必躬亲，亦无陷入奸商欺诈之患。""各处开设大小公司……不拘使用人数多寡，必雇当地茶师一名，委托其购茶……又，各产地茶商到汉口，亦委托汉口茶公司……雇熟知国外贸易者一名，委托其销售茶之一切事务。此乃售于外国商家之惯例。"（汉口篇）"货物运达汉口，斡旋买卖之杂货行若无'广福物产贩卖许可'之部帖，即户部衙门之执照则无法贩售。所谓广福物产，即以广东、福建海产作为清国海产代表，其他海产如宁波海产及日本海产皆为属称，故出售海产品之店铺必以广福二字称呼。然当地之广福店铺，据云多系宁波商帮经营，福建商帮次之，广东商帮少。该行分为数'帮'，帮办买卖。……货物买卖时用浙宁秤，较之汉钱秤每百斤重五斤，用银又以九十八两为百两。与汉口银比较，每百两轻五匁。若经杂货行斡旋买卖，需由卖家给该行卖价银百分之四，此称'行用'，即礼金之意。"（汉口篇）

清隆在考察清国后得出的部分结论，不仅对当时的日商鼓舞极大，也值得当今我国学者重新思考。开埠后清国从贸易中获利："从清国整体贸易而言，鸦片、棉布输入实夥，而以绢丝、茶叶输出相敌相救犹有盈余。通过各种货品调查，可知输出超过输入。扣去租界洋人自用物品，加上土货于租界之消费数量，可知正货之出入，殆过无不及。加之出洋打工者之储蓄汇入等亦不在少数，故可知清国于通商中对其本国并无不利。"（贸易篇）

通过《见闻录》，当时的日商还可以了解许多贸易信息，如清国的交易品种、买卖数量与金额、各口岸与各国的贸易情况、海关统计数字、水文站统计数据，以及度、量、衡等，无所遗漏。这说明清隆作为政府官员，工作是称职的，对推动贸易的效果也很明显，并非无能。而这些信息，想来对我国现今的研究人员亦助力颇多。

然而，我们也不应忽视，清隆作为日本官员，为本国全面服务是第一性的，因此他在考察途中的其他行为，当不至引起我们的惊讶，它同样显示出清隆的多面性、复杂性和矛盾性。《见闻录》显示，清隆在考察途中还与外国领事、殖民地总督、外军海陆军军官、清国的官员、洋务派人士和社会名流广泛交往，有时还约见路过该地的日本外交官和平民，所扮演的外交角色非常活跃。原因是此时的日本已开始干预朝鲜事务，并对清国有了觊觎之心。因此清隆在追求本国利益方面，一旦起了歪念也不至于心软。他的考察还包括：

1. 清军炮台及其数量和分布状况。如："……鹅鼻嘴……东边设炮台十五座，依次排至山下……江面又备有近来于上海制造之炮台船据云各船安。北岸有新炮台一座与兵营。……据云清法交兵时江面曾沉放水雷。眼下清舰五艘碇

泊于此。"（日记明治十八年八月七日）

2. 清军舰船的数量、吨位、装备等，并列表"示其梗概"（军事篇）。该表数量之详、质量之高在当时无人可比。清隆对清国海军建制和指挥系统的改变也很关注："清国水师分北洋水师、南洋水师、福建水师、广东水师四部。北洋水师隶北洋通商大臣，南洋水师隶南洋通商大臣，福建、广东水师隶各地总督，未有统括之机构。今次醇亲王总理海军事务，沿海水师悉归其节制、调遣。庆郡王、李鸿章为会办，善庆、曾纪泽为帮办。拟先由训练北洋水师开始，于是始设专管海军之衙门。"（军事篇）

3. 河深、海深及潮汐高差，以及与舰船吃水之关系。比如："天津河河宽二百英尺，由此溯上游，河道遽然变窄且浅。望晦日涨潮时间约为七时零分，涨落中数为三尺至四尺。以下列举大沽口海关报告之部分内容，供参考之便。"（天津篇）清隆还建议："欲往来清国各港，宜先关注船体结构。且因出入各港困难，亦宜使我海军非现职士官与商船学校毕业生等有志者，搭乘航行彼港之船舶，谙熟其水路，无须引水员而自由出入各港。"（船舶篇）

4. 船行各地所需的时间，精确到分钟。

5. 外军后勤供应情况，甚至到澳门葡军食堂"庖厨开釜，拿出其所做伙食试吃"。（日记明治十八年三月二十九日）

6. 清军的军队构成、素质、训练等。此前外界对八旗军、湘军、淮军已了解不少，但清隆不知何故，对楚军也详加观察，想来欲更多了解清军各部的实力。

7. 清国军械厂等，如"七月十七日……与安藤领事、吴书记生一道……参观江南机器制造局。……先看器械制造厂，次至子弹厂，终看枪炮制造厂。所备机械颇多，然可运转者殆不及其半"。(日记明治十八年七月十七日)

与此同时，清隆还在清国各地接见日军谍报人员。《见闻录》中有一段话，普通的读者可能看不出问题："五月八日……在福州之泽八郎、柴山一、铃木恭贤、乐善堂分店松本龟太郎雇小轮船来接。"(日记明治十八年五月八日)其中的"柴山一"，或就是日本陆军中尉"柴五郎"。其名字过去多次更换，如"柴由一""芝由吉"等，当时的身份是福州某照相馆的职员。从时间上看，柴五郎于1884年被派至福州，1887年方才改派北京，[1] 故当时清隆见到的柴山一应该就是柴五郎；乐善堂分店全名是福州乐善堂书药房，于1884年11月开店，主要销售药品和书籍。原老板叫小泽豁郎，日本陆军中尉，或就是上面所说的泽八郎。他于1884年被派至福州，1885年随清隆到上海，后改派到香港工作，曾在福州窃取了福州海防设施的情报。[2] 其所著《日清战争见闻录》于1891年出版，记载了清法马江海战开战前打探到的清军军舰、水雷船等的数量和火炮数量，还提到8月22日收到葡萄牙人罗萨今日或明晨开战的通知，并在得到法军离开的消息后，潜入船政局观察船坞及新造军舰的受损情况。[3]

---

[1] 陈菁晶、胡稹：《甲午战前日本对华谍报活动——以福州为中心》，《哈尔滨师范大学学报》，2022年第3期，第136—142页。

[2] 戚其章：《甲午日谍秘史》，天津古籍出版社，2004年，第30页。

[3] 小泽豁郎：《清法战争见闻录》，丰岛铁太郎，1891年，第16—18页。

《见闻录》显示，清隆到上海考察时都住在广业洋行。该行也是当时日本建立的间谍机构之一，属于清国大陆日本浪人的汇聚之所和实际据点。后来这个间谍机构和大陆浪人在日本陆军参谋本部荒尾精中尉的组织下，形成了一个庞大的情报网络。他们同乐善堂成员和后来的"日清商品制造所"一道，将在中国各地搜集的情报分门别类，编纂成《清国通商综览》，涉及政治、经济、文化、地理、交通等诸多方面，是一部有关中国的百科全书，为日本军政当局侵华提供了大量第一手资料。清隆的住宿地点与他多方面"考察"的关系于此可以猜出一二。

《见闻录》还记载："七月一日……曾根俊虎亦由上海来访"（日记明治十八年七月一日），但清隆与他的谈话内容未被披露。曾根俊虎（1847～1910）是德川幕府武士和后来的日本海军大尉，还是日本"兴亚主义"最重要的代表，也是兴亚会的创立者之一，更是近代中日关系史上一位神秘人物。他以"兴亚"家的身份在清国活动，著有《中国近世乱志》《中国诸炮台图》两书。他参与组建的兴亚会，是外务省直接掌控却披着"民间组织"外衣的情报机构，积极为日本获取军事情报和经济信息。同时他还是一个"支那改造"论者，主张将清国"改造"并纳入日本主导的东亚秩序中来。清法战争期间他被派往上海、福州等地收集军事情报，并通过小泽豁郎策划福州哥老会暴动。

《见闻录》日记中有些日子的行踪未写，缺漏比较明显。比如在清国考察时陪同他的除了随员、领事等外，还有日军干部："七月十九日……野边田少佐、吉井、田中两海军少尉来寓，后共到广业公司，画亚洲东部各港航线图于海图中。"(日记明治十八年七月十九日)从 7 月 18 日起一直到 8 月 5 日共 18 天，除了查看海军军官画海图外，日记未说明清隆都干了什么。

当然，《见闻录》的日记并不都是对这些"阴暗"日子的记述，还留下许多可供今人回味和研究的珍贵历史记录。与那些长期在清国活动的间谍相比，作者对清国感受不深，但正因为如此，清隆才可能用比较直观、敏锐和冷静的眼睛观察清国，对当地的城镇建设、民族工业、经济及市场价格、人口（尤其是上海租界、中国香港、新加坡、越南的洋人、华人和土著的数量记录和分析）、民族学、文化习俗、地理气象、清人的优秀传统和民族抗争精神等做白描式的记述，并流露出他对清国山河和文化的熟悉和热爱。这一切同样说明了清隆的复杂、矛盾和多面性。译者相信，读者通过自己的视角阅读这些内容，可以增强对人性的认识，让自己心中的清隆形象由此立体和丰富起来。

最后，对此书的翻译方法做几点说明：1. 原文有公元年夹注的，依用其汉字数字表示。由译者夹注所加的年数，用阿拉伯数字表示。2. 原著使用了许多明治时期的外来词（语），与现在使用的多有不符，或现在这些词语已不使用，或部分是当时外国水手创造出来的词语，在辞典上没有留下记录，故译者虽经最大努力，但仍有几个人名、货名、舰船名、灯塔名等查找不到，只能搁置缺译，用"×"号表示，有的仅做注释。谨以此证明这一缺憾并非出自译者的懈怠与懒惰。3. 路程按原著标示移译，从英里；气温亦从原著，按华氏度移译，皆不改变原著的度量单位。4. 原著采用明治时期的公文体，它属于旧日语文体向新日语文体转变途中的文体。为践行译文文体须遵从原作文体的主张，译者采用拟古文进行翻译，但想来不致妨碍大多数读者的阅读。效果如何，质量可否，都请读者批评。

原著分上、下两编，翻译后合并为一本书，故取消上下编的设置。由福建师范大学外国语学院退休教授、福建师范大学协和学院教授胡稷和福建师范大学协和学院副教授赖菲菲翻译，胡稷审校并统稿。若有舛误也请读者指正。

译者 2019 年 11 月于福州

目 录

绪言 _3

总叙 _4

政体 _7

风俗 _11

度量衡与货币 _17
度 17 ▶ 量 22 ▶ 衡 23 ▶ 货币 26

关税 _33
江海关结账略 43

船舶 _49
招商局 49 ▶ 印度支那轮船公司 72 ▶ 支那航业公司 78 ▶ 漕运 81 ▶ 吴淞江、闽江入口景况 83 ▶ 进入上海之船舶引水规则 85

运河 _ 90

黄河 _ 93

贸易 _ 97
各港输出货品品种 101 ▶ 各港输入货品品种 102 ▶ 不同国别货品价额 103 ▶ 不同货品价额 104 ▶ 各港直接输出入货品价额 106 ▶ 仓库图解 108

军事 _ 113
楚军营规与招勇规则 114 ▶ 清海军 129

上海 _ 143
租界法院与地方公会 147 ▶ 上海水务局 148 ▶ 江南机器制造局 151 ▶ 上海机器织布局 165 ▶ 上海县地方税 178 ▶ 上海开埠以来商业之沿革 179 ▶ 商户概况 181 ▶ 国际贸易 181 ▶ 商业习惯 182 ▶ 商路与输出入货品状况 182 ▶ 上海港输出入货品价额总计表 183 ▶ 输出货品品种 185 ▶ 输入外国货品品种 188 ▶ 货值十万两以上输出货品品种与解说 192 ▶ 货值十万两以上输入货品品种与解说 199 ▶ 上海输入日本货品之图表与解说 205 ▶ 上海输入日本货品之现状及我对未来之看法 215

芝罘 _ 217

芝罘港输出入货品价额总计表 218 ▸ 输出货品品种 220 ▸ 输入外国货品品种 221 ▸ 货值十万两以上输出货品品种 223 ▸ 货值十万两以上输入外国货品品种 224 ▸ 芝罘贸易状况 225

天津 _ 232

与洋人直接交易数额 235 ▸ 天津港输出入货品价额总计表 235 ▸ 输出货品品种 237 ▸ 输入外国货品品种 238 ▸ 货值十万两以上输出货品品种 240 ▸ 货值十万两以上输入外国货品品种 241 ▸ 天津贸易状况 242

北京 _ 243

张家口 _ 245

汉口 _ 247

租界 248 ▸ 商业基本状况 250 ▸ 水运 253 ▸ 输出入 257 ▸ 汉口港输出入货品价额总计表 258 ▸ 输出货品品种 260 ▸ 输入外国货品品种 261 ▸ 货值十万两以上输出货品品种与解说 263 ▸ 货值十万两以上输入外国货品品种与解说 268 ▸ 日本海产品交易状况 271

镇江 — 277

  镇江港输出入货品价额总计表 278 ▸ 输出货品品种 279 ▸ 输入外国货品品种 280 ▸ 货值十万两以上输出货品品种 282 ▸ 货值十万两以上输入外国货品品种 282

芜湖 — 284

  芜湖港输出入货品价额统计表 285 ▸ 输出货品品种 286 ▸ 输入外国货品品种 287 ▸ 货值十万两以上输出货品品种 288 ▸ 货值十万两以上输入外国货品品种 289

九江 — 290

  九江港输出入货品价额总计表 291 ▸ 输出货品品种 292 ▸ 输入外国货品品种 293 ▸ 货值十万两以上输出货品品种 294 ▸ 货值十万两以上输入外国货品品种 295

宜昌 — 296

  宜昌港输出入货品价额总计表 297 ▸ 输出货品品种 298 ▸ 输入外国货品品种 299 ▸ 货值十万两以上输出货品品种 301 ▸ 货值十万两以上输入外国货品品种 301

福州 — 302

  马尾碇泊处 303 ▸ 福州贸易状况 304 ▸ 福州输出入货品价额统计表 304 ▸ 输出货品品种 306 ▸ 输入外国货品品

种 307 ▶ 货值十万两以上输出货品品种 308 ▶ 货值十万两以上输入外国货品品种 309

淡水 _ 310

淡水港输出入货品价额总计表 310 ▶ 输出货品品种 312 ▶ 输入外国货品品种 313 ▶ 货值十万两以上输出货品品种 314 ▶ 货值十万两以上输入外国货品品种 315

基隆 _ 316

广州 _ 317

连家船及其数量、种类 319 ▶ 广州府至各地之水路表 321 ▶ 人情风俗 322 ▶ 广州港输出入货品价额总计表 323 ▶ 输出货品品种 325 ▶ 输入外国货品品种 327 ▶ 货值十万两以上输出货品品种 329 ▶ 货值十万两以上输入外国货品品种 331 ▶ 海产品消费概况 331

香港 _ 333

香港输入日本海产品一览表 335 ▶ 香港输入清国海产品一览表 337 ▶ 香港输入外国海产品一览表 339 ▶ 香港商业概况 339 ▶ 香港输入煤炭之状况 341 ▶ 香港输入我三池煤炭吨数表 341 ▶ 香港输入各国及各地区煤炭比较表 342 ▶ 香港需求煤炭之主要公司与场所 343 ▶ 香港杂货买卖概况 346 ▶ 香港缆绳制造厂概况 348 ▶ 香港缆绳

制造厂结算报告 *350*

澳门 _ *352*

西贡 _ *355*
　　气候 *356* ▶ 法国殖民之起源 *357* ▶ 法国殖民地人口 *358* ▶ 法国殖民地岁出入 *359*

新加坡 _ *361*

亚洲东部各港里程表 _ *365*
　　长江水路 *371*

自上海溯长江至四川重庆府里程表 _ *372*
　　上海至镇江水路里程表 *372* ▶ 镇江至九江水路里程表 *372* ▶ 九江至汉口水路里程表 *374* ▶ 汉口至湖南岳州府水路里程表 *375* ▶ 岳州至长沙府水路里程表 *377* ▶ 汉口至荆州府水路里程表　其一 *378* ▶ 汉口至荆州府水路里程表　其二 *380* ▶ 荆州府至宜昌府水路里程表 *382* ▶ 宜昌府至四川夔州府水路里程表 *382* ▶ 夔州府至重庆府水路里程表　其一 *384* ▶ 夔州府至重庆府水路里程表　其二 *386*

日记 _ *391*

图录

香港之图 394 ▸ 广东省广州府虎门之图 397 ▸ 广东省广州府黄埔之图 398 ▸ 广东省城略图 399 ▸ 澳门之图 403 ▸ 西贡之图 406 ▸ 上海略图 412 ▸ 福建省福州府闽江略图 414 ▸ 澎湖岛之图 417 ▸ 台湾淡水港附近之图 419 ▸ 台湾基隆港略图 420 ▸ 浙江省镇海之图 421 ▸ 浙江省镇海金塘岛之图 423 ▸ 直隶省天津府附近略图 426 ▸ 北京略图 430 ▸ 八达岭长城图 433 ▸ 江苏省镇江府码头之图 445 ▸ 江苏省乌龙山沙洲圩炮台之图 446 ▸ 江苏省金陵下关之图 447 ▸ 江苏省金陵下关码头之图 448 ▸ 安徽省梁山之图 450 ▸ 安徽省芜湖港之图 451 ▸ 江西省彭泽县小孤山之图 453 ▸ 湖北省田家镇之图 454 ▸ 湖北省半壁山之图 455 ▸ 江西省九江港之图 456 ▸ 江西省鄱阳湖口大孤山之图 457 ▸ 湖北省大冶县黄石港之图 458 ▸ 湖北省黄州府之图 459 ▸ 湖北省武昌、汉阳二府及汉口镇之图 其一 462 ▸ 湖北省武昌、汉阳二府及汉口镇之图 其二 463 ▸ 湖北省石首县之图 464 ▸ 湖北省沙市图 465 ▸ 湖北省沙市港之图 466 ▸ 湖北省仙人桥之图 468 ▸ 湖北省执笏山之图 469 ▸ 湖北省宜昌港之图 470 ▸ 湖北省宜昌府市街图 471 ▸ 湖北省宜昌府三游洞之图 473 ▸ 湖北省枝江县之图 474 ▸ 湖北省峡门之图 475

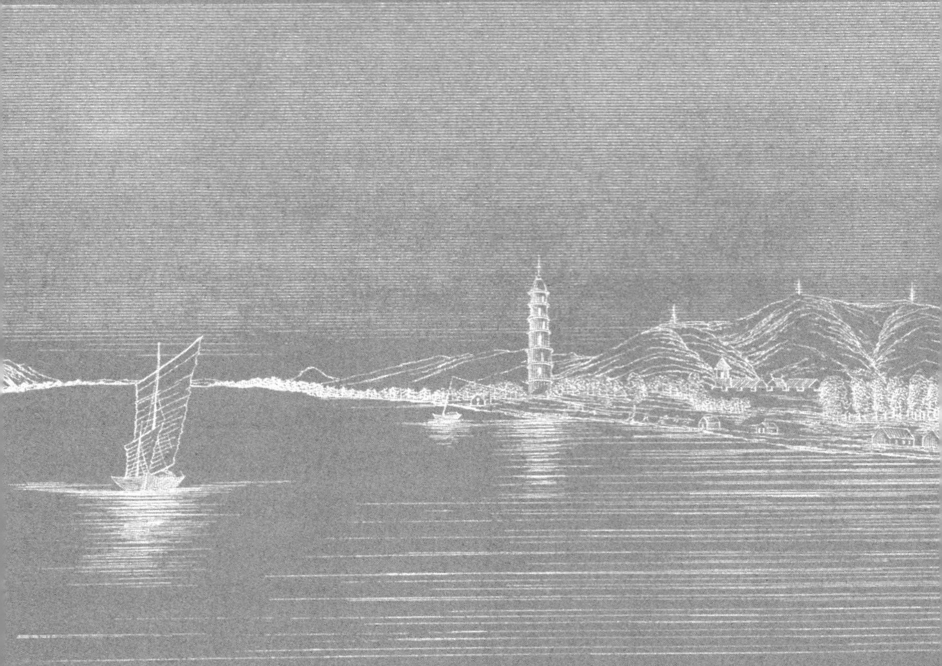

绪　言

　　此次游历始于香港,继而向南从广东与澳门[1]到安南之西贡与新加坡,其间到福州,澎湖列岛,台湾岛之淡水、基隆;向北到天津、北京与张家口;向西溯长江经汉口到宜昌,往返里程达一二二三七英里[2],共一八五天。今汇集途中见闻,辑成此书。因行色匆匆,不敢保证访录无谬误。若有幸得到读者指正则感幸甚。且因逗留游历之地时间有长短,所见有疏密,所闻有详略,故所记不免前后繁简不一。虽如此,亦不强求字数增减,体裁均一,皆按实际情况落笔。

　　因所见所闻日后可供他人参考,故于记载时不厌烦杂。然既为世人所熟知者则省略之。

　　此次游历大半通过海路,故多以英里计里程。其他度量衡或依清制,或依英制,未必皆换算成日制,以省去麻烦。年号亦然。至于清国之度量衡,另列有专条述其概略,读者阅读时可以彼作比较。

明治十八年(1885)十一月
黑田清隆　记

1　1553年葡萄牙人取得澳门居住权。1887年12月1日,葡萄牙与清朝政府签订《中葡会议草约》和《中葡和好通商条约》,正式通过外交文书的手续占领澳门并对此进行殖民统治。——译者注。以下若无特殊说明,均为译者注。

2　1英里=1.609344公里,故作者的总行程达19693公里左右。

总　叙

欲说东亚大势，则须先略述东亚与欧洲各国之关系。欧洲各国最早来到东亚者当属西班牙、葡萄牙与荷兰等国。此外，罗马教徒为布教，当时亦频繁来往于东亚与欧洲之间。西班牙占领吕宋、荷兰占领东印度群岛、葡萄牙占领澳门已有三百多年。然而此类国家后来因本国逐渐衰弱，于世界亦无法充分发挥其扩张能力。

继起之英法各国日益强大，开始狼奔豕突于东亚。尤其英国，于占领印度之后，日益专注向东方经略，于清道光年间（1821～1850）挑起鸦片战争，交兵后于南京签订条约，逼迫清朝割让香港一岛。当时英国殖民地事务大臣罗尔德·德比[1]曰：英国占领香港之目的，不在于移殖本国人民，而在于专门从事商业与加强军事。嗣后之殖民地事务大臣拉博查[2]亦曰：英国占领香港之目的，不在于获得该地物产之

---

[1] 原文此处注音或有误。从时间上判断，其人应为爱德华·杰弗里·史密斯·斯坦利（Edward George Geoffrey Smith-Stanley）。他是英国保守党领袖，在1852年12月～1855年2月三次出任英国首相，1841年在罗伯特·皮尔内阁出任陆军和殖民地事务大臣。

[2] 从注音上看，此殖民地事务大臣似乎是亨利·霍华德·莫利纽克斯·赫伯特，第四代卡那封伯（Henry Howard Molyneux Herbert, 4th Earl of Carnarvon, 1831～1890），1858～1859年任殖民地事务副大臣，1866～1867年和1874～1878年两度任殖民地事务大臣。

利益，而仅在于其乃英国与清国交往之要地。香港与直布罗陀相同，不可称之为殖民地，以此人们可以窥见英国政府之意向。况且英国早已占领通往东方第一门户之新加坡，于彼设置政府，征收租税，实施管辖权力。自此以后，东亚之交通日益便利，英国于清国各港占据国际贸易之头把交椅。

法国插手越南事务，始于一七八七年安南[1]国王为镇压内乱向法国乞援。此后经各种变迁，法国于一八六〇年从安南割取交趾[2]之边和、嘉定、定祥三州，由此形成法国人向东方扩展势力之基础。此次法清（中法——译按）战争亦起因于此。

另一方面，清国北部与强大之俄罗斯接壤，两国于边境开展贸易。一八五八年缔结《清俄瑷珲条约》之后，黑龙江北岸额尔古纳河[3]至鄂霍次克海之地区皆归俄罗斯所有。又据一八六〇年之清俄《北京条约》，俄罗斯划定黑龙江以北、乌苏里江以东濒临日本海之地区，以及图们江入海口二十清里左右以北地区为两国分界线，由此符拉迪沃斯托克（海参崴）港亦为俄罗斯所有。近年来因"伊犁事件"，特克斯河两岸之地又归俄罗斯所有。由此可见，清国在与外邦交往过程中常不免多事纷扰，然仍积极投身于通商贸易之中，此亦缘于与他国交往之频繁。

概观当下清国通商诸口岸，码头边高楼广厦林立，商店

---

1 安南（Annam），越南中部地区，其中心城市是顺化。

2 交趾，又名"交阯"，中国古代地名，先秦时期为百越支下骆越的分部，初期范围为今越南北部红河流域一带。

3 当为贝加尔湖与额尔古纳河。

鳞次栉比，其间居住者包括于码头指挥来回搬运轮船、帆船运来之货物之人，彼皆踏破万顷波涛，来往此地之欧美各国人士。唯我邦比邻如此，近者两昼夜可至，远者不过费一旬之日，然贸易往来者寥寥。何故也？

自我皇政维新以来，欧美各国频频派出使节、官员、学生来日访问、考察、实习，我全国通其学问，晓其语言，彬彬日进，而似乎唯独置清国于度外。我国制度、文化过去多取自中国，有所谓同文之国之称呼。然如今我邦风气日开，人视彼或不无蔑视之感，且世上所谓之汉学家，殆将汉学作为一种专门学问，不进一步研究今日事务，将最近之清国作最远之念想。而近来一般之人心，稍悟出与清国贸易之有利，故于今当不可失去机会，政府亦不可不劝导之。

欲振兴与清国之贸易，则必先研究其当下状况；欲研究其当下状况，则须通晓其语言。而我邦汉学家独识其文字，而不讲其今日音声，不如习欧美学问者多通晓欧美各国语言，故宜从今开始，大力推广汉语学，以此推进清国状况之研究_{清国各地皆有方言，相互不通。一般可通者乃官话。官话有南音、北音之别。然下等人不讲官话，亦不通官话。故欲追求完善汉语学，宜分官话南音、北音及广东话、福建话、宁波话、上海话等，使专习之。}。若通晓该状况者多，则从事其贸易者亦随之增多。因此在与我相近、人情略同、嗜好不稍相异之国度，彼此大可相济，各有所益，并可敦邻交，裕民生，此岂不为今日之急务？斯乃叙说清国状况前我不得不先赘言几句之故。

政　体

　　清朝政体大体仿明制。此事备载《大清会典》，检考不难。是以今日无须再详述，唯说其大要：其政体乃所谓之君主独裁，皇帝亲裁万机_{方今天子幼冲，故皇太后垂帘听政}。赞理机务者为内阁，有大学士，位正一品，如古之宰相。其次有六部，即吏部、户部、礼部、兵部、刑部、工部。吏部掌京外文职铨叙、黜陟之事；户部掌田土、户口、财谷、出纳之事；礼部掌吉、嘉、军、宾、凶之仪与学校、贡举之法；兵部掌京外武职铨叙与简核军实之事；刑部掌法律刑名之事；工部掌器物、物材、营缮、疏凿之事。各部有尚书、左右侍郎、郎中、员外郎、主事等官。尚书从一品，左右侍郎正二品_{如我诸省卿辅}。又有理藩院，掌内外藩、蒙古、回部之政令，设尚书、侍郎、郎中等官，同六部。又有都察院，掌查核官常、整饬纲纪之事_{如我往时弹正台}，有左右都御史、左右副都御史等官。都御史品同尚书，副都御史正三品。通政使司掌传达京外奏章之事，长官为通政使，正三品。大理寺掌平反重辟之事，长官为大理寺卿，正三品。其他如宗人府、内务府、翰林院、詹事府、太常寺、光禄寺、鸿胪寺、国子监、钦天监等衙门，各治庶政。六部、都察院、通政使司、大理寺曰九卿，刑部、都察院、大理寺曰三法司。帝谕军国大事于九卿、科道，使其开会讨论。科道属都察院，指六科给事中、十五道监察御

7

史六科谓吏、户、礼、兵、刑、工；十五道谓京畿、河南、江南、浙江、山西、山东、陕西、湖广、江西、福建、四川、广东、广西、云南、贵州。给事中掌稽考庶政，监察御史掌纠劾官邪，条陈治道，即所谓之言官，凡朝政得失，无不可言，官位虽五品给事中正五品，然其职颇重历代皆不重言官。其设官之意，原为洞开言路，通达下情。然朝廷每起一事，每发一令，多所抗辩论驳。或于朋党倾轧之际，成为要人羽翼。此亦其通弊。近日此弊日甚，比以左宗棠、李鸿章之威望，亦时被弹劾。另有军机大臣，雍正年间（1722～1735）始设。早时以亲任之大学士为军机大臣，军国大事交军机处处置。其后为防机事外泄，改由大学士及六部尚书、侍郎中选拔，任命其为军机大臣。今该职已成政府枢密重要之职。总理各国事务衙门掌外交事务，创设于咸丰朝（1851～1861）末期，理由乃当时已与外国通商。其大臣由军机大臣及六部长官此二者中选任。清朝制度与前朝大异之处在于满汉并置。因满人统治汉土，无法完全信任汉人，诸官必并置满汉二人，以作制衡。譬如，尚书之官原用一人足矣，但必置满汉两尚书，且以满人为上席。

外官制度以总督、巡抚为首。总督正二品，统辖文武，诘治军民。大凡二省置一人，如浙江省、福建省之总督为浙闽总督；广东省、广西省之总督为两广总督江苏、江西、安徽三省设一总督，以治理之；直隶与四川一省设一总督；山东、河南、山西不设总督。又有河道总督，专掌河工之事。巡抚从二品，综理教育、刑政，各省有之直隶、四川由总督兼管。其次有布政使、按察使。布政使掌财赋，秩从二品；按察使主刑名，秩正三品。又有粮储、盐法、兵备与守巡等各道世称道台，各掌监督之事，秩正四品。其下即知府从四品、知州直隶州正五品、知县京县正六品余正七品，府承省直隶州不隶属府，由省直管，亦领县州，县承府，施行民政。总督、巡抚统辖文武，有专制一方之任，故其事权极大。尤其方今直隶总督李鸿章、两江总督曾国荃等，于国家有大功勋，威望尤甚。故督抚殆如唐代藩镇，唯不世袭。概而论之，督抚选用得其人，委任亦以厚，

8

能各展其材力。过去该国遭遇多少变故亦能无恙，似多仰赖其力。

清国取人之法有四途：一为科举，由考试取人；一为荫叙，由父祖之荫授官；一为武功，录用有军功者；一为捐纳，纳金授官，因金额多寡，有官位之差等。长毛贼[1]乱，国帑支绌，因而开此例，但光绪五年（1879）停之^{此次清法生变以来，又有开捐纳以助国帑之议，然不用之，唯台湾地区由刘铭传奏请，限半年施行之。}[2]然四途中，其尤荣者乃科举出身。科举之法称时文，别有一种文体。学之或多或少须耗费精力，故及第升官后无须再学之，即所谓之所行非所习，所习非所行。今李鸿章、曾国荃等亦此科中人，然大凡欲由此得人才，殆如缘木求鱼。况且考试亦有种种弊害，优者未必中，劣者未必黜。

官有实缺、候补之别。实缺居其官，行其职；候补唯有空衔，非行其职^{譬如江苏省候补知府。省中有知府之缺，以儒者补之。}。一缺每有数十员候补，有人需缺而数十年终未得实缺。又有委员，由长官大僚选任，承担某事业，多系候补官。地方官大抵皆用幕僚，使其协助职事，有掌奏牍文移者，有掌刑名者，有治钱谷者。更有甚者，有人其身非官，其实暗行知府、知县之职，贪贿赂，私货财，弊害不可罄书。

清国重旧例，轻变祖制，故苟有新创之事，即骇人耳目，群议沸腾，然而如今效仿西法者亦复不少，设立总理衙门及驻外公使、领事，皆效仿西法者。又，福州、上海、天

---

1 长毛贼，当时日本人对太平军的称呼之一。

2 清法生变即中法战争，是1883年12月至1885年4月（光绪九年十一月至十一年二月）因法国侵略越南并进而侵略中国而引发的一次战争。

9

津等机器制造局与舰队、洋枪队，皆延请西人传习之；官电报局仅开设四五年，然如今渐次延伸线路，北至盛京与旅顺口，南达广东琼州、广西镇南关，西及汉口。其功用已非过去飞报传递所能及，普及全国当不远矣。有志之士往往更建言建设铁路，然亦有种种非难之议，至今尚未行之。然而此次清法交战，海道壅塞，大有所惩，故铁路早晚可望动工。

顷日据报，命醇亲王总理海军事务，庆郡王、李鸿章会同办理，汉军都统善庆、兵部侍郎曾纪泽帮同办理。先由训练北洋水师始，其余次第兴办。此亦近来一大改革。过去任由各省总督酌情指挥军舰进退，别无总括，故频频有人建议特设海军专管衙门，至今日其事得以遂行。

风　俗

　　因南北各省与满洲[1]、蒙古其风各异，故为叙述清国风俗，若一一条列，非数百言所能尽。今先举其一般大同者：其士人重名教，讲礼让，不乏志趣高雅者。其农工商勤劳，能耐艰苦，汲汲于营生，亦非我邦人所能及。然其讲士子道与读书，大率徒为科举，不外乎得一第，希官荣。或尽毕生精力，考证旧书陈篇一字一句，或溺心于诗文书画之末技。他人亦赏玩其风流，赞叹不已。此乃其通弊。而一度成为官吏，则往往不免私财货，贪贿赂，唯肥身家，不顾官常。其上流阶层已然如此，故下层阶级桀黠成风，经商诈价背约，务工粗制滥造，欺人欺心，骗取货财，唯利是图，恬不知耻，亦以清人为最。唯农民勤力田亩，似稍不失淳朴之风。且上下一般唯知有自国，不知有外国。自我尊大，轻蔑洋人，乃其固陋不通所致。虽其文化开明，全球为冠，然欧美

---

[1] 满洲具有地理名称和民族名称的双重意义。作为地理名称，满洲和东北具有密不可分的关联。中国东北一词源于近代。辛亥革命后，特别是张学良宣布东北易帜后，中华民国开始逐渐用东北来取代清朝发祥地的原有名称满洲。由于历史和政治的原因，中国一般用东北或东三省、东北三省来称呼原满洲地区的辽宁、吉林和黑龙江这三个省份。后来东三省的西部划入内蒙古自治区，因此内蒙古东部（五盟市）也属于满洲地区。作为民族名称，它来自天聪九年（1635）十月十三日皇太极发布改族名为满洲的命令，但即使这样，满洲亦既是族称，也是地理概念，从此大清国东北方向领土即以满洲称谓。"满洲"这个名称从17世纪开始被用来称呼满洲族的居住地。满洲在民族上作为民族称呼，旧指满洲族（即"旗人"），辛亥革命以后称为满族。然而，本书为保留时代气息，姑且挪用此一词语。

人目之为野蛮，亦非无故。

清人风俗南北有别，其别中亦有差异。南方之广东人大抵敏捷强悍，且自旧时即与外国交往，故熟稔洋人，稍脱固陋风气。广东省城能解英语之人，与其他通商港口相比为最多，且出外经商者甚多，不惮远离乡土。其他各省繁盛之地，未见不来此地开店经商之广人。其语言、风俗与他处远异，故有人视之为异类，甚或有人视之为洋人。据云清人在美国与南洋各国有数十万人，其大半为广东人，余为闽人，次为浙江人。

南方湖、广、江、浙之地，教化夙开，人文极盛，于此各地可概观清国之纯粹风气。其人大抵优柔宽雅，安于旧习，缺乏进取气概。北方除天津、北京等五方杂处之地，其土俗大率粗野，稍显淳朴。人之体格，北人比南人普遍健壮。

南北各地居民屯聚之处，每每路面杂沓，行人摩肩接踵，挤挤攘攘，至不能行。其人躁而不静，杂乱无序，不务整洁。途中高声喧哗，笑骂纷争，日夜不绝于耳。街道湫隘，尘秽坌集，四处皆然，尤给人以不快感。

清国之俗重男女之别，居室严别内外，女子深居内房，不得妄出。亲戚之外，朋友至交亦未见他人之妻。露面出行街上者，仅限于贫家妇女及婢妪娼妓。良家妇女一度出门，必乘轿坐车，亦必降下纱帷掩己，不得窥见路人。女子风俗尤奇异者乃缠足一事。据闻其足尤小者殆二寸许，不能直立行走，常需赖人扶掖。此风始于五代南唐李氏宫中，相沿已久。足不小者则容色不备，故女子自五六岁始裹足使小，脓血流溢，痛苦不堪。南方此风尤甚，北方未必尽然。据云八旗妇女不按国法缠足，故皆大足。

南方之地，大川以扬子江为首，广东有珠江，福建有闽江，浙江有钱塘江、甬江，等等。湖泊以洞庭湖、鄱阳湖、太湖、西湖等最为著名。其他川泽沟渠，错置纵横，不遑胜数，四处皆有水运之便。故南人善操舟楫，行旅商贸贩运，大抵依靠舟楫，故俗有南船北马之语。北方旷野平原，多有适于畜牧之地，其运输大抵使用骡、马、驴，人们或骑行或使之御车。车，工巧甚坚牢，由五六匹马驾之，行驶于崎岖石道之中。驭者数辔在手，进退自如。此乃因地势而习俗有异。滨海之民，不论南北，大率赖舟楫营生。海舶大者用三桅，极坚牢。整户以舟为家，陆上无屋者甚多，河船海舶皆然。妇女操舟，其熟练与体力同男子无异。

清人一般崇风水之说_{指见地相，说吉凶}，曰葬者因墓地凶吉而家有祸福。豪富人家，所费不赀，营建墓地；或有人因不得善地而死，数十年不能葬。其墓地无固定场所，散乱于四周原野，累累相连，亦散布于麦陇菜圃之间。据云政府建铁道、运河等大工程，若涉及豪家右族之地，必多少不免纷议。

清人嗜鸦片实甚，各地无不沾染此毒，到处有烟馆，卖烟膏，供人吸食。茶楼、酒馆必设吸烟室，以作日常不可或缺之必备工具。忧国之士时有禁烟之说，然涓滴之水，难敌燎原之炎。嗜者不独无知人民，士人解其道理，知其鸩毒，然一度沉溺此中，借以散郁破闷，则不知不觉害其性命，破其财产。鸦片来自印度，已成大宗进口商品。据闻近年内地山西、四川等省种植、制造数额巨大，谓全国皆熏染于毒烟之中亦非夸张。

房屋结构，上等人家垒砖为壁，覆瓦为顶；中等人家以板代砖；下等人家以芦苇或禾秆^{北方多用高粱秆}被覆，或四面围以芦苇或禾秆，再抹上土。

至于结构样式，上等人家大凡三间两厢，按平行线筑三栋或四栋楼房或平房；中等人家筑两栋或一栋；下等人家按土话，名曰厅堂灶屋房，盖接客、起卧、炊事皆于一房之贬称。

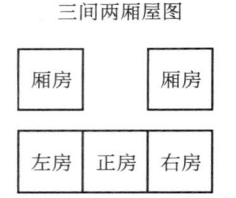

三间两厢屋图

厢房		厢房

左房	正房	右房

正房正面通常开八扇玻璃窗或木方孔窗，后面左右多开两窗。其他房间酌情开一窗或两窗。大凡正房做客堂，两房做书斋等。厢房居家人。

至于屋内装饰，客堂花厅概有一炕^{在炕床下开一孔，将灶火之烟引入床下，加热炕床。南方温暖，不用此法}，炕中央置短脚桌，分宾主座。其中壁与左右两壁悬书画数幅，椅子、茶几交互排列。其物品因贫富而分雅野精粗，盖书画、桌椅乃装饰房屋之首要器物。坐用椅，食用桌，寝用榻，俱以木制之。其佳品用紫檀、香木，雕镂琢磨，颇显美丽；其劣品用粗木或竹制之。

清人饮食与我国相比，肉类多，油腻浓厚。其大宗肉类为猪肉，无论任何汤菜，必用猪肉调味，犹如我国一般用干松鱼[1]调味。至于宴会盛馔，极贵珍异，罗列所谓之山珍海味，如鱼脑、羊肚、鸡距、鸭掌等，过于奇异，然烹调得

1　干松鱼，日语叫"鲣节"（Katsuobushi），食品用料，通过霉菌使其发霉加工而成。

宜适口者亦不在少数。向当地人问询北京人之衣食概况，其回复如下（因地区而习惯有异，然亦可推知其大概）：日常一日两餐，早餐十时，晚餐四时左右。此外有点心，早上八时，中午一时左右用之。上流阶级每餐四碗四碟，半为猪羊鱼肉，半为菜蔬。概而言之，早餐多肉，晚餐清淡。且常进时珍，以为时尚。鸭肉尤为奢品，饭用旧米。旧米即江浙运来之米，放置四五年。今多用一年半左右之米。用餐时先食两碗旧米饭，次啜白米粥，再次吃馒头。大率用餐时饮酒，早五加皮酒，晚绍兴酒。点心乃馒头一类食品。最上等人家喝燕窝冰糖水或莲子汤、人参汤。冬天早点心旗人喝牛奶。中等人家饭食、点心与前无异，吃饭或吃面，概肉菜汤三种。大抵一月两次定期聚餐，一家人相会饮食。商人祭财神，故亦为之。下等人家住市区者，其食一饭一菜，以面代饭时无菜，有菜亦少用肉。饭原用旧米，然近三十年来贡米减少，故七八成下等人家吃以杂谷制成之窝窝头。农民无法吃米面，而吃高粱、豆粟之类，且不常吃肉，仅在节日时食用。下等人家壮劳力，三、四月至八、九月一日三餐。城内外街镇皆用西山出产之煤炭作薪材，农家则以高粱秆、杂草为薪材。

至于衣服，上等人家穿江浙进贡之绸缎绢类衣服。山东、河南、四川之织品粗劣，上等人家不穿；中等人家穿半绢半棉衣服；下等人家皆穿棉布衣服，且多为国产货。据云洋布殆视如绸绫。夏天上下一般多穿纱布，即以麻所制之布，然精粗有别。北方人冬季皆袭裘，其种类如下：

貂非一二品官不得用之。内侍可用。三品官仅衣领可用、狐价贵，然不拘官品皆可用之、猞猁狲来自蒙古地区。五品及以下者可着、金银豹、乌金豹、海龙、水獭、猫猫用黑毛。据云城外间或有人偷家猫、银鼠、灰鼠皮等皆为上等人穿用；羊裘为次等人穿用。来自陕西之长毛羊皮与羊羔皮上等人亦可穿用；下等人所用者乃老羊皮。外国罗纱类朝典时不许穿用，故除洋布外需求较少。卧具上等人用装入丝绵之闪缎湖绸被、哈喇[1]被（红的、蓝的）。卧榻讲究者以紫檀、黑檀木雕饰，然多为房内装饰，不敷实用。

---

[1] 哈喇，毛织物，为呢绒的最上品，产于俄国。

度量衡与货币

度

　　清国尺度分五种，称之为五度，即分、寸、尺、丈、引也。分至引用十进制。且尺度概以竹制，刻上分及以上刻度，长至一尺。与我邦尺制略同，然清国全国无一定尺度，种类极多，依地区与行业及时间有很大差异。《大清会典》曰：以一黍[1]之纵度为一分，累黍可得今尺一寸。此其原率之所生。然清人实际所用之尺度，长短参差不一。据美人卫三畏[2]氏《中国商务指南》记载，用于清国沿海二十三个地区之尺寸种类多达八十四种，长短不同达六英尺以上。若细检内地所用之尺度，犹可发现多种不同。尺度不同已然如此，故面积、里程名称同一而实际差异颇甚，以至于不辨孰为真正之国尺。据《英国条约》[3]"税则条"：清国之一尺，相当于英国之十四点一英寸；据《德国条约》：清国之一尺，相当

1　一黍，古时建立度量衡的依据，以一黍的纵长为标准，叫作一分。

2　卫三畏（Samuel Wells Williams，1812～1884），是最早来华的美国新教传教士之一，也是美国早期汉学研究的先驱者，是美国第一位汉学教授。从1833年10月26日抵达广州，直到1876年返美，在华凡43年。1856年后长期担任美国驻华使团秘书和翻译，曾9次代理美国驻华公使。

3　原文如此，何条约不详。以下《德国条约》同此。

于十三点七英寸。同样经政府认定，而其不同却如此。前驻清英国公使威妥玛[1]氏曰：北京算学者曾有众评：清国之一尺，相当于英国之十三点一二五英寸。又据在北京之欧洲算学者云：清国之一尺，为英国之十四点六五五英寸。美人卫三畏氏于《中国总论》[2]中云：清国之尺度，按工学家评议，一尺为英国之十三点八一英寸（与威妥玛所定相同）。此固出自各种臆测，故其断定之依据或难免有不确之处。以下自《中国商务指南》所载八十四种清尺中摘译数种，与本邦尺比较。

地区	清尺	英尺	日尺
广东	裁缝店尺	十四寸六八五	一尺二寸三分〇八
	布匹批发店尺	十四寸七二四至十四寸六六	一尺二寸三分四一至一尺二寸二分八七
	布匹零售店尺	十四寸三七至十四寸五六	一尺二寸〇四四至一尺二寸二分〇三
	木工尺	十二寸七一	一尺〇六分五三
福州	门框店尺[3]	十六寸八五	一尺四寸一分二三
	裁缝店尺	十五寸	一尺二寸五分七二

---

1 威妥玛（Thomas Francis Wade，1818～1895），英国外交官、著名汉学家，曾在中国生活四十余年。1858年任英国全权专使额尔金的翻译，参与中英《天津条约》《北京条约》的签订活动。1861年任英国驻华使馆参赞，1868年发明威妥玛式拼音，1871年升任驻华公使，1876年借马嘉理案强迫清政府签订《烟台条约》，扩大英国在华特权。

2 《中国总论》（*The Middle Kingdom*）是美国全面介绍中国历史和现状的著作，也是19世纪美国汉学的代表作。

3 原文是モンキンチー。译者原以为是外来词，但遍查日语外来语辞典和日本网站不知何意。后转而一想，它或是福州方言的日语音译，似为门框（福州人读"门嵌"）店尺。

续表

地区	清尺	英尺	日尺
福州	田尺[1]	十一寸一八	九寸三分七〇
	藤店尺[2]	十一寸五五	九寸六分八一
上海	造船尺	十五寸七六九至十四寸六九	一尺三寸二一七至一尺三寸一五一
	海关尺	十四寸〇九八	一尺一寸八分一六
	裁缝店尺	十四寸〇五至十三寸八五	一尺一寸七分七六至一尺一寸六分〇八
	税务局用地尺	十三寸一八一	一尺一寸〇四八
	木工尺	十一寸一四	九寸三三七
天津	木工尺	十二寸三五	一尺〇三分五一
	布匹商尺	十三寸七	一尺一寸四分八三
北京	裁缝店尺 位于城南	十三寸五八	一尺一寸三分八二
	裁缝店尺 位于城北	十三寸四五	一尺一寸二分七三
	地面测量定尺	十二寸八七五	一尺〇七分九一
	常用尺	十二寸六八	一尺〇六分二八
	木工与商人用尺	十二寸五八五	一尺〇五分四八
	宫殿尺	十二寸四六八	一尺〇四分五〇
	政府统计用尺	十二寸四〇	一尺〇三分九三四
	工部尺	十二寸三四	一尺〇三分四三
	宫殿施工尺	十二寸一七	一尺〇二分〇〇
山西	裁缝尺	十四寸五五	一尺二寸一分九五

---

1 原文是テン尺,从福州方言猜度,似为田尺。

2 原文是タンテン尺,从福州方言猜度,似为藤店尺。

续表

地区	清尺	英尺	日尺
买卖城[1]	购物尺	十三寸九七六	一尺一寸七一四
	蒙古人售物尺	十三寸七七九	一尺一寸五四九
	俄国人定尺（二千八百三十四年）	十三寸二〇三	一尺一寸〇六六

量度距离之名称分五种，即厘、分、步、里、度。厘为半寸，分为五寸，步（或云弓）为五尺，里为三百六十步，而度于欧人来清前为一百八十里。之后某法国传教士定为二百五十里。又有人曰为二百里。据云眼下通常所说之度为二百里。

乾隆年间所作《大清万年一统地理全图》亦以一度为二百里。以下试以之与本邦尺度做比较：

清国	日本
一度（二百里）	三六六，六六〇日尺
一里	一，八三三，三日尺

据以上比较，清国之一里[2]相当于我五町[3]五间[4]余。然其一度为二百里，固为约算，尚未经核定。按前表，北京地面测量定尺一尺，相当于我一尺零七分九一，故其一里相当

---

1 买卖城（Maimai Chin），古地名又称南恰克图，又译作阿尔丹布拉克。买卖城对活跃清俄两国的经济生活起了重要作用。1727年（雍正五年）清俄签订《布连斯奇条约》（又称《恰克图条约》），开始通商。根据条约规定，两国以恰克图河为界，河北恰克图划归俄国。大清国在河南建新市镇，作为清俄贸易地，清朝汉族人称这个新建的市镇为"买卖城"。

2 清光绪年间一里等于576米。

3 日本长度单位，一町约109米。

4 日本长度单位，一间约1.818米。

于我五町五间余。总而言之，尺度标准未定，则难以得到精确数字。然有清人以我一里换算成彼六里八。据此类说明推算，可得其大略。

量地尺

量地尺名称分五种，步、分、角、亩、顷是也。五尺为一步，二十四步为一分，六十步为一角，四角为一亩，百亩为一顷。而实际使用者仅亩与顷两个名称，以十进制数之，不用角及以下名称。清国中名称相同而实际面积不同，一如常用尺之不同。《大清会典》曰：广一步、纵二百四十步为一亩。然曾国藩《论江苏赋税》疏曰：以宽窄论，江苏二百四十步为亩，有缩无赢。不如他省或以三百六十步为亩，云云。以此视之，官定之亩明显不通用于全国。且所谓步者，据闻或用四尺，或用六七尺，未必以五尺为准。亩已有广狭之别，如此又有步弓之差，明显不能得到明确之面积。以下列举各地所用量地尺以显示其差异：

广东一百平方尺（用海城尺，此一尺相当于我一尺二寸三分余）称一井，六十井为一亩，即相当于我八亩四分一厘八四七。一八四八年，广东省琼州地方官告知英国领事馆之尺度为，清国四亩八分七厘一相当于一英亩。即，此一亩相当于我八亩三分七厘六九九。

又，清国某地方官告知上海英国领事馆之尺度为，清国一亩相当于英国六分之一英亩。即，此一亩相当于我六亩八分〇〇七二。此比值用于土地买卖，一亩相当于七千二百六十英方尺。然而将土地卖与洋人，六千六百三十英方尺为一亩，即相当于我六亩二分一〇五。

量

清国之量，其名称可分为以下十三种：

粟
圭　六粟
撮　十圭
抄　十撮
勺　十抄
龠　五勺
合　两龠
升　十合
斗　十升
庾　十六斗
斛　五斗
石　二斛
秉　十六斛

此外有"釜"之名称，云六斗四升。

以上量度用合、升、斗三种，其他有名无实，不用。

《大清会典》所定之量，其一升方积为三十一寸六分，面底方四寸，深一寸九分七厘五毛，然尺度未必明确，因此无法知其实量。各地所用差异不少。以下列举二三例：

一八四六年，某欧人于广东检一升量具之实量，其一为英国一品脱[1]七二，即我五合[2]四勺[3]一五余；其二为半品脱九一九，相当于我二合八勺九三；又于上海检一升量具，其一为一品脱八五，相当于我五合八勺二四；其二比其多。眼下上海所用量具，分七升、三升、一升、二合五勺四种。其七升量具相当于我三升九合四勺；三升量具相当于我一升九合七勺；一升量具相当于我五合二勺五；二合五勺量具相当于我一合六勺。今试推算与此四者相对之一升，每升均不相同，见下表：

与七升量具相对之一升	我五合六勺二八五
与三升量具相对之一升	我六合五勺六六六
与一升量具相对之一升	我五合二勺五
与二合五勺量具相对之一升	我六合四勺

以上为当今上海所用之量具，以及用我量具计算之相对于每个量具之实量。

衡

清国权衡[4]分为九种，见下表：

1　品脱，容量单位，为1/8加仑，在英国等国家约合0.568升，在美国约合0.473升。
2　合，容量单位，升的1/10，1合约0.18升。
3　勺，容量单位，升的1/100，合的1/10，约0.018升。
4　权衡，称量物体轻重的器具，这里指百姓家常用的秤。

黍
累　十黍
铢　十累
两　二十四铢
斤　十六两
引　二斤
钧　三十斤
担　一百斤
石　一百二十斤

以上黍、累、铢、引、钧五词有名无实，并不使用。据说有时石与担同义使用。

清国民俗用权衡甚广，买卖米谷、油、棉、薪材、家畜、鱼肉等日常用品概以斤两计算，故每家必备权衡，买物时亲自过秤。然而权衡种类甚多，一如尺度不同，凡约定买卖物品时不得不约定其所用之权衡种类。记银两数时，须将某秤之字蒙上，亦出于此故。《大清会典》曰：以寸法定轻重之率，赤金方寸十六两八钱，白金方寸九两，云云。而此一寸用何种尺度不详，故无法推知其明确之轻重率。

以下通过各地买卖之物品，显示其斤量之差：

	一担	赤砂糖	九十四斤
厦门	一担	冰糖	九十五斤
	一担	盐	一百一十斤
	一担	米	一百四十斤

续表

福州	一担	米	平均一百磅[1]
上海	一担	米	平均一百八十斤
天津	一石	豆	三百六十斤
	一石	小麦	一百六十斤
牛庄[2]	一石（有时豆一石为三百斤）	米、豆	三百二十斤
	一担	油、盐	九十一斤

此外，买卖少量物品时往往亦不免有所不同。不过据《中英天津条约补充》，清国之一担定为一百三十三磅三分之一，故通商时似遵此比率。即一担相当于我十六贯[3]九十九匁[4]六分九厘八四一，一斤相当于我一百三十三匁三分。

洋人与清国通商所用之秤，专用行秤（行秤非出过去清人所用之秤。据云始于东西方通商后，欧人以清国权衡无固定之制为由，折中诸种权衡所制之一种新秤。清人批发店称"行"，故有行秤此名），而清人所用之秤种类甚多。兹比较并显示与行秤百两相对应之各秤重量。

1　1 英磅 =0.45359237 公斤。

2　牛庄隶属于辽宁省海城市，是东北地区最早开放的商埠。由于牛庄在军事上、经济上所处地理位置十分重要，引起西方列强的垂涎。1858 年（咸丰八年）6 月 25 日，英、法、美、俄强迫清政府签订《天津条约》，牛庄、登州、台湾、潮州、琼州被列入五口通商口岸。然而英国侵略者托马斯·密迪乐乘坐军舰对牛庄港口进行普查时发现，牛庄"河道淤浅"，大船无法进入。相反，辽河入海口的没沟营（今营口）水深港阔，适合大船进入，于是指营口（时称没沟营）为牛庄，1861 年 4 月营口正式代替牛庄开埠。因《天津条约》内容无法更改，对外统称牛庄，于是中外文献中出现牛庄和营口地名混淆的情况。因此营口又有牛庄和牛口的古称。

3　日本的一"贯"约等于 3.75 公斤。

4　日本的一"匁"等于一贯的千分之一，相当于 3.75 克。

行秤	一百两	除细白布、绸缎之外，与洋商交易时皆用此
新行秤	九十九两九四	
关秤	一百〇五两	用于海关纳税
公法秤	九十九两五	用于与洋商交易细白布、绸缎，清人间用于买卖绸缎
钱秤	九十九两二	用于以铜钱换金银或买卖杂货
议法秤	九十九两三	用于买卖豆豉
漕秤	一百〇一两五	用于兵营
天津纹银秤	九十五两二	用于广东、福建等地清商，以清国船漕运，卖于洋货商
天津库秤	一百〇三两二	用于天津诸官衙
京市秤	九十九两二	用于在北京之诸种买卖
京二两秤	九十七两二	用于官衙计算赏赐金
相秤	九十九两五	用于在上海计算土地金

货 币

中国以金属作货币已有三千年时间，有刀形、方形与圆形而中央开方孔等各种货币。皆以铜制，今所用铜钱即循古制，历代不改。自古以来物价皆以铜为本位，金、银、铁曾作通货，但不以此为本位。至明代，一切租税皆以银缴纳。此即以银为物价本位之滥觞。又，纸币发轫于唐，至元发行兴盛，曰之为钞，尔来中断不行。至清咸丰八年（1858），为补国帑不足又发行之。然其通用仅止于北京市内，行之不广。其后国际贸易渐趋繁盛，清政府觉悟须用金银货币，铸价值洋银一元之银币。然清人不惯用之，滋生恣意熔解或伪造之弊端，故终废而复不行之。眼下清国通货仅有银锭与铜钱两种，虽有金锭，但不用于实际买卖，可谓仅为富者储财之宝物。此外有钱庄发行之银票，计算与授受颇方便，然其流通仅止于发行银票之钱庄所在之地，无法广泛用于通商。清政府于法律上素未规定统一之货币，故银币曰饗锭种类颇多，加之称量标准亦极杂乱，商业不便之处甚多。是以各开埠港用于内外交易之货币犹用银锭，然实际上皆换算为洋银或以外国银行所发银券交易。清人间交易专用钱庄所发银券或银票，真用银锭者不多。铜钱仅用于购买日常生活物品。或曰中国立国已久，人民敏于商利，此世界中能与之比肩者殆不可见。自古以来，不以金银为真正货币，只广图商业便利，盖缘于清人天性趋利，极为机敏狡猾，仅以货币之形状为标准。不久即伪造之弊大起，人们不剖拆检核则无法安心，终至成风。政府即便铸出真币亦无其效，最终任其自由交割，各自以可称量之银两为货币。美人卫三畏曰：清国无真币，而商业却无涩滞阻碍之患，何故也？盖政府于此广阔版图既缺乏严禁伪造之权力，（过去虽有，但）又无法善始善终铸造纯正良币，取得人民信任。此言可谓道尽清国实情。以下概述当下通货之状况。

通货之称呼与规定量位之惯例

清国之银两无一定之规，因以量流通，故数货币时无特别之名称，皆以其重量称呼。即以两、钱、分、厘十进制区分，称之为现两。而银锭有多种，其质自有优劣，故针对优者与劣者，除现两之外，有时还增其价位，称之为增两。

银两之公价，由公估局定之。局乃官立，十八省皆有。检定银质美恶，优于其定则者，增其价位，并记其于银锭上，即此前所谓之增两。又，与新旧币及他种银交换或买卖时，若以优等银币兑换劣等银币，则须估定其价差与兑换升水，增其量之价位，此谓加水两。以上现两、增两、加水两总称为正两。又，普通货币表示之物价与洋银之比值，以九十八对一百^{如我旧俗，九十六文钱称百文}，此谓通常两^{即以九十八除以正两}。

货币之类别

元宝银^{清国仿照鞋形制作之银锭总称}

每锭重量不定，然漕秤^{权衡之名}平均现两为四十九两九钱。与此相对之增两为二两五钱四分九八。换算为碎银，通常两为五十三两五钱一分。

小元宝银^{元宝银中个头小者}

一锭漕秤平均现两为十两一钱八分，增两四钱五分九八。换算成碎银，合通常两十两八钱四分六九。

方宝银^{方形}

一锭漕秤平均现两为五十一两三钱七分，增两三两九八。换算成碎银，合通常两五十五两四钱七分九六。

京饷银^{类于小元宝银}

一包^{将两锭银锭包在一个纸包中}漕秤平均现两为九两二钱九分，增两一钱八分九八。换算成碎银，合通常两九两六钱六分三三。

28

松江银圆形

每锭平均现两重量不详。

以上五种银锭，其形状与重量概因类而分，可随机自由分割，作碎银使用。银质亦因类而有不同，依其增两多寡可推知。最佳银锭含百分之九十七至九十九之纯银。至于十五两及以下小块银锭，与大块相比，其质稍劣。然此二者皆称细丝或纹银。盖云其质纯粹也。

铜与黄铜钱

与我"宽永通宝"[1]同形，因铸造年代不同而大小颇不齐整。正面上下左右记铸造年号与通宝四字，背面左右以满文记造币厂所在地名与宝字。一个铜钱称一文，一千个铜钱曰一吊。北方一个称两文，五百个曰一吊。清顺治元年（1644）铸造之铜钱，其质以铜七、白铅三而成。乾隆六年（1741）改铸之，以铜五十、白铅四十一半、铅六半、锡二而成。至道光年间（1821～1850），所铸铜钱混入铁，且形体缩小，品质恶劣，伪造之亦无法图利。

当十钱

形状与普通之一文钱相同，较大，背面记"当十"二字，由一定之金属混合而成，乍一见与黄铜钱相同，然一个相当于十个一文钱。仅通用于北京市内，不流通其他地方。清朝始铸之此钱，的确相当于十文钱，而此后铸造之铜钱，

---

[1] 宽永通宝，是日本历史上铸量最大、铸期最长、版别最多的一种钱币，同时也是流入我国数量最多的外国钱币之一。

重量减少，其实不过相当于四个一文钱。

银票

钱庄发行之银票，其质坚韧，以桑纸制成，长五六寸，宽二三寸许，正面以墨色或朱色记价额与发行钱庄印等。其价额皆以铜钱称呼，有各种价位。小者一百文，大者十吊及以上。北京、天津等地使用最为频繁，一般买卖概用之。然其流通仅限于发行银票之钱庄所在区域。

因云，钱庄乃借贷货币之场所，商业资本融通皆于此进行。有以一人之资产设立，亦有多人联合建成一钱庄。货币出纳之书写格式与他国银行相类。然政府不为之设立条例以保护与公证，仅收取一定课税，故不论资本多寡，有人动辄开钱庄，得到开业许可即发行银票，与我银行发行之纸币无异。此银票清国名之为票子，其性质原为兑换，故价位与真币相同（据云时有少许差异），使用颇为便利。钱庄素未获得政府公证，故各庄皆无发行票子之限制。然有钱庄之地皆有同业公会，故各庄主可聚集于公会，相互清算借贷金额，是以极易了解对方之实际财力。因此，各自发行之票子，亦可依钱庄财力于冥冥间自动保持均衡。如北京有人欲新开一家钱庄，经两三名同业者担保，得到官府许可后即无资本发行票子，故世间大行奸策，骗取真币等之恶人不绝。不过亦有不少人因钱庄事业蹉跎，俄顷倒闭，拥有其发行之票子却不及兑换，资金悉数付诸东流。此乃票子仅流通于钱庄所在之区域，而未流向其他地区之故。

洋银

各开埠港专用墨西哥鹰洋，南方偶用西班牙双柱币，内地亦未必不流通。然清人往往剖拆检量，与银两比价，不过目其成色，则视其如普通银锭。北京稍有见识之兑换铺会对照时价，与其他货币交换而不疑。

日本小银币

各开埠港用于补充洋银不足，其流通与洋银相伴，价格时有升降，然不及洋银，概为其九成及以下。

银、钱之行情

与洋银一百元相对之元宝银

对价在七十二三两上下，然市价不定，时有些小升降。且天津兑换行情通常比上海高二两左右，即相对于洋银一百元，上海元宝银为七十三两，而天津则为七十两五钱许。据云此乃上海与天津银质不同。兹附录明治五年（1872）至明治十八年（1885）五月上海之行情表：

年号	与洋银一百元相对之平均行情	最高行情	最低行情
明治五年	七十八两三六	七十九两四	七十七两
明治六年	七十五两七六	七十七两五	七十四两
明治七年	七十三两七五六	七十五两	七十三两一二五
明治八年	七十三两三一	七十四两二	七十二两五
明治九年	七十六两七五	七十八两八五	七十二两五
明治十年	七十四两四一	七十六两二	七十三两一二五
明治十一年	七十三两九七	七十四两一五	七十二两三
明治十二年	七十三两二四	七十五两	七十二两五

续表

年号	与洋银一百元相对之平均行情	最高行情	最低行情
明治十三年	七十三两二九	七十三两八〇	七十二两二六二五
明治十四年	七十三两五五	七十四两四	七十二两七二五
明治十五年	七十三两二六 除去十一、十二两个月	七十三两九五	七十二两六〇
明治十六年	七十二两八八	七十三两七七五	七十二两一〇
明治十七年	七十二两九四 除去六、十、十一、十二四个月	七十三两七五	七十二两二五
明治十八年五月	七十三两三五三	七十三两七匁[1]五分	七十三两三匁

与洋银一元相对之铜钱

天津兑换行情明治十八年七月中为洋银一元对一千一百十文。明治十八年（1885）一月至五月，上海平均兑换行情为洋银一元对一千零九十五文六。

以上时价常有升降，并不固定。

上海于各开埠港中内外贸易最为繁盛，故有市场可确定银钱行情。市场分为城外洋人相界与城内清人街区两处，城内称南市，城外称北市。集中于此类市场者乃清国钱庄老板，依当日金融状况定出时价。亦有颇多经纪人、西方银行信息采集员等每日皆来此类市场。其货币买卖景况，与我邦米商会所与股票交易所相同，而用于内外交易之银币仅依北市时价，是以内外豪商皆辐辏城外，非金融量大之南市可比。

---

1 匁，旧时日本货币单位，一两银子的六十分之一。

关　税

　　清国关税有两种，一为常关(又云旧关)，收国内关税；一为洋关(又云新关)，收国外关税。常关收国内税自古以来历朝皆有，至清不变。乾隆十八年（1753），政府据直隶省（今河北省）及外省奏销之关税册计算，定出诸关岁入税额为四百三十二万四千零五两。之后由于商贾出入诸关益增，其税额亦不断增多。诸关岁入税额分两种，一曰正税，一曰盈余。兹据同治四年（1865）校刊《户部则例》"关税部"，可知各常关正税定额为银一百九十万四千二百六十六两三钱五分九厘，以及钱九千串；盈余定额为银二百五十万九百五十八两，合计银四百四十万五千二百二十四两三钱五分九厘，以及钱九千串。与乾隆十八年（1753）所定岁入关税银四百三十二万四千零五两相比，增加八万一千二百十九两三钱五分九厘及钱九千串。法律规定，须设定固定课税数额，由各关监督。若各关正税与盈余有所亏欠，则按其数加以处分，并设定期限，追缴所亏课银。

　　洋关之国外关税，于雍正（1723～1735）、乾隆（1736～1795）时代以来已对广东外洋船舶与货物加以征收。道光年间（1821～1850）鸦片战争之后，开广州、福州、厦门、宁波、上海五港；咸丰八年（1858）又开长

33

江一带即汉口、九江、镇江及牛庄、芝罘[1]、淡水、高雄、汕头、琼州九港。同年十月于上海与英国签订《通商善后章程》，其第十条明确规定：任其邀请英人帮办税务。[2] 自此前后开始，终至邀请英人，使其帮办外国税务。分国内常关税与国外洋关税亦大致始于此时。翌年遂聘英人罗伯特·巴特[3] 总司外国税务，直至今日。不久清国又与各国签订条约，通商口岸增至十九处。据海关报告，光绪十年（1884）以上通商口岸洋关征收之外国关税数字如下：

牛庄	三十万六千二百零七两六钱七分八厘（含此，均为海关两）
天津	三十八万六千五百七十九两三钱三分二厘
芝罘	二十七万三千七百五十四两六钱五分三厘
宜昌	八万一千九百七十九两八钱零三厘
汉口	一百八十七万三千四百三十一两六钱八分二厘
九江	七十八万七千六百七十二两六钱九分四厘
芜湖	七万一千六百零七两零七分七厘
镇江	十六万五千零十六两二钱九分六厘
上海	三百六十六万七千六百九十五两二钱三分五厘
宁波	七十一万零四百六十八两八钱七分八厘

---

1 芝罘，现为烟台市的一个区，是中国历史上最早的外洋通商口岸之一，因中国北方最大、世界最典型的陆连岛——芝罘岛而得名，《大不列颠百科全书》标称烟台即为"CHEFOO"。

2 正确的说法应该是，1858年清政府与英、法签订了《通商章程善后条款》，其中规定"任凭总理大臣邀请英（美）人帮办税务，毋庸英（美）官指荐干预"，并"各口划一办理"。

3 原文注音或有误，应为李泰国。李泰国（Horatia Nelson Lay，1833～1898），英国人，清国海关第一任总税务司。

34

续表

温州	九千二百四十三两八钱四分七厘
福州	一百八十二万七千一百十五两九钱二分
淡水	二十九万七千八百七十九两四钱九分
高雄	二十一万零二百十四两五钱
厦门	七十五万八千零六十四两五钱六分九厘
汕头	八十三万三千二百零八两零八分五厘
广州	一百零五万一千五百五十一两四钱八分九厘
琼州	十一万六千五百七十九两四钱七分六厘
北海	八万二千九百四十一两三钱五分四厘
合计	一千三百五十一万零七百十二两零八分八厘

征收洋关国外关税之法订立过程如下：咸丰八年（1858）十月，清廷命大学士桂良、吏部尚书花沙纳、两江总督何桂清、军机处行走叚某与英国全权代表额尔金与金加顿[1]于上海会面，议定《中英通商章程善后条约》十款。不久其他各国亦仿此约与清国签订条约。除日本国之外，文字有小异，而办法皆大同。今举其重要条目，有以下诸条：此次新定税则中，凡载入货物进口税则而未载入出口税则者，出口时应照进口税则纳税。或载入出口税则而未载入进口税则者，进口时应照出口税则纳税。若有未载入货物目录与进出口税则，又不在免税之列者，应核估时价，按值百抽五之

---

[1] 原文注音不详，不知为何人，但从身份判断，似为额尔金的私人秘书俄理范。俄理范（Laurence Oliphant，1829～1888），现译为劳伦斯·奥列芬特，当时还任英国谈判专使秘书，曾与英驻沪副领事威妥玛、李泰国一起代表英方参加中英上海税则会议，在1858年陪同额尔金在天津与桂良会谈。

例征税；凡金银、外国各种银钱、面粉、粟、米、粉条[1]、谷米、面饼、熟肉、熟菜、牛奶、炼乳、牛油、蜜饯、外国衣服、金银首饰、银器、香水、碱、炭、柴薪、外国蜡烛、外国烟丝、外国烟叶、外国酒、家用杂货、行李、纸张、笔墨、毡毯、铁刀、利器、外国人自用药物、玻璃器皿，进出口时于各通商口岸皆准免税。除金银、外国银钱、行李之外，其余货品不论该船装载浅满，货物为何，皆须完纳船钞[2]。若运往内地，除金银、外国银钱、行李之外，其余各货品皆按百两货值完纳税银二两五钱；凡火药、大小子弹、火炮、大小鸟枪与一切兵器等，以及内地食盐，概属违禁货品，不准贩运进出口；向来例皆不准通商洋药、铜钱、米谷、豆石[3]、硝矿、白铅等物，现稍宽其禁，纳税后听之贸易。洋药准其进口，每百斤纳税银三十两，只准于该口岸销卖。一旦离其口岸，则属清国货品，并只准华商运入内地，外商不得护送。又，铜钱不准运往国外，只准来往于清国通商口岸，由此口岸运至彼口岸。总体而言，准按现定章程执行，其进出口皆免纳税。无论船载浅满均纳船钞。又，米谷等粮食不拘内产、外产，且不分自何处进口，皆不准运往国外。唯英商欲运往清国其他通商港口，则一律按铜钱规定办理。出口时按税则纳税，进口毋庸纳税。无论船载浅满均纳船钞。又，豆石、豆饼出自登州、牛庄两口岸者，不准由英

---

[1] 原文为"粉砂"，日文没有这个词，疑为粉条。

[2] 船钞，亦称为吨钞，即吨税（Tonnage Dues），系为维持港湾与航道之助航设备，如灯塔等设施所收取的规费。

[3] 在近代历史研究领域，豆石就是指大豆大小的石料，是当时国家严格保护的一种资源，在我国的近代历史文献中经常可看到关于政府发布的豆石出口的禁令。

国商船装载出口^{此禁于同治元年（1862）解之，允许自登州、牛庄出口，使其与其他物品按同一规则执行}。其余各口岸按税则纳税，仍可带运出口或带运国外。硝矿、白铅均为军用物资，应由华官亲自采办，或由华商奉准买明文方准进口。此三项只准于英商通商口岸销售，不准进入长江与各内港。又，不准代华商护送；就《天津条约》第二十八条所载内地税饷之议，现出入税则定为咸以一半照纳。口岸免税各货，除金银、外国银钱、行李之外，若进入内地，仍须按货值百两完税银二两五钱。此外，运入内地各货均应报关，说明此货确属某商，名称数量如何，装何船进口，将去内地何处等各缘由，以供查验，并照纳内地税项。此关发给内地税单，某商可向沿途各分口岸呈单照验，盖戳后放行。无论远近，均不重征。至于运货出口，则大凡英商于内地置货，至首个分口岸后验货，由送货人开单，注明有若干货物须于何口岸卸货，并呈交此分口岸存底，之后承发给执照，准予前往下一站。沿途于各分口岸接受查验盖戳，至最后一个分口岸。之后先赴出口海关，报完内地税项后方许过卡。下船出口时须再完出口税。凡此数条即于洋关征收出口税之概略。但清国与我国之条约同各国有大异者，乃内地通商一事。英国与其他各国，持该国普通护照者，即可听之前往内地各处游历通商。前载中英《通商章程善后条约》亦规定，出入内地货物均纳半税。而清国与我国之条约，彼此均不许于内地贸易。《中日通商章程》第十四款曰：大日本之商品输入大清开埠港，向海关交付商税后，由大清人之手运入大清内地。大清人交付关卡税银后可自由销售，不许大日本人运入大清内地。又，大清商品输入大日本开埠港，向海关交付商税后，不许大清人自行运入大日本内地。违者官方没收其所有物品，并将该人引渡给理事官[1]处置。以上两条，两国皆定为以开埠港为界，极具明显之局限。此乃日清通商与各国相异之处。

此外，清国有跨常洋两关征收贸易税之做法。比如，从西北陆路来交易之俄罗斯人，已被征收国外贸易税，但经过张家口、通州等常关时，又被征收国内贸易税。天津及其他各海边洋关亦复如此，以跨常洋两关二度征收贸易税。兹究清人与俄罗斯人贸易之权舆，可知其始于康熙二十八年（1689）领侍卫内大臣[2]索额图等与沙俄全权使臣戈洛文等在尼布楚[3]会面，议定《清俄尼布楚条约》，共六款，其中规定于恰克图[4]与尼布楚交易，彼此均不抽税。同治元年（1862），总理各国事务衙门王大臣奕䜣与驻北京俄国特命全权公使特奥德鲁·巴伊科夫会面，议定《中俄陆路通商章程》二十一款时，方才决定向来自西北陆路交易之俄罗斯人征收关税。之后八年，总理各国事务衙门王大臣奕䜣与驻北京俄国特命全权公使塞拉尔·乌兰加里会面，修改同治元年议定之二十一款，重新议定《中俄陆路通商章程》，共二十二款。又，光绪七年（1881），出使俄国全权大臣曾

---

1 理事官，主要指直接从事外交、领事事务之外交官员。按当时的国际惯例起名，分为一等、二等、三等理事官及副理事官。

2 领侍卫内大臣，清朝的官名。清代制度设"侍卫处"，领侍卫内大臣是皇帝贴身警卫的指挥、调度人，官位正一品。

3 尼布楚，今俄罗斯涅尔琴斯克。

4 恰克图，清代中俄边境重镇。汉名买卖城，南通库伦（今蒙古国乌兰巴托），北达上乌丁斯克（今苏联乌兰乌德）。

纪泽同沙俄外交大臣格尔斯[1]与出使清国全权公使布策[2]于彼得堡会面，再次修订《中俄陆路通商章程》(亦称《中俄改订条约》——译按)，共十七款。其重要条款有：两国边界一百里内[3]清俄两国人民任意交易，均不抽税。进口时于张家口缴纳正税；于天津、通州、肃州等地缴纳正税时"照各国税则三分减一"，将货物运入内地者再纳子口税一半。出口货物照税则纳正税。

清国政府依本国法于常关征收国内关税，亦称其为正税与盈余，乃定值。并立法规定，当正税与盈余不足，可使地方督抚与海关监督代办征收。此做法载《大清会典》。当固定之正税与盈余有余，则默许地方督抚与海关监督私自处理此余额。就任正税与盈余有余之常关监督，将得到一笔额外收入，而就任正税与盈余不足之常关监督，自始即明白将受损，故往往欺官虐民。光绪八年（1882）三月二十三日《京报》载：掌云南道监察御史邓承修论关税之奏闻，其略云："关税侵蚀之弊，近十余年日增月益，不可计数。其诸奏牍曰：前任两广总督刘坤一署理海关才数月，已余银十余万两。其实缺胥吏、仆役又倍之；闽海关一书吏，不足数

---

[1] 格尔斯（Nikolai Karlowitsch de Giers, 1820～1895），亚历山大三世时任俄国外交部长。

[2] 布策（Eugene de Butzow, 1837～1904），俄国外交官，曾担任俄罗斯驻日本第一常驻代表、驻中国第二常驻代表、驻日本大使。

[3] 正确的表述应为"俄国商人在中国边界百里之内"。

年，已累家资巨万。书吏如此，则可知其正任[1]；至于天津海关，其密迩京畿，在人耳目，馈遗过客，供应上官，岁须数万金。可知其皆取偿于此，中饱私囊，重载而归；此外，上海、登莱、芜湖、汉口、新关、九江、夔州、肇庆、梧州、归绥道、山海关，凡有榷税者无不侵蚀。多者十余万，少者七八万，综而计之，岁不下数百万。今户部之臣，昼夜计算，求一钱于额外，以裕国库，然不可得，而政府见有人狼吞虎咽此数十百万民脂民膏而不闻不问。此乃臣所不可解也。且国家取于民者除田赋之外，只有榷税，所以裕国课、资正供者仅此二种。然而，钱粮之分数[2]，即州县之考成。有侵蚀之者则监追参劾，随之其考核加严如此。至于榷税，则私赃入己，累累数百万，闻之如未闻，见之如未见。譬如一家之主，每日数盐问米，锱铢必较，却对豪奴、悍役侵尅其资财、私鬻其田产顾而不查，岂有此理？不独如此，而且以其货财，结纳长官，弥缝要路，既以差得富，又以富市官，贿赂日彰，官邪益著，吏治缘何不坏？财源何得不竭？云云。"是以可见其弊害之甚。又，于征税不足之常关，对并非严重之不足亦设种种辞柄，乞求宽减，或为改善官声，难保不向商民暴敛超出征收额数之税银。此乃清国常税之通弊。据云唯洋关乃洋人代办，于税务司作册报，精核现在出入，故绝无此等弊害。

---

1 原文如此，似有误，当为其主管。正任指的是承宣使、观察使、防御使、团练使、刺史，皆无实际职掌，仅为武臣迁转之阶，凡不带阶官者为正任，否则为遥郡。正任能参预朝谒御宴，遥郡则不能。正任按其品级依次迁转，遥郡则按其阶官迁转。

2 分数，即数量和程度。

此外还有外厘税，其弊政尤甚。此非清朝旧有征收税种，而始于长毛贼猖獗之时。当时扬州大营四集，军饷不支。基于江都[1]仙女镇各会馆旧有抽取厘金之惯例，咸丰三年（1853）六月遂使天下仿行，以济军需。坐贾则按月收捐，称为板厘；行商则设卡抽捐，称为活厘。按获利厚薄，约百中取二三。商贾不致病累，以充军饷。以上乃收取厘金作为军饷之例。毕竟清国常备军为八旗、绿营，政府每年支出金额不至于不足。然因贼乱，召集勇兵[2]，其金额支出无着，故收此厘金。然而贼乱既平，或以勇补常备军绿营之缺，或有不解散之勇。据云前年随陕甘总督左宗棠从军新疆者即湘勇之残兵，今日从直隶总督李鸿章驻扎天津者即淮勇之残兵。其他各省总督、巡抚等幕下，皆不无残勇。且每当与外国之纷扰事件一起，则用于防备之兵皆募之于勇丁，不可无金额支出，故至今仍在征收厘税。厘税原得名于抽取百分之一，但因有洋药厘、盐厘、货厘等名目，各随其物所收金额不同。且各省数目有异，大率于每数十里间水陆要道上设局卡，查车船货物征税。此厘税如前所述，常关有固定额数，因过与不足有赏罚，故管之委员，多取之于民，少报之于官，此弊比比皆是。据于汉口目击局卡抽税者云，小民鬻菜蔬者亦勒其税，无钱者即取之菜蔬。可知其苛刻。运货至远方者，过卡愈多，其税愈重，或超出其本钱，故于外国贸

---

[1] 江都，扬州之古称。

[2] 清末之前，"兵"是国家正规军；"勇"是临时招募的地方辅助部队，不是正式编制，战事结束后会被解散。太平天国运动以后，清政府为了镇压起义，允许地方大开团练，以湘军、淮军为首的"勇营"逐渐成为正规部队，最后发展成北洋军和各地军阀。

易时有人借洋人之名，使进出口货物通过内地。盖有条约，英美等国可至内地贸易，其运输之货物，交子口半税即二分五厘，经过多少关卡亦不重征。叹厘税之弊，啧啧于朝野，而之所以不能裁革，乃因其可大资国用。然其征收总额，因未得若干可据册簿，故无由知之。光绪七年（1881），兵科给事中刘瑞祺[1]奏闻，各省宜权衡厘卡大小，分别留撤，以恤民瘼。曰"窃惟厘金可裨益国用。通都要隘，财货流通，商贾不苦输将，可借饷源，资挹注，故不能遽议裁撤，势也。若其地嘉产不鲜，道非冲衢，货溯来路，固已经历关口，而不能幸免于捐；货究去路，又须耽延时日，而不堪重剥。肩挑背负者流，时或抽厘金，仅剩制钱[2]一二千文乃至数百文。密纲频撄，皆嗟叹于生计之穷，而无由措手。且设一卡，必别设数卡，委员薪水、司事、巡丁薪水与该局用费一切难减。或至年终总计，入仅敷出，或出入相偿，盈余仅二三千金左右。揣之于民心，殊非所愿；揆之于国计，又何需此区区？如此情形，东南数省为多，西北次之。愿下旨命各省总督、巡抚，以其厘卡历年盈余实数，悉心综核，剂以权衡。大者由之，小者撤之，一一报部备查，不得仍旧了事。庶几可致上筹国用，下恤民瘼"。左宗棠于两江总督任上，即意图次第整合其管下棋峙星罗之厘卡。凡此种种，可

---

[1] 刘瑞祺（1833～1891），九江府德化县人。咸丰九年（1859）举人，同治元年（1862）进士，初选庶吉士，散馆授编修。三年，充顺天乡试同考官；七年、十三年，两度出任会试同考官。未久，补授湖广道监察御史，任职期间，直言切谏。

[2] 制钱，明清两代按其本朝法定的钱币体制由官炉铸行的钱币，以别于前朝旧钱和本朝的私铸钱，对旧钱、私铸钱进行取缔和制约。

想见厘税之害。

江海关结账略

清国关税支用,乃先于其关税项下,分甲经费若干,乙经费若干,定其取用金额,按各期送交。若有不足,则于后期补上。今得上海江海关收支计算账册,抄其某期数额如下,以示其大概:

江海新关结算清册

第九十三结_{光绪九年(1883)九月初一日至十二月初三日即外国关三个月数字}

新收

一、洋船进出口正税银六十五万八千一百四十二两六钱四分三厘

一、洋药税银二十五万一千五百六十四两三钱二厘

一、洋船、长江船各项半税银二万八千四百一十一两六钱八分五厘

一、洋船钞银三万二千七百三十六两七钱

一、华洋商人完纳内地子口半税银三万三千八百九十五两一钱三分二厘

一、招商局轮船及关照船[1]进出口并洋药正税银三万九千二十七两二钱五分九厘

---

1 "关照"原指出关护照。"关"的本意为门闩,引申为关塞;"照"是公文、证件,"关照"即出入关塞的公文、证件。"关照船"即指有政府批文可进行国际贸易的船只。

一、招商局轮船及关照船半税银一万六千九百六十五两九钱二厘

一、招商局轮船及关照船钞银三千七百七十六两二钱

合计银一百零六万四千五百十九两八钱二分三厘

其中按规则，每百两销镕工折耗银一两二钱。按此比例合计支销折耗银一万二千七百七十四两二钱三分七厘八毫七丝六忽

存银一百零五万一千七百四十五两五钱八分五厘一毫二丝四忽

又，上期第九十二结册报垫放^{前期不足飘之补}银十二万六千零五两七钱九分四厘一毫一丝六忽四微

实存银九十二万五千七百三十九两七钱九分一厘七忽六微

开支

一、银十三万两

右，拨光绪九年京饷银三十万两。又续拨银八万两。本期内送户部数如此。

一、银五千两

右，交还闽省该省外国债作台湾防备费。江海关每期各拨银五千两解户部，抵闽省京饷。本期数如此。

一、银三万两

右，八旗官学工程银并现需经费，江海关拨洋税银者如此。

一、银五千一百六十五两

右，每年解内务府摊邀参价银五千两并平银抬费等一百六十两。光绪九年数如此。

44

一、银三万两

右，黄河工费中，江海关拨洋税银解山东抚院者如此。

一、银一万九百五十三两八钱七分

右，华洋船钞银三成，按期解总理衙门作京师学习外国语言文字馆经费者，本期内船钞银三万六千五百十二两九钱之三成如此。

一、银七千七百二十四两七钱五分五厘八毫

右，前解户部内务府总理衙门之银两汇费，每千两银四十两；解山东抚院黄河工费银因路途较近，每千两银十六两。两项皆于内地子口半税项下支给如此。

一、银十八万一千九百四十一两三钱八分九厘

右，江海关解京四成洋税内酌留二成，作轮船制造等用。本期数如此。

一、银八万五千三百八十六两七分八厘三毫六丝

右，出使各国大臣暨随带员役每年俸薪并往返盘费及驻扎各国经费。各关所收六成华洋税分算为每关每期十成，酌提一成半者。江海关本期六成、洋税一成半，银八万一千八百七十三两六钱二分五厘五丝；又，六成华税一成半银三千五百十二两四钱五分三厘三毫一丝。共计如此。

一、银六万六千二百七十六两一钱四分六厘三毫

右，本期内进出口及洋药正税实收银九十万九千七百零六两九钱四分五厘内，应提海防二成，银十八万一千九百四十一两三钱八分九厘。除去黔省饷银六万两并闽省外国债项五千两，余二成银十一万六千九百四十一两三钱八分九厘之一半，解北洋银五万八千四百七十两六钱九分四厘五毫。又，本期内收入招商局轮船、关照船、进出口并洋

药正税银三万九千二十七两二钱五分九厘，应提海防四成，银一万五千六百十两九钱三厘六毫。除二成解充南洋海防经费，余二成解北洋海防经费。银七千八百五两四钱五分一厘八毫。合计如此。

一、银六万六千二百七十六两一钱四分六厘三毫

右，如前北洋海防经费款所叙，解南洋海防经费数如此。

一、银三万两

右，出金都统顺关军饷，每月由江海关解，银一万五千两。本期内解数如此。

一、银三千两

右，乌城军饷银由江海关每月筹解，银一千两，本期内自光绪九年七月至九月三个月。共计如此。

一、银九万两

右，江海关每月解淮军饷银二万两，黔兵饷银一万两。又，二成于洋税项下添拨。黔兵月饷银二万两，本期内二成于洋税项下添拨。自光绪九年八月至十月三个月，共计银六万两。又，六成于洋税项下添拨。光绪六年十月银三万两。统计如此。

一、银九万两

右，江苏省每月协助直隶饷银三万两。自光绪八年九月至十一月三个月。共计如此。

一、银六万两

右，金陵练勇月饷一万五千两。自光绪九年五月至八月四个月。共计如此。

一、银三万两

右，苏州织造大运工需银由江海关每年协贴银七万两。光绪九年数已解四万两。其余如此。

一、银六千两

右，苏省协拨黔省月饷，每月一千五百两。光绪九年九月至十二月。解数如此。

一、银二万四千两

右，淞沪厘局应解军饷，由江海关协济者，自光绪九年正月至六月。解数如此。

一、银一千四百两

右，南洋通商大臣每年额支通商养廉银六千两，自光绪九年七月至九月三个月数，除减平，实数如此。

一、银二万五千五百五十九两三分

右，本期内七成船钞银由新关税务司转寄总税务司，以备办理塔表等之用。钱数如此。上海广东方言馆经费每月银五百两，三个月数银一千五百两即于此内扣除转给。

一、银六万两

右，江海关经费每月银二万两。光绪九年外国（公历——译按）十月至十二月三个月数。共计如此。

一、银三千两

右，江海关每月拨给芜湖关经费银一千两。光绪九年外国十月至十二月三个月数。共计如此。

一、银一百四十四两三钱八分四厘

右，江海关办理通商事务，派拨满文抄写工二名进院帮缮，月给、薪工纸张银十六两。由光绪七年十一月二十六日至八年十一月数减二成并除扣平。实数如此。

一、银一千二百五十三两六钱五分七厘六毫

右，实支细数，俟一年期满，须另造册详咨。

以上解放银一百四万三千八十两四钱五分六厘三毫六丝。

实在

垫放银十一万七千三百四十两六钱六分五厘三毫五丝二忽四微

右，垫款于续收关税项下提付，归入下期造报。

船　舶

招商局

创立纪事并章程

招商局之创立，出自李鸿章之起意，始于清国沿海外国帆船、轮船往来次第增多，清国船舶生意被夺，渐趋衰微。政府为不失其机，将过去官有之"伊敦号""永清号""福星号""利运号"四轮船派发商人，以此募集股份，设立公司，并特官许运送漕米，以固其本。为不让洋人垄断沿海航权，同治十一年（1872）^{明治五年}冬，政府命道台朱云甫[1]试办之。然各事草创，不能骤见其效，却生损耗。李鸿章又命唐廷枢[2]、

1　即朱其昂。朱其昂（？—1878），清末江苏宝山（今属上海）人，字云甫，出身于家财殷实的沙船世家，由淞沪沙船巨商捐资为道员。咸丰十年（1860）始在山东烟台与美国商人合办清美洋行，以承办上海、烟台、天津等口岸海运为主要业务。曾任江苏海运局会办、浙江漕运局总办、海运委员。同治十一年（1872）由李鸿章授意，拟定轮船招商章程，在上海设局招商，并"以身家作抵"，任总办。次年招商局改组，任会办，负责漕运和官务。光绪三年（1877）为招商局洽购美商旗昌轮船公司产业。次年李鸿章委为津海关道，任命三日后死去。

2　唐廷枢（1832～1892），初名唐杰，字建时，号景星，又号镜心，生于广东香山县唐家村（今广东省珠海市唐家湾镇），是中国近代史上著名的洋行买办，又是清末洋务运动的积极参加者。他的一生对创办近代民族实业，推动民族经济发展，有过重要的贡献。

徐润[1]等计划之。唐徐两氏之意见书曰："可将'伊敦号'折价三万两，'永清号'折价九万两，'福星号'折价八万五千两，'利运号'折价九万二千两，天津码头仓库折价二万五千两，上海浦东码头仓库折价二万五千两，由该局购入；另计天津仓库增建费六千两、'伊敦号'锅炉改造费三千两与'永清号'修理费六千两、'福星号'修理费五千两、'利运号'修理费五千两、另购一轮船金额八万两、于上海小东门建码头仓库费四万两、于大沽增建码头仓库费四千两，合计募集码头仓库费十万两、五船购入、修理费三十九万六千两资本，组建此公司。且将资本金定为一百万两，分为一千股，由众人募集。眼下先以一股为五百两，募集资本五十万两，以试行之。其做法为，先使'伊敦号'专门往复长崎，其他轮船运送煤炭。按每月往复二度半，一度运煤七百吨，运费一吨银二两五钱计算，可得银一千七百五十两，全年运费总计五万二千五百两。其中扣去每月用于'伊敦号'之煤炭二百三十吨，金额八百两，工资、伙食费用一千四百两，保险及其他杂费五百两，合计二千七百两，全年总计三万二千四百两，犹有二万两盈余。运送客货之利润估计每年一万两，该号每年有三万两盈余。至于'永清号''福星号''利运号'与新购入之轮船，四艘每船平均每月费用、工资、伙食、杂费等二千两，保险八百

---

[1] 徐润（1838～1911），又名以璋，字润立，号雨之，别号愚斋。广东香山县北岭乡人（今广东珠海北岭村）。15岁时随叔父徐荣村到上海，进入英商宝顺洋行当学徒，深得洋行上下看重，19岁已获准入上堂帮账，24岁升任主账。不久接任副买办之职。由徐润经手招集的股金占招商局全部资本一半以上，使招商局资本充实，运作自如。

两，一月中航行日数暂定十六天，每日烧煤炭十吨，价一千六百两，约计不出五千两。四艘每月费用二万两。此四艘运漕米二十五万吨至天津，一度航行定为十四天，每船各装运一万石，可自二月朔日至四月末全数运完。此三个月间四艘费用六万两，漕米运费一石银五钱五分，总计十三万七千五百余两。其中扣除局费并漕运诸费五千两，剩十三万二千五百两余。再从其中扣除六万两费用，犹余七万二千两。此外还有载客载货之利，至少每船可得银一千五百两。三个月可达四千五百两。此七万二千余两加'伊敦号'之三万两，可稳赚纯利十万八千两。与五十万两资本金相比，相当于获利二成余。因此仅漕米一事，此局即有很大利润。犹且其他之九个月间亦非不可运输。现以极低运价算之，以'福星号'与新购船常往复天津，每船每月有七千余两毛利。从中扣除开销五千两，犹余二千两。又，'永清''利运'两号，使之巡航南洋，装载一万六千担货物，运费每担估计一钱二分，再含旅客运费，每月航行二度，可得七千余两。从中扣除费用五千两，各有纯利二千两。又使此四艘巡航长江，载货一千二百吨，每吨运费估计二两余，尚有毛利七千余两。扣除费用，同样可剩二千两。故除去漕米时间三个月，修理时间一个月，其余八个月时间所得利润约七八万两。加上漕米利润七万余两，'伊敦号'利润三万余两，合计全年纯利可达十七八万两。从中扣去股票利息五万两、修理费用四万两，犹必可得二成利润。加之漕米称耗米，依例每石耗损八升，此米即使多达二万石，其实亦不过减少六千石，剩余之一万四千石即公司利润。是以可补上海、天津码头仓库之工资、伙食、装卸等费用，亦足以减少公司费用。云云。"李鸿章遂允准之。自同治十二年（1873）六月制定该公司章程，以股票募集银五十万两，并断然实施之。其章程如下：

轮船招商局章程

一、办事商董拟请预先选定，以专责成也。商局设于上海，议交唐廷枢专管，作为商总，以专责成。再将股份较大之人公举入局，作为商董，协同办理。兹查有候选州同朱其昂、候选郎中徐润等均寓上海，拟为上海局商董。天津分栈则拟举宋缙为商董。汉口、香港、汕头三处皆将来轮船分赴揽载之区，拟举刘绍宗、陈树棠、范世尧三人充当商董，分管以上三处事务，俾期联络。以后如另有别口贸易，或遇附入股份较大者，再行酌量选充。

一、轮船归商办理，拟请删去繁文，以归简易也。查商人践土食毛，为国赤子，本不敢于官商二字稍存区别。唯事属商办，似宜俯照买卖常规，庶易遵守。兹局内既拟公举商董数名，协同商总料理局务。其余司事人等必须认真选充，不得人浮于事。请免增派委员，并拟除去文案书写、听差等名目，以节靡费。其进出银钱数目每日有流水簿，每月有小结簿，每年有总结簿。局内商董、司事等公同核算，若须申报，即照底簿录呈，请免造册报销，以省文牍。

一、局内需经用费，拟酌定数目，以示限制也。

事无撙节，断难经久。兹拟局内商总、董事人等，年中辛工饭食以及纸张杂用，拟于轮船运量揽载水脚[1]之内，每百两提出五两，以作局内前项经费。其栈内经费，则酌将耗米开支。船内经费，则将所定船内月费开支，统俟年终核计。一年所得水脚银两，除每百两提去经费五两，又照各股本银每百两提去利银十两之外，如有盈余，以八成摊归各股作为溢利，以二成分与商总、董事人等作为花红，以示鼓励。其分派花红之处，随时公同核议。

一、兑漕交漕请分任，以资熟手也。查交收漕粮，向来朱守其昂经理多年，情形熟悉。兹轮船运粮，所有在沪收米，在津交米，各事仍归朱守一手办理。拟将运粮所得水脚每百两提出五两专为朱守办公之用。似此交收粮米之事，系朱守其昂专司。而轮船各务，凡局内船内之事系唐廷枢专司。各尽各职，庶免缪辖，而专责成。

一、轮船应领中国牌照，归新关完税，以免洋商借口也。查中国船只向旧关完税，唯此时创办轮船，若非统归新关完税，洋人定必借口。前经总理衙门议有轮船夹板章程，自应按照定章办理。赴本口监督衙门请领牌照，遵用中国旗号，归新关接照洋商税则完税。

一、栈房轮船均宜保险，以重资本也。栈房原为

---

[1] 水脚，指水路运输费用。

轮船利于装卸起见，客商货物应由原人自行保险。唯所存漕粮一时未能运竣，万一失火，关系匪轻，应由商局向保险行保火险。至海面水险一层，保费较重，虽经入奏有案，并未奉准，应请仿照沙宁船[1]定例，遇风沉没，准商局禀请豁免。至轮船船价甚巨，亦应保险。唯每年每船约需保费万金，绝非长策。应请俟三年之后，将所得余银除提利息花红外，另列一保险公款，自行保险。俟保险资本积有巨款，不但可保自船，即他船亦可兼保，一举两得，其利自溥。

一、海运局交收漕粮，拟请仍照沙船向章办理，以免歧义也。查漕船领运漕粮，在上海则由沪局交米到船，及船抵天津，由津局收米过驳。是沙船只管运米之事，不管交米收米之事。今漕粮酌拨轮船领运，自应仍照沙船向章，凡漕粮在沪时由沪局交至上海栈房码头，殆轮船抵津，则由津局在津栈房码头验收过驳。轮船专责，亦系只管运米。倘漕粮在船在栈，未经海运局验收，遇有短缺，自应唯轮船商局是问。至运粮水脚以及耗米麻袋并准免成税，均请仿照沙宁各船向章办理，俾示体恤。

一、轮船宜选择能干之人学习驾驶，以育人才，而免掣肘也。夫不精于针盘、度线、风潮、水性者，不足以当船主、大伙[2]；不识机器、水器者不能管机

---

[1] 沙宁船，中国固有漕船，多出现在江浙一带。简称沙船。

[2] 大伙，指大副。

器。此辈中土不多，即中土有可用之人，洋行亦不保险。开办之初，似应向保险洋行雇用外洋人船主、大伙等项三五人，仍派能干华人副之，俾可留心学习，将来学有成功。商局所提保险资本又积有巨款，则可全用华人驾驶矣。

轮船招商局规

一、招股合资，置办轮船，起造码头、栈房，为装运漕粮及揽载各口客货而设。其资本以一百万两为率，先收五十万两作为一千股，每股五百两矣。俟生意畅行，船只须加，或按股添赀，或另招新股，届时再行集众商办。

一、总局设立上海，名曰轮船招商总局。其各口为分局，如天津名曰轮船招商津局，其他仿此。除中土通商口岸之外，东洋、吕宋、安南、暹罗各国将来均可体察生意情形，添设分局，以扩充之。

一、选举董事，每百股选举一董事，于众董之中推一总董，分派总局各局办事，以三年为期。期满之日公议，或请留，或另举。仍由总局将各董职衔、姓名、年岁、籍贯开单，禀请关宪转详大宪[1]存查。

一、商总为总局主政，以一二商董副之。如商总公出，令商董代理，其余商董分派各分局任事，仍归总局调度。商董若不称职，许商总禀请大宪裁撤，另

1　大宪．清代地方官员对总督或巡抚的称谓。

行选举。商总倘不胜任，亦应由各董联名禀请更换。

一、总局、分局栈房、司事人等，由商总、商董选择精明强干、朴实老诚之人，查明来历、取具保结方可任用。设有差池，唯该董原保是问。其轮船之主、大伙、铁匠、司事、水手人等归总局选用，仍须查明履历，取具保结，毋得徇情。

一、总局、分局逐日应办事宜，应照买卖常规办理。遇有紧要事件，有关局务以及更改定章，或添置船只与造码头、栈房诸大端，须邀在股众人集议，择善而行。弗得偏执己见，擅动公款，致招物议。

一、各分局银钱出入数目，按船逐次清厘，开列细账，连应解银两一并寄交总局核收。每届三个月结小总，一年汇结大总，造册，刊印分送在股诸人存查。平时在局收付诸账，任凭在股诸人随时到局查阅。

一、总局银钱由商总会同商董选择殷实钱庄存放生息。务宜格外留心，以免疏虞。倘有拖欠短缺，唯经手是问。

一、本局专以轮船运漕载货取利，此外生意概不与闻，毋论商总董、司事人等，均不准借口营私，任意侵挪。即薪水、工食等各按定章，毋得逾越分文，亦不准丝毫挂宕。如有违规，一经查出，立即撤退，并向原保追偿。

一、本国机器局如有商轮船发给本局领用，应当按船议租。如华商中有轮船托本局经管，照所得水脚每百两扣五两，以充局费。唯海运漕米，非本局在股船不装。

一、本局刊立股分票、取息手折[1]股,各收一纸,编列号数,填写姓名、籍贯,并详注股份册,以杜洋人借名。其股票、息折,由商总、商董会同画押,盖用本局关防[2],以昭凭信。如有将股让出,必须先尽本局。如本局无人承受,方许卖与外人。一经售定,即行到局注册,但不准让与洋人。设遇股票、息折(若有)遗失,一面到总局挂号,一面刊入日报,庶使大众咸知。俟一个月后,准其觅保出结,核对补发。

一、本局各账以每年六月底漕米运竣之后截止总结。凡有股份者定于八月初一日午刻到总局会议,所有官利、余润亦于是日分派。其有在股者,或宦游他省,或经商别处,即将所给息折或由总局,或至分局核数派付,听随其便。

一、股份人内或有年老归山,或因修短不测,其亲属人等欲将股票更换名号,必须先觅殷实之人赴局出具保结方准。

一、将来生意畅旺,必须添购轮船,增立栈房、码头。除官利股息,其余溢之项公同会议酌量提留,以充资本。若生意平常,毫无余裕可提,或按旧股多招二成,或另招新股二成。倘仍复清淡,不敷缴费,势须停歇,邀集有股者会议,除官款缴清,按股派回。

---

1 手折,旧时商业上记载交易的折子。
2 关防,旧时政府、机关或军队用的印信,多为长方形。

事业沿革

经李鸿章奏明，同治十一年（1872）冬始让道台朱云甫经办。至同治十二年（1873）六月，委唐廷枢等总理局务。廷枢等委衔重定章程，次发股票，大力招募创立资银。于此先置总局于上海，称轮船招商总局。天津原有局栈，称轮船招商津局。更于牛庄、烟台、福州、厦门、广州、香港、汕头、宁波、镇江、九江、汉口十一处，以及外洋之长崎、横滨、神户、新加坡、槟榔屿、安南、吕宋等地设立分局，以上共设置分局十九处。并购置轮船四艘，即伊敦、永清、福星、利运四号，从事分运漕米、招揽客货之业。然嗣后船舶犹不足，运漕揽货未至充分扩展，遂嘱英国新造和众号，并从福州船政局受领海镜号从业。又允船政局拨琛航、大雅两号，然未领回。另有附属该局之洞庭、永宁两号，往来于长江。而专以该局六艘船舶，往来于天津、广东等地遂行外洋业务。此乃第一年即同治十二年（1873）六月至十三年（1874）六月末之业绩。此外，于上海建栈房，汉口筑码头，修整船舶等，凡创建事业多于此年间与第二年间完成。

廷枢等颁布第一年年报后欲扩充事业，忧虑船舶尚不足，同治十三年（1874）十月于上海购求富有、利航两号。光绪元年（1875）三四月交该局日新、厚生两号亦先后到达上海。至六月，由江南制造局领建帆船成大号。犹有约定新建之轮船保大、丰顺两号，至同年八九月均到达上海。又有大有、汉阳二轮船，已于三月间为该局所有。此前同治十三年（1874）夏，总局奉命运完漕米后即装载兵员调遣台湾，适值海镜号退回福州船政局，故调派伊敦、永清、利运三号装载淮军赴台湾。之后海镜号复退回，三船亦从淡水装运煤炭返回。其后伊敦号停止航行，永清号派往广州，利运号派遣汕头，富有号往来香港、新加坡等处，而犹留福星号往来天津。光绪元年（1875），江苏、浙江、江西与湖南、湖北等各大宪承漕米之命，拟派永清、福星、利运、日新四号，分五个月装运。然而福星号有事失挫，日新、厚生两号又甚迟到，故恐有违漕期，以富有、和众两号协运漕米。又，六月间永清、利运先后与他船冲突，均不得不停泊修理，遂至蒙仓宪[1]严督。于此雇用往返牛庄之清国商船，且调派津局所在之轮船从事漕运，渐至七月初旬悉数运完六省漕米。此乃第二年间转运事业。此外于此年间，计划于上海购置码头栈房，并再添造三所栈房；于汉口增置一所栈房；于九江增置一所栈房；于镇江再增一艘趸船[2]；于宁波再增建码头。

第二年年报颁布之后，犹留利运、日新两号往来天津；永清、富有两号往返广东；和众号往返汕头、厦门；厚生号往返南洋，独利航号于上海修理。而至九十月之交，保大、丰顺两号前后抵达上海。此即第二年总结前定造之船，

---

1 仓宪，宋各路置安抚司掌军事与民政，简称"帅司"；转运司掌财赋与转运，简称"漕司"；提点刑狱司掌司法刑狱，简称"宪司"；提举常平司掌常平仓与贷放钱谷等事，简称"仓司"。帅、宪、仓长官仅一人，分为安抚使、提点刑狱公事与提举常平司；漕则一路或有二三人，转运使、围运使与转运判官皆简称为漕。四司设置先后不一，废置不常，南宋方成定制。四司又皆有监察官吏之权，总称"监司"。作者这里或仅抽取后者"仓司"与"宪司"二词的首字来说明有相关官员督查维修。

2 趸船，指浮在水上的平台，船身多以铁制，船底相对扁平，不可进行远洋航行。

今闻犹坚固。两船收到后，经集议使其航行长江，次而回行闽粤。光绪二年（1876）二月初六日天津河冰消融，即遣永清、利运、日新、保大、丰顺五号从事漕运揽战。仍使富有号航行广东，和众号往来汕头。而俟厚生号修理结束，即使其驶航广东、南洋与东洋等处。利航号仍在大沽从事驳漕，成大号协运漕米，或遣东洋转载煤炭。漕运之业至闰五月告竣。六月又从湖广督宪处领受轮船汉广号一艘，更定造江宽、江永两号，约定八九月收到。正当此时，除英、法、美、日等各邮轮公司自香港、上海、汉口等地直航外国之轮船外，往来清国各港间之轮船计有旗昌洋行[1]十七艘、太古洋行[2]八艘、怡和洋行[3]六艘、禅臣洋行[4]五艘、德忌利士轮船公司[5]四艘，其他数家洋行犹有数艘，合计约五十艘。自招商局创建第一年年末始，显示出与该局船竞争态势，即渐次降低运价，遂至半价。而此时该局船仅十

---

1 旗昌洋行（Russell & Co.），是19世纪远东最著名的美资公司，1818年由塞缪尔·罗素（Samuel Russell）创办于广州，从事广州至波士顿之间的跨国贸易。

2 太古洋行（Swire），是一家老牌英资洋行，其前身是约翰·斯怀尔（John. Swire）洋行，创设于1816年。

3 怡和洋行（Jardine Matheson, SGX: J36, LSE: JAR），是最著名的一家老牌英资洋行和远东最大的英资财团，1832年7月1日由两名苏格兰裔英国人威廉·渣甸（William Jardine，1784～1843）及詹姆士·马地臣（James Matheson，一译"孖地信"，1796～1878）在中国广州创办，从事与中国的贸易，主要是鸦片及茶叶的买卖。

4 禅臣洋行（Siemssen & Co.），是一家历史悠久的从事远东贸易的德国公司，也是最早在上海开业的德资洋行。

5 德忌利士轮船公司（Douglas Steamsh），1863年由英国人德忌利士·拿蒲那（Douglas Lapraik）创办于香港，同年改组为私有合伙行号，英文名Lapraik & Co., Douglas，主营轮船航运，兼营综合贸易及保险代理业务，有3艘轮船定期航行于香港、汕头、厦门、福州之间。1883年这家公司改组为"德忌利士轮船公司"（Douglas. Lapraik Steamship Co.）。

数艘。然而鹬蚌相争，互不能全。竞争毕竟均不免蒙受其害，旗昌亦有退让之议。因此廷枢等禀奏李鸿章，更详禀两江总督，蒙许下贷资本一百万两，遂与旗昌订盟，拟以二百万两求购其江船九艘、海船七艘、小轮船四艘与码头、栈房、制造厂及所有船具。此乃第三年间之大事业。此外，又兴业增建码头、栈房，于台湾淡水开煤矿，于湖北武穴开采煤。至光绪三年（1877）六月第四年总结，其中所报而可记者乃正月间并受旗昌船舶、码头及制造厂等事。此亦前年间所筹划，故漕米揽货如常，然新事业无可记之处。第五年年报亦然。虽曰第四年中并有旗昌船舶、码头，事业大有扩张，然太古、怡和、禅臣依然往来天津、广东及长江流域，势必不免掣肘，遂至第五年总结出现亏损。第六年初，与太古约定来往长江之运价，与怡和约定天津、福州间之运价，与禅臣约定广东各港之运价，息止揽战竞争。然漕米装运业犹属该局专有，故可顺利从事，做出第六年总结。

第六年总结之后，于光绪五年（1879）夏秋之际，怡和、太古两公司船舶重开竞争。太古以往来汕头、牛庄之船驶进天津，怡和亦发公和、福州两号参与长江竞争，故载货运价顿减，局船亦不得不随其风潮，降低运费。然此时有至幸者，即清国商人皆顾本国利益，货物、旅客无不选择局船。盖各港清国巨商，无不为该局之资本家，故虽不知国家大局，而自动做此选择，遂不至于亏账。加之自前年起，借款渐渐还销，如旗昌借款仅剩六万两。又因李鸿章奏准，而后年年多拨漕粮，合并漕运费用，可期还销官借款。各口生业已立，根基已固，机运已至，正宜开航路于外洋。北洋大臣李鸿章、南洋大臣刘坤一[1]又屡承扩张航路之面谕，于光绪五年秋使和众号航行檀香山。光绪六年（1880）六月复航顺道前往旧金山。继和众之后，又拟造一大船，号之为美富，已承李伯相[2]题名。然于前年秋季，船舶损伤最多，举其数有海晏、汉广、江天、和众、富有五号，其损伤多因冲突而生，须大修理。至今春各船皆无事，可赔偿前秋之损耗。此即第七年之概况。该局创业之时，先向国内通商各港揽载货客，再往来日本之长崎、神户、横滨与安南、吕宋、新加坡、槟榔屿等，试图揽载货客。怎奈日本与吕宋各有保护该国商船之定章，故局船不易与之竞争。新加坡、槟榔屿等地亦处欧洲各国船舶东来要道，局船亦无法出力与之抗争，故于第八年遂中止此类航路。唯安南等各港犹可往来揽载。前年派和众号赴檀香山，至秋季待美富号落成，拟继和众号再使前往旧金山，尚可期赢利。继而至冬季，海琛号拟载北洋水师员弁赴英国，于该国装置新式机器。和众号自前年开始航行檀香山与旧金山，至光绪七年（1881）春回航至广东。然因装运漕米催逼，经特调来上海，不料于三月十九日夜十时半行至福建海面鸟邱屿左侧时，与英国兵船拉品号冲突而沉没。盖失事原由，乃不按兵船定章。是以投告于上海英国刑讼司衙门，而英官不服其供据，遂至上告于英京。复经审判，得赔船货半价。汉广号亦于四月中，于山东海面触礁，后于五月中为风浪击破。于此失

---

[1] 刘坤一（1830～1902），晚清军事家，政治家，湘军宿将。

[2] 李伯相，生卒年不详，清朝后期的外交官，曾随李鸿章出访德国，跟俾斯麦有过对话。

去二船，然得保险金二十二万两，故让英国船厂新造致远、普济两大轮船。

第九年间所执之事有：于前一年总结之后，八月美富号装运茶叶赴英国；继而至冬季于安南一港设立码头、栈房，生意颇兴盛，足以自立。海晏号原为明轮，后欲改为暗轮，于光绪七年末动工，至光绪八年四月回航。江通号原往来宜昌，亦改该船样式，使其适于行走吃水仅五尺之浅水。富有号亦旧式船，焚炭颇多，遂装置新式机器。前一年除致远、普济两船之外，犹新造船拱北、图南、江裕三号。而致远、拱北、图南三船已于冬春之际前后来局。普济亦驶离英国。唯江裕号于第九年总结时尚未建成，但俟秋季间必可成就。此五船外，又定造钢壳轮船二艘，此二船非翌年春季间不能到达。而此两船皆吃水十八尺，容载积四千吨。此乃第九年间办理情形之概要，即与光绪八年六月末该局财务总结报告有关。此后至今年三年间皆可，第十年、第十一年、第十二年应有三年年报，然未公示。加之自光绪九年始安南事起，至光绪十年清国与法国之关系日益紧张，至六七月殆有危急之势。此时该局突然将轮船、码头、栈房悉数售于美国旗昌商会，二十余艘船舶忽然卷起龙旗，飘起星条旗。当时见闻者无不惊诧不已，随之浮说流言连连，然未有指摘真实内情者。该局已不发年报，恐益增物议。至今年清法葛藤和解，两国各自撤兵，东洋各港湾商船往来无碍。此时该局将售于旗昌之船悉数赎回，闭局后恰一年龙旗再次翻飞。或曰该局之前售船于旗昌决非事实，其实不过恐落法军之手，故偷借旗昌之名。今日就其迹见之，或不可云无此事，然无必要复喋喋既往巷说。局务已归原位，正值年报发布之期，加之今次局务由名人马建忠[1]出掌，故不独此事，而且可得窥尔后三年间其操执事业之总结账略。

船舶历史

该局初设时有伊敦、永清、福星、利运四轮船。继而于同治十二年（1873）唐廷枢等总理局务时委托英国造和众号。又从福州船政局收到海镜号。另有附属该局之洞庭、永宁二船。同治十二年于上海购入富有、利航两号。同治十三年（1874）三四月又购日新、厚生两号。再有大有、汉阳二号。而于此间运贡米时福星号沉没，又将伊敦号改为趸船，并于此间定造保大、丰顺两船。第三年即光绪元年（1875）九十月间，保大、丰顺两船先后到达上海。光绪二年正月，厚生号于上海码头受损。六月自湖广总督受领汉广号一艘。又定造江宽、江永两号，然未到达。第四年即光绪二年（1876）八九月之交，江宽、江永两号到达。光绪三年（1877）正月，收到前年所议旗昌洋行江船九艘、海船七艘，共十六艘轮船，即江孚、江表、江平、江天、江靖、江通、镇东、海定、海琛、海晏、怀远、美利、海珊、江汇、江源、镇西。第五年船只数量未变。第六年卸去江汇、江源之机器，出售其船体，并卸去镇西之机器，改为趸船。又与太古合购保康一船。而此间怀远、日新、江表、江靖与

---

[1] 马建忠（1845～1900），别名乾，学名斯才，字眉叔。江苏丹徒（今属镇江）人，是《文献通考》作者马端临第二十世孙。外交家、清末学者，是中国近现代史上的传奇人物，曾代表清廷出使印度和朝鲜。同时马建忠还是晚清商界的风云人物，1884年马建忠出任上海轮船招商局会办，并任上海机器织布局总办。中法战争时由他策划并经手将招商局产业转至美资旗昌洋行名下。

镇东五艘，皆于此第六年全部改换机器、锅炉。第七年欲将船路扩展于外洋，又定造一大轮船，请李鸿章题名，曰之美富，约至秋季间可收到。此年间需大修者有海晏、汉广、富有、保大、江孚、美利六船。而海晏、汉广、富有、保大四艘因冲突受损。又，江孚号机器最为精良，然船身乃木壳，木质为美国松，故船身软弱，无法多装载，遂换贴柚木。美利船乃铁壳，船身最为坚固，然机器、锅炉系旧式，故焚炭甚多，须换装新式机器。镇东号亦换装新式机器。又有大船，原为明轮，后改为暗轮，竣工后改名为兴盛。第八年即光绪六年（1880）初秋，前一年定造之美富船落成。又，至冬季海琛号载北洋水师员弁赴英国，换装新式机器。翌春三月，和众号自广东北行时，于闽海与英国军舰冲突，遂沉没。四月汉广号装载江苏漕米，自上海北上，亦于山东海面触礁，搁浅不动，遂将贵重货物与机器全部救出，船身任风浪击破。于此已失二船，然以所得保险金于英国船厂添造致远、普济两大轮船，以充其缺。而收到时在第九年冬季。此年中修理美利号，改利航号为大驳船。又，前一年与太古合买之保康号于今全归该局，继而改为帆船。另有轮船利达号，即此年中所新建。第九年即光绪七年（1881），海晏号改明轮为暗轮，至光绪八年（1882）四月竣工。此前赴英国装置新式机器之海琛号已于三月中返回。又改造江通号，富有号亦改装新式机器。犹有江靖、海珊、洞庭三号，皆改为趸船、驳船，以充码头之用。第八年定造之致远、普济与第九年添造之拱北、图南四号，皆于光绪七八年冬春来局。再有江裕号，光绪八年秋到达。又有钢壳船广利号，于光绪九年（1883）收到。自该局创立之初至第九年总结时，属该局所有之轮船凡四十一艘，而此中有船或受损沉没，或成废船，或出售。现今尚在该局航行者有二十六艘，其详情如下表。

船名	船材	吨位	往返
保大	铁	八百七十吨	北洋
丰顺	铁	八百六十三吨	北洋
日新	铁	七百七十三吨	不定
海琛	铁	七百六十三吨	福州
海定	铁	一千零九十九吨	北洋
拱北	铁	六百零二吨	汕头
永宁	木	三百二十五吨	温州
福顺	铁	一千五百零四吨	南洋
海晏	铁	八百六十九吨	北洋
江裕	铁	一千四百九十吨	长江
江宽	木	一千三百三十吨	长江
江孚	木	一千四百六十八吨	长江
江天	木	一千三百六十三吨	宁波
江表	木	九百四十二吨	长江
镇东	铁	八百三十五吨	北洋
永清	铁	七百六十一吨	厦门
致远	铁	一千二百一十一吨	不定
图南	铁	一千二百六十一吨	北洋
广利	铁	一千五百零八吨	南洋
江平	铁	三百九十二吨	不定
江永	木	一千零三十七吨	长江
江通	铁	三百三十九吨	宜昌

续表

船名	船材	吨位	往返
利运	铁	七百三十五吨	不定
富有	铁	九百三十六吨	不定
美富	木	一千二百八十三吨	不定
普济	铁	五百四十四吨	不定

以上共二十六艘。其中利运、美富二艘曩挂英国旗，利运、普济二艘属政府[1]，然究其内实，均属该局船，乃出于一时之权谋。今日已全数从旗昌赎回，无须权谋，遂见再飘该局旗章。

漕米情形

该局初设时以装运江浙两省漕米为主。此漕运自早春津河解冻至五六月止。第一年始已从事此业，然装运数量不多，该局年报亦不报其数，故无法详悉第一年漕米装运情形。第二年始，蒙江浙、江安[2]、湖广六省大宪之委，以永清、福星、利运、日新四号为运船，总计装运四十五万石。举其各项，有江苏十万石，浙江十三万七千余石。漕米原皆由运河运输，然方今运河难通，故蒙两江督宪之命，运漕八万二千余石。又奉两湖、江西各大宪之委，再运漕十三万余石，而全部运完乃光绪元年（1875）七月初旬之事。然而装运之际，福星号失挫，白粮、白糯共七千余石沉没海

---

1 原文如此。

2 指江西、安徽两省。

中。第三年即光绪二年（1876）二月六日津河解冻，即以永清、利运、日新、保大、丰顺五船装运漕米，江苏八万石，浙江十万石，江西八万石，湖北三万石，合计二十九万石。第四年装运石数与前一年相同。而第五年因前一年水灾，米粒潮湿，大减其数，无法依据装运定例，故该局不刊发于年报。第六年装运数大增，江浙两省大宪拨运四十八万余石，又蒙江西、湖北大宪之饬装运九万余石，以永清、利运、日新三船应之，五月中运完。第七年江浙大宪拨给漕粮四十七万五千四百十五石，派永清、利运、日新、海琛四船，自二月起至五月末终其全业。第八年蒙各宪之委，所运漕粮合计五十五万七千余石，以永清、利运、镇东三船装载，光绪七年（1881）正月下旬起至六月初旬运完。第九年即光绪七年冬，蒙江苏大宪派拨，运漕米三十余万石，又运浙江省二十四万余石与湖北省三万石，合计五十八万余石。自光绪八年（1882）正月初至六月一律运完。此乃创立起至第九年漕米装运概况。

贡米过去仅限招商局轮船运载。去年该局将轮船售于旗昌洋行，故其他轮船公司——太古、怡和两公司亦可漕运贡米。然今年将轮船归还招商局后，是否仍归该局专管不得而知。

保险情形

该局事业原以装运漕米为主，有定章曰：漕运沉没海中者，禀请商局后可免责赔偿，故其创立之初未提投保一事，唯其船舶向外国保险公司投保。然自第二年装运漕米福星号失挫时起，方有投保之议。遂于第三年六月发行股票，募集资本，设立保险招商局[1]与仁和保险公司，投入股本金二十万两。第四年增加股本金至三十五万两，第五年、第六年、第七年、第八年、第九年分别增至四十一万八千四百三十两、五十八万二千六百三十二两一钱九分五厘、六十一万九千八百四十八两、一百十万六百六十二两五钱六分、二百三十一万九千五百四十五两四钱七分九厘。此乃创立以来所集捐保险金之业绩，实可惊人。而为局船保险而积蓄者，初为保险公积之十五万两。受其保险者，有保局创立初年于上海受损之厚生号，获赔七万七千四百五十四两二钱，其残额七万二千五百四十五两八钱体现于第五年总结内。至第六年，提有金为二十七万六千余两，与前一年之七万二千五百四十五两八钱合计，共三十四万八千余两。从中赔付江长船价二十万两，又投伊敦荳船保费三万三千两，以及因各船冲突修理等付出一万七千余两，尚存九万七千九百六两四钱五分，此载第六年总结中。至第七年无保险项，只增加公积三千余两，达十万一千三百五十七两。此亦载总结内。至第八年，增加保险公积二万余两，因和众、汉广两船受损支付二十二万余两，以及改装美利号支出三万八千余两，故该年总结仅余四万四千五百二十六两三钱九厘。然于第九年，保险公积增加二十一万余两。总结中显示为二十五万六千六百三十九两七钱七分四厘。此乃该局第三年创立保险局后出入账概况。

---

[1] 保险招商局，由唐廷枢、徐润总理其事。该公司仿照国外保险行章程，承办轮船招商局所有船舶、货栈以及货物运输的保险业务。作者下文有关仁和保险公司的叙述恐有误。

结账略解

该局创立金为六十万两。前定股票一千股,每股五百两。先有人招得九百五十二股,合现银四十七万六千两。后有人募残股四十八股,共五十万两。合计政府贷与十二万三千余两,共六十余万两。又合计各分局存银及利息,共六十六万九千九百九两九钱九分四厘。与伊敦、永清、福星、利运、和众五轮船及各栈房、趸船、驳船等价款六十六万九千九百九两九钱九分四厘相比,无过与不及。今列举一年中损益:合计永清号等五船漕米、客货运输等所得十一万七千一百三十六两九钱六分三厘,扣去伊敦号损耗与上海、天津栈房销费及官股利息等十万二千九百五十一两四钱六厘,以及弥补朱云甫手折一万二千两,得二千一百八十五两五钱五分七厘。此乃第一年纯利。

第二年增发股票,资本金为六十万二千四百两。盖蒙李鸿章面谕:为增加漕米,不可不添造栈房、轮船,于是招募新股一千零二十四股,每股一百两,合计前一年一千股五十万两,总资本金如前述。包括该年拥有之轮船十艘、栈房码头、趸船及诸材料,总计资产实有一百二十八万八千六百九十一两七分五厘之多。再举损益:总收入二十万九百四十五两七钱七分六厘,扣去伊敦、福星两船损耗与上海、天津栈房码头等诸销费,纯利八万八千二十八两三钱一厘。即于总结上有股利、花红二项。第三年招募新股八百二十七股即八万二千七百两。合计原有股金,资本金达六十八万五千一百两。公司船舶与拥有资产一百八十二万二千七百三十七两二钱六分五厘。见其损益，总收入高达二十万五千七百六十五两二钱四分五厘，乃巨款，而船舶缺损多且借款多，利息亦多，遂产生三万五千二百九十两六钱九分四厘之亏损。

第四年招募股金总计七十三万二百两。公司资产四百二十九万五千六百二十两四钱八分。而此年总收入四十九万八千四百六十九两六钱二分七厘。从中扣除各船修理费与前一年亏损三万五千余两等项，犹得一万一千三百九十四两四钱二分八厘，此为当年纯利。

第五年亦增募股金，计二万八千两，资本金达七十五万一千两。此年轮船总数三十一艘，码头、栈房、船坞等资产四百五十七万七千二百三十七两八钱。总收入七十五万七千八百二十五两三钱一分。见其损益，有一万九千九百八十八两七钱一分之亏空。盖此年漕米甚少，加之息款数殊多。

第六年资本金达八十万六百两。公司总资产三百九十八万五千二百两。较前两年减少三四十万两。盖轮船减少二艘。此年总收入含船费、仓储费及其他杂项为八十六万九千二百两二厘，扣除栈房修理、局栈费等及各项息款，得二万三千二百五十两四钱七分七厘。以此加上前一年官股利息三万七千一百二十三两四钱四分四厘，扣除前一年亏损与赈捐两项，犹余二万一千一百三十三两二钱六分。

第七年该局资本金八十三万三百两，总资产四百六万六千四百一两三钱一分。总收入七十四万二千五百九两九钱。减去栈房修理诸费与借款利息等，纯利为一万七千九百九十七两九钱九分。

第八年资本金始达百万两。与船舶等物产有关之总

71

资产达三百七十五万五千二百七十八两九钱八厘。总收入七十七万七千五百四十七两六钱四分八厘。扣除应支付之四项合计六十八万七千三百二十四两二钱八分三厘,得纯利九万二百二十三两三钱六分五厘。创立后至今达此高位。

第九年资本金有一百万两。船舶、码头、煤炭堆场等总资产合计九十二万四千六百八十两一分一厘。此年总收入七十三万四千七两八钱七厘。扣去栈房修理等五项,纯利为十三万五百二十七两七钱五分六厘。

以上为创立第一年至第九年会计略志。

印度支那轮船公司 [1]

此公司属清国之怡和洋行,现为东洋一大轮船公司,清国沿江、沿海固不必说,向南犹连缀起至印度加尔各答之航线,正欲大力扩张其业务。之前此公司另有中国沿海轮船公司,自一八七二年起专注于清国沿海开展航运业,有六艘轮船:怡便号(六百五十吨)、新南升号(一千六十六吨)、大沽号(一千零八十六吨)、欧罗那号(八百十四吨)、顺河号(一千一百八十吨)、北直隶号(一千一百六十吨),由上海向南至福州、汕头,向北至芝罘、天津与牛庄。又有扬子江轮船公司 [2],有三艘轮船:公和号(九百八十吨)、福

---

[1] 印度支那轮船公司,英国所有,属上海怡和洋行财产。也有人译为华海轮船公司。

[2] 扬子江轮船公司,现在有人译为扬子轮航公司。

和号（九百九十吨）、泰和号（一千三百二十吨），航行于上海、汉口之间。此外，怡和洋行亦有时和号（一千四百零六吨）、福山号（一千五百五十七吨）两艘轮船，往返上海、南洋之间。另向英国订购宝生号（一千五百五十吨）轮船，欲进一步扩大业务。由上可见，因各自为战，各公司遂互相掣肘，难以做大，故有多人左袒，不若合并此三家业务，共协其力，并添募资本，增加船舶，扩张各航路，必有巨利。一八八一年十一月三十一日，三公司代表即怡和洋行经理威廉·凯瑟克[1]，与怡和洋行代表约翰·罗尔德[2]协商，最初约定资本金为一百二十万英镑，募集时分为十二万镑，一股十镑。而接近试办时，又决定募集其半额之六万股即六十万镑，继承三公司轮船及其他所有物产，另购新船，拓展新业。向前二公司支付十四万镑，购入印度支那轮船公司与扬子江轮船公司之九艘船，加上提回轮船之费用一万五千镑；支付一万五千镑购买位于镇江、九江、汉口并长江内各碇泊处之趸船、舿舟等；支付五万镑好处费，总计二十二万镑。此外，另以二万六千镑继承怡和洋行轮船时和号，以三万二千镑继承福山号，以三万四千镑继承宝生号。同年十二月三十日，二人于合约上签字盖章。一八八二年二月开始募集资金。上述六万股中，一万八千股即前三家

---

[1] 威廉·凯瑟克（William Keswicks，1834～1912），英国人，保守的政治家、商人、凯瑟克家族中一个有影响的航运家，是怡和洋行创办人之一威廉·渣甸表亲的后人。威廉·凯瑟克于1855年到达中国香港；1859年为怡和洋行在日本横滨建立了一个办事处；1862年回到香港成为该公司的合伙人；1886年离开怡和洋行。

[2] 约翰·罗尔德（John Rold），原著写为ジョン・ロルド，此人及其生平皆不详。

公司所卖物产之对价。旋即以此充为该公司之股票，可募集者乃四万二千股。合约规定，出售股票之方法如下：申请时存入一英镑作保证金，定下股数时再存入两英镑。同年二月二十八日与三月卅一日再两度各交两英镑。余下三英镑，待之后三十日内该公司通知应交付时再交；若申请而最终不能购得股票者，可退还其保证金；申请若干股并交保证金，但无法如愿购得申请数之股票者，仅收其买受时之保证金，其余额计入第二期交付之金额。又，每度未定期交付者可除名，且该公司可作为罚金，没收其过去交入之金额。此若干镑之金额，可按伦敦外汇交易市场行情兑换成上海通用货币交付；若股东嫌定期交付烦琐，亦可于同年三月卅一日前一并交付；等等。该公司临时总局设于英国伦敦东印度大街一号，需买受股票者，须于三月十四日前，于英国通知该局并该公司经纪人店；于清国通知怡和洋行，并记名于申请书。同年二月廿七日于上海推出广告。据该公司干事说明：估计此广告面世，将快慰股东等人之心。如世人熟知，支那沿海轮船公司六艘轮船，过去大显功益。而扬子江轮船公司三艘轮船，亦悉按适于清国之样式制造，尤为泰和号乃最新造船，于一八八一年五月下水。又，怡和洋行之时和号亦于阿贝尔丁建造，同年二月到达清国。福山、宝生二号亦可不日抵达。此类船舶拟航行香港以南线路，须特别建造，故各船无不坚固，经营此业者丝毫无须费心。只是迄今二十六年，怡和洋行专事香港、印度间航行，不得不尤为用心详查实情，传递邮件，充分搭客载货。此前多以租轮经营此间业务，于今设立此公司，须迅速建造吨位大且坚固之轮船二艘，用于此间航行。而弃用以上租轮，另须以十八万英镑于各地添建船舶，扩大航路。诸事完备之后，以其收入偿还多年各轮船之本金。为此于积累之同时，亦可充分分配股东以股息。之后该公司景况日渐繁盛，其势力常位于招商局、太古之上。今年六月廿九日，该公司经理大会于伦敦召开，有人向股东说明去年即一八八四年之业绩。其第三年财务报告云：去年因中法战争，清国沿海人心不定，米谷被妄定为战时禁运品，更妨碍于海运业。又因香港、印度间亦商业不振，竞争者多，其利甚少。与此不景气相连，本公司所得亦比往年大为减少，所幸未有亏损，此乃意料外之好结果。各轮船所得纯利达四万镑以上，此金除支付伦敦总局开销外，按规则尚需提一万九千九百二十三镑，以偿还轮船本金。扣减后犹剩一万四千九百九十镑十先令七便士，分配各股东，相当于年三分利，实可谓至幸。此金可于今年七月十五日分配。此外，犹剩一百十七镑十六先令七便士，计入下一期账款。又，眼下股票于清国亦大得其势，其买卖日盛，由此可见本公司走向繁荣之一斑。

该公司轮船宝生号于同年五月廿七日搁浅于距扬子江口不远之一小岛，出现破损，然估计犹可曳出，故迅速投入巨大费用，并穷尽各种手段。即使如此，最终亦无其功，故拍卖之。除此之外，所幸各船均无受损。该公司之后购入二艘轮船，其一名"吉星"，非新船，然购入时锅炉经改造，船体一律翻新，坚固可谓胜于新船；另一名"广生"。此二艘中一艘代替宝生号，一艘通航北洋。此外，另向英国订购一轮船，名"利生"，预定今年八月建成。此船装备新发明之设备，而且该机器安装三倍速提速装置。"吉星"已于今年五月二日起锚开往清国，其他各船不日亦将到达。待各船凑集清国，则该公司轮船将无不足。过去向他人租入之轮船，势必全部解约。

各航线业态

南洋—印度航线

此航线至去年即一八八四年六月为止，均以租轮搭客载货，于今以公司船永生、泰生两号代之，至为适恰。然因鸦片及其他行业不振、孟买棉价变动，以及与他船竞争，搭客载货量比往年大为减少，深受其害，故去年生意不如所愿。不过获得相应利润，实为幸运。

广东—上海航线

福山号去年常往来于此航线，宝生、广生两号亦从事之，所幸有相应利润。然清国封闭进入广东之重要河道，于黄埔仅能勉强装卸，故大失航海好时光。

牛庄—汕头航线

此线竞争极为激烈，然常有一些运输品，故该公司往往察其货物有无，见机行事。于今姑且尚可谓顺利，得以不断开航。

福州—上海航线

太沽号与旗昌洋行某船（即招商局轮船）于该线轮替开航。七八两月因中法战争生意大受影响，然年末算账姑且得以与往年持平。入冬后清国封锁重要入海口，其后仅能于距平素碇泊处二十英里之某海角[1]装载，故其不便可想而知。

上海—汉口航线

为专事此线航行，于上海建造之元和号自去年七月始定期往来此间，并甚如其愿。然此线路方今各公司轮船每日多有出入，且因十一、十二两月江水急剧下降，需要临时花费，而货物反而无法大量装载，故遭受意外影响。尔后随江水升高，生意次第恢复，兼之乘客运价上升，结果已渐次向好。此外未见特别异常。

上海—天津航线

解冻开河间公司船舶航行不断，有三艘乃至四艘往来此线。此生意稍有希望，然因常遇定期航行外之轮船杯葛，为此势必下降运费。

上海—厦门—汕头航线

时和号乃去年极具人气之船舶，常往来此线。然因台湾各港于冬季三个月间受阻无法系泊，故有几分亏损。据闻该号利用此间改造上等舱室，可大为廉价完成之。

---

[1] 原文是シャープ・ピーク，不知为中国东南海面何海角。查シャープ・ピーク，日本人的解释有异：此为蚺蛇尖（粤语 Nam She Tsim，英语 Sharp Peak），是香港东部的一座山峰，位于新界西贡半岛大浪湾以北，蚺蛇湾以南，米粉顶以西，区域行政上属大埔区。海拔 468 米。蚺蛇尖北面的海岸线，则被俗称为千溪海岸，可以勉强卸载货物。坊间一般亦俗读和俗写成"南蛇尖"。在旧版地图中标示为南蛇头。

怡和洋行印度支那轮船公司船舶表

船名	船材	吨位	往返
新南升	铁	七百十五吨	北洋
北直隶	铁	八百八十一吨	北洋
太沽	铁	六百零八吨	北洋
高升	铁	一千三百五十五吨	北洋
顺和	铁	八百九十吨	北洋
时和	铁	一千零五十九吨	厦门
福山	铁	九百九十一吨	南洋
吉星	铁	一千四百九十五吨	南洋
广生	钢	九百八十九吨	北洋
公和	铁	七百五十七吨	长江
福和	铁	七百六十四吨	长江
泰和	铁	九百十二吨	长江
元和	钢	一千三百三十吨	长江
永生	铁	一千五百一十七吨	印度
泰生	铁	一千五百零五吨	印度
广东	铁	一千零九十五吨	广东
南升	铁	八百零七吨	福州

支那航业公司（附禅臣、麦边两洋行）

此公司由太古洋行拥有，亦为一大轮船公司，与招商局并印度支那轮船公司三足鼎立，专事清国沿海漕运业务，规模常不下于前二公司。然而该公司不若前二公司广泛募集股份、积累资本，唯数名商人醵金设立公司，属合伙企业，其资本金亦不公告于世，每年之财务报告亦不周知他人，故无法端倪该公司之所有情况，每年仅能依据与该公司可拮抗之同业二公司报告，推知该年业绩。此外，专事清国沿海漕运之外商另有禅臣、麦边[1]两洋行。禅臣洋行除代理各公司轮船业务外，尚有常年航行上海、香港间之四艘轮船。据云此乃清人出资，借该洋行之名开办之公司。又，麦边洋行有两艘自家轮船，常年航行于扬子江。然如下表所记，皆为小吨位船。此外，各洋行另有一些临时轮船，往来各港之间，常及数艘。此类船只集散无常，除招商局、怡和、太古、禅臣、麦边五公司船之外，眼下难以将其计入清国沿海常规航行船只。

太古洋行支那航业公司

船名	船材	吨位	往返
汕头	铁	七百零四吨	汕头
天津	铁	六百八十二吨	北洋
芝罘	铁	六百八十四吨	北洋
牛庄	铁	五百五十八吨	北洋
淡水	铁	九百一十九吨	不定
重庆	钢	七百九十三吨	北洋
温州	铁	五百六十吨	北洋

---

[1] 麦边洋行，由英人乔治·麦克班（George Mc Bain，简称麦边，？-？）于1903年在上海开办，原名兰格志拓植公司，对外号称经营橡胶种植园，但其实这只是一家很小的外资公司，甚至可谓皮包公司，并不为人注意。19世纪末到20世纪初，随着世界汽车工业的发展，国际橡胶价格上涨，因此麦边的业务从1908年开始有了大发展，并发行了股票。

续表

船名	船材	吨位	往返
武昌	钢	七百九十三吨	北洋
北京	铁	二千二百三十二吨	南洋
上海	铁	二千二百一十七吨	长江
安庆	钢	一千九百二十二吨	长江
宜昌	铁	一千零四十九吨	宁波
海口	铁	八百九十六吨	北洋
黄埔	钢	一千一百零九吨	南洋
吴淞	钢	一千一百零九吨	不定
台湾	钢	一千一百零九吨	不定
基隆	铁	九百十九吨	不定
汉口	铁	二千二百五十二吨	香港　广东

禅臣洋行

船名	船材	吨位	往返
厦门	铁	八百一十四吨	南洋
宁波	铁	七百六十二吨	南洋
北京	铁	九百五十四吨	南洋
洋子	铁	七百八十三吨	南洋

麦边洋行

船名	船材	吨位	往返
华利		六百六十九吨	长江
萃利		三百八十五吨	长江

漕　运

清国南部诸省贡米运往北地有海运、河运两途。由上海运出者乃产自江苏、浙江两省之米谷。其中江苏省之运米，可得运出地势之便利，有些直接通过长江进入运河；浙江省之运米，有些先由松江或宁波运至上海，而后再运出。到上海后一般进入招商局仓库。有时该仓库充盈，则进入怡和、太古等诸仓库。

漕运船舶有轮船与本地运船两种，或循海路或溯运河到通州。然平日自上海发运不用轮船者甚稀。海路运输自二月中旬始至七月止，而溯运河者因水势增减而各有缓急，有时可延至十月下旬。据上海海关报告，该港由轮船运出之贡米，自光绪八年（1882）以来其数量如下：

光绪八年	七十九万零一百九十担
光绪九年	五十三万八千六百四十五担
光绪十年	六十四万六千三百五十八担

以上三年平均数为六十五万八千三百九十七担余，换为石数乃四十三万八千九百三十一石余（一担半为一石）。装载此贡米之船舶有招商局轮船六艘，平均每艘八百七十吨。原来往返天津地区之招商局轮船，除贡米外，还装载其他货物，载米多寡不一，因而航数有所增减。加之轮船开航与到达时间不同，有时须用其他洋行轮船或本地帆船，故每次运米数量不详。且货物过海关者，大小轻重网罗无遗，与政府有关之贡米与

81

炮枪弹药等不用课税，海关无法参与，故除轮船运输之外，确知其数碍难。

今年漕运量未经正确调查，然据清历五月二十日江苏巡抚通饬文书，光绪十年（1884）该省各州县民田应征正白漕米附海运者，为八十三万八千七百余石，尚有堆积在栈之余米，故今年附海运之漕米盖有百万石左右欤！又云自镇江河移运至运河者，有运船五百六十四艘，而规定每艘装载四百二十四石，故合计为二十三万九千一百三十六石，较海运数大约相当于五分之一强。

今年江苏省漕粮附海运者，由招商局、旗昌之轮船及盘记运漕公所承揽，亦由太古、怡和之轮船与沙船装运，其数量如下：

粮食种类	招商局、旗昌之轮船装运	太古、怡和之轮船装运	沙船装运
漕粮正米	十九万四千六百八十八石五斗六升七合七勺	二十九万石	十九万九千七百零六石七斗八升一合
剥、食、耗三款米	五千一百九十二石八斗三升一合	七千七百三十五石二升五合	五千三百二十六石六斗七升九合
给商耗米	一万五千五百七十五石八升五合四勺	二万三千二百石	一万五千九百七十六石五斗四升二合五勺
白粮正米	三万一千四百九十八石六斗六升	四万五百零八石七升	/
剥、食、耗三款米	九百三十五石七斗三升七勺	一千二百零三石七斗七升三合四勺	/
给商耗米	三千一百四十九石八斗六升六合	四千五十石八斗七合	/

82

续表

粮食种类	招商局、旗昌之轮船装运	太古、怡和之轮船装运	沙船装运
合计	二十五万一千四十石七斗四升八勺	三十六万石六千六百九十七石五斗四勺	十二万一千零十石二合五勺

今年法国舰队巡逻扬子江外，二月二十六日起，禁止清国由其出入口运米，六月十日解除封锁。其间三个半月，恰好处于贡米运出季节，似有大量稻米充塞于上海仓库。其实不然，盖上海县官早已将法军封锁之消息布达产米地区。据云贡米到上海后，堆滞仓库之数极少，多数循序再次装入河道轮船，下吴淞，左折后溯长江送至运河口，故于封锁期间贡米不至于堆滞上海。

吴淞江、闽江入口景况

清国开埠港有广州、福州、宁波、上海、天津、牛庄及扬子江沿岸各港口，皆临河成港，距海口大率皆十数英里以上。此次余游历广州之珠江、福州之闽江、上海之吴淞江、天津之白河，皆河流湍急，航路艰难，大船须乘潮出入，亦常须雇引水员避开险境。进入河口不易，更何况支那海因季节往往有所谓之台风，航海者尤须注意。往来如此江河之招商局、太古与怡和洋行等船舶皆吃水浅，便于出入，且须以蒸汽动力转舵，并于两侧设抽水口，使船回转自如。故欲往来清国各港，宜先关注船体结构。且因出入各港困难，亦宜使我海军非现职士官与商船学校毕业生等有志者，搭乘航行彼港之船舶，谙熟其水路，无须引水员而自由出入各港。此于我邦航海术之发展大有裨益。今略记航海者所说吴淞江、闽江之景况，以示其一斑：

> 溯吴淞江之船员尤须记忆此时潮汐。自江口至吴淞炮台江阔水深，亦有灯船、浮标等标示浅水、浅滩延长区域。由此处近旁至上海碇泊处之船舶过该炮台，须渐次改变航向，绕过"野鸡"[1]角，略偏向东南东航行。此处河床尤浅，仅一寻[2]半，故于对岸设信号台，以方形与菱形黑球等标示当时潮高与水之深浅。此江于某年失却信风规律，风大异常等，其潮势、潮规与河床深浅出现变化。明治十三年（1880）以来，已三度发现此江河床出现变化。
>
> 如前述，江中各处有浅滩等，加之潮流甚激。吴淞炮台近旁平日小潮高仅五尺半时，吃水十五尺及以下船舶无法通过，而大潮期间吴淞灯明船近旁潮高十二余尺时，吃水近二十尺之大船亦可通过该处，进入内江。
>
> 溯闽江之船员尤须记忆此时潮汐。盖此江中各处河床浅，其深有达六寻或七寻以上处，其浅不过一寻半。其航路与浅滩等延长区域皆以浮标或立标等标

---

1 原文写作フェザント（pheasant），意思为"野鸡"。查吴淞炮台附近无"野鸡"角，不知此航行者在此指何角，或是外国水手自创的说法。

2 古代的长度单位，一寻等于八尺。东汉许慎《说文》："度人之两臂为寻，八尺也。"

示，然于天候不良出现雾雨或暮霭等时难以识别各标示。加之潮势湍急，除用罗盘外尚需水压平衡装置，故即便为熟练引水员，若非满潮亦不肯航行。满潮时即使仅出现寻常小潮，吃水二十尺及以下之船舶亦可轻易溯江到达马尾。此江河床变化不如吴淞江，然经年河床必有变化。此江小潮时高出平日水面十三尺时，吃水十二尺许之船舶可由马尾再溯闽江到达福州府南台桥近旁。

进入上海之船舶引水规则

进入上海之船舶，须按理船厅[1]与各国领事馆、通商总局议定之引水规则雇用引水员指引航路。今抄录同治十二年（1873）[2]所定之引水章程与上海口分章概要[3]如下：

引水章程并上海口分章

一、凡各口应定之分章及定明引水之界限并应用引水人若干名，其引水各费一切事宜，均应由理船厅准情酌理约与各国领事官并通商总局妥为拟定。

---

1 理船厅，历史官职，有时指海关海事部理船科的洋员，有时指地方海关机构中的港务长，这里指港务长。

2 原引水章程（《中国引水总章》）说是"同治六年总税务司赫德拟定引水章程十款，于七年九月初十日呈奉总理衙门核准，作为试办章程"。

3 经与原引水章程与上海口分章核对，发现作者摘抄的部分并非原有的一个独立章节，它或引自原章程，或引自原分章，构成本书的此章节。还有引用错误的现象。有误部分已按原章程与分章分别补正。

上海口应用引水人数定明四十五人。

上海口引水界线定明以安墨斯得、古子拉甫对经界线之路为外界。

引水之价按照篷船、轮船及轮船拖带之篷船分别订明于后：

从外界引至上海，篷船每英尺价银五两，轮船及轮船拖带之篷船每英尺价银四两；从东沙船引至上海，篷船每英尺价银四两五钱，轮船及轮船拖带之篷船每英尺价银四两；从吴淞引至上海，篷船每英尺价银二两，轮船及轮船拖带之篷船每英尺价银一两五钱；从古子拉甫引至吴淞，篷船每英尺价银三两五钱，轮船及轮船拖带之篷船每英尺价银三两；从东沙船引至吴淞，篷船每英尺价银三两，轮船及轮船拖带之篷船每英尺价银三两。

引水者引船之时，因在吴淞暗沙外，停泊候潮不能引进。若耽搁至四十八点钟以后，应由该船按照以后之日，每日赔偿该引水人费银十两。

一、凡华民及有条约各国之民有欲充引水者，均准其一体充当。惟遇有缺出时，即应由考选局按照其规定之章程并本口之分章拣选补充。

一、凡轮船愿往来中国各海口码头者，该船主及经管该船之行主，先赴理船厅照付规费银关平银一百两。至考选局考选自家本船上之人。有能充当引水者充当之。……考选其人，果能充当引水者，即发给续章引水字据一纸。续章引水字据写明船主姓名、轮船名目并往来何处地方，……凡领有续章字据者，只准在其自家船上充作引水之人，不准在别船上充作引水之人。……若经管轮船之行主，欲调此船能引水之船主至彼船，须先禀明理船厅方可充当。

一、凡通商口岸，每年应由理船厅约同各领事官并通商局，将其可作考选之姓名预为录示，……俟有引水缺出，即由理船厅于所录之人中签掣二人，督同引水董事一名，办理考选之事。

一、凡具禀欲充当引水人者，若未准引水学徒，又无充当实据，不准考选。

一、凡（引水者）有缺出，应由理船厅榜示招募引水，八日后由考选局会齐考试。

一、充引水者应赴税务司，由税务司代地方官发给引水字据者，若非华民，应令引水赴本国之官处，将字据呈验挂号。

一、每年夏季引水各人应赴关，将所领字据呈验后续行领回，并缴呈续领之费关平银十两。

一、凡在上海口领续章引水字据，当缴呈字据费关平银十两。每年夏季引水各人应赴关，将所领字据呈验后续行领回，并缴续领费关平银五两。

一、凡领有引水字据者，发给引水章程并该口专条一份收执，遇有索看者，即应并字据随时呈出。

一、凡领有引水字据者，或系独作引船之事，或系公同作引船之事，均属可行。惟均归理船厅管理谕示，一切皆须一体遵守奉行。倘有违背者，或暂撤执据，或将执据撤销。皆由理船厅办理。惟仍准该引水限三日内赴理事官处禀诉撤销原委。

一、凡引水者，若犯关章或另有违犯，理事官可惩办之。亦可由理船厅暂撤执据或撤销执据。引水者仍可在三日

87

以内赴理事官处，禀诉撤销执据原委。[1]

一、凡查出引船而无引水字据者，或系假借他人字据，应由理船厅知会该国官，照其本国例治罪。凡领有字据者而借与他人，除由理船厅将其字据撤销办理外，亦应知会该国官照例治罪。

一、凡船主、艄公，若私以无字据之人引水者，由该理事官罚银一百两。

一、凡两船相碰并船搁浅者，系引水人或怠于事，或忘失路，皆引水人之过。但船主须具禀呈明理船厅，以便查看。

一、凡引水之船，应由该引水将其船名、船式、大小及该船水手姓名开具名单，一并呈报。理船厅发给照号后，须将引水船字据第几号书明于船尾及篷上。

一、引水船只每年应交出字据费银二十两。

一、凡上海口引水船只领续章引水字据。须出领费关平银二十两。每年应缴验费十两。

一、凡引水遇有紧急事务，乘坐未经挂号船只，准将引水旗号暂时悬挂。若平时未奉有理船厅特允，不得擅行常用此无证据之船只。

一、凡遇有未经挂号船艇并无领据引水人在上擅行悬挂引水旗号，应将船户或雇用此船之人知会该管之官，照例查办。

一、凡引水船艇并无引水人在上或亦无学徒在上，此时

---

[1] 查引水章程与上海口分章皆无此条。上海口分章附修订上海引水章程第八十七款有类似表述："理船厅若查此人不遵章程有违背情事，或不胜其任者，由理船厅撤销其额外引水字据。仍准该引水赴理事官处，禀诉撤销原委。"

不得悬挂引水旗号。

一、凡遇船只驶至停泊地界，应由口内引水前赴接领，按照理船厅所指之处将船停泊。其或应改泊及进出修厂，来去码头，并复引出口，一切事宜均应由口内之引水照料。

一、凡理船厅料理停泊事务，宜酌体艄公经纪之便。如有船不遵指定处所，擅自移泊他处，则可由税司将该船开舱起货下货，各准单并出口红单暂停准发，俟其遵照改泊后再为办理。

一、凡停泊之处宜听理船厅指示，未经奉有特发准单，不得擅行移离。

一、凡口内引水费应缴理船厅。

上海口内引水费如下：引船进出界内修船厂每英尺费银一两二钱五分，引船进出界外修船厂每英尺费银一两五钱；引船移泊起碇下碇仍在本段以内每英尺费银一两，引船移泊碇下碇由此段引至彼段每英尺费银一两二钱五分。

运　河

运河乃于隋大业年间（605～618）凿通济、永济诸渠而成。然当时隋炀帝仅为纵其侈心，不专为漕运。至元代浚通惠、会通两河，以便公私漕贩。而东南之粟皆借海道，运河之便未备。明初定都金陵，西下江湖之粟，东输两浙之漕最为便利，然东北一隅，恒仰内地供亿。洪武年间（1368～1398）粮储苏州太仓，以备海运饷辽东，尔后屡屡借海运。永乐初年（1403），命由淮安运粮，入淮河、沙河至陈州，转入黄河，复陆运入卫河，达北京。继而会通河疏浚成而废海运，专由河运。盖六百余年运粮达三百万石以上。然近来又以海运为主，河运粮不过十余万石。且治漕之工不甚用意，河道淤浅、阻碍漕舟之处甚多，较海运其便否固有悬殊，然一朝有事，海运之途梗塞，借以可供运粮要路，故未能遽费漕河之利。

运河起于浙江省杭州府武林驿，历湖州府、嘉兴府地界，至江苏省苏州府吴江县王江泾镇，走西北至平望镇，合梅堰、震泽二塘之水。平望实乃江浙水陆要冲，由此北上，绕吴江县城东，穿吴淞江一水，过苏州府城，合石湖之水，贯无锡县城，流向西北贯常州府城，达丹阳县，绕县城东北，沿练湖到镇江府，绕府城西南，由京口出长江。此谓江南河，隋大业年间所开凿，凡八百余里。盖自杭至苏间，资苕、霅诸溪之水；由苏至常间，傍地太湖，本为泽国，不患无水。常州以北，资宜溧诸山之水；而至丹阳，山水绝则资京口所入江潮，故水之盈涸，依潮之大小。而潮水来急退缓，日渐蓄滞沙泥，故自京口至丹阳间常患浅涩。江北运河起于瓜州口，绕扬州府城东南赴北，经高邮州城，傍宝应县西，经安府之南，至清江浦。又北流贯淮水，绕清河县北，至天妃闸。转东北，于杨庄镇合旧黄河中洪之水。再转西北，沿旧黄河北堤，过宿迁县东，循骆马湖南，至皂河镇。北转及溯河，合徐州河，入山东省。盖自瓜州口至淮安间，河西湖荡森漫，河东支河纷歧。而河身北高南低，水流迅疾。其附近田地在水面数尺之下，每当伏秋大汛_{夏水涨云伏汛，秋水涨云秋汛}，民之危险如釜鱼，数邑安危尽系东西两堤。经山阳、清河等至宿迁间，近傍黄堤，河水高仰。自杨庄至清河间，地势骤低，流奔湍急，旧设五坝三闸，遏建瓴之势。近来天妃闸河身淤浅，闸座亦损，运漕上下殊虑拥挤。自山东省峄县再过徐州属沛县，入滕县，沿微山、南阳诸湖北上，经济宁州西_{元至元年间，自济宁州开河至临清州，此即会通河。其后于明初，河决原武，会通河淤。永乐年间再浚其故道，}又北渡黄河，经张秋、东昌诸镇，至临清府，入卫河，再北流入直隶省，经东光、南皮、沧州、靖海等至天津，合于白河。盖自徐州至临清间原有泉河之称。及汶泗，资诸泉，又资微山、南阳、独山诸湖水。处处建闸坝，运河水涨，减水入湖；运河水涸，放水入河。以时启闭，以便节宣，故有闸河之称。然近来处处淤浅，舟行最为有碍，其济宁以南浅处已多，济宁以北尤为干涸。须伏汛盛涨，方足以浮送。渡黄河时，只见运堤处处冲破，缺口极多。而黄河湍悍势急，漕船载重质脆，动辄破浪难进，颇为艰滞，直至渡黄河后。伏汛未落以前，较易为力，而伏汛已过，则不得不候秋汛。殊为自张秋至临清间，河身有高有下，须量其高下，一体深疏，并下闸板，引黄河水，以防干涸。接其卫河之处，势弱流缓，而卫河水势颇盛。故于其间置层层板闸，以防运河北出，又防卫河南溢。漕舟既入卫河，始无闸坝启闭之阻，可安流到达天津。天津以北，乃溯白河之流河段<small>元人开之，通惠河是也</small>。至北通州张家湾，东南运艘毕集于此。扬州至此凡一千五百余里[1]。

---

1 京杭大运河全长 1794 公里，分七段，其中第七段从扬州到杭州约长 200 公里，所以，此句中"里"似为"公里"。"此"指北京。

黄　河

黄河源于星宿海以西，出自巴颜喀拉山东麓，二泉合流称阿尔坦河，东行三百里^{据清里以下同}，至鄂敦塔拉即星宿海（湖——译按），《元史》所谓火敦脑儿也。出海东流，经查灵海[1]、鄂灵海[2]二海，至巴颜喀拉山[3]下，水色始变绿成黄。又流向东南，屈曲七百余里，经大雪山南。大雪山乃古积石山，《元史》所谓亦耳麻不莫剌[4]也。折流东北，贯通沙碛，入甘肃省河州归德堡边界，经小积石山南，至靖远卫南，折而北流。出长城外，复流向东南，入长城。经中卫城、鸣沙堡，入宁夏府境，又流向东北，出于长城边外。经河套鄂尔多斯两翼六旗之地，又流向东南，凡五百余里。过古东胜州境，入长城内，又向南流，入山西省平鲁县界。此时东岸为山西省、西岸为陕西省所辖州郡。抵陕西省韩城县与山西省河津县间，两山对峙，河流湍急，名禹门渡。又南流，抵陕

1　查灵海，现在有人译作扎陵湖。

2　鄂灵海，现在有人译作鄂陵湖。

3　巴颜喀拉山，原文写作巴颜图浑岭。

4　亦耳麻不莫剌，亦作伊拉玛博啰山，即今青海省东南部阿尼玛卿山。

西省华阴县与山西省蒲州南境，绕潼关下，入河南省阌[1]乡县。由此折而东流，河之南岸有河南省灵宝县、陕州、渑池县，北岸有山西省芮城县、平陆县等。南岸过河南省新安、洛阳、孟津、巩、汜水诸县，北岸过山西省垣曲县、河南省怀庆府所属州县，再经荥阳县、荥泽县、郑州府、中牟县境，过开封府北，折流东北，入山东省境。贯曹州府、济南府境，经齐东、青城、蒲台各县，由利津入海。此乃新黄河。道光（1821～1850）以前，黄河自开封府北境折流东南，入江南境，经砀山县北、北丰县南、沛县南、萧县北，再经徐州城北，过邳州宿迁县，抵清河县城南，与淮水合流，再过淮安府及阜宁县、安东县，由云梯关入海。此为黄河故道。盖自古河道迁徙不定，宋熙宁年间（1068～1077）河决梁山泊，分为南北。元始北流全绝，合于南淮水后入海，历明清六百余岁。至道光季年变为北流，成今河道。

于清国，黄河乃次于长江之巨川。然长江四通八达，运输之便、灌溉之利固不俟言。而黄河水流湍急，泛溢无常，舟楫得利甚少，却蒙连岁溃决之祸，实为一国埴财之河道。其上游于甘肃省水未甚浊，往往凿渠引河，供灌溉颇有利。山西、陕西间冬季水涸，不通巨舟，然平时常可通装载一两百石之船。陕州地区多险处，行船者须下船牵引。只开

---

[1] 原文此字模糊，疑为"阌"，但不知"阌乡县"为河南省哪个县。黄河经三门峡的灵宝市流入河南省内，自西向东流经灵宝市、陕县、三门峡市、渑池、新安县、孟津县、吉利区、孟州、巩义、温县、武陟县、郑州、中牟、原阳县、开封县、封丘县、兰考、长垣县、濮阳县、范县、台前县，未见流经一个带"乡"字的某县。又，河南省带"乡"的具有"新乡县"和"内乡县"。

封府以下，水势宏阔，可资运漕，然风涛之强亦可虑。大抵清历三四月河水渐涨，至六七月，深山幽谷坚冰尽泮，水势尤强，有冲决之忧。十月霜降水落，河流复故，至春率以为常。治河之政，设河道总督专官，统理河工一切事务。其下有道台，有文武员弁各司其事，有河兵、河夫等供其使役，经费常至数百万。

黄河至河南省河南府[1]境间，山峡逼仄，无迁徙之忧。自此以下地势平坦，土质疏松，河流易左右冲击，于是设堤防防御河岸。有缕堤、夹堤、月堤、格堤、遥堤之名。缕堤逼河流而筑，大抵比水面高二丈半至三四丈。筑堤之法乃每加土六寸，用工使其坚实平整，以此层层筑就。堤前排立木桩，用柴束之，以卷埽防御水冲，堤上又植柳树。所谓卷埽，即先捆柳枝，以土压之，杂以碎石片，以束草盖之，用巨大竹索捆紧之物也。下之于水中，大小数埽，层层垒成。其后掘渠，将通过埽中之长索埋入渠中，以散草厚覆，并以土筑之，勿使埽动摇；夹堤筑于缕堤之外，辅之以备万一之虞；月堤于夹堤无法绵亘之处，成半圆形，犹如月之半弦，附筑于缕堤。水势迅猛，有溃堤之虞时，开若干缕堤放流，容其于半圆形洼处，以宽缓水势；格堤一名横堤，横放于缕堤与夹堤之间，可阻挡缕堤被冲破，水进入其间后长驱直入陆地之势；遥堤筑于距河尤远之处，以备河水大涨时，越过缕堤、夹堤泛滥成灾。然而，河工官吏亦有种种弊端，堤防建筑徒有其表，偷减工力，侵渔工资者不少。综观古今治河

---

[1] 河南府，系古代名称，府治洛阳县（今河南洛阳市），范围大致为今河南洛阳市所辖地域。

之策，只有让地、广河道、杀水势与坚固堤防、约束河道此二法。而广河道其流必缓，缓则沙泥淤积堵塞，水面日高，水旁易决，故治河名臣明之潘季驯[1]、清之靳辅[2]，皆主说堤防束水，以之奏效。季驯云：导河唯善治堤防，使无旁决。水由地中，沙从水去。又云：河势宜合不宜分，宜急不宜缓。合则流急，急则刷沙河深；分则流缓，缓则停滞沙淤。实乃治河切实之论。然河南孟津以下，土地平旷，地质疏松，筑坚堤其工不易，且费用浩繁。此所以治河困难也。

---

[1] 潘季驯（1521～1595），湖州府乌程县（今属浙江省湖州市吴兴区）人，明朝中期大臣、水利学家。

[2] 靳辅（1633～1692），辽阳州（今辽宁辽阳）人，隶汉军镶黄旗，清代大臣，水利工程专家。生前著有《治河方略》一书，为后世治河的重要参考文献。

贸　易

　　清国同他国通商贸易尚处于初始，而我邦于明万历年间（1573～1620）即我文禄（1592～1596）、庆长（1596～1615）之交即于福建、宁波、台湾、吕宋等地行商，继而相往来于长崎。清国于清顺治十二年（1655）与荷兰、于清康熙二十八年（1689）与俄国、于乾隆五十六年（1791）与英国通商互市，尔后欧洲来舶逐年增加，然无定所，且规模狭小。降而于道光年间（1821～1850）与英国有隙，其和议成，于道光二十二年（1842）以《南京条约》同意开放广州、厦门、福州、宁波、上海五港，并确认既往规约即割让香港岛，使其成为英国属地。道光二十六年（1846）与法国签约，翌二十七年（1847）准与瑞典、挪威贸易。当时其他通商各国亦概由此五港交易，市场体裁稍成。咸丰八年（1858）于《天津条约》规定增加开港数量，与英国立约：一年之后开放牛庄、芝罘、台湾、汕头、琼州等口岸并长江沿岸之镇江。其他地方待平定（太平天国军——译按）后，再于汉口至东海口沿岸选三处口岸作为通商之地（后定为汉口、九江、镇江）；与法国立约：开放琼州、汕头、台湾、淡水、芝罘、江宁六口，但江宁于剿灭匪徒（太平天国军——译按）后再通商；与美国立约：开放广州、汕头、厦门、福州、台湾、宁波、上海口岸，及嗣后与合众国或他国签约涉及之港口、市镇；与俄国立约：除旧有《中俄陆路通商章程》之外，新开放上海、宁波、福州、厦门、广州、台湾、琼州七处口岸。同年又与英美法三国签订《通商章程善后条约》[1]，立贸易之规矩，促买卖之进步。不久与英法又产生大纠葛，北京陷落，遂和议续约，以天津海口为通商之埠。然当时有长毛贼之乱，商业不振。咸丰十一年（1861）开放汉口，同年与德国签约，定通商各口章程。同治元年（1862）与俄国改订《陆路通商章程》，又改《长江通商章程》[2]。此时清国内乱渐平，且与各国议定之口岸有广州、汕头、厦门、福州、宁波、上海、芝罘、天津、牛庄、镇江、九江、汉口、琼州、台湾、淡水、江宁十六处，各国皆可于此通商，由此商业大为繁荣。尔后签订修好条约或新约之国家有：同治二年（1863）之荷兰与丹麦、同治三年（1864）之西班牙、同治四年（1865）之比利时、同治五年（1866）之意大利、同治八年（1869）之奥地利与匈牙利、同治十年（1871、明治四年）之日本、同治十三年（1874）之白俄罗斯，以及将订约之葡萄牙与巴西两国，共十六国。光绪二年（1876）

---

1 《通商章程善后条约》是《天津条约》的附约，主要涉及商税率。

2 条约全称是《长江各口通商暂定章程》。该章程对长江通商做出了具体规定：英国商船执有入江江照即可上驶汉口；商船来往长江，准带兵器以为保卫之资；长江的进出口关税只限在上海一地完纳，纳完后即可在镇江与汉口的上下游水域范围内任便起卸货物。章程还确认了各口对外贸易由外国领事或地方官员协同监理的独特的管理方式和具体办法。

于《芝罘条约》[1]定宜昌、芜湖、温州、北海、重庆五口为通商地，开港数共有廿一处，加上英属香港为廿二处。其中上海、汉口可谓清国之动脉，卡扬子江之咽喉。香港位于万国航海之要冲，乃物产辐辏之地。此三处贸易最为繁盛。从清国整体贸易而言，鸦片、棉布输入实夥，而以绢丝、茶叶输出相敌相救犹有盈余。通过各种货品调查，可知输出超过输入。扣去租界洋人自用物品，加上土货于租界之消费数量，可知正货之出入，殆过无不及。加之出洋打工者之储蓄汇入等亦不在少数，故可知清国于通商中对其本国并无不利。今日如斯，若今后能进一步发展，禁止吸饮鸦片，购置棉布机器，减少棉布输入，则其贸易之利实巨，亦足以丰富其物产。

日清贸易近来稍有进步，然未可谓兴盛。不过按眼下景况，却不可贸然轻进，而应就已开之商路，暂以渐次扩张为目标。清国输入品中最重要者乃海产品，而我邦有环海之利，可满足其内地之供给，适应其嗜好。苟能不迷于小利，愈发勤勉，不误生产、销售之顺序，则不难扩张其销路。盖清国各地需求不均，各有差异与嗜好，如上海口岸贵海带，香港口岸重墨鱼[2]。虽曰各物品需求消长难以一概而论，然就贸易整体而言，于清国内地分销，香港即令有海运之便，亦仅能销流广东、广西、福建三省，无明显增加销售之余地。反之，进入上海之长江商路，实占清国之商路过半，控四川

---

[1]《芝罘条约》即《中英烟台条约》，又称《滇案条约》或《中英会议条款》，是英国借口马嘉理事件强迫清政府订立的不平等条约。通过这个条约，英国进一步攫取了侵入中国云南、西藏地区和其他多方面的特权。

[2] 原作写作"鰑"，此字日语有墨鱼和鱿鱼两意。

之富有，通北部之诸口，并有延长之势，前途无限。然须留意之处，乃在于改善我货品之生产与包装，不降低声誉，厚植彼之信用。

兹言货物溯长江、达四川省重庆府之现状：货物于上海须费数旬达成交易，而送汉口再移宜昌，轮船航程殆一千英里。自宜昌转载清船，又须引船溯流过所谓之三峡之险，好容易方到达重庆，费时多多。即便施以神速之手，亦必经二月有余。而此间货品因生产、包装等粗疏，往往招致损坏，有降低声誉之虞。此即所以须相俟改善生产法与储藏法，加以注意与猛省之故。又，次于海产品之货品乃煤炭。虽云清国因产业单一，使用不多，然因一般贸易之进步，各国船舰与工厂等之增加，其消费额可望上升。

以上乃就当今景况之叙述，然吾人决不可安于此小成，而应期待未来百货贸易之大成。为此须先详细了解清人特有之买卖策略与内情，即清商心机深重，善于权变，甚至同邦之人遽入异乡，亦往往陷入其骗术之中，何况他国人乎？故我商贾贸然从事新创业务，直接输出或开店等，难保不致失败。宜先使商贾之子中有志者，侨居彼重要之各口岸，恭随清国商贾身边，或成其用人，百折不挠，长期实践，与彼相亲相睦，熟知其权变之术，详查需求供给之平衡与时尚之适否等，并悉知其要领。而后着手生意，方能得其万全。所望者乃速以其为基础，制订熟知内情之计划，期待未来贸易之大成，以此开辟我邦之利源。此即日清贸易前途之最大要务。

清国贸易夙已引起各国关注，其买卖数量已至巨额，然因未经统计、整理，且存在香港之自由贸易等，而无由窥见其实际状况。今据光绪十年（1884）清国海关调查，萃录清国诸口与各国贸易之报告，以示一斑。

各港输出货品品种

制茶类

红茶　绿茶　砖茶　茶末

蚕丝、绢布类

湖土生轻丝　乱丝头　野粗丝　蚕茧　生丝线　丝带

棉布类

棉花　棉絮　夏布　土布

金属类

生铜　铁　锡　铅　铜箔　锡箔　铜铁锡器

药材、香料类

药材_{各种}　大黄　樟脑　桂枝　麝香

染料、颜料类

红花　靛　五倍子　颜料_{各色}

饮料、食品类

白糖　赤糖　冰糖　豆　豆饼　粮食　鱼类　面粉　粉丝　果品　木耳　桂圆　蜜饯　烟草　烟丝

竹、木、皮、牙、角、羽毛类

角　蹄　毛_{各种}　驼羊毛

服饰、器玩、机械类

衣服　席子　地席　鞋靴　扇子　古董　料器　瓷器　窑器　皮货

杂货类

草帽缏　煤　油　蜡　炮竹　纸书　麻绳索　袋　其他杂物

各港输入货品品种

洋药类

大洋药　小洋药　杂类洋药

棉布类

原色布　白色布　白提花布　素色布　色花点布　大小扣布　斜纹布　原粗布　原细斜纹布　印花布　素红布　鞋布　棉天鹅绒　印花袈裟布　手帕　棉布（各色）　棉纱　棉线　绸麻布　帆布

绒毛帆类

羽布　床毯　羽绸　羽纱　羽缎　冲羽纱　大呢　粗哆罗呢　哈喇呢　法兰呢　羽绫　羽绉　哔叽[1]　花素棉绒羽

金属类

铜板　铜条　铜片　铜钉　旧铜　矿铜　生铜　铜丝

药材、香料类

槟榔　人参　丁香　檀香　香木　椒

染料、颜料类

苏木　栲皮　靛

饮料、食品类

---

[1] 哔叽，一种用精梳毛纱织制的素色斜纹毛织物。

茶　赤糖　白糖　米　海参　干鱼　咸鱼　鱼胶　海菜^{各色}　海带　鲍鱼　虾米等　燕窝

竹、木、皮、牙、角、羽毛类

硬木　木桅　木板　沙藤

杂货类

油　柏油　蜡漆　煤　火石　自来火　其他杂物

不同国别货品价额

一八八四年	外国货输入（两）	清国货输出（两）	总计（两）
英国	一六，九四五，〇八六	一九，四六五，五五三	三六，四一〇，六三九
（中国）香港^{各国转运}	三〇，七七〇，四五〇	一七，二三九，七五〇	四八，〇一〇，二〇三
印度	一六，三三八，九八一	六三五，八四四	一六，九七四，八二五
新加坡^{英属}	一，四六九，六六五	八五四，八九无	二，三二四，五六〇
澳洲	二八，一八〇	一，六六五，六三一	一，七八三，八一一
南非^{英属}	/	一四六，八七五	一四六，八七五
加拿大^{英属}	六七，〇八一	二三一，一八九	二九八，二七〇
美国	二，四一八，三六七	八，二七九，五九八	一〇，六九七，九六五
南美	/	一一，八八七	一一，八八七
欧洲^{除英、俄}	一，七五二，二二二	一〇，〇七〇，五二二	一一，八二二，七四四
俄国^{由海路}	一〇，四〇一	一，二五一，四四五	一，二六一，八四六
俄国^{由天津陆路经恰克图}	/	三，七三九，六六七	三，七三九，六六七
俄国^{图们江北}	二四七，九〇三	四九七，五六九	七四五，四七二

103

续表

一八八四年	外国货输入（两）	清国货输出（两）	总计（两）
朝鲜	三一，二八二	三二，八〇九	六四，〇九一
日本	三，六五五，五五二	一，七九五，八一五	五，四五一，三六七
小吕宋[1]	四三，一二一	一九九，四五九	二四二，五八〇
安南国	二七二，六〇二	一五四，七六六	四二七，三六八
暹罗国	一三三，七八四	二四〇，八九二	三七四，六七六
爪哇（荷属）	五四，八七二	三一五，八八〇	三七〇，七五二
埃及（含其邻国）	七三〇	三一七，六三四	三一八，三六四
总计	七四，三三〇，二八二	六七，一四七，六八〇	一四一，四七七，九六二
除去外国货再输出	一，五六九，五二四	/	一，五六九，五二四
外国货纯输入	七二，七六〇，七五八	/	/
清国货输出		六七，一四七，六八〇	/
纯输出入总计	/	/	一三九，九〇八，四三八

不同货品价额

外国货品输入价额

种类	输入金额扣去再输出（两）	再输出（两）
鸦片类	二六，一五〇，二四一	三一三，九七九

---

[1] 小吕宋，即中国古籍所称的吕宋岛。

续表

种类	输入金额扣去再输出（两）	再输出（两）
棉布类	二二，一四一，二二二	七三七，六六九
绒布类	三，七〇九，六七八	一四〇，五四二
杂布类	一三三，四三四	三，七〇〇
金属类	四，〇九六，八七〇	四六，一一八
海产类	二，七九八，八二三	一八，二七〇
棉花	一，七八四，四五一	/
煤炭	一，四九二，五五二	九，一二九
杂货各种	一〇，四五三，四八七	三〇〇，〇三一
总计	七二，七六〇，七五八	一，五六九，五二四

清国货品输出价额

制茶	二九，〇五五，一四二（两）	绢丝，绢布类	二三，一八二，六〇一（两）
砂塘	三，八九〇，〇八八（两）	皮，角，羽毛类	一，三一八，九二九（两）
草蓆缏	一，九五三，九一七（两）	杂货各种	七，七四七，〇〇三（两）
总计			六七，一四七，六八〇（两）

105

各港直接输出入货品价额

一八八四年	外国货直接输入（两）	清国货直接输出（两）	总计
牛庄	二三四，二〇八	一一，六二五	二四五，八三三
天津	一，三一八，九五五	三，七四一，三〇〇	五，〇六〇，二五五
芝罘	八五九，八一六	一七四，二三四	一，〇三四，〇五〇
宜昌	/	/	/
汉口	/	六，〇一六，三六七	六，〇一六，三六七
九江	二一一	/	二一一
芜湖	二，〇二五	/	二，〇二五
镇江	/	/	/
上海	四六，八五七，〇四六	二九，五三〇，五二七	七六，三八七，五七三
宁波	六四，八九九	一七，八四六	八二，七四五
温州	/	/	/
福州	二，六三二，〇四七	七，二五三，二一五	九，八八五，二六二
淡水	六八八，五九四	二一，二七八	七〇九，八七二
高雄	八七四，五八四	一，二一二，二一五	二，〇八六，七九九
厦门	七，二一三，三九〇	三，九二七，七五六	一一，一四一，一四六
汕头	六，三二七，六六七	二，七三三，二二〇	九，〇六〇，八八七

续表

一八八四年	外国货直接输入（两）	清国货直接输出（两）	总计
广州	五，三五三，八四四	一一，三五六，六八六	一六，七一〇，五三〇
琼州	一，一二一，七八六	六八三，〇二〇	一，八〇四，八〇六
北海	七八一，二一〇	四六八，三九一	一，二四九，六〇一
总计	七四，三三〇，二八二	六七，一四七，六八〇	一四一，四七七，九六二
由上海再输出	一，三九二，八八三	/	/
由他口再输出	一七六，六四一	/	/
再输出合计	一，五六九，五二四	/	一，五六九，五二四
纯输出入	七二，七六〇，七五八	六七，一四七，六八〇	一三九，九〇八，四三八

仓库图解

货物堆放、空气流通之法等均同汉口。屋顶挑高一层以通风。

图1 上海仓库图

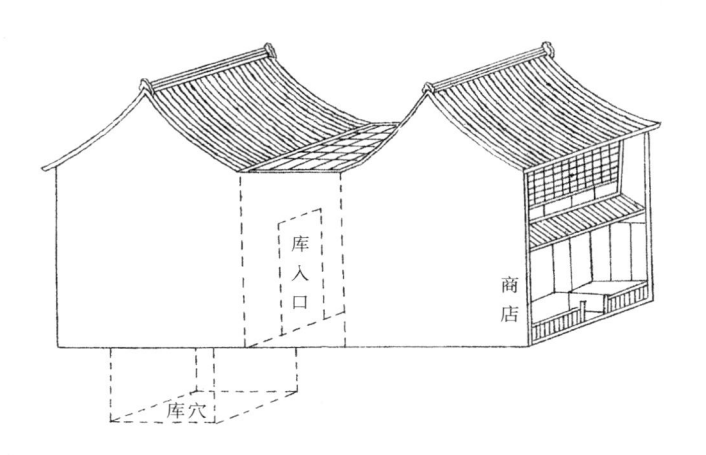

仓库位于店后堆放货物。人家虽密集，然上方开窗牖，便于空气流通，且可取光。库底挖下一丈余，如库穴。地面铺厚板以避湿。有一层或二层等。

图2 汉口清人仓库图

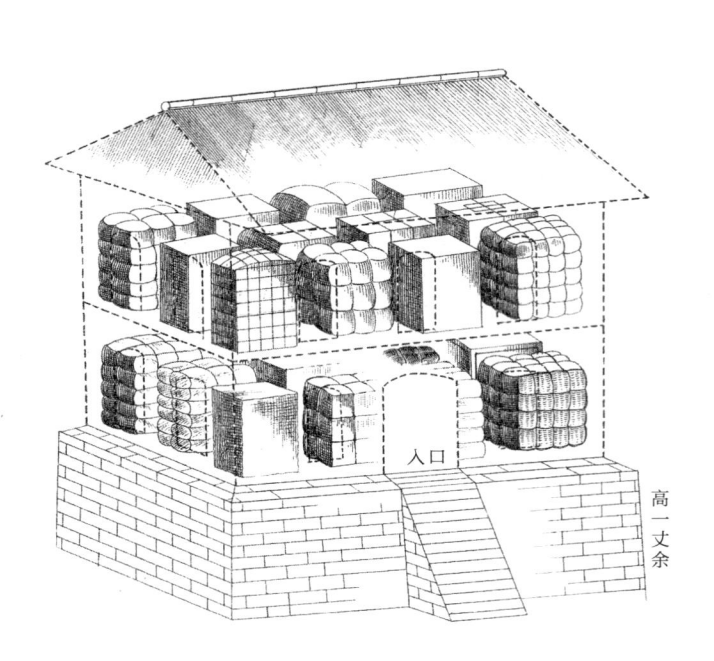

因土地过于潮湿，为防湿气，堆放货物时留有间隙，并使间隙对准四面窗户，且朝暮两晒时开闭窗户，使空气适当流通，可防货物损坏。二楼堆放贵重之棉布、茶叶等，一楼堆放草袋包装之粗大货物。

仓库建于一丈余高台基上，以防水灾与湿气。可谓极尽小心。

图3 汉口江岸西人仓库图

以水泥固化地面，于其上铺厚板，堆放货物。

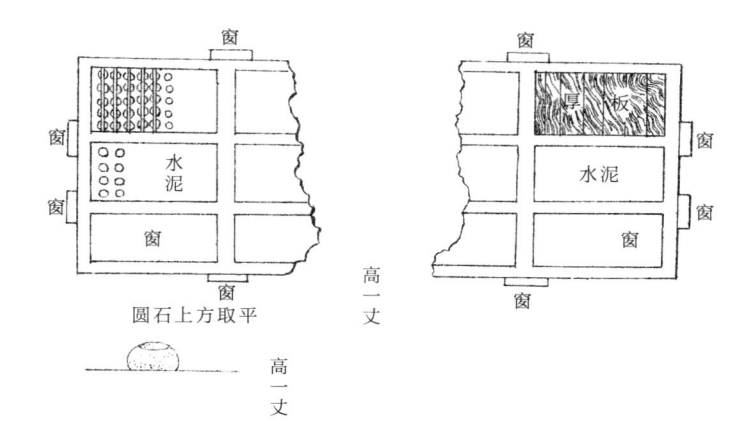

地面抹水泥，再于水泥面上置放无湿气之圆石块，后于圆石上架放圆木。此处专门堆放细白布。

圆石上方取平

高一丈

高一丈

图4　汉口江岸西人仓库图（其二）

汉口洋清两库货物堆放平面图。

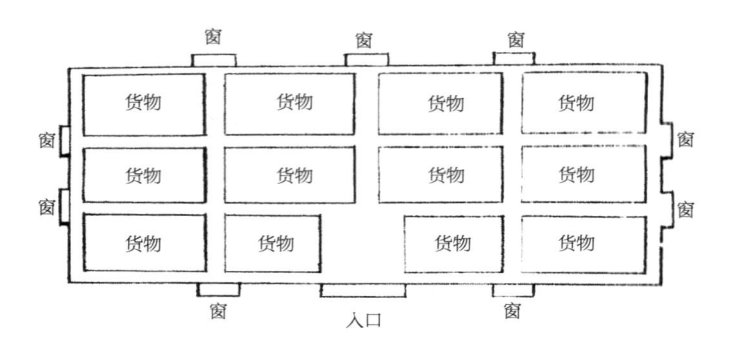

```
   窗        窗        窗
┌─────────────────────────────┐
│[货物] [货物] [货物] [货物]│
窗                              窗
│[货物] [货物] [货物] [货物]│
窗                              窗
│[货物] [货物] [货物] [货物]│
└─────────────────────────────┘
   窗     入口      窗
```

图5　汉口江岸西人仓库图（其三）

上海、汉口土地潮湿，故外商等格外注意保存货物，其仓库结构与货物堆放法概如前图。然我多输入之海产品尤易腐败，目前尚无完善之仓库设施，往往导致货物损坏。对此岂能等闲视之？宜留意贮存保存方法，维护我物产之信用，助其流通。

112

军　事

　　清国军队有八旗、绿营、乡勇三者之别。八旗乃清初平定天下时从军并所编成者，旗色分镶黄、正黄、正白、正红、镶白、镶红、正蓝、镶蓝八种，隶属各旗下之满兵称满洲八旗，蒙古归附者称蒙古八旗，汉兵称汉军八旗，共二十四旗，每旗皆设都统、副都统之官统辖军队。其旗籍与民人有别，称旗人，属世袭之兵，与我封建时代武士约略相同。驻京师隶属各营者曰禁旅，分驻各省者曰驻防，总数约二十万。绿营乃八旗外以汉人编成者，自京城至各省其数约六十六万余。此八旗、绿营，兵有口粮，粮有定额，总称为额兵。然升平日久，戎政懈怠，额兵不堪用，长毛贼乱时能奏其功全赖乡勇之力。乡勇乃招募之民兵之称，称勇不谓兵，以示与八旗、绿营额兵有别。其始于嘉庆（1796～1820）之初为平定川楚教匪，募民勇、辅额兵之不足，然十仅二三。及至发贼之乱，江忠源[1]募楚勇，罗泽

1　江忠源（1812～1854），湖南新宁（今属邵阳）人，晚清名将。

南[1]募湘勇，以此从事剿防。曾国藩[2]、胡林翼[3]等益扩其法，赖其力遂平贼乱。自此始二百年来兵制为之一变，贼乱平定后几度解散，然未尽裁撤。湘军、楚军、皖军、淮军皆旧存勇丁。加之近来每当海防事起，即于各地新募勇丁，而未用一次额兵。今次清法事件所募勇丁无法确知其员额几何，然数必多。如今八旗、绿营仅徒沿祖制而存，殆无军旅之用。今闻得楚军营规与招募规则，抄录如下。此乃据曾国藩、胡林翼等做法，足见其乡勇条规与招募一斑。

楚军营规与招勇规则

军营编制

军乃数营合成之称呼，其数不等，有分亲兵、左、右、中、前、后等营，以一"分统"领之之全军，即数军合成之称呼；有分前、后、左、右、中营，以一"总统"领之，或加上亲兵、马队、水师、炮队、先锋等之全军，以一"大帅"帅之，此称"劲旅"。每营皆有五"哨"，即前、后、中、左、右哨，或加亲兵哨，以为一营，以一"营官"领之，此官又名"营主"。每哨皆有十"棚"，以一哨官自任"棚头"领之。棚又称队，有勇员十名，以一队长领之，此

---

[1] 罗泽南（1807～1856），湖南省双峰县人。晚清湘军将领、理学家、文学家。

[2] 曾国藩（1811～1872），宗圣曾子七十世孙。中国近代政治家、战略家、理学家、文学家，湘军的创立者和统帅。

[3] 胡林翼（1812～1861），湖南益阳县泉交河人，晚清中兴名臣之一，湘军重要首领。有《胡文忠公遗书》等。

称"棚头"。今列举一营之人员与各员之职制如下:

营官　一员

乃武员,至小亦以都司[1]或守备任之,管五哨或另加亲兵哨之六哨,司一营之战守、约束、训练,听命于分统、总统、督抚及该营之上司。

帮带　一员

乃武员,其官必次于营官,专代营官管理队伍。

文案　二员

乃文官,翰林、举人、秀才皆可,专司往来书札。一人主稿,一人誊正。

账房　二员

乃营官所择,多用其亲戚朋友之无衔者,专司粮饷、出纳之事。

册记　一员

用营官之亲友等,专司名簿之添减及拔效[2]、告假、革除等事。

哨官　五员

乃武弁,至小亦以把总[3]或外委[4]任之,管十棚,听命于

---

[1] 都司,武官,始于明朝,位阶约为今中级军官。清朝沿袭,正式定为正四品绿营武官,位于参将与游击之下,县府守备官之上,或任协将或副将的中等军官也可称为协标都司。

[2] 原文如此,疑为"拔擢"之意。

[3] 把总,明代及清前中期陆军基层军官名,在明代属京营、边军系统,秩比正七品,次于军中统率千名战兵之千总(守备),麾下约有战兵四百四十人。

[4] 外委,清代的额外低级武官,有外委千总、外委把总、额外外委,职位与千总、把总相同,但薪俸较低。

营官。

亲兵哨官　一员

帮带任之，或中哨之哨官任之。亲兵哨亦有十棚，每在营主身前，故有亲兵之名。其苦较外哨多，故口粮亦多。

文护哨　五员

乃士卒中粗知书算等人。善哨官之书算者皆可任之。

什长　四十五员

士卒无衔者皆可任之。管勇十人，俗称棚头，乃十人中所推尊者。听命于哨官，为十人行止进退之率。

护兵　二十员

每四人执一大旗，以卫护一哨官，为分布各棚之勇，见旗之行止，进退相从。

蓝旗　五员

每哨一员，听命于营官之总蓝旗，且巡查勇夫，毋使犯军令。

炮队　五十员

乃每哨第九棚之名。此棚备三尊抬炮，每尊二人扛之，一人填子药，看准头扣机。什长执黑方旗以管之。

散勇　四百员

每人各执小铳或长矛，顺次跟从什长。十人一棚，十棚一哨，五哨一营，其勇进退行止，皆从什长、营主所发号令。

伙勇　四十五员

每棚一员，为十员炊爨，可随时临阵立功。

工长夫　九十员

每棚二员，工夫修理机器，长夫任杂役。行军时负担阵具，亦可随时立功。

子药夫　十员

每哨二员，由红旗处领炮铳之弹药，转运至阵所，亦可暇时立功。

红旗处由文案、账房、册记等官管之，专理火药、铅弹之出纳。立红旗，标其处，故名。

亲兵什长　十员

戈什[1]棚什长，行战中执营官器械与印信，不离其左右，或行进中为其先骑，且传军令，或司营主息止时卸其冠带衣履等事。

蓝旗棚什长巡查各哨，受遣赴远处递送公文，且执械随营主。

旗牌棚什长云旗牌头，专司营官拜会中执其名刺与马头旗伞之事。

管带旗棚什长又名队长，专司先行引导各哨，其所带旗上书营主姓名与官名。

督旗队什长专执大方旗。此方旗旗面横书营主官名、姓名，曰纛旗，立于营主身后。他勇执械卫护此旗。盖以此旗作为一营之主。若营主阵亡，则不立纛旗。

号令棚什长各执一面各哨色旗，按营主之命挥之，示意某哨进退。另有二人执铜号叭吹奏。

劈山炮二棚，由亲兵哨中二队领之。

亲兵　百员

以上营员乃于五哨另加一亲兵哨而成。各员薪水、口粮如下所示：

---

[1] 戈什，即戈什哈，为满语汉音译，意为护卫侍从。

营官　每月收受薪水、办公、帮办等费，除库称足色纹银二百四十两外，有夫百二十名。

帮带　依其属官职位高低，无一定之规。

文案　由营官所定，银四十两至八九两。

账房　同上

册记　由营官所定，银二三十两至七八两不等。

哨官　每月薪水银二十四两，夫六名。

亲兵哨官　无薪水之定规。

文哨官　每月口粮，银四两五钱，夫半名。

什长　每月口粮，银四两八钱。

护兵　每月口粮，银四两五钱。

蓝旗　每月口粮，银四两五钱。

炮队　每月口粮，银四两五钱。

散勇　每月口粮，银四两二钱。

伙勇　每月口粮，银三两三钱。

工长夫　每月口粮，银三两。

子药夫　每月口粮，银三两三钱。

亲兵什长　每月口粮，银六两。

亲兵　每月口粮，银四两八钱。

饷银之支办

库　饷

于本省募勇，其银饷以本省库中存款支办。若其库不足支办，则可暂借他省或他项银两，将来由本库还办。总之，由本省营饷支办，不从他省代筹。

协　饷

虽曰应于本省筹饷，然过去饷项不足。今添勇加营，愈显不足，故本省总督或巡抚书折奏明，后得上谕，由某省助饷，按季支领若干。如此彼此相济，云协饷。

捐　饷

本省添勇无饷，邻省亦此，库饷、协饷无法供应，故或督抚奏陈，得上谕捐内帑若干，暂救时艰；或在省文武官员捐廉，下充急款，上邀宠衔等。又谕大绅富贾捐资，设局量捐项多少，保以何职等。此云捐饷。

抽　饷

抽饷即由厘金局[1]抽收之饷项。各府县及货物出入之地并要津等，皆设有此厘金局，客货出入时，因其多寡分量抽收厘金。此法曾由曾国藩、胡林翼等倡办，当时大半各营凭此而立，现归各省督抚报销。

勇丁之招募

设　局

设招勇事务一局，多以宽宏之公房当之。军之分统或营

---

[1] 厘金，又叫"厘捐"或"厘税"，是清政府对通过国内水陆要道的货物设立关卡征收的一种捐税。各省设立厘金局卡以咸丰末年和同治初年最多，估计总数当在三千处左右。

官，奉某大帅或总督、巡抚或总头[1]之命，将该员官名与告示文贴于局门前，以亲丁若干人守门，并充传话之用。房内陈一公案，案头备品级大帽一顶与红黑笔砚等，案旁置皮椅一张，以为公座。此局为应募勇丁聚齐之所。

报名与演技

欲应壮丁招募者至局，先出单状。此单状详载自身三代从军记录或军民籍字样。先投局守门者传进，该员收后使其入房内，细视其人体格强弱，或有可疑，或有暗疾，或属年老、残废者等立时去之，欲留用者按以下三项，另试其技艺。

其一，刀矛。局中公案一侧预备长大竹竿一支与刀叉数样，使应募者报名后善使刀矛之技者演之。其出众者再行点记，供将来什长、护哨、卫队等使用。不能者试他技。

其二，较力。预备重二三百斤之大石，使应募者抱提，不能者去之。其抱提过膝者，将来当大旗护卫与纛旅差役。

其三，跳跃。于局中园内空地挖一坑，宽约一丈，使应募者跃越之。过者留，不过者去。或于远处立一旗，使十数人竞争。先到执旗者留之。同到者亦可留。最后到者试别技。

---

[1] 总头，原文如此，疑为"总兵"。总兵：正二品。清朝之后军权归为各省巡抚、提督之文官，而听从巡抚、提督之总兵武官则改为正二品，视驻地，统辖兵员多寡相差甚多，大约在一万五千名至数百名之间。

保　荐

虽依应募者年力、技艺皆可收用，然其身份正否，或一战畏退不进，或得饷私逃等固不可知，故须由他人保证之，此谓保荐。其法为，使应募者亲戚、朋友出具保状，保其不行畏退、私逃、拐骗、内应等一切之事。或于本营，使应募者连环互保。此法为，使甲保乙，乙保丙，丙保丁，丁保甲。一人犯科，互保人皆不免其罪。又，上司、同学、营中亲友所保荐者，未必要具保。

派　差

应募者中有人体格健壮，或语言服众，或有约束之法，或技艺出众，或众人推仰等，堪任哨弁[1]、什长；又有人技力过人，或勇健敢死，宜派卫队、亲兵、大旗护兵之类；有人应答敏捷，或能承上意，可派巡捕、差官之属；有人善使火器，或善使刀矛，可各当其分；再有人力仅负重，别无一技，且小心谨慎，遵令守法，可充支更[2]、望哨及伙夫之差；其马夫或善养马，或知马症，亦可当其差役。此云派差。

归　队

注册与点名

派差之后，分总招募者各办分辖，使各队注载呈进勇夫

---

1 原文为"辨"，日语"弁"通"辨"，全书统一为"哨弁"。
2 支更，指打更守夜的人。

数目，文案造清册，以备上司查核。此云注册。

饷械之发给

勇丁已成军者，各给有记章之号衣，且散居各处最为不便，故或急速筑垒，发给帐篷，每队一顶，其保存期限至少定为三个月。其锅铛亦同时给之。然给时须先由营官具状，派差官赴军装局申请领之。

兵械按注册之手枪队、抬枪队、刀矛队、旗帜队等，给每人一器或三人一械。仍由营官出具领状，合某营各械若干，派员向军装局收领。此时派各哨勇夫搬运。

应募人未归队成军，散居各处间，每日给每人钱百文或数十文，名曰口食。至点名后，由营官备文具状，请领饷项。或先发给一半，或发下全数。

传　　令

招募已成，饷械发给毕后，欲出兵某处时，须先期一二日出示晓谕，周知士卒，使其早日整顿。又，上司颁告之营规与军律，须使各弁详细传知，以期遵仰。或当临时出兵时，有恐士卒等逃遁，有时须秘拔队之事。

营所与粮台

营所之经营

扎营必据山傍水，扼冲要之道，不致四面受敌，且须有援兵来路，不使兵勇为水所困。据以择可战可守之地，此云地利。

营垒以当地土石建之,形或方或圆,高不及丈,设前后两门,以木栅造之。营壕即因堆垒而出土之堑壕,离垒不过丈余。宜深宜宽,使敌不能近垒,又,垒外设连环叉木,名鹿角栅,以防敌进入。

墙壁呈凹凸形,其凸部称女墙,枪眼称垛口。昼竖旌旗以张威,夜悬铁罗于墙外,火燃松明,以便远望。前后门壕上架木桥,平日架之,以便出入。若敌迫近垒即脱之。

前门内必作直道,至中军帐止。此名甬道,即供营主与营主宾客并上司出入之道。不许骑步疾走,违者斩。

后门之道路供帮办、哨弁、士卒出入。

中军帐前甬道两旁,各备一尊劈山炮,乃二亲兵棚所领。两旁又排列旗帜、刀剑之架,此名威武架。又立高脚牌两面,上书军律二十条,分十斩十仗,此名军律牌。两旁帐口又立三棱圆形柄红黑棍二条,此云军棍,用以杖罚士卒。

帐中横设长方一桌,此名公案。案上陈朱墨两砚与红黑笔、笔架等,以备标判。笔架右置二签筒,盛差杖签各五支。再右一二台架上插令箭六支,此名军令箭。前插五寸长小令箭,供插士卒违令者耳上,游营儆众所用。架内置印盒一口,盛关防钤记[1]。行军时由戈什长负之于马上。

帐内设一客座,供接待上司、宾客与议论军情者之用,又乃营主寝处。

帐后另辟二三场所,即文案、账房、册记办公之处。

后门内有帮带官棚,有桌,略如营主公案。

---

[1] 钤记,中国古代官印的一种。清朝时使用制作,一般由委任者镌发。

营之前后门口有头牌四面，上书"营门重地"四字，禁止平民窥探。倘有违者，立即拿捕重究。

五哨按方位立棚。前哨红旗插南方，后哨黑旗插北方，左哨蓝旗插东方，右哨白旗插西方，中哨黄旗插中军后方。

各哨炮队皆插黑方旗，上书某哨、某队以分别之，并列于各哨队尾，跟从各哨，不致紊乱。

各哨皆背中军向垒立棚，此乃专防外敌之意。前哨由前门之左，左旋至炮队，以接左哨之炮队；右哨由前门之右，右旋至炮队，以接后哨之炮队；左后二哨两棚自后门分开，以接前右二哨之炮队。营主率亲兵中哨，扎于中军之前。

营中士卒欲出街买办私物，必向哨官禀明，请假签一支。此签宽二寸，长二三尺，书某营、某哨、某队。军法规定，若士卒犯营规，民必持此签来告。签或有损伤，亦必严惩。

前后门各哨值日守卫，各色人等不得擅自出入。又传暗号，以防奸细。

不论驻、战、守，营所每日傍晚必吹号嘟叭，后发炮一响，名曰起更。挝鼓一，击点三，此谓一更[1]三点。由中军向垒上哨兵传令一支，其法由中哨起，顺次及前哨，左旋，由左哨、后哨至右哨，再至前哨，循环一周。此时执箭者长声呼道："令到。"接令者接令即呼："接令。"交接时视女墙外有无何物，后立于左首女墙将令箭交人。一更五点复发炮一响，此名转更。挝鼓二，击点一，名二更一点。复添令箭一支，呼法如前。一更一令，五更则五令相传。盖夜深士卒倦

---

[1] 值更做法始于汉代。皇宫中值班人员分四个班次，开班、三次交班、收班，叫"五更"。

急,故催令愈急。至天明五更三点,又发炮一响,名曰醒炮。士卒悉数起床,以换守夜之卒。

粮台之设置

粮台,粮仓、银库皆设此处。一军一处或全军一处,乃军中必需之物,故不可距各营太远。督此事之员,不论文武,皆以其性丝毫不苟财帛之人充之。其次,以文案三人,一理书札,一理册报,一司誊正。另附以小队数队或小哨以供差遣,即护送粮饷或行采办。收粮饷时,该员必亲验粮之潮干,银之数目,而后批回收条。发粮饷时,又必先受领状,如数给予,不致滥支,且勿及亏空之弊。

演习与战术

教 习

教习一哨一人或一营一人。拣技艺精通之人充教官。本营缺其人时,可借自他营。平日队长带众操练,每逢三、五、八、十日于营哨所操习。散勇等学三次不熟,必杖之。又习射的术。先以木板作一的,的面涂画红黑星数个,分弹子中不中。此红黑阛脊各悬石灰袋一个,弹中则灰散,以标其中。三操不中,亦杖责之。

暗 号

暗号乃营主临战场而定,呼二字或二物,作一问一答,此曰"口号"。使全营士卒暗传周知,以备夜战混战时用。又,每夜以口号防奸细混入。

移　营

移营、拔队名开差。上令急速而必兼程而行。此时先令帮带或哨官先行。此名打前站。前站执令箭令旗前行。到某宿站之栈房、客店与民间空屋，将各哨旗插于门首，使各哨员弁士卒望"着驶旗"而入。黑夜亦不致相呼而自觅房舍。

向　导

军至某地，必用熟知某地道路之人以引导。且向导须详知绕道捷径。然地图犹不可少。

侦　探

平素须详查侦探，且择精细之人，取具连环保状，以使往探。探敌由某道来、向何处行进、敌将姓名如何及率众几何，或乘机入敌营，得其详情。逐一面复后果如其言者重赏之。所探不实，妄报军情，有致败机者斩。不论所报是否，不可尽信其言。欲详敌情，主将必以己见参照之。

医　生

医生或以营中委员[1]、文案等知内医术者充之。若营中无此人，可聘请近扎营处之城镇之医。其医生由营主延聘，不论视诊多寡，每年均给一二百两或二三百两。营中不乏治外科、止血、接骨、斗损、外伤之辈，以及专治骡马之兽医。如远征外国等时须预先延医，以备不虞。

1　委员。前文未提及勇营中有"委员"一职，请读者留意。

阵营编列法

次日有战，必先探定地势，下令几更造膳云进餐，几更齐队集合，临时作口号暗号，并编前营十人，示以口号使其先行；中哨次之；前哨、左哨、右哨、后哨接踵而行；亲兵哨护卫营主后进。此乃行军横队行进之法。而到战场，将全营编为战队。中哨督阵中央，前哨列队于其左方，左哨次之，右哨列队于中哨右方，后哨次之。营主至中哨，亲兵列于其后。此曰一字阵。又，将之编为侧向纵队。中哨领前哨、左哨，由左行进；亲兵带右哨、后哨，由右行进。二阵相并直行，此曰双龙阵。又，将之编为纵队，亲兵哨、中哨二哨横列第一线，前、右二哨横列第二线，左、后二哨横列第三线。此曰三才阵。如天阵受敌，人、地二阵于此间填备枪炮；天阵力尽，由人、地中间退列地阵之后，而人阵向敌。或人阵由天阵中间突出御敌。设敌众我寡，二冲不能退敌，敌必包裹而来，三才难受四面夹攻，必须迅速变阵。即造方阵，此时天阵二哨不动，人阵之前哨横列前面，右哨列于其右面，地阵之左哨列于其左面，后哨列于后方，成方形。天阵之亲兵、中哨在其中空，为其应援。器械、什物亦皆在其中，此曰方城。若四方横攻，此为正兵；四角斜冲，此为奇兵；而四角尖攻，此为正兵；四方斜冲，此为奇兵。总之，使亲兵哨、中哨更翻进退，作为应兵。胜则以应兵为先锋追敌，败则以后面为前面，以先锋为后卫。再如散阵星，可防敌炮太多；成以聚阵团，可防敌骑急攻。其金阵圆、木阵直、水回、火锐、土方各阵，按五行生克，成取舍之机。

赏　罚

将帅赏罚出朝廷，士卒赏罚出军营。而赏其将士之功有调度之方。身先士卒，筹划精详，亲冒矢石等，或禀或奏，以赏其功。赏士卒，以打仗奋勇、异常出力、每战必先、生擒逆兵、斩兵若干、获械若干等功，保以职衔，或赐以财物，赏其功勋。平时探练出其众等，赏以银钱。若战场受伤，从其轻重恤之。即分三等，重伤几至死亡者为头等，肢体残废者为二等，仅损皮肤者为三等。受头等、二等重伤，军中不能再用者，给旅费、护札、路票外，再给恤银三十两至一百两不等。受三等轻伤者，给一夫或半夫月给。稍重者倍之。再重者更倍之。此乃赏士卒之概归。

将帅之罚，以防守不力、轻举妄动、辱国丧师、屡屡为敌所乘、以败为胜、因循误国、薄削军粮等事，按其轻重，或禀明或奏请或参劾，以革职、斩首、充军、议处等罚其罪。而罚士卒有军律二十条，平战概则之。

军　律

临阵退缩，妖言惑众，窃听军情，泄露军机，不遵号令，强奸妇女，抢劫民财，妄杀无辜，火烧民房，畏罪私逃，有以上各条处斩。

强买民物，酗酒打架，赌博术骗，离营嫖娼，不归队伍，偷窃财物，假公济私，故违差探，不遵约束，器械不整，有以上各条处杖。

清海军

　　清国水师分北洋水师、南洋水师、福建水师、广东水师四部。北洋水师隶北洋通商大臣，南洋水师隶南洋通商大臣，福建、广东水师隶各地总督，未有统括之机构。今次醇亲王[1]总理海军事务，沿海水师悉归其节制、调遣。庆郡王[2]、李鸿章为会办，善庆[3]、曾纪泽为帮办。拟先由训练北洋水师开始，于是始设专管海军之衙门。今借诸书查其海军船舰数量，列表如下，示其梗概。

1　醇亲王，即爱新觉罗·载沣（1883～1951），清宣宗道光帝之孙，醇亲王爱新觉罗·奕譞第五子，光绪帝载湉异母弟，宣统帝溥仪生父，清朝宗室，于宣统年间任监国摄政王。

2　庆郡王，即爱新觉罗·奕劻（1838～1917），晚清宗室重臣，清朝首任内阁总理大臣，清高宗爱新觉罗·弘历曾孙，庆僖亲王爱新觉罗·永璘之孙，不入八分辅国公爱新觉罗·绵性长子。光绪二十六年（1900）八国联军侵华，他受命与李鸿章于次年代表清政府签订《辛丑条约》。光绪二十九年（1903）为首席军机大臣，仍总理外务部。宣统三年（1911）裁撤军机处，改设内阁，奕劻任内阁总理大臣。

3　善庆（1833～1888），满洲正黄旗人。咸丰三年（1853）以前锋从军河南，隶胜保麾下，攻捻军有功，荐保花翎协领加副都统衔。

清海军舰船数量表[1]

舰种	舰名	排水吨位	实际马力（匹）	炮数	定员	下水年份	备注
铁甲驱逐舰[2]	定远	七千四百三十	六千二百	克房伯炮三十英寸半四门 哈乞速射炮八门 克房伯炮十五英寸二门 水电发射炮二门	三百人	一八八一年	水电艇二艘
铁甲驱逐舰	镇远	七千四百三十	六千	同"定远号"	三百人	一八八二年	
铁甲驱逐舰	济远	二千三百五十五	二千八百	同"定远号"	一百八十人	一八八三年	德国伏尔铿造船厂造
铁甲炮舰	金瓯	一百九十五		克房伯炮十七英寸一门	四十人	一八七五年	
铁甲炮舰	福胜	一百九十五		同"金瓯号"	四十人	一八七五年	

---

[1] 此表编制缺精确和合理，或因借当时各种书籍，其中包括西人撰写的著作汇编而成，或因当时缺乏条件而所致。按说清代舰船都由汉字书写，但不知为何表格中会出现许多片假名船名，而有些注音似乎是从英语移译而来。译者虽经多方核对，但不少片假名船名还是无法与原汉字船名一一对应，故有时只能以译音方式译出。有兴趣的读者可参核《清国海军艦艇一览概要》，https://www.weblio.jp/wkpja/content 和《近代海军大部分舰艇名称》，https://wenku.baidu.com/view/778a6af4376baf1ffd4fad16.html。

[2] 原文标注为 Frigate。军舰之一种，因国家不同，叫法各异。美国叫法介于巡洋舰和驱逐舰之间的一种军舰，英国叫小型驱逐舰，日本叫护卫舰。这里统一按驱逐舰译出。

续表

舰种	舰名	排水吨位	实际马力（匹）	炮数	定员	下水年份	备注
螺旋桨驱逐舰	海安	三千四百	一千七百五十	克虏伯炮廿一英寸二门 十五英寸炮四门 十二英寸炮二十门	六百人	一八七二年	
螺旋桨护卫舰[1]	操江[2]	二千一百五十二	二千四百	巴八萨[3]炮二十英寸二门 十二英寸炮七门			
螺旋桨护卫舰	应瑞[4]	一千四百五十	七百五十	克虏伯炮廿一英寸二门 十五英寸二门 十二英寸二十门	一百八十人		
螺旋桨护卫舰	［原文漏印刷］	一千四百五十	七百五十	克虏伯炮廿一英寸二门 十五英寸二门 十二英寸二十门	一百八十人		
螺旋桨护卫舰	扬武		一千	阿姆斯特朗炮十一吨一门 四十斤八门 二十八斤四门		一八七四年[5]	

1　原文标注为 Corvette，即现在所说的护卫舰。

2　关于"操江"号有多种说法。有人说是江南制造总局所造的第2艘舰（1869），安装火炮4门；有人说"操江"号算不上战舰，只是一艘运输船，全船不到100人，配备5门小炮；有人说"操江"号由福建船政制造局所造（1869），木质，排水量640吨，安装4门24磅炮和4门12磅炮，说法不一。

3　清朝海军当时各舰船装备的有德国克虏伯（Krupp）公司设计生产的克虏伯炮、法国哈乞（Hotchkiss）公司设计生产的哈乞速射炮、英国阿姆斯特朗（Armstrong）公司设计生产的后膛炮、美国人 Richard Jordan Gatling 设计的多管高速机关炮和清末金陵机器厂生产的金陵炮，未见有使用"巴八萨"炮的说法。不过想来作者不会空穴来风，现姑按译音处理。

4　原文片假名读音为 Yantsue，与"应瑞"（Ying Swei）号读音相似。

5　"扬武"下水的时间应为1872年。

续表

舰种	舰名	排水吨位	实际马力（匹）	炮数	定员	下水年份	备注
螺旋桨护卫舰	海镜	一千四百五十	六百	巴八萨炮十六英寸一门 十二英寸二门	一百八十人	一八七三年	福州造
螺旋桨护卫舰	万年青	一千四百五十	六百	巴八萨炮九吨一门 十四英寸六门	一百八十人	一八六九年	福州造
螺旋桨护卫舰	Wuokai	一千四百五十	六百	同"万年青"号	一百八十人		
螺旋桨防护巡洋舰	超勇	一千三百五十	二千六百	阿姆斯特朗炮 廿六吨二门 四十斤四门 九斤二门 机炮六门		一八八一年	水雷艇二艘英国阿姆斯特朗公司造
螺旋桨防护巡洋舰	扬威	一千三百五十	二千六百	同"超勇"号		一八八一年	水雷艇二艘英国阿姆斯特朗公司造
螺旋桨防护巡洋舰	Teneutsuchen	一千二百五十八	六百	巴八萨炮十六英寸一门 四十斤四门 一说 九吨一门 四十六斤六门	一百八十人	一八七六年	

132

续表

舰种	舰名	排水吨位	实际马力（匹）	炮数	定员	下水年份	备注
螺旋桨防护巡洋舰	泰安	一千二百五十	六百	同"Teneut-suchen"号	一百八十人	一八七六年	福州造
螺旋桨防护巡洋舰	元凯	一千二百五十	六百	同"Teneut-suchen"号	一百八十人	一八七五年	福州造
螺旋桨防护巡洋舰	康济	一千二百五十	六百	同"Teneut-suchen"号	一百八十人	一八七九年	
螺旋桨防护巡洋舰	Tsuuanan	一千二百零九	七百五十	同"Teneut-suchen"号	一百八十人	一八七八年	
螺旋桨炮舰	Bentsu-chenhai	六百	四百八十	四门	一百二十人		
螺旋桨炮舰	靖远	六百	四百八十	巴八萨炮十六英寸二门 四十斤二门 一说 七吨一门 四十六斤四门	一百人		福州造
螺旋桨炮舰	定海	六百	四百八十	同"靖远"号	一百人	一八七一年	福州造
螺旋桨炮舰	Kinrin	五百七十八			一百人		

133

续表

舰种	舰名	排水吨位	实际马力（匹）	炮数	定员	下水年份	备注
螺旋桨炮舰	湄云	五百十五	四百	巴八萨炮十六英寸一门 十二英寸二门 一说 七吨一门 四十六斤四门	七十人	一八六九年	福州造
螺旋桨炮舰	靖波	一百八十	一百八十	六门	六十人		英国造
螺旋桨炮舰	安澜	一百六十	一百八十	克虏伯炮十六英寸一门 轻炮六门	七十人	一八七一年	英国造
螺旋桨炮舰	Ketsuche	一百五十	一百八十	五门	八十人		
螺旋桨炮舰	Chinbou	一百二十	一百八十	三门 一说六门	六十人		
螺旋桨炮舰	Chinshin	一百二十	一百八十	同"Chinbou"号	六十人	一八六七年	
螺旋桨炮舰	绥靖		一百八十	四门	六十人	一八六七年	英国造
螺旋桨炮舰	Chinkuan		一百八十	二门	六十人		
螺旋桨炮舰	广安	六百	一百八十	四门	四十人		英国造

134

续表

舰种	舰名	排水吨位	实际马力（匹）	炮数	定员	下水年份	备注
螺旋桨炮舰	Chinan		一百八十	二门	八十人		
螺旋桨炮舰	Tenhai			十二斤三门	六十人		
螺旋桨炮舰	Kenei			三门			
螺旋桨炮舰	Hokkushin			巴八萨炮七吨一门 他种炮四五门	一百人		
螺旋桨炮舰	Shinfen			三门	三十人		
螺旋桨炮舰	镇涛			十五英寸炮一门 轻炮六门	八十人	一八七六年	英国造
螺旋桨炮舰	Senshin			三门	八十人		
螺旋桨炮舰	Tenhu			六门			
螺旋桨炮舰	Tenhai			巴八萨炮七吨一门 四十六斤四门	一百人		
螺旋桨炮舰	利涉	一百五十		三门 一说 四门		一八七六年	

续表

舰种	舰名	排水吨位	实际马力（匹）	炮数	定员	下水年份	备注
螺旋桨炮舰	Feihuu			三门			
海防炮舰	龙骧	三百一十九	三百一十	阿姆斯特朗炮廿七吨一门 十二斤二门 机关炮二门	二十八人	一八七六年	英国阿姆斯特朗公司造
海防炮舰	龙威	三百一十九	三百一十	同"龙骧号"	二十八人	一八七六年	英国阿姆斯特朗公司造
海防炮舰	飞霆	四百	三百一十	阿姆斯特朗炮三十八吨一门 十二斤二门 机关炮二门	二十八人	一八七七年	英国阿姆斯特朗公司造
海防炮舰	策电	四百	三百一十	同"飞霆号"	二十八人	一八七七年	英国阿姆斯特朗公司造
海防炮舰	镇北	四百四十	三百八十	阿姆斯特朗炮三十五吨一门 二十二斤二门 机关炮二门	二十九人	一八七九年	英国阿姆斯特朗公司造
海防炮舰	镇南	四百四十	三百八十	同"镇北号"	二十九人	一八七九年	英国阿姆斯特朗公司造

续表

舰种	舰名	排水吨位	实际马力（匹）	炮数	定员	下水年份	备注
海防炮舰	镇东	四百四十	三百八十	同"镇北号"	二十九人	一八七九年	英国阿姆斯特朗公司造
海防炮舰	镇西	四百四十	三百八十	同"镇北号"	二十九人	一八七九年	英国阿姆斯特朗公司造
海防炮舰	镇安	四百四十	三百八十	阿姆斯特朗炮廿二吨一门 十二斤二门 机关炮二门	二十九人	一八八一年	英国阿姆斯特朗公司造
海防炮舰	镇边	四百四十	三百八十	阿姆斯特朗炮廿二吨一门 十二斤二门 机关炮二门	二十九人	一八八一年	英国阿姆斯特朗公司造
海防炮舰	镇中	四百四十	三百八十	同"镇边号"	二十九人	一八八一年	英国阿姆斯特朗公司造
蒸汽运输船	操江[1]	一千五百		巴八萨炮四十六斤五门 一说六门	一百二十人	一八六五至一八六六年	

---

[1] 查清代海军舰船一览表，似乎没有两艘都名叫"操江"的船只。按中日两国现在编制的一览表说法，"操江"号都属于战斗舰船。1870年建成，江南制造局生产，木造船，16cm火炮4门。清舰有相同名字的两艘舰船即镇海（Chen Hai）号，一建于1867年，法国造，设置4门火炮；一建于1871年，福州船政局造，木制，设置6门火炮。

续表

舰种	舰名	排水吨位	实际马力（匹）	炮数	定员	下水年份	备注
蒸汽运输船	Waikyan	一千五百		巴八萨炮四十六斤五门一说六门			
蒸汽运输船	Shinpuao	一千五百		五十六斤二门			
蒸汽运输船	Tenhan	一千五百		同"Shinpuao号"			
蒸汽运输船	Haishan	一千五百		同"Shinpuao号"			
蒸汽运输船	Houshan	八百					
蒸汽运输船	Puutou			十二斤三门			
外籍轮船	Kyansu					一八八二年	
外籍轮船	Kuantan			惠特沃斯炮[1]六门		一八八三年	

1　惠特沃斯（另译威斯沃斯）炮，由19世纪最优秀的机械技师、英国人约瑟夫·惠特沃斯（Joseph Whitworth, 1803～1887）设计制造，是后来线膛炮的鼻祖之一，中国于洋务运动时期曾引进该炮，在厦门胡里山炮台，除著名的280毫米德制克虏伯巨炮外，还陈列有一门外形奇特的大炮，其最大特点是内膛为六角形，可起到令炮弹自旋稳定的作用。

138

续表

舰种	舰名	排水吨位	实际马力（匹）	炮数	定员	下水年份	备注
外籍轮船	Kuanrin			惠特沃斯炮三门			
外籍轮船	Tsuehansen			同"Kuanrin号"			
外籍轮船	Haitenyuen			同"Kuanrin号"			
外籍轮船	Ishin			惠特沃斯炮二门		一八七六年	
外籍轮船	Shehin			同"Ishin号"			
外籍轮船	Shinwu			同"Ishin号"			
帆船练习护卫舰	Kinwui			克虏伯炮五门			
舰种不详	南琛	二千二百	二千四百	阿姆斯特朗炮一百八十斤二门四十斤八门	二百五十人	一八八二年	
舰种不详	南瑞	二千二百	二千四百	阿姆斯特朗炮十二厘米八门	二百五十人	一八八二年	

139

续表

舰种	舰名	排水吨位	实际马力（匹）	炮数	定员	下水年份	备注
舰种不详	保民	一千四百七十七	二千四百	阿姆斯特朗炮八门			上海造

总计七十三艘。 此间时有增减，然未收录于书，故船数统计难保精确。此外还需除去此次清法一役福州沉没十一艘，石浦沉没三艘，合计十四艘。

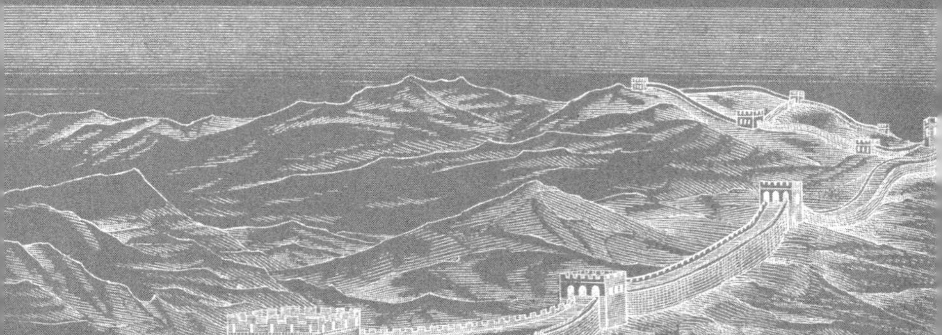

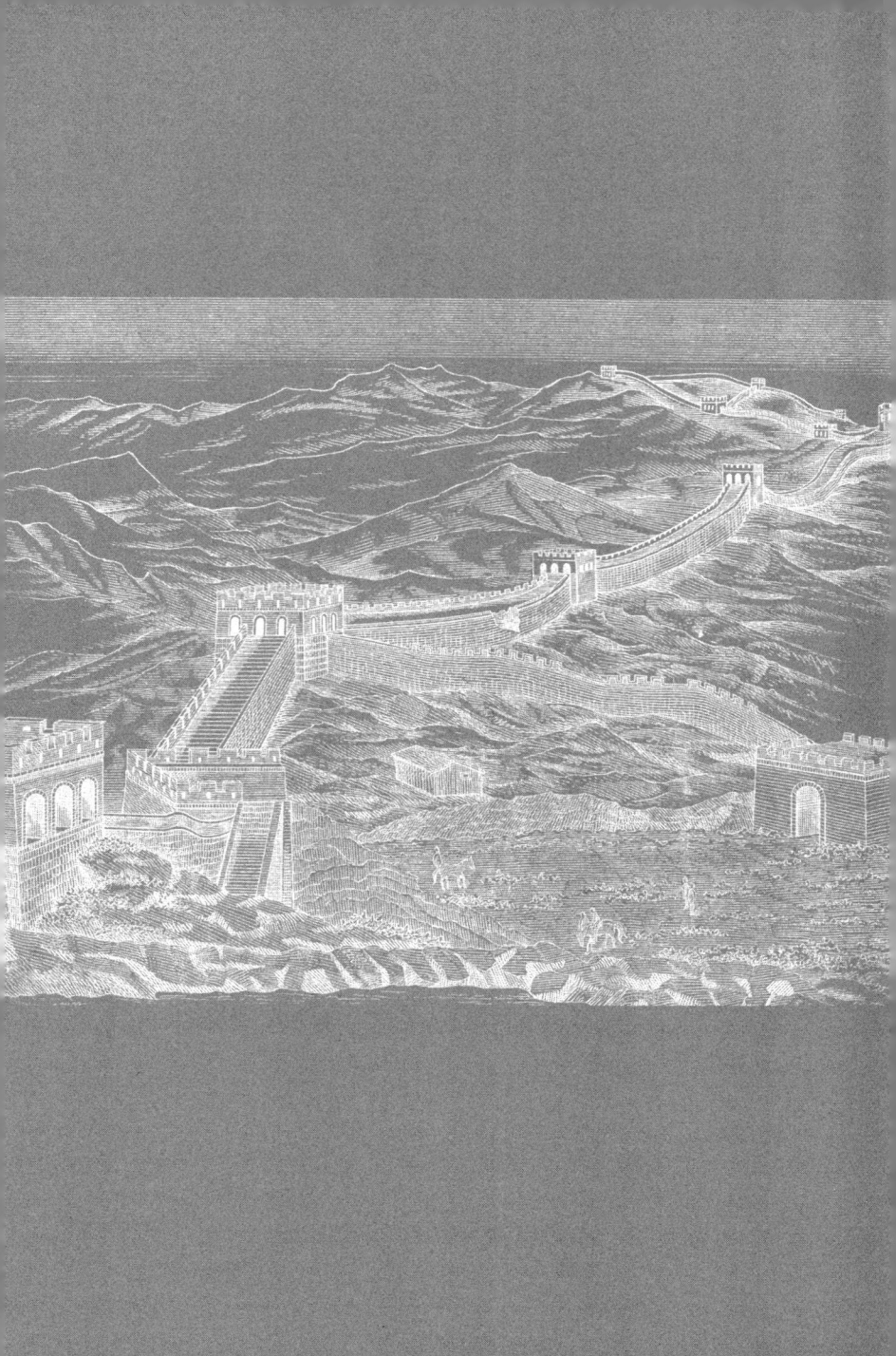

上　海

上海港在江苏省松江府属上海县治，北纬三十一度十五分，东经一百二十一度二十九分，位于黄浦与吴淞两江汇流之处。由扬子江口上溯四十八英里，左折入吴淞江口，再行凡十三英里，即达上海港。此地乃一八四二年<small>清道光二十二年
我天保十三年</small>鸦片战争和议达成时开放之五口通商港口之一。县城内人口五十万余，乃东亚第一国际贸易大市场。县城坐落于黄浦江西岸，城墙周长约九华里[1]，郭门有七，称大东、小东、小南、大南、西门、老北、新北。大东、小东、新北三门内有绸缎铺、书铺、杂货铺等，颇为繁华，然街衢狭窄，多有污秽。市场与县城东北郭外相连，分为英、法、美租界三个部分。英租界在县城以北，即洋泾浜与吴淞江之间，宽一英里见方，其繁华冠于各租界。此租界由英人巴富尔[2]选定。法租界在城墙与英国租界之间，即由县城向北走一英里地之间。美租界在吴淞江以北之虹口。

租界建设由巴富尔擘画。尔后，一八五三年乱民[3]占据

1　原文写为三里，而日本的一里相当于3.9273公里，三里约24华里。实际上当时上海县城城墙周长仅有9华里（4.5公里）。

2　巴富尔（George Balfour, 1809～1894），第一任英国驻上海领事，在上海开辟租界。

3　此处的乱民指小刀会成员。

县城，英、法、美三国与江苏巡抚商议，将附城之清民房屋烧毁，以断绝外界予城中之支援，县城因此陷落。自此不许清民再建房屋于租界中。名义上该土地为清政府所有，其实乃长年出借。每年所付地税一亩不过铜钱一千五百文。又，租界道路、桥梁之修建与警察、收税等事务，由洋人公选之地方公会主管。据一八八〇年（光绪六年）调查，租界地价英地为一千〇三十四万余两，美地为三百五十五万余两，法地为二百三十万余两。一八八二年（光绪八年）三租界全部地价高涨为二千四百三十五万余两，据云当年储存之货物价额达三千二百六十四万余两。

英法两租界皆有数条大路通东西，小路横南北，街市整然，往来最为便利。房屋结构颇富丽壮观，其中最可观者乃圣三基督教堂，以及法地之罗马教堂与属于英美两教会之房舍。郊外徐家汇有罗马教堂，闻名遐迩之天文台即附属此教堂，全清沿海气候、风向之测知皆由此台总管。其他屈指可数之建筑，有英租界诸会馆与祷告堂，以及日本、香港、上海等之银行；法租界地方公会会馆、领事馆。又，英租界通往郊外之路曰涌泉路_{路口有涌出泉水之古井，故以名之}，路旁皆洋人别墅，家家均建有数亩大之庭园，种艺花木，乃最清幽之地。租界对岸之地曰浦东，近来筑堤塘，植树木，颇新其观。

租界有数条供车马出游之大道，延及郊外之极司菲尔路[1]。沿苏州河边延伸七里[2]许，有一条由英法两租界各延伸

---

1 极司菲尔路即今万航渡路，当年均为外国人向道台衙门购买土地修建的花园洋房，门牌为公共租界的蓝底白字门牌。

2 原文如此，似为 7 华里许，而非日本的 "7 里" 许。下同。

五里半许之路乃徐家汇路。自美租界沿黄浦江铺排六里许之路乃杨树浦路，有人希冀将其延伸至吴淞口。通往内地之路，有往昔长毛贼迫近上海时，英军炮队为击退之使清官特地开通之路，贼乱平定后此路又渐变为田亩。英商等曾新建一条经内地至吴淞口之车道，然于今仅存破损、狭隘之小路。近来有人欲建一条供洋人散步之新路，并欲以高价购买土地，然清官每每妨碍之，至今一无起色。

黄浦江畔水颇深，入港船舶多系泊于此处码头，故出现码头公司，筑栈桥于虹口河边，以便货物搬运，其长度殆近一里。又有四个造船厂：一为官有，在高昌庙，距县城不远，名江南机器制造局，制造军舰、兵器，颇为繁忙；一在县城对岸董家渡，长三百八十尺，春潮时水深二十一尺；一在虹口，曰老船厂，长四百尺，春潮时水深十八尺；一在浦东，长四百五十尺，水深二十一尺。

三租界人口十五万零八百一十二人，其中清人十四万七千人，洋人三千八百一十二人，客岁一八八四年 海关统计局人口报告如下：

英吉利	一千三百五十人
日本	七百一十九人
德意志	三百人
法兰西	二百八十一人
西班牙	二百五十五人
美利坚	二百一十三人
意大利	一百零七人
奥地利	七十三人

续表

瑞典、挪威	四十五人
丹麦	三十四人
荷兰	二十五人
比利时	十三人
俄罗斯	四人
巴西	三人
未缔结条约国	四百人
清国	十四万七千人
共计	十五万零八百一十二人

清民原无权利居住各租界内，此于地方条例中有明文规定，然自一八五四年至一八六〇年间，县城与苏州人多因兵乱，络绎不绝避入洋人保护之下，且为避免清官横征暴敛而移居租界。而洋人因有地价高涨巨利，并不禁绝，故其数渐次增加，达十四余万之多。其中广东、浙江两省人最多，尤为供洋人役使者殆皆属此类人。租界中生齿如此渐次增多，然为警戒之英租界仅有五十一名洋人巡查与二百二十四名清人巡查，法租界仅有四十名洋人巡查与三十三名清人巡查，可推知其统治方法得当。

概而言之，上海气候可谓良好。寒暑普遍最低华氏二十五度，最高一百度。然此八年间平均春天为五十度，夏天七十八度，秋天六十二度，冬天三十九度。冬季十一、十二两月干爽多晴，此后东北风起，转为寒风凛冽之气候。夏季炎热，最为难耐，但仅止于数日。此八年间每年平均雨天数为一百二十四日，即冬季五十五日，夏季六十九日，降雨量一百一十三毫米左右。

租界法院与地方公会

上海租界各国洋人与其他开埠港口城市相同，皆属其领事管辖。英国于一八六五年在上海设立高等法院，审判英人之公诉，故在沪且为中产以上之英人须缴纳五元，职工、役夫须缴纳一元人口税，经领事馆于簿册登记其名后即可获得公诉之权利。而租界之清民，则于称为会审衙门之"法院"接受清"法官"与各领事馆派出之吏员会同审理。此法于一八六四年由已故英国公使巴夏礼[1]倡议制定。然至民事审判，据云由于清"法官"缺乏断决权力，往往处分致人不满，故各国公使已向北京政府申禀改正之议。法租界则于其领事馆设立会审法庭。

租界一般之取缔规定，由地方公会按租界条例执行。租界条例于一八四五年由英国领事首度制定，经数次修改，于一八五四年由领事巴富尔进一步与清官商议，创立租界总条例，使各国洋人得以定期租用租界土地。[2] 尔后于一八六三年，美租界与英租界合并，归同一公会管辖。地方公会初由英国领事自外商中选出三名重要商人，名之为道路与码头委员，使之担任有关事务。该委员于每年一月，再选出九名获房租三百两以上之户主或获地租一千两以上之地主担

---

[1] 巴夏礼此时尚未担任英国驻华公使。哈里·斯密·巴夏礼爵士（Sir Harry Smith Parkes，1828～1885），19世纪英国外交家，主要在中国与日本工作。

[2] 参与第二次《上海租地章程》的是阿礼国。阿礼国（Rutherford Alcock，1807～1897），英国外交官。

任委员。法租界地方公会于一八六二年首次设立，有四名法人、四名其他洋人为委员。其选举法为，每两年大选一次，每年更换半数委员。有选举权者乃租界中之地主与获房租一千法郎之户主，或有四千法郎岁入者，故租界中几无无选举权者。又，英法两租界皆规定，非获地价五千两以上之地主或获房租五百两以上之户主不得当选委员。据云英法两租界公会屡屡谋求联合，然至今未达成协议。英租界公会之财政，于每年二月开会由纳税者讨论，之后新委员按其决定之方法，统理新一年之会计。公会之日常事务分为防务、财务、警务、工务四种。紧急事务非经召开纳税人特别会议，咨询其意见后不得施行。据一八八三年统计，其岁入为三十八万七千四百两，其赋税为地税、房租、许可税等。其岁出为三十八万八千九百两，用于警察、卫生、工程等。至一八八三年止，有依据各种货物课税之税法，其税额于岁入中最大，然此后废止此法，进一步增加地租、房租两税。

又，据一八八三年统计，法租界岁入额为十二万二千六百两，岁出额为十一万七千四百两。

上海水务局

上海无泉井，居民汲浦江水，澄其污浊后饮用。尤为县城中河渠甚狭，污水滞积，一至酷暑，秽恶上蒸，难以忍受。至城外浦江取水，其不便殊胜。洋人移居此地后亦感不便。早先有人计划铺设水管，谋供水之便，然地方公会谋求垄断供水权，故久拖不决，至今未能供水。至一八八〇年，创建上水道之事渐决。公会于英京伦敦募集资金，设立上海水务局，委任英人赫德[1]负责此工程。翌一八八一年动工，将水管铺设租界内。然至一八八二年，英地方公会以夏季有害卫生为由，中止水管铺设。而法租界公会则与水务局约定，须向租界各处供水，方允许铺设总管与分管。至十月末悉数建成。因此英租界亦准许从十月初旬再次动工，至一八八三年一月全面竣工。继而将方向转向涌泉路，而此局内各工程亦渐次整顿，然尤困难者乃水箱之设置。彼处土地旱湿无常，有时泥泞严重，使之牢固极困难。不仅如此，且有极高江潮袭来，工地附近河水泛滥，竟须停工数周。为此铺管延宕，至七月方全面竣工。自开工以来，整整两年方始供水。

此局最初募集资本金十万英镑，然近来上海日趋繁荣，移居租界之清人渐次增多，故此局拟进一步扩大规模，增募二万镑，其中五千镑用于将水管延伸至清人街市。又因现在工地多需安装弯管等，所费亦不菲。其决算为，合计此局建设与英京、上海两地诸杂费，共需十一万镑（约银五十八万元），分配至沪内租界每人十二先令六便士^{银三元}_{十三文}，当时用水者为十八万五千六百人。

局中之水先从江中导入沉淀池，沉淀浊水之泥沙，之后从池中导入用水池，并从该池引向滤水器，通过此器充分过滤澄清，再注入清水池。此乃滤水法之程序。再后将池中清水导入送水塔中。彼处有一对送水机械，以唧机汲上，通过

---

[1] 该水厂由英籍工程师赫德（J. W. Hart）设计，上海耶松船厂（Farnham & Co., S. C.）等外商承包施工，主要设备及管道材料由英国制造。

地下大管道推送至英租界水塔上。其水量每小时十万加仑[1]（我二千五百石）。此塔距局三英里，地面高度一百二十九尺，日常储水十五万加仑，即六百吨（我三千七百五十石），赖其高度与压力，通过大小管道，流向三租界全域及涌泉路外，并有望迟早分送至县城。如今埋入租界之大小管道长度几近三十七英里，输入之大小管道与管弇开闭管口者，重量合计凡五千五百吨。据云为再尽供水之便，犹需七英里乃至十英里之大小管道。

局中有两处沉淀池，可容浊水六百一十二万零三百一十二加仑（我十五万三千零零七石余）。为今后扩大供水，此局又拟新建一池，储浊水二百七十六万二千五百加仑（我六万九千零六十二石五斗）。清水池可容水九十九万六千加仑（我二万四千九百石）。又有四个滤水器，每小时可过滤三万二千加仑（我七百石）。有计划再增设四个滤水器，以扩大供水规模。

清水池足以储水八十四万加仑（我二万一千石）。租界各处所设消防水管四百一十根，可供不分昼夜灭火洒地之用。

此局运转送水机械所用煤炭乃高岛粉煤[2]，客岁一年消费额一千吨余。又，同年推送至水塔与供给船舶之水量，合计三亿五千零五十四万七千一百三十五加仑（我八百七十六万三千六百七十八石三斗七升五合），每日供水最多达三万四千七百五十石。每百万加仑（我二万五千石）

---

[1] 根据中国国家标准GB3102.1—1993，1加仑（美）＝3.785 412升，1加仑（英）＝4.546 092升（准确值）。

[2] 高岛粉煤，产自高岛煤田。因属海底煤田，故煤质优良。日本于1867年（庆应三年）在此煤田首次采用西式采煤法。

所消费之粉煤为六千七百五十七磅三分之一。

局中仅雇两名洋人。一名管理送水机、滤水器及沉淀池等；另一名修缮消防水管及其他大小水管等。其余役夫皆清人。此外有特别事务时亦使用洋人，即四名于各家安装水管之监工与一名掌船舶供水者。据云其俸银由工程所得支付，犹有盈余。

此局开业时李鸿章盛赞其举，晓谕上海清人：今后满潮时不汲浦江支流及租界内沟渠所积污水，以该局清水为饮水。然过去之供水者_{以汲河水供需求为业者}与运水者猜忌之，试图阻碍供水之进步。此局遂与供水者协商，相互立约，使过去之担水夫从此局之水闸汲取清水。而租界洋人各引清水入其居室，无不称赞上水道之功德。以此不独此局有利，而且可以不用污秽江水，供给清净饮水，预防传染病。此乃第一要务。可谓此局将来日趋兴盛，上海人民益莫大焉。

江南机器制造局

江南机器制造局，起源于一八六五年_{我庆应元年}清政府收购虹口已歇业之美商旗记铁厂[1]。最初该局有两名美人——霍斯与史蒂芬森，在厂监督工程达六个月，主要制造九磅短程炮。

---

[1] 江南机器制造局的起源如下：当时的海关通事唐国华（曾留学外洋）因事收监。总税务赫德（Robert Hart）为其求情，董事郭德炎与同案革职之张灿、秦吉等集资四万两银。买下一美人所有之虹口铁厂——旗记铁厂（Thos Hunt & Co.）用以赎罪。旗记铁厂由美国人霍斯（T. J. Falls，也有人译为佛尔士）所设，因其曾为清军制造大炮之类的兵器为其他洋人所排斥，因此他想将该厂出售。

然因诸事纷乱，工费繁多，成效甚少，故于翌一八六六年迁局于现今地址江南高昌庙，并向欧洲求购各种机械，聘请熟练西人，制造史奈德步枪[1]。然其工费犹巨大，粗制步枪一支几近银二十元，而欧制品每支不过约银十二元。尔后此局规模渐次扩大，工艺渐趋精良，今日已可生产各种大小火炮、炮弹、汽机、气罐、兵船等。

局中有铸铁厂，由英人基尔设计。局犹聘请英国沃尔维奇兵工厂工程师铸造大炮，并于一八七九年自英京聘来马肯吉，生产阿姆斯特朗回转炮。局内另有两处造船厂，一八七二年首次造出护卫舰海晏号，至完工费时两年。翌年护卫舰驭远号竣工。尔后又造出钓和、金瓯等炮舰四艘。据云所用材料多由欧洲输入。亦有船坞，长一百八十尺至二百尺。然土质不坚固，坞底常陷落，不随时修缮则不敷其用。据云所费亦不少。

此局有翻译学校，有三名英人管理之。吸引清国少年，教授科技书之翻译。又有习乐所，由德国人组织一乐队。据云其毕业生数名已赴天津，投入李鸿章麾下。

距此局不远有一村落，名龙华村，其中有火药制造厂，生产步枪弹药。如今工程基本结束，一日不难生产三百斤火药。

此局各处皆欲结束工程，约需七八百名工人。而监督各处之西人有十名许，然不参与局中事务。管理此局者皆经李鸿章特选，乃文吏，属两江总督管辖之下。

据云此局创立以来费银巨大。现时厂舍、机械价额约银

---

[1] 全称是史奈德-恩菲尔德步枪（Snider-Enfield），是英国皇家轻武器工厂（RSAF Enfield）配合雅各·史奈德（Jacob Snider）设计的铰链闭合式枪机研制的一种前装式步枪，发射.577史奈德弹。

二百五十万两，岁费最少不下银五十万两。其费额由地方官库所出，然多赖海关税收。今抄录光绪九年（1883）正月收支精算书，以示一斑：

江南机器制造局 _{光绪九年正月数} 制造各款领用银两及收支精算书

旧余额 _{光绪八年十二月数}

一　归平银八千九百八十两一钱八分一厘六毛

新领收

一　江海关移拨上旬二成洋税库平银一万二千七百二十二两六钱一分六毛

此归平银一万三千七百七十八两五钱八分七厘二毛

一　江海关移拨中旬二成洋税库平银一万八千三百九十二两二钱一分六厘八毛

此归平银一万九千九百一十八两七钱七分八毛

一　江海关移拨下旬二成洋税库平银七千三百八十一两一钱一分一厘

此归平银七千九百九十三两七钱四分三厘二毛

一　洋匠三名扣存工食归平银六十一两四钱五厘

此金额系雇佣枪炮制造匠卖根士、火药制造匠阿的开生、弹丸制造匠毕第兰[1]时，约定每月工食银内

1　"卖根士""阿的开生"与"毕第兰"均为外国技师人名，黑田所记均本当时清国译名，目前未找到几人的具体资料。江南制造局在成立初期，确实聘请了一些外国专家和技术人员如美国人福尔斯（Foulis）等，他们在推动工厂的技术进步和管理现代化方面都发挥了重要作用。

预置若干于局中作为担保，至满期日一并计算，附利息给还（但光绪九年正月数）。

以上新领收合计归平银四万一千七百五十二两五钱六厘二毛

总计

归平银五万七百三十二两六钱八分七厘八毛

其中已支付数如下

一 归平银二千二百九十二两八钱二分

但委员、司事等薪水并夫役工食费

一 归平银五千三百八十三两八钱二分四厘三毛

但内地工匠等工食费

一 归平银二千一百六十一两五钱六厘七毛

但外国工匠工食费并翻译书费、洋人薪水费

一 归平银四十八两九钱二分三厘二毛

但购求物品费

一 归平银二十九两四钱五分六毛

但杂款费

一 归平银二百两

但局用费

合计归平银一万三千一百一十六两五钱二分四厘八毛

收支相抵现存额

归平银三万七千六百一十六两一钱六分三厘

除前述委员、司事等薪水并夫役工食费外，五项费额明细如下：

委员、司事等薪水并夫役工食费

一 归平银二百十两　　　　　奏办司务委员直隶补用道李氏薪水费

一 归平银一百五十七两五钱　　会办司务委员知府衔直隶州用江苏候补通判蔡汇沧薪水费

一 归平银五十二两五钱　　会办司务委员三品衔分部行走郎中聂氏薪水费

一 归平银八十四两　　　　提调司务委员一员薪水费

一 归平银四百七十三两六钱五分八厘　　翻译委员一员、司事十五名薪水费

一 归平银一百二十三两五钱　　管理机器厂委员一员、司事六名薪水费

一 归平银三十七两八钱　　管理熟铁厂司事二名薪水费

一 归平银三十三两六钱　　管理铸铜铁厂司事二名薪水费

一 归平银二十九两四钱　　管理锅炉厂司事二名薪水费

一 归平银九十二两　　　　管理造炮厂司事五名薪水费

一 归平银一百三十三两三钱五分　　轮船厂委员一员、司事六名薪水费

一 归平银二十五两二钱	管理木工厂司事一名薪水费
一 归平银四十六两二钱	管理子弹厂司事三名薪水费
一 归平银一百三十八两七钱六分八厘六毛	管理火药厂委员一员、司事六名、书记一名薪水费
一 归平银十八两九钱	管理水雷厂兼收发军火司事二名薪水费
一 归平银九十二两四钱	收发银钱委员一员、司事二名薪水费
一 归平银二百四十三两六钱	管理库房委员一员、司事十六名薪水费
一 归平银一百七十一两六钱四分五厘八毛	绘图司事七名、学生五名、印图机器书识[1]四名薪水费
一 归平银二百八两六钱八分九厘一毛	文案司事十一名薪水并添觅贴写薪资
一 归平银四十八两三钱	采办委员一员薪水费
一 归平银五十二两五钱	巡查、弹压委员薪水费

---

[1] 书识，吏胥名。清代正额书吏之外的一种临时性书吏，称为书识。在经制之吏出缺之后，书识可以递补其缺。

一 归平银二十五两二钱　　　　管理建造厂房工程司事一名薪水费

一 归平银十四两七钱　　　　　管理松江军械库司事一名薪水费

一 归平银十一两五钱五分　　　稽查出入司事一名薪水费

一 归平银十二两一分三厘　　　医生一名、书识一名薪水费

一 归平银一百零六两五钱六分四厘　　铁甲船馆教习二名、学生十七名薪水伙食费

一 归平银六十八两六钱四分一厘　　武学馆教习二名、学生十七名薪水伙食费

一 归平银一千九百五十九两五钱三分四厘三毛　　炮队营营官、帮办、哨弁、勇丁等四百十一员薪粮费

一 归平银六两三钱　　　　　　把门二员薪工费

一 归平银二百五十五两二钱八分八毛　　管束护勇哨官一员、护勇五十名薪粮费

一 归平银四十一两九钱六分四毛　　管驾金瓯铁甲轮船大副、管轮水手、伙夫六名薪粮费

一 归平银五十四两七钱二分五厘七毛　　管驾炮船哨官一员、舵工、水勇十名薪粮费

一 归平银一百五十二两四钱三分九毛	长夫[1]二十九名工食费
一 归平银二十六两六钱四分	水火夫七名工食费
一 归平银七两二钱八分一厘	看守大厅并理工所小工二名工食费
一 归平银三两一分九厘五毛	厂内捡拾字纸小工一名工食费
一 归平银十四两五钱六分二厘	绘图房、铁甲船馆、武学馆、收发文件处馆使四名工食费
一 归平银四两八钱三分一厘二毛	听差一名工食费
一 归平银五两八钱二分四厘八毛	火药厂佣运物件舢板一艘船工工食费
一 归平银二十一两一钱一分四厘九毛	火药厂长佣装运松江火药库火药船三艘船工工食费
一 归平银五两三分二厘五毛	照管驳运物料大驳船水手一名工食费
以上合计	

---

1 长夫，原为内务府夫役名，后引用于江南机器制造局。内务府营造司其制，内务府三旗佐领、管领下人每地三十亩为一丁，佐领下每十二丁编长夫一名，管领下每八丁编长夫一名，每名长夫月征银二钱一分七厘七毫，以供紫禁城及行宫、圆明园等处运送物件时雇夫之用。雍正十二年（1734）议定，内务府三旗佐领、管领下共编长夫二百五十八名，每月交银五十六两一钱六分，遂为定额。

归平银五千二百九十二两八钱五分	内地工匠等工食费
一 洋八百九十三元七十八分九厘	机器厂工匠八十八名工食费
一 洋一百十四元二角二分四厘四毛	机器厂学习幼童六十二名工食费
一 钱二十九千六百二十七文	机器厂用本地小工一百零五工零六点半钟工食费
一 钱三十六千文	机器厂用本地小工一百四十四工工食费
一 洋三百六十三元六角一分五厘一毛	熟铁厂工匠并学习幼童五十四名工食费
一 钱四千五百文	熟铁厂用本地小工十八工工食费
一 洋三百七十一元五角五分五厘六毛	铸铜铁厂工匠三十三名工食费
一 洋二十八元四角三分三厘一毛	铸铜铁厂学习幼童十七名工食费
一 钱四十三千文	铸铜铁厂用本地小工一百七十二工工食费
一 洋五百四十八元四角一分五厘三毛	锅炉厂工匠并学习幼童五十二名工食费
一 钱二千九百二十文	锅炉厂用本地小工九工零一点钟工食费

一 钱一十千八十文	锅炉厂用本地小工三十六工工食费
一 钱五十一千五百六十二文	锅炉厂用本地小工二百零六工零二点钟工食费
一 钱二十五千二百七十五文	锅炉厂用江北小工一百二十六工零三点钟工食费
一 洋一千四百四十五元五角七分三厘七毛	造炮厂工匠并学习幼童一百四十名工食费
一 钱九千四百九十三文	造炮厂用本地小工二十七工零一点钟工食费
一 钱一百三十一千零六十二文	造炮厂用本地小工五百二十四工零二点钟工食费
一 钱一百九十九千九百三十七文	造炮厂用江北小工九百九十九工零五点半钟工食费
一 洋五百五十三元四角九分八厘	船厂及此工厂工匠并学习幼童五十七名工食费
一 钱二千五百五十文	船厂及木工厂用本地小工八工半工食费
一 钱六千七百五十文	船厂及木工厂用本地小工二十七工工食费

一 钱六千二百文　　　　　　船厂及木工厂用江北小工三十一工工食费

一 钱十六千六百零九文　　　本地木匠六十六工零三点半钟工食费

一 钱十千一百二十文　　　　本地木匠四十六工工食费

一 洋四十三元二角　　　　　造洋枪木壳工资

一 钱二千一百七十八文　　　色锯木料小工工食费

一 洋七百三十三元九角六厘三毛　　洋枪楼工匠一百六十一名工食费

一 洋七十四元九分九厘　　　洋枪楼学习幼童四十五名工食费

一 洋三百五十元五角一分四厘　　子弹厂工匠并学习幼童一百三十名工食费

一 钱四千五百九十三文　　　子弹厂用本地小工十五工零二点半钟工食费

一 钱四十千七十八文　　　　子弹厂用本地小工一百六十工零二点半钟工食费

一 洋五十六元七角七分三毛　　水雷厂工匠并学习幼童十八名工食费

一 钱三千八百八十五文　　　水雷厂用本地小工十三工零七点钟工食费

161

一 钱九千一百二十五文	水雷厂用本地小工三十六工半工食费
一 钱二千四百七十五文	水雷厂用江北小工十二工零三点钟工食费
一 洋四百零五元九角九分八厘二毛钱一百零九千三十九文	火药厂木匠九十四名工食费
一 洋八十六元七角九分一厘八毛	火药厂学习幼童五十三名工食费
一 钱十四千五百文	火药厂用江北小工七十二工半工食费
一 钱九百六十文	火药厂用石工三工工食费
一 洋一百零一元三角六分七厘三毛	蒸汽炉火长十一名工食费
一 洋一百八十六元二分五厘	广瓦匠十一名工食费
一 钱十二千一百文	本地瓦匠五十五工工食费
一 钱五十千六百八十五文	泥水匠一百六十三工工食费
一 钱六百文	裱糊匠五工工食费
一 钱一千二百五十文	阴沟匠五工工食费
一 钱五千一百文	本地小工十七工工食费

一 钱一百三十二千五百文	本地小工五百三十工工食费
一 钱九十七千五百文	江北小工四百八十七工工食费
一 洋四十三元七毛 钱十一千二百九十三文	看守海安轮船绳索匠一名一月工食费 海安轮船伙夫一名一月工食费 看守成大夹船绳索匠一名一月工食费 看守挖泥机器船绳索匠小工一名一月工食费 松江军械库扛抬火药夫力一月工食费

以上支出总计

洋银六千三百九十五元七角七分六厘八毛

此归平银四千六百五十六两七钱六分五厘

钱一千零八十三千五百四十六文

此归平银七百二十七两五分九厘三毛

合计归平银五千三百八十三两八钱二分四厘三毛

外国工匠工食费并翻译费、洋人薪水费

一 归平银一千四百九十两一钱七分五厘七毛

洋匠六名工食费

一 归平银二百二十五两七钱一分一厘

教习操炮德国洋人毕瑞乃德一名薪工费
一 归平银四百四十五两六钱二分
翻译制造诸书英国人傅兰雅、罗亨利二名薪水费
以上支出
合计归平银二千一百六十一两五钱六厘七毛

购求物品费目

一 归平银一十五两三钱三分	铜箍木水桶三十六个（伍靖远轮船用，每一打银五两一钱一分）
一 归平银三两六钱五分	紫铜圆更灯一个（伍靖远轮船用）
一 归平银十一两六钱八分	玻璃三面回光灯七个（伍靖远轮船用，每一个银二两九钱二分）
一 归平银八两七钱六分	铜洋鼓一面（伍靖远轮船用）
一 归平银五两八钱二分四厘八毛	购料往来船板、船力[1]费

小计归平银四十五两二钱四分四厘八毛

一 钱二千二百三十二文	青盐[2]九十三斤（伍火药厂用，每一斤钱二十四文）
一 钱一千三百二十文	竹丝红纸灯十一个（伍火药厂用，每一个钱一百二十文）
一 钱九十文	豆腐四十五块（伍靖远轮船厮缝用，每一块钱二文）

---

1 原文如此，遍查不知其意，疑为"船工费"之意。
2 青盐，我国鄂尔多斯内陆干旱地区产出的湖盐。

一 钱一千八百四十文　　　　运输诸物品船力费
小计钱五千四百八十二文
此归平银三两六钱七分八厘四毛
合计归平银四十八两九钱二分三厘二毛

杂款费

一 归平银四两二钱七分　　发往金陵、镇江电报
三厘九毛　　　　　　　　费
一 归平银三两三钱三分　　专差金陵往来川费
三厘七毛
一 归平银二十一两八钱　　南洋大臣随员彭镇解
四分三厘　　　　　　　　劈山炮样来沪往返川
　　　　　　　　　　　　资
合计归平银二十九两四钱五分六毛

局用费

一 归平银二百两　　　　　局用费

此项系支给伙食、油烛、纸笔墨等费用，款目稍多，无法每件开列，故受前署两江督宪李氏批准，免于列记细数。

上海机器织布局

清国洋布需求数量实为巨大，迄今概由英美及印度输

入，其额日益增加，耗银甚多，故有人依李鸿章劝谕，计划于上海设置机器，以兴织洋布之业，然其计划未果。其后又有候选道郑观应[1]、补用道龚寿图[2]等承李氏之旨，经再三筹议，设立章程，得李氏许可。光绪六年（1880）我明治十三年十月《申报》载此事，以广告之。其资本金为银四十万两，其中二十万两由发起人郑观应、蔡梅卿、戴恒、黎兆堂四人各出五万两凑成，其余计划广募集之。于官而言，此事属创举，须特别保护，十年内不许他人另设同业之局。并规定贩运他处者，与外来洋布一样，须完正税一成，不收内地厘金税，然之后因某种原因未至开局。若果能按其计划行之，则可减少大宗输入洋布购买，稍分贸易利权。今录其章程并计划书及李鸿章奏折如下：

机器织布招商局章程总叙

窃维资生之计莫急乎衣食，人不可一日乏食，亦岂能片刻无衣？布之为用诚大矣。吾中华向来织布都借人工，泰西竟尚机器，工半利倍。英国开创最先，近时各织机约有十三万余张；美国继之，有十五万几千张，近年印度踵而行之已有一万余张。日增月累，销路仍畅，是其中之有利可图必无疑义。各国所出之布，行销于中国者，每岁不下三千万两，财源日益外溢，有心世道者

---

[1] 郑观应（1842～1922），中国近代最早具有完整维新思想体系的理论家、启蒙思想家，也是实业家、教育家、文学家、慈善家和热忱的爱国者。

[2] 龚寿图，生平不详，仅知1880年李鸿章派龚寿图专办"官务"，郑观应专管"商务"并总办上海机器织布局局务。

患之。考中国仿办机织，其利胜于外洋者有三大端。中国棉花六七分收成，每担不过九两至十二两，英美两国即十分收成，每担亦需十一两至十七两，花本之轻重已及三分，其利一。中国人工每工不过二三百文，外国自七角半至一元，工价之悬殊几已过半，其利二。洋布种类甚多，销行无定。中国自造可随市面相应者，多造速销，外国不能随市转移，又多重洋，水脚、保险等费几及三分，其利三。虽然既计其利，宜思其弊。中国购运机器，价本必加，运费亦重；延请洋人，工资必倍，此二端逊于外洋。然利弊相较，尚属利多弊少，且弊止二三年而已，利则可久可远。况中国棉花已寄英国，织成洋布寄回，考验较洋花所织略加精致。其产业均有保险，成本几何，出布几何，皆可核算，较别种生意尤有把握，又何惮而不为耶？本年四月奉钦差北洋通商大臣、直隶爵阁督宪李札饬筹议，当经查阅旧订节略，佥称有利三分。虽考核颇明，然尚未敢遽信。复经详细研究，逐项苛算，除机器价值考订详明可以照算外，棉花价本则择其中上者为准；洋布售价则就其中下者为准；延请洋匠督教工资宁计其丰；雇募散工学习人数宁计其多；一切完纳税饷、股本官利、延请董事司事、购地造厂、保险等项，事事均从宽算，逐条分析附后便览。照现定先办织机四百张计之，每年共需开支规银三十六万八千六百两。其入款则每年织造英产原布、洋标布、美产斜纹布三种，可出二十四万匹，约可售得规银四十四万四千两。抵除本银，可余七万五千四百两，核计将及二分，再加官利，约有二分八厘光景。又经通商大臣批定，嗣后有人仿办，只准附股入局，不准另行开设等因。如果工作纯熟，出布日增，洋匠渐减，节省杂费，即当加添机张，扩充行运，其利更非浅鲜矣。或谓纺织本属女红，恐夺小民之利，不知洋布进口以后，其利早已暗夺，本局专织洋布，是所分者外洋之利而非小民之利。且厂局既开，需求男女工作有增无减，于近地小民生计不无少裨。事理灼然，无足疑者。此事由中堂委任，事虽由官发端，一切实由商办，官场浮华习气一概芟除，方能持久。其股份仿照招商章程，每股规银一百两，共集四千股，计银四十万两。除禀明南北洋钦宪酌拨公款外，在局同人共集二千股，尚余二千股，所望海内达官富绅同心集事，自一股至百千股各从所便，数满而止。将来酌添机张，或需加本，亦必布告周知，先尽旧股所有。股分银两认定后，先交五成，出给收票，本局存稳当钱庄生息，备购地、定机之用。俟机器到有定期，全数交足，掣换股票。官利息折不得迟延，至于请洋匠、定机器、购地基，总以股份集满，收齐五成，然后举办，方免贻误。万一股份不齐，事机中辍，先收之五成银两并息，均由本局如数付还，丝毫不爽。条议节略录后，如有未周，务祈指示。[1] 有所议办、缘

---

[1] 此后这一句及之后的落款年月日、章程撰写人的姓名、字号在《经元善集》（虞和平编，华中师范大学出版社，2011年）中未见，可能作者另有所本。现按原作者所录译出。另外，自此开始亦按原作书写格式译出，如此更便于读者阅读。附注：经元善（1840～1903），字莲山（莲珊），上虞驿亭人，清朝晚期著名改良派代表。

由、禀批等件，及开局详细规条，再行刊布。

光绪六年八月×日[1]
上虞经元善莲珊[2]
鄞县蔡鸿仪嵋青
丹徒戴恒子辉
侯官龚寿图仲仁
丹徒李培松韵亭
香山郑观应陶斋
同启

建局购机成本数目

一 买地、填基、开沟、筑码头、建造局房、账房、机器房、炉房、机房、厂房、栈房，以及华洋男女工匠栖息屋宇，一应工料，暨局厂需求家伙器皿等件，共约计九八规银一十二万两；

一 拟定购新式首号纺织各种洋布全副机器四百张，总机器、轧花机器、火炉、水柜、钢扣、梭子、锭心、皮条，以及煤气洋灯、煤器（气）机器一副、一切修理家伙机器等，全运至上海，关税、水脚、保险等共约计九八规银十八万两；

一 采买花衣，未卖出洋布转运资本，约计九八

---

[1] 《经元善集》说明，此章程刊载在《申报》1880年10月13～15日。

[2] 《经元善集》中此章程未有明确署名。

规银十万两。

以上三项共需募集股本九八规银四十万两。

官利花价经费数目

一 股本宜提官利也。今集股四十万两，官利照禀定章程周年一分起息，每年共计九八规银四万两；

一 保险以重股本也。本局房屋、机器、货物等项，均需保险，倍昭谨慎。按火险章程，值银千两者，保一个月需银二两五钱，保三个月需银五两，保六个月需银七两，保十二个月需银十两，照股本四十万两，每年共约计九八规银四千两；

一 花本宜预计也。各种洋布，长短阔狭轻重不一，姑就A字英产六斤八洋标布、八磅四原布、六斤四细斜纹此三种畅销者而论，每匹扯用花衣六斤四两，虽有耗花，今不计加浆之数可抵外，总有盈无绌，余可类推。每机每日夜成布两匹，除礼拜停工以三百天计算，可织布二十四万匹，约用花衣一万五千担。本局已购轧花机器，改用子花，可多出花子约三万担，每担价钱七百文，共钱二万一千串，今抵出做花衣一千担，净需求花衣一万四千担。现在市价每担十两，今作价十一两五钱，共约计九八规银十六万一千两；

一 机轮转动处宜抹油也。每日夜计十六点钟，需茶油三十六斤、牛油二十六斤，约每担扯价五两，合银三两一钱，以三百天做工，每年共约计九八规银九百三十两；

一 布经刷浆宜用面粉也。凡英国织来之布，有用面粉、石粉，自半磅至三四磅之多，轻重不等，唯美国织来者不甚用浆。今本局所造之布，宜格外精结，多不用浆，即有稍用浆者，仍不用石粉，以冀耐久。现拟洋布用浆粉之至轻者计之，每匹需粉六两，日夜出布八百匹，拟用浆粉者三分之一，计二百六十六匹，共约日用浆粉一担，约价二两，以三百天计之，共约计九八规银六百两；

一 织成布匹宜加装潢也。凡布须金线机头彩色仿贴，如成包者，内用衬纸，外用油布、麻布，打捆用麻绳铁箍等；成箱者，内用衬纸、马口铁箱，外套木箱，钉以铁皮，均每匹扯价银五分，以二十四万匹合算，共约计九八规银一万二千两；

一 需求煤块以供纺织也。机器非炉火何能运动？查煤质高者其价必昂，低质价廉，用不耐久，亦难合算，兹拟用中等之煤。每日夜十六点钟，约需八吨，现在市价每吨四五两，今约价五两五钱，应需银四十四两，以三百天做工，每年共约计九八规银一万三千二百两；

一 燃点煤气灯宜核价值也。凡应用煤块、石灰、雇工承值，及修理经费，按照本局点灯六百盏，每点钟约计扯用煤气二千四百方，冬夏扯，六点钟起，一点钟止，每日共用煤气一万六千八百方，需煤两吨半，约银十五两，石灰百四十斤，约银一两，修理经费约银一两五钱，佣工约银一两五钱，共约银十五两，以三百天做工，每年共约计九八银五千七百两；

一 薪水宜明定章程也。事系创办，非厚其辛俸岂能专心致志，励精于勤？自驻局以下，均须有结实可靠荐保，立有具名，保单存局备查。应请正执事二位、副执事二位、总司账一位、正司账四位、副司账四位、帮账贴写四位，并请专司文牍一位、总翻译一位、副翻译四位，此外学生八名、日夜督工两班计十二名、小工头十名、女执事一名、女工头十名、出店八名、管门更夫四名、茶房四名，以上薪水，及总办往来舟车之费，大约月需银二千两，均系自膳，每年共计九八规银二万四千两；

一 领袖工作宜雇洋匠督教也。事经开创，必赖师承。凡雇洋匠必择妥慎洋行主保荐，立有华洋合同笔据，注明督教华人，兼理夜工字样，不准酗酒滋事，玩忽误工，除礼拜停工外，援照局定时刻在厂办事，月得辛资若干，以八成给付，扣留两成，以满四百两为度。倘该洋匠不守本分，贻误公事，将所扣银两备抵。另邀洋匠川资，此系仿照西法归例，计应延请总理厂务者一位、总理机器者一位、总理弹花轧花者一位、总理浆刷布经及折布打包者一位、总理织布事务者一位、总理卷花、理纱、配纱者一位，大约每年工资，共约计九八规银一万五千两，均皆自膳，照章给领；

一 雇用华佣宜核工作人数也。承值各项须派专司，如轧花机器处，添子花、畚取花衣、扫去花子等事，应用四人；拍理花衣处，拣去花衣中杂屑等事，应用五人；弹花机器处，取花衣过秤、向机上取熟花等事，应用四人；拉花条机器处，取熟花上机器、取花条置桶、桶满递换等事，共用二十八人；纺粗纱机器处，取机上之纱入桶、桶满递换及接纱头等事，共用五十六人；纺经纱机器处，换锭子、接纱头等事，共用五十六人；纺纬纱机器处，换锭子、接纱头等事，共用九十人；接纱头处，换筒管、接纱头等事，应用四人；浆纱处，理纱头等事，应用四人；过经处，理经、过经、接纱头、全齐上织机等事，应用十人；织布机器处，共用四百人，始初每机一人，一年后工作纯熟，一人可管二机，至换梭领、接纱头要眼明手快，庶免延时刻；机器总火门处及管机器、看气管、抹茶油等事，应用十人；杂差小工，共用二十人。以上需求总共六百九十一人。七点钟起，六点钟止，每日十点钟为一工。统计男女，每工扯足钱二百文，夜工亦然，逢礼拜停工日，凭本局工票，按名给发。男女工作均须分置厂房，以免混杂。并选老成可靠者在工监督，如有舛误，许即登簿呈报，以凭查究。此项每日夜约需工资二百七十六千四百文。均系自膳，以三百天做工合算，每年约共计足钱八万三千缗，合九八规银五万五千一百七十五两；

一 杂项开支宜预为约计也。所有应需账簿、笔墨、纸张、油烛烟茶、一切零星用费等，每年共约计九八规银四千两；

一　关税应宜遵谕照洋例完纳也。查进口各种洋布纳税，照二十四万匹计算，共约计九八规银一万六千两；

一　机器栈房价值宜逐年打折也。查西法无论机器轮船，分十二年将成本打完，以固根基，今亦宜仿此，每年约打除九八规银一万五千两；

一　凡事宜集思广益也。织局事系创举，必赖众心维持，始克有济，今拟仿照西法，由股份人公举沪市品望公正、熟悉商情者为董事四位，凡有大事，邀请咨商，每位送酬劳舆费五百金，每年共计九八规银二千两。

以上十五项，每年官利、花本、一切开缴等，共约计九八规银三十六万八千六百两。

计出布除开销、官利外约得余利总数：

一　织机四百张，每机在外洋或织六斤八洋标，或织八磅四原布，或织六斤四原色细斜纹，每点钟可织三码半至五码，每日十点钟，可成布一匹半至一匹九，今一昼夜十六点钟，约计成布二匹。初起未谙，或难照数，半年以后，工作纯熟，可如数矣。除礼拜停工外，每年以三百天计算，可织成布二十四万匹。现在市价，英产六斤半XX洋标，每匹一两九钱二分；八磅四G字原布，每匹一两七钱三分；美产六斤四H字原色细斜纹，每匹二两二钱三分。计扯算一两九钱五分七厘，今约每匹一两八钱五分，可售九八规银四十四万四千两。除官利、花本、一切经费银三十六万八千六百两，每年尚可盈余银七万五千四百两。若花价愈贱，工作愈熟，加添织机，多出布匹，减用人手，节省经费，则更蒸蒸日上矣。[1]

每年出入约数列记如下：

　　　　　　收支预算表

收入额

一　规银四十四万四千两　　　　售布价银

支出额

一　规银三十六万八千六百两

　　　　　　　　细目

规银四万两　　　　　　　　　股本官利

规银四千两　　　　　　　　　保险费

规银十六万一千两　　　　　　花本价银

规银九百三十两　　　　　　　抹油费

规银六百两　　　　　　　　　面粉费

规银一万二千两　　　　　　　装潢费

规银一万三千二百两　　　　　煤炭费

规银五千七百两　　　　　　　汽灯费

规银二万四千两　　　　　　　薪水费

规银一万五千两　　　　　　　洋匠价银

规银五万五千一百七十两　　　工匠价银

---

[1] 《申报》说此章程由"上海机器织布招商局同人启"，并注释"此篇未有明确署名，但经元善主持布局招集商股之事，并主张招股章程及所招股份名单登报，故附录之"，与日本人原著签名的说法也有不同。

规银四千两	杂项费
规银一万六千两	关税
规银一万五千两	逐年拆除机器费
规银二千两	公董奥费
收支抵扣纯利	
规银七万五千四百两	

李鸿章奏折

大学士直隶总督一等伯臣李鸿章跪奏：为招商在上海试办机器织布局，以扩利源，而敌洋产，恭折仰祈圣鉴事，窃查光绪四年十月廿四日奉上谕：御史曹秉哲奏请仿用西法开采，以利器用一折，据称近来各省开设机器等局，需求煤、铁甚多，请由内地仿照西法，用机器开采、转运、鼓铸、制造，既省买价，并浚财源等语。所称招徕殷商，听其开办，酌量征收厘税，是否可行，著李鸿章体察情形，斟酌妥善，奏明办理。原折着抄给阅看等因，钦此。臣查该御史原奏内称：方今之务以海防为最要。泰西各国，凡织布匹、制军械、造战舰，皆用机器，故日臻富强。又谓：中国若用机器开采、转运、鼓铸、制造，其价比来自外洋为贱，更可宏拓远谟[1]等语。所论均属切要。

臣维古今国势，必先富而后能强，尤必富在民生，而国本乃可益固。溯自各国通商以来，进口洋货

---

[1] 远谟，长久的计策、谋略。

日增月盛，核计近年销数价值已至七千九百余万两之多。出口土货年减一年，往往不能相敌。推原其故，由于各国制造均用机器，较中国土货成于人工者，省费倍蓰，售价既廉，行销愈广。自非逐渐设法仿造，自为运销，不足以分其利权。盖土货多销一分，即洋货少销一分，庶漏卮[1]可期渐塞。

查进口洋货以洋布为大宗，近年各口销数至二千二三百万余两。洋布为日用所必需，其价又较土布为廉，民间争相购用，而中国银钱耗入外洋者，实已不少。臣拟遴派绅商，在上海购买机器，设局仿造布匹，冀稍分洋商之利，叠经饬办，均以经费不充，税厘太重，相率观望，久无成议。复饬据三品衔候选道郑观应、三品衔江苏补用道龚寿图会同编修戴恒妥细筹拟，据禀估需成本银四十万两，分招商股足数，议有合同条规，尚属周妥。当经批准先在上海设局试办，派龚寿图专办官务，郑观应专办商务，又添派郎中蔡鸿仪、主事经元善、道员李培松会同筹办。该道等延聘美国织布工程师丹科到沪，据称中国棉花抽丝不长，恐织不如式，必须就花性改制织机。已与订立合同，令其携带华花赴英、美各厂试织，酌购机器，本年夏秋之交即可回华开办。

查泰西通例，凡新创一业为本国未有者，例得畀以若干年限。该局用机器织布，事属创举，自应酌定

---

[1] 漏卮，渗漏的盛酒器具，这里指中国白银外流。

十年以内，只准华商附股搭办，不准另行设局。其应完税厘一节，该局甫经倡办，销路能否畅旺，尚难预计，自应酌轻成本，俾得踊跃试行，免被洋商排挤。拟俟布匹织成后，如在上海本地零星销售，应照中西通例，免完税厘。如由上海径运内地，及分运通商他口转入内地，应照洋布花色，均在上海新关完一正税，概免内地沿途税厘，以示体恤。如日后运出外洋行销，应令其在新关完一出口正税。若十年后销路果能渐畅，洋布果可少来，再行查酌另议。此系中国自主之事，自可特定专章，无虞洋商借口。

除未尽事宜再由南、北洋大臣[1]随时督饬办理外，所有上海招商试办机器织布以敌洋产缘由，理合恭折具陈，伏乞皇太后、皇上圣鉴。谨奏。

上海县地方税

上海县地方税分四等，其别如下：

一　熟田　每亩每年贡税米三斗

此额折白米一斗二升五合余。其代银征收一钱零九厘一毛余。但银一钱换洋银约折十四仙。

一　上乡田　每亩每年贡税米二斗九升五合

此额折白米一斗二升三合余。其代银征收一钱零八厘一

1　南、北洋大臣，南、北洋通商大臣的省称。

毛余。

一 下乡田　每亩每年贡税米二斗三升五合

此额折白米九升八合二勺余。其代银征收八分五厘七毛。

一 护塘外田　每亩每年贡税米二斗零五合

此额折白米八升五合余。其代银征收七分九厘二毛余。所谓护塘外田，即于沿河堤防外堆积泥土处。

以上例则为旧时征额，据云嘉庆（1796～1820）以降此额减十分之二，平均征收。

街市之地每亩除定税外，加征人丁银一厘一毛二毫。每银量一两加五分，此乃征额贡税外增加之数。不论城郭市乡，同样征收。但田野中屋地不征人丁银。征收期约为每年上半年四月，下半年十月。

征收法为，公示其期后不分城里、乡下人，皆按去年所给之今年征票，携带税银，纳于县署大堂柜内。并执明年征票，作为今年完税凭证。若有人逾期不纳，由县派出差役赴其乡，与该所甲长协同催缴。

上海开埠以来商业之沿革

上海之国际贸易，发轫于道光二十二年（1842）与英国签订之《南京条约》。翌二十三年（1843）十一月十七日上海开埠，沿黄浦江至吴淞江方圆一里[1]许洋人之

---

1 "一里"，原文如此。

居留地曰英租界，其贸易除鸦片外犹微不足道。咸丰三年（1853），清乱民据上海县，骚扰街市，尤妨碍商业进步时，法军援助清军击而平之，作为酬劳，清国允许法人占有县城外至洋泾浜之地，此即今法租界。自此贸易渐趋繁盛。咸丰八年（1858）乱民又起，县城陷落。此时城中清民出逃寄寓洋人保护之下，遂移居租界之内。继而清国对英法宣战，咸丰十年（1860）和议达成，然长毛贼又由苏州进逼上海，两年间清民亦多避乱于租界。同治二年（1863），英国陆军士官指挥清军收复苏州，内乱全平。此时美国仿英法两租界，借黄浦江左岸四里许地，此即美租界，又称虹口。于兹三租界定型，极大改变市场面貌。不久我邦贸易渐次繁盛，出入船只逐年增加，遂于今日占据清国诸口之首要位置。

前年以来清法纠纷，其影响可验，商业固不活跃，红茶、蚕丝贸易亦极困难，然未见明显衰颓。究其原委，一因事件影响甚为危急，一因清商具有特殊风尚。去年八月于此港与法国谈判破裂，招商局海陆所有资产尽转美国旗昌洋行之手。不久法兵攻击基隆，有流言曰福州清军溃败，法军或来袭上海，人心骚动，无以言表。清民陆续不绝，携妻孥，担什具，避乱于苏州及其他地方。于此事件影响最为紧迫之际，人们因恐惧竞卖，忧虑闭市，并欲储蓄，故不拘货物时价，争相交易，带来市面繁荣。至十月以后，未见法国兵力北移，风闻英美或施仲裁，且中外商民渐渐习惯，安于现状，清法交涉之街谈巷说不绝其迹。此时事件之影响最为轻缓，且影响所及不如前日。加之欧美两市市况稍有好转，货物需求多少趋向活跃。又因清民恒常无视国难，唯利是图，马江海战[1]之后，有人听闻碇泊该港之法舰高价求购煤炭、食品等时，居然竞相应其需求，唯恐落人身后。祸害苟不及自身，则见利不退，此特殊风尚予商业以极大影响。

商户概况

清人住租界者约十四万七千余人，想必有从事贸易之巨商豪富，然悉不可窥见。据闻以鸦片为业者七十户，专事洋布者三十九户，经营棉花者二十六户，销售人参者八户，从事丝、茶、海产等户亦多。而我邦人开店，稍具商贾气派者有三井物产分公司、三菱分公司、广业商会[2]分公司等，其余仅为药店、照相馆、杂货店、旅店，以及受雇之买卖中介店等。

国际贸易

上海之国际贸易悉于租界内进行，县城商贾仅止于零售若干杂货。其国际贸易以直接交易者稀，而多依赖中介商或掮客。此乃惯例，而且尤为便利。中介商等负责货物装卸、报关、交易结算、纷争止息等，雇主任其所办，不为所

---

[1] 中法马江（福建马江一带）海战又称马尾海战，是中法战争中的一场战役。
[2] 广业商会是明治时代初期的日本综合商社，其规模超过三井物产，设有东京总公司、函馆、长崎、神户、大阪、横滨、上海、香港分公司，同时也是内务省、大藏省的御用贸易公司。

烦。加之脬人脚费，较之亲自雇用反更便宜。此中介商与捐客有种种不同，纯应委托，介绍买卖者有之；视机购入货品后贩卖者有之；运来土货交换者有之，不一而足。其佣金因货品不同而有定率，或取之于卖主，或受之于买主。若受取无据，则以买卖价差为其所得。盖经营此业者概为清商，洋人少。

商业习惯

租界内清人商业习惯多少有异其趣，然与一般做法大致相同，极崇秘密，重旧例，即令生意稍涉不利，亦不轻易改变旧有规矩，故有遵守持续至今之行会约定等、巧夺外商其利之风气。且尤留心储蓄，毫厘之争亦不顾平日情谊，几近不知廉耻。此其常占贸易利益之故也。

商路与输出入货品状况

上海港国际贸易线路多条，然以英国及英属印度、汉口、天津、牛庄、香港线路最为著名，其货物多为鸦片、棉布、绢丝、制茶。以贸易数额列述，交易一千万两以上之国家、地区有英国及英属印度、汉口、天津、牛庄、香港、欧洲大陆^{除佛国}；五百万两以上国家、地区有镇江、宁波、九江、美国、汕头、芝罘；一百万两以上国家、地区有日本、广东、芜湖、福州、厦门；五十万两以上国家、地区有新加坡

182

及其近邻国家、俄属"满洲"[1]并敖德萨；十万两以上国家、地区有土耳其、埃及、温州、高雄、宜昌、淡水；一万两国家、地区有朝鲜、暹罗、英属美洲、澳大利亚、菲律宾诸岛屿等；一万两以下国家有印度支那。为了解其贸易大要，以下列出关税调查总计表及输出入货品名录并十万两以上之重要交易商品，并略加解说。且不问我商品金额多寡，稍有其名亦列记之，聊作参考。

上海港输出入货品价额总计表

		一八八二年		一八八三年		一八八四年	
		小计（两）	总计（两）	小计（两）	总计（两）	小计（两）	总计（两）
外国货品	自外国及香港输入	五四，二一一，二二一		四九，〇五二，七六二		四六，八五七，〇四六	
	自清国各口输出	七八二，二四五		四七八，八二三		三〇〇，九六七	
	合计		五四，九九三，四七四		四九，五三〇，五八五		四七，一五八，〇一三
	自外国及香港再输出	一，四五六，四一〇		一，一四二，四五五		一，三九二，八八三	

---

1 俄属"满洲"，指被沙俄强取豪夺的我国东北部分地区。

续表

		一八八二年		一八八三年		一八八四年	
		小计（两）	总计（两）	小计（两）	总计（两）	小计（两）	总计（两）
外国货品	自清国各口再输出	三八，四九一，七一八		三六，九二六，八二一		三八，二九七，二三四	
	再输出合计	三九，九四八，一二八		三八，〇六九，二七六		三九，六九〇，一一七	
	输出入抵扣后纯输入	二九，〇四五，三四六		一一，四六一，三〇九		七，四六七，八九六	
清国货品	自清国各口输入合计		四二，〇七五，九六九	三七，五六一，一二二			三九，四九四，三三三
	向外国及香港再输出	一五，三七八，一四四		一五，〇九八，〇八〇		一五，二六一，三七三	
	向清国各口再输出	一七，二五四，七七〇		一六，九四六，三三三		一七，三一四，七二九	
	再输出合计	三二，六三二，九一四		三二，〇四四，四一三		三二，五七六，一〇二	
	输出入抵扣后纯输入	九，四四三，〇五五		五，五一六，七〇九		六，八七八，二一一	
	地方物产向国外输出	一三，九一三，六四六		一二，八六一，一六六		一四，二六九，一五四	

续表

		一八八二年		一八八三年		一八八四年	
		小计（两）	总计（两）	小计（两）	总计（两）	小计（两）	总计（两）
清国货品	地方物产向清国各口输出	一一,七六七,一七三		一〇,五二五,六五八		一二,三三四,〇四〇	
	合计		二五,六八〇,七八三		二三,三四一,八二四		二六,六〇三,一九四
输出入合计			一二二,七五〇,二二六		一一〇,四三三,五三一		一一三,二一五,五二〇
纯输出入合计		五〇,一六九,一八四		四〇,三一九,八四二		四〇,九四九,三〇一	

输出货品品种

制茶类

红茶 绿茶 茶叶 砖茶 茶末

蚕丝、绢布类

生丝 黄丝 野蚕丝 乱蚕丝 绢丝 蚕茧 同功丝 复纺丝 丝线 丝缲 湖丝经 丝带 丝绒 绢布 绸 丝绵布

棉布类

细夏布　粗夏布　土布　棉线　棉带　棉被胎　棉花　旧棉絮　麻布　麻线　麻

鸦片类

四川烟土　烟土壳

金属类

铜器　生铜　旧铜　铜箔　黄铜器　黄铜管　黄铜纽扣　铜货　铁器　钢　铅　锡箔　金器　银器　假金线　假银线

药材、香料类

信石[1]　三籟[2]　石膏　土茯苓　肉桂　桂皮　桂枝　良姜　黄姜　生姜　关东人参　高丽参　大黄　甘草　薄荷叶　陈皮　嫩鹿茸　老鹿茸　虎骨　制药　麝香　八角　八角碎

染料、颜料类

土靛　水靛　五倍子　染料(各色)　墨　朱砂　坑沙　铅粉　黄丹　胭脂　红花

饮料、食品类

赤糖　白糖　冰糖　蜜　鱿鱼　虾米　海蜇　鱼皮　鱼肚　淡菜　干鱼(各色)　咸鱼(各色)　生蛋　皮蛋　火腿　笋虾[3]　鲜

1　信石为少见中药，为天然的砷华矿石，或由毒砂（硫砷铁矿，FeAsS）、雄黄加工制造而成。

2　三籟，山柰的别名。山柰（学名：Kaempferia rotunda L.）是姜科，为芳香健胃剂，有散寒，祛湿，温脾胃，辟恶气的功用；亦可作调味香料。从根茎中提取出来的芳香油，可作调香原料，定香力强。

3　笋虾，是粤语的叫法，即笋干。

笋　豆　豆饼　豆腐　干果　生果　糖果各色　金针菜　莲子　桂圆肉　干桂圆　蒜头　干菜　盐菜　生菜　木耳　香菌　粉丝　米　小麦　芝麻　粮食　烟叶　烟丝　烟茎

竹、木、皮、牙、角、羽毛类

竹竿　竹片　轻木板　糯梓[1]　木杆　花木　藤肉　棕木[2]　猫皮　山羊皮　獭皮　兔皮　虎皮　豹皮　鼬鼠皮　牛皮　熟皮　金唐革[3]　皮条　皮屑　皮类各色　羚羊角　牝牛角　牛骨　鱼骨　鹄绒毛　骆驼毛　绵羊毛　山羊毛　猪毛　马尾毛　犛牛[4]毛　犛牛尾　头发　羽毛各种

服饰、器玩、机械类

皮衣服　布衣服　绸帽　毡帽　草帽　绢鞋　棉鞋　草鞋　地毡　皮毡　地席　竹席　草席　茶席　丝席　玻璃器皿　镜　眼镜　绢扇　纸扇　葵扇　印书　古董　细瓷器　粗瓷器　窑器　漆器　竹器　木器　皮器　鱼皮器　玻璃石器　洋灯　禾扫帚　家具　纸伞　机械

杂货类

白矾　绿矾　番碱　柏油　豆油　蓖麻油　花生油　茶油　桐油　漆　兽油　猪油　白蜡　黄蜡　灯芯　草帽缏　煤炭　火头煤　松香　炮竹　自来火　灰沙　棉绳　弦线　牛皮胶　鱼胶　上等纸　中等纸　笔　塞得石[5]　花草

---

1 糯梓，古书上说的一种树："今者京师贵戚，（棺）必欲江南糯梓豫章之木。"具体何木不详。

2 一种常绿乔木，茎直立不分枝，叶大，木材可制器具，通称"棕树"。

3 金唐革，在摊薄的皮革上用金泥涂上各种图案制成的革具。

4 犛牛，野牛的一种，形状毛尾全同牦牛，但比牦牛大。一说即牦牛。

5 塞得石，何石不详，网络辞典有译词，无释义。

种子　假珊瑚　银纸[1]

输入外国货品品种

鸦片类

大洋药　小洋药　新洋药　新山土[2]

棉布类

原色布　白色布　素色布　黄连色布　白点花布　色花点布　大小扣布　印花大小扣布　斜纹布^(英、美、荷兰)　原斜纹布^(英、美、荷兰)　原素布^(英、美、荷兰)　印花布　素红布　袈裟布　缎布　剪绒　花剪布　柳条布　细斜纹布　印花斜纹布　洋纱　棉绫　洋布　棉帆布　棉布^(各色)　花纹棉布　唐栈[3]　法兰绒布　荷兰棉布　棉缎子　棉羽纱　棉纺绒布　棉手帕　棉被胎　棉碎　棉线　棉纱　细麻布　粗麻布　麻帆布　丝麻布　丝棉布　蚊帐　日本棉布

绒毛布类

羽布[4]　床毡　旗布　羽纱　羽缎　羽绫　羽绉[5]　哔

---

[1] 银纸，福建、广东、台湾等地民间祭祀用品。为纸钱的一种，长方形粗草纸一面对称两边贴上空白锡箔，示为冥钱，又称银子。若在锡箔上印上红黄色天官图纹，则称为金纸或大金，也是一种纸钱。

[2] 产自波斯的鸦片，英文名为Persianopium。

[3] 一种斜纹布。

[4] 一种亚麻织品。

[5] 绉有两个意思：1. 丝织物的一种。用合股丝线作经，两种不同捻向的强捻丝线作纬，以平纹组织织成。2. 织物组织名。使织物表面产生绉缩外观的织物组织。

叽　粗哆罗呢[1]　花棉绒布　素棉绒布　绉布　大呢　中呢　冲呢　哈喇呢　法兰呢　羽斜　阿斯特拉罕羔皮　里布　毛缎子　窄布　水手布　棚车布　军用布　粗麻布　麦尔登呢　粗花呢　毛毡布　绒毛布_{各色}　绒棉布　绒线

蚕丝、绢布类

生丝　黄丝　乱丝头　绢布

金属类

铜板　铜条　铜片　黄铜钉　铜器　铜丝　铜筒　铜纽扣　生铜　旧铜　黄皮铜　黄铜钉　铁片　巨铁板　铁钉条　铁箍　镀铁　铁钉　铁器　铁丝　铁筒　铁箱　生铁　压载铁　铅块　铅片　铅管　白铅片　锡砖条　锡器　杂锡　水银　白色金属　钢　钢器　白蜡　刀类　锚　链　锉　锁　螺丝　针　假金线　假银线

药材、香料类

槟榔　槟榔衣　硼砂　清冰片　日本樟脑　白豆蔻　肉果豆蔻　桂皮　丁香　母丁香　牛黄　儿茶　拣净参须　参_美　日本参　高丽参　关东人参　血竭　没药　嫩鹿茸　老鹿茸　犀角　大枫子　陈皮　制药　乳香　麝香　木香　檀香木　沉香　降香　香柴　八角　香物_{各色}　黑胡椒　白胡椒

染料、颜料类

苏木栲皮　薯莨　兽毛染料　红色汁　水靛　染料_{各色}　洋墨　朱砂　红丹　黄丹　银朱　铅粉　佛青[2]

1　哆罗呢，即哆啰呢，一种较厚的宽幅毛织呢料。清代初期西欧国家使节来中国时，常向清帝进献哆罗呢绒。

2　佛青，即群青，一种深蓝色的无机颜料，用于染布、印刷或做油漆原料。

饮料、食品类

啤酒　白兰地酒　洋烧酒　葡萄酒　酒精　日本茶　咖啡　赤糖　白糖　蜜　黑海参　白海参　鲍鱼　鱿鱼　白鱼翅　黑鱼翅　虾米　虾子　淡菜　干贝各色　干沙白[1]　鱼皮　鱼肚　海菜　干鱼各色　咸鱼各色　火腿　牛酪　乳饼　面粉　葡萄干　香菌　小麦　豆　马铃薯　筒烟

竹、木、皮、牙、羽毛类

梁木　重木板　轻木板　麻栗板　重木桷　椿木　杆木　桷[2]木　木片　毛柿[3]　乌木　红木　鳞忧木　锁木　胡桃木　沙藤　棕木　狗皮　小狐狸皮　貂皮　兔皮　貉獾皮　海狗皮　松树皮　牛皮　熟皮　熟牛皮　熟皮带　象牙　翠毛

服饰、器玩、机械类

绸衣服　长织袜　台布　洋色毡　树胶鞋　马装　妆饰具　玻璃器皿　玻璃镜　镜　千里镜[4]　望远镜　自鸣钟　时辰表　八音盒　乐器　纸扇　画　照片　文房用具　玩具　古董　细瓷器　漆器　洋灯　灯盏头　鼻烟壶　箱盒　刷子　扫把　家具　厨房用具　暖炉用具　拃胶

---

[1] 沙白：贝壳类的一种，与海蚬、花蛤有些类似。

[2] 桷，方形椽子。

[3] 毛柿，其心材漆黑，是黑檀木之一种，材质坚实，为名贵木料；果实密生褐毛，熟时呈暗红色，可食用，香味扑鼻，令人垂涎。亦可供绿化美化。因抗风性强，可供海滨防风。

[4] 千里镜就是现在的望远镜，清代时外国进贡给乾隆，乾隆觉得此物能望到千里以外的景物，故取名千里镜。

具　卧榻　伞^{各色}　镶管　门鬼[1]　圆规　衡秤　机械　学术用机械　钟表制造用具　瓦斯用具　唧筒　工具

杂货类

硝酸　苦味酸　硫酸　钾盐　番碱　洗涤用苏打　漂白粉　煤油　松节油　乌麻油　气缸油　漆　油漆^{各色}　石蜡洋烛　蜡制火柴　木制火柴　火石　火绒[2]　灯芯　煤炭　木炭　火头煤　砖　瓦　灰沙　火泥　熔金坩埚　包袱　绷带　粗布袋　金刚砂布　欧洲绳索　吕宋绳索　钢丝绳　树胶　鱼胶　云母壳　贝壳　珊瑚　玻璃片　上等纸　建筑用料　专用物料　勒石用物料　照相用物料　印刷用物料　电气用物料　樽朳[3]　剧毒物　散装石碱　散装碎木　麻根　鸟蛤壳　时尚品　胶囊　鳄鱼甲　玳瑁　假珍珠　珠宝　纸花

1　门鬼，炉子上使用的吊钩。

2　以燧石打火用的火绒。

3　粤语，软木，用于制作葡萄酒瓶塞等。

货值十万两以上输出货品品种与解说

物名	向外国输出（两）	向香港输出（两）	向清国他口输出（两）	再输出额总计（两）	输出额总计合于再输出（两）
蚕丝及绢布类	一二,五九〇,五一五	六三〇,一一一	二,七〇七,五六三	三,八八五,六九六	一九,八一三,八七二
茶	五一,八八八	五六一	四六,三五七	九,五八五,〇〇五	九,六八三,八〇一
砂糖	七	/	/	四,〇二五,一八七	四,〇二五,一九四
米	/	/	三,二八〇,四六八	三六一,九七四	三,六四二,四四二
棉花与棉布	六三五,六六四	一五八,八三五	一,八八六,六一〇	一七二,一三一	二,八五三,二四〇
草帽缏	三二,六三三	/	/	一,九二二,七四四	一,九五五,三七七
纸	二,四四一	二	八四,三九七	一,七二二,三二七	一,八五九,一七六
烟草	九九三	七	三二五	一,三四〇,〇〇二	一,三四三,七八六

续表

物名	向外国输出（两）	向香港输出（两）	向清国他口输出（两）	再输出额总计（两）	输出额总计合于再输出（两）
铜货	/	/	一，三〇六，七四四	一一，二三七	一，三二〇，九八一
紫花布	三六，〇四九	一七二，六九五	七一五，〇九二	一一六，一二四	一，〇三九，九六〇
药类各色	八九〇	一六，〇三三	二二，八三五	九五九，三〇三	九九九，〇六一
麻与麻布	六二	/	/	六六二，九七三	六六六，九四二
小麦	/	/	五四一，二〇四	一五，五一七	五五六，七二一
金针菜与莲子	三五	四四，一五四	三，四一四	四八四，一四四	五三一，七四七
扇	四一八	四二七	一五七，六二八	三〇九，五二一	四六七，九九四
兽皮	五一，一四〇	一，七三七	一〇，六〇〇	三九六，三六四	四五九，八四一
五倍子	三，〇八五	/	/	三八八，八七一	三九一，九五六
豆	一七，八四二	二二，四四九	二四八，六八九	九八，七三六	三八七，七一六
鱿鱼	/	一二，九八七	一〇，七五八	三四〇，六三五	三六四，三八〇
蜡	一三二	四三一	二，二九三	三四六，六〇五	三四九，四六三
夏布	六，二三二	六，六三五	一〇六，二〇七	二一一，四五四	三三〇，五二九

193

续表

物名	向外国输出（两）	向香港输出（两）	向清国他口输出（两）	再输出额总计（两）	输出额总计合于再输出（两）
瓷器	一三,九二七	二,一九六	一九,九三一	二八〇,八二二	三一六,八七六
油类	三,六九九	/	二四,三九六	二六二,〇八三	二九〇,八二一
水果	二八六	六,七四五	六,二九四	二六四,一九一	二七七,五一六
素面	一〇四	二,八三六	二,〇六六	二七四,八九二	二七九,八九八
大黄	一,九〇四	/	二〇	二三〇,〇四二	二三一,九六六
木耳	一二	/	/	二二六,二三四	二二六,二四七
麝香	六,一四五	/	九二〇	一九九,四二〇	二〇六,四八五
兽毛	二一,〇四七	三六	七,六二〇	一六五,三七八	一九四,〇八〇
羊毛	二二,一五四	三六五	六,八九二	一一三,八九八	一四三,二〇九
骆驼毛	四九	/	/	一三二,五九五	一三二,六四四
人参	七九八	一四四	二六	一三一,五三五	一三二,五〇三
土茯苓	/	/	一〇四	一〇八,九五四	一〇九,〇五八

蚕丝、绢布类

蚕丝有湖丝、黄丝、乱丝头、天蚕丝、同功丝、湖丝经、茧等各种，上海港占输出额中之多数，以英法为大主顾。品相、质量未必精良，然产出之量大与售价之低廉仍使之充盈于市场。茧于上海变为欧人之机械丝，然原茧亦输出。其织品概为内地所需求，然亦销往他邦。如绉纱披肩于合众国之需求大涨；绸布此前不适于美国嗜好，然价廉耐磨者今犹输出。

茶

有红茶、绿茶、乌龙茶、砖茶、茶末等，输出额多，仅次于绢丝。年年新茶上市时，外商皆派人于扬子江各口采买，直接输出。平日则等待上海附近及汉口、九江、芜湖客商上门。但美国专嗜绿茶，其他各国皆好红茶。

砂糖

产于福建省泉州、台湾、漳州及浙江省杭州。广东、香港亦有货来。内地北部需求颇丰。然犹有剩余，向印度、加利福尼亚及日本输出。

米

上海市场之买卖多为江苏、浙江两省大米，亦向内地各口分输。

棉花、棉布、紫花布、麻、麻布与夏布

上海清商间买卖之棉花有南北之别。北商选精品，南商不分精粗。自输入细白布后，棉布产量缩减。紫花布制织牢固，以产于江南之红花棉织就，品质最优，其染色浸水不变。苎布、白麻等上等品少，专供制造中等以下之夏衣及船舶钢缆或打包绳。夏布[1]乃以麻皮纺织，因适于夏季

---

1 夏布是一种以苎麻为原料编织而成的麻布。因常用于夏季衣着，凉爽适人，又俗称夏布、夏物。

穿着而有此名，但与麻相比，触感柔软，故他邦需求者稀。然巫来由[1]岛人好粗廉产品，而美国人输入精加工后用于毛巾等。

草帽缏

麦藁帽打底之物，编入条片者也。由芝罘、天津向各国输出，尤以美国为最多。

纸

乃清国特产，除本国需求外，亦行销日本，输出欧美者少。

烟草

著名产地有福建省泉州、建宁、汀州，湖北省黄州，甘肃省兰州，专用于内地，亦少量输出他邦。

铜货

因通货须周转，故输送各口。又输往印度，改铸为青铜盘或盆等。

药材各色、大黄、人参、土茯苓

各色药材平素多来我邦，然近来其数渐少。又，各国亦偶有需求，然未见其盛。人参以满洲吉林省者最为著名，其最优者进贡皇宫，又供上官；品质次之者供富绅；其下等者供寻常百姓需求。大黄、土茯苓亦清国贵重药材。

小麦

多由直隶省天津、保定输出。江苏省产亦向各国输出。制成面粉、面供食用。

---

[1] 巫来由，马来人自称Malayu的译音，泛指东南亚各地的马来人居住地及国家。又作末罗瑜、木剌由，参见《南洋论》《清通典》卷九八、《清通考》卷二九七、《海关志》卷二四、《清史稿》卷五二八。

金针菜与莲子

陕西省西安、商州，河南省陈州，山东省曹州、濮州等地所产金针菜，其味与我葫芦花相似但更鲜美。与猪肉合煮，或作为药剂。莲子乃食品。

扇

产于浙江省杭州与江苏省苏州，有羽扇、毛扇、纸扇、绢扇、葵扇、折扇多种，加装饰之上等扇可谓奢侈品，输出国外。又，葵扇多销往美利坚合众国与南美。

兽皮

输出外国者乃牛皮、象皮等。于内地则作皮衣、毛毯、皮箱、皮柜之类。毛毯以狗皮、鹿皮、山羊皮缝缀，表面存毛，图案美丽。

五倍子

产自浙江省金华、衢州，四川省保宁等地，个大，品质胜于日本，专制染料，偶尔输出国外。

豆

产于盛京[1]、山东两省者为贵，作食物及灯油用，内地需求多，亦输出国外。

鱿鱼

南洋产墨鱼量少，宁波产多，尤为该地出产巨量鱿鱼。

蜡

著名者有贵州省名汗[2]、四川省嘉定、湖南省永顺、盛京

1　盛京省即奉天省，治所奉天府（今辽宁沈阳市），清光绪三十四年（1908）版《大清帝国全图》作盛京省。

2　原文如此，查无此地名，恐作者转抄古籍时有误。

省锦州、陕西省延安、兴安之蜡，分白黄两种，作药材与丸药封蜡或蜡烛。

瓷器

以江苏省江宁产最著名，其他各省亦有产出。瓶、壶、小像、牌台、花盆等鬻于欧美，粗品销往印度及印度群岛。过去欧人曾希冀奇异形状或图案密集之优质品，然近来少有输出。

油类[1]

产于清国北部及长江沿岸各省，输出不多，然内地买卖颇盛。豆油、茶油、菜籽油用于灯明；花生油用于烹调；蓖麻油、柏油等用于机械或制作蜡烛；桐油用于涂抹船舶或制造茶盒、伞等。

水果（干鲜）

产于清国北部及长江沿岸各省，种类亦多。兹举名产一二：干葡萄以天津为佳，长江沿岸次之；柿饼以山东省兖州府曲阜县为第一；水蜜桃以上海产冠绝清国；枣以天津最为有名。

素面

制作于浙江省宁波、直隶省天津、山东省青州等地，专供内地需求，输出他邦者少。

木耳

产于四川、湖北、陕西三省，有白黑两种，大小殆倍于日本木耳，品质亦优。白木耳尤为珍贵，据云味淡。

---

[1] 此部分所述各种油的使用，部分不确。

麝香[1]

产于云南、四川两省，用于熏香及药剂。盖真品罕而价贵，赝品多。某地有取自某鹿种之麝香，上海买卖者多为鼠色之劣品。

兽毛_{各色}

主要产自清国北部各省，输出国外供制作罗纱及各种织物。天津地区用于织绒毡等。

货值十万两以上输入货品品种与解说

物名	自外国输入（两）	自香港及清国他口输入（两）	向外国再输出（两）	向清国他口及香港再输出（两）	纯输入（两）
鸦片	一六,一三八,八六四	一八六,八三九	/	一二,六九四,四七五	三,六三一,二二八
棉布类	一三,三二七,三九九	二,五五七,五六〇	五五五,三二一	一五,五〇六,三二六	一,〇五三,〇七四
绒毛布类	二,七五五,七六九	二八〇,二八一	三一,三三八	三,一四七,六五八	一九三,八八一

---

1 麝香是麝科动物林麝（Moschus berezovskii Flerov.）、马麝（M.sifanicus Przewalski）或原麝（M.moschiferus L.）雄体香囊中的干燥分泌物，也是一种药材，又名寸香、元寸、当门子、臭子、香脐子。麝鹿是生长在尼泊尔及我国西藏、西北高原的野生动物，雄性麝鹿从2岁开始分泌麝香。

续表

物名	自外国输入（两）	自香港及清国他口输入（两）	向外国再输出（两）	向清国他口及香港再输出（两）	纯输入（两）
金属类	二,〇〇六,九二六	六六五,〇五七	三三,六九一	二,二九八,五〇三	六三八,九六〇
煤	一,二四四,二四八	一四,九七二	八,八九一	二四,八七七	一,二二五,四五二
煤油	七四三,八五九	八,六二〇	五八三	六六八,三二六	八三,六〇六
海菜	六三〇,一九四	一一,三八四	/	七〇四,〇〇八	/
染料及颜料	六二一,二八五	六五,九五五	六,六〇二	五六七,六〇三	一一三,〇三五
木材类	三一四,九九三	四,〇六六	五二七	四三,七〇九	二七四,八二三
海参	二五七,四八七	八一,九四五	二二三	二六七,二九五	七一,八一五
燕窝	六八,五五三	一八三,一八七	/	一一〇,七六九	一四〇,九七一
机械	一五八,四五七	二,三〇四	四七〇	三二,〇五五	一二七,九四七
香料	一三三,四五〇	一〇,一五〇	二,四〇〇	三,〇五〇	一三八,一五〇
人参	一〇四,一二六	二五二,一八三	/	二三四,八二三	一二三,三五八
鱼胶	一一九,〇四一	四,九六八	/	一〇九,五三九	一四,四七〇
香菌	一〇四,九〇四	二,六三〇	一七六	六四,一八八	四三,一七〇

续表

物名	自外国输入（两）	自香港及清国他口输入（两）	向外国再输出（两）	向清国他口及香港再输出（两）	纯输入（两）
番碱	一三一，一一〇	一，六七四	八一〇	三四，三六四	九七，五一〇
粗麻袋	一〇二，六一九	二六，五五四	一，五八四	一二，一七八	一一五，四一一
胡椒	四七，二一五	二四〇，八四三	二〇二	二五七，三七六	一八，九四二
檀香木	六八，六五三	二一二，一六六	九九五	二九〇，二六九	/
针	九三，九六六	三九，七二九	九三二	一二五，一八五	七，一七八
自来火	八三，三三九	六七，〇七七	三，三〇九	二二六，七九〇	/
面粉	四九，四七五	一〇八，二七〇	三，三〇〇	二七，三九〇	一二七，〇五五
鱼翅	四六，一二八	七二，一〇五	/	八一，二六四	八六，九六九

鸦片

即洋药，自印度及土耳其等地输入，分输于汉口及其他口岸，占此港贸易之巨额。近来清国有地方栽培制造，然仅能应付中等以下程度需求，有遭印度产鸦片驱逐之趋势。

棉布类

种类甚多，尤重原色布、白色布。自英国输入斜纹布、床单布；自美国输入之棉纱、棉线亦为英国产。过去长江沿线与北部之需求悉由此港分输满足，然近来各口直接输入，据云买卖额稍减。

绒毛布类

亦有各种类，眼下概为英产品，然亦输入俄产品，据云俄产价廉，故有渐次增加之势。

金属类

铜乃日本、南美所产，供国内铸钱及外国船舶之用，亦再输出于印度。铅购自英国，用于制造冰片箱、茶柜等。水银购自欧洲。钢购自瑞典、英国，用于制造利器。锡购自马来半岛。马口铁多由英美两国输入。

煤

购自日本、澳大利亚、英国、美国。此港需求之过半由日本输入，用于碇泊之轮船与工厂，故少与清商交易，多与洋人直接交易。

煤油

据云清官视之为危险品，禁止本国使用，然因其便利与价格低廉，消费量已增。

海菜

可作为食品之海草及其加工物亦在其中，由日本输入者多为海带、洋菜（琼脂）两种，有销路扩大之势。海带之低级品购自海参崴，其他各种多购自南洋。

染料与颜料

有多种，不遑枚举，其主要者栲皮，购自新加坡与暹罗，输往北方后有人用其染帆船或鞣皮。苏木产于三佛齐[1]、

---

[1] 原文是サンバワ，日语辞典与网站不收此词。其发音与"三佛齐"类似。三佛齐（Samboja），今苏门答腊岛，世界第六大岛，印度尼西亚第二大岛屿，仅次于加里曼丹岛（婆罗洲），为世界最大群岛——马来群岛所属的大巽他群岛岛屿之一。

拉科尼亚[1]及暹罗，多用于染白布。洋青用于瓷器上色等。

木材类

专购产于美国俄勒冈州、澳大利亚、马尼拉之木材，自造船厂设立以来，输入量大增。

海参

大别之有黑白两种，黑海参为上等，产于苏禄群岛东南方之阿洛岛与新几内亚之小珊瑚岛及日本，占输入之较大数额。

燕窝

乃清人所珍重之物品，有官燕、白燕、常燕、毛燕等数种，皆用于上等菜肴，购自爪哇及婆罗洲。又，有清人向锡兰[2]西海岸迦尔丘拉[3]政府借洞窟采收燕窝。

机械

其品种不详，据云多由租界洋人使用。

香料

有多种，可供熏香。安息香产于婆罗洲与苏门答腊；乳香购自非洲与孟买、加尔各答等。

人参

由日本、朝鲜、美国输入，品质有数等，价格有差别。

鱼胶

煮制鱼鳔而成，专作黏料或用于去除液体中污物。

---

1 原文是ラコニヤ，日语辞典与网站说明是希腊的某个地区，与本书所指不同。中国古代对东南亚一些国家的称呼中似乎没有与此音相似的国家名称。

2 锡兰，今斯里兰卡。

3 原文是ガルチュラ，日语辞典与网站不收此词。不知何地区政府。

香菌

概为日本产,少由他邦输入。

番碱

于输入品中多为租界洋人消费,未洽清人需求。

粗麻袋

有清国产麻袋,然亦由他邦输入,专用于包米与他物之包装。

胡椒

有黑白两种,购自苏门答腊、马六甲、婆罗洲、爪哇、槟州等。黑胡椒以槟州、苏门答腊产为上品。

檀香木

产于印度、东帝汶及其他群岛,清人以此熏物,亦以此制作木扇、牌盒等玩物。

针

据云因价格低廉,清人输入之。

自来火

近年西洋货大增,日本货缩减。

面粉

清人有需求,然多系租界洋人自用。

鱼翅

有白有黑,采自印度洋至檀香山各群岛及日本。皆有需求,但白鱼翅比黑鱼翅珍贵。

上海输入日本货品之图表与解说

清国名称	日本名称	种类、级别、产地	需求地区	分输各港	一年金额或重量
海带	昆布	一级、二级、次级、霉[1]	四川、湖南、浙江、直隶、牛庄、湖北、江西、江苏、安徽、福建、山东、山西、云南、河南	汉口、九江、镇江、牛庄、天津、芝罘、芜湖、宁波、福州	十九万六千九百八十四两
海带丝	刻昆布		四川、湖北、湖南、安徽、河南、江西	汉口、九江、镇江、芜湖	含海带中
洋菜	寒天	一级、二级、三级、次级	江苏、直隶、四川、湖北、广东、山西、福建、江西、浙江、河南	汉口、九江、镇江、宁波、福州、厦门、汕头、香港、广州	十三万一千四百八十八两
海参	煎海鼠	大小十级、大小九级、一级至八级	直隶、山西、江苏、山东、四川、江西、河南、福建、湖南、湖北、云南、浙江、广东、安徽	汉口、九江、镇江、天津、芝罘、宁波、厦门、汕头、香港、广州、芜湖	六万九千六百五十九两
鱿鱼	鯣	一级、二级	江西、江苏、湖北、江南、四川、河南、陕西、云南、安徽、广东	汉口、九江、镇江、香港、芜湖	三万九千六百五十九两

---

[1] 霉，原文如此，恐为误植，不知何意。

续表

清国名称	日本名称	种类、级别、产地	需求地区	分输各港	一年金额或重量
墨鱼	甲附鯣	"圆番""黑水""大片"[1]	湖北、湖南、河南、安徽、江西、江苏	汉口、九江、镇江、芜湖	含鱿鱼中
鱼翅	鱀鳍	黑白堆翅	江苏、浙江、湖北	汉口、镇江、宁波	三万一千二百三十六两
干贝	伊多罗贝		湖北、湖南、福建、直隶、江苏、浙江、江北各省、牛庄	汉口、九江、天津、牛庄	二万五千五百五十六两
虾米	干海老	𠡠级、圆级、次级	江西、湖北、河南、江苏、直隶、浙江、湖南	汉口、九江、镇江、天津	一万七千一百四十九两
鲍鱼	干鲍	明、二级、三级、次级、灰、紫	福建、浙江、直隶、江苏、四川、江西、湖北、河南、山东、广东及其他南方地区	汉口、九江、镇江、天津、芝罘、福州、香港、广州、宁波	六千四百九十八两
淡菜	濑贝	大、中、小	江苏镇江	镇江、芜湖	六十万斤
蛏干	扬卷贝	大、中、小、次级	福建、湖北、湖南、江西、江苏	汉口、九江、镇江、福州	
干沙白	干蛤		江苏、广东、江北各省	九江、香港	
红菜	鸡冠菜	上级、中级	直隶、湖北、四川	汉口、天津	

---

1 此三种皆为种类之说法。下同。

续表

清国名称	日本名称	种类、级别、产地	需求地区	分输各港	一年金额或重量
紫菜	海苔	净级、次级	四川、湖南、湖北、河南、直隶	汉口、九江、天津	
煤炭	石炭	高岛、三池、唐津、古贺津、今福、天草	江苏、浙江、直隶、山东、香港	镇江、宁波、芝罘、天津、香港	二十万吨
人参	人参	云州、会津、肥后	浙江、江苏、广东	宁波、广州	
土茯苓	茯苓		江苏	镇江	八千斤
鹿茸、鹿角	袋角、鹿角	生角、落角、双角、单角	湖北、湖南、广东、江苏、浙江	汉口、广州	七万斤
樟脑	樟脑	红、白	直隶、牛庄、湖北、福建、江苏、安徽、浙江	汉口、芜湖、宁波、福州、天津	二十万斤
硫强水	硫酸		江苏、直隶、广东	镇江、天津、香港	二百万磅
茴香	八角		直隶、湖北、江西、山东、盛京	天津、芝罘、汉口	十五万斤
白蜡	白蜡	方、圆	广东及其他南方地区	广州、香港	四万斤
五倍子	五倍子		江苏	镇江	
香菌	椎茸	厚、薄、次级	直隶、湖北、湖南、四川、江苏、浙江、安徽、河南	汉口、镇江、宁波、天津	五十万斤

207

续表

清国名称	日本名称	种类、级别、产地	需求地区	分输各港	一年金额或重量
茶末	粉下茶		直隶	天津	九万斤
紫铜	铜	条片、条方、片方、片圆	江苏、浙江、湖北、福建、陕西、直隶、盛京、广东	汉口、九江、福州、天津、广州	九万斤
钢铁丝	针金		江苏、浙江	镇江、宁波	四万斤
木炭	炭	大、小	江苏	镇江	四十万斤
木料	材木类		江苏、直隶、浙江、安徽	宁波、芜湖、天津	三百二十七万六千立方米
野鸡葛	越后缩	白、原色	直隶、山东、河南、江苏、安徽、江西、浙江、福建、湖北、湖南、广东、四川	汉口、九江、芝罘、天津、福州、广州、香港	
绉布	缩木棉	白、次级	江苏、浙江	镇江、宁波	
手帕	手拭		江苏、浙江	宁波	六万尺
皮类	皮类	大、小	江苏、山东，再输出西洋	芝罘、香港	十三万斤三十万八千五百张
漆器	漆器	细、粗	江苏，再输出西洋	厦门	三百万函
棉纸	广巾纸		广东、浙江、江苏、湖北	汉口、宁波、香港、广州	三千三百盒每盒一万张
团扇	团扇		江苏、浙江、福建	镇江、宁波、福州	五十万只

续表

清国名称	日本名称	种类、级别、产地	需求地区	分输各港	一年金额或重量
自来火	摺附木		江苏、浙江、湖北、江西、安徽	汉口、九江、芜湖	

海带、海带丝

海带乃我输往上海之一大贸易品，且清人需求日增，前途有望。然此前输出骤然增多，现已失供需平衡，虽经挽救，可眼下问题不少，如储存不良。仓库空气不流通，海带堆放于潮湿草席上，仅三四个月底层即腐烂，故无法保持良好之价格。有时与清商达成交易，然于交货时因损耗不少，需要折价等。若不注意改善保存方法，整顿储藏仓库，则直接需求者难以购买，且无法分出档次，仅能根据中介要求，鲜腐相混，定出价格。即按俗话所说，即令如此亦可卖出。而海带丝包装甚粗，一半自箱中漏出，且变色不少。毋庸置疑，转运时若不改变包装，则影响价格。若继续如此，则不仅无法获利，甚至将招致未来销路萎缩。故尤须注意生产方法，于今须先改善储存与包装。

又，海带丝人们以青色为常，不喜素色。使清人试尝原有之淡青色、深绿色、素色三种，据云淡青第一，深绿第二，素色不佳，而价位不变。故生产时达淡青色已足够，加深绿色劳而无功。

洋菜

洋菜产于浙江省宁波府，然其劣于我中级品，无光泽，带黑色，价格比我低廉。

海参

大小九级乃上等品，价贵，仅四川及各都府有需求，五六七八级为中等品，销路最广。

鱿鱼

一级鱿主要行销广东地区，上海买卖甚稀。上海地区交易者乃二级鱿，但因种类不同，有不及清国产者。近来我邦输出渐次增加，不过福建省及近邻省份过去专卖浙江省宁波府产鱿鱼，购我邦产品少。

墨鱼

清国常将墨鱼与猪肉合煮，乃日常食品，需求甚广。近年我邦亦开始输出，然其额未多。因价格低廉，故需求可望增多。

鱼翅

清国台湾、新加坡亦有输出，然不出我邦其右。但我制品翅根多，有肉，徒增无用之斤两，反不受清人喜爱。若切去余肉，注意干燥，则必增其价，需求转多。

干贝

用于食品调味，犹如我邦之干松鱼，需求固定，故供给多，将给价格带来很大影响。有时每百斤达银一百两以上，有时每百斤下降至银十五六两。

虾米

专供江西、安徽、江苏、直隶四省。江北产与我相同之虾米，浙江省宁波府亦有产出。然宁波之品质稍差，如我邦之干糠虾，价格亦低廉。

鲍鱼

明鲍通过扬子江沿岸专售四川，而福州亦有需求。其下等品入江苏、河南、山东。灰鲍主要销往广东地区,故上海买卖者少。

淡菜

与清国浙江省宁波府所产品质相同,然其需求范围不广。

蛏干

乃福冈、佐贺两县所在之有明海[1]特产,近来输出途径已开,数量逐渐增加。但较之浙江省宁波府产个头小,此乃未发育完整即采收之故也。

干沙白

清人常食,而对我邦产品需求未广。

鸡冠菜[2]

四川所称海产五色菜之一,红色,可知其珍贵。调理法为:浸水一夜,洗净,加酱油与醋搅拌。夏季食用弥足珍贵。

紫菜

用于素菜料理,需求少。清国产品质与我九州产品质稍同,叶厚,香味大。

煤炭

煤炭由三井物产公司与三菱公司买卖,数量逐年增加。

---

1 有明海,属于被九州西北部的长崎、佐贺、福冈、熊本四县包围的一片浅水海域,潮汐差大,自古以来就有人在该海滩"讨海"。

2 鸡冠菜,拉丁名为 Meristotheca papulosa (Mont.) J. Ag. [M. japonica (Mont.) Kylin],是藻类植物的一种,不同于陆地野菜的鸡冠菜。藻体紫红色,高达20～30cm,可食用,是苔菜家族的重要成员。平时以水生为主,因其叶与鸡冠相似而得名。

使用单位有招商局、怡和洋行、太古洋行、禅臣洋行、仁记洋行[1]、天祥洋行[2]、上海瓦斯公司、法租界瓦斯公司、祥生器械厂[3]、耶松器械厂[4]、麦边洋行、马立师洋行[5]、江南造船厂、各国军舰、各制造厂、上海零售业、清国各部门。其中招商局、怡和洋行、太古洋行为三大用户，尤知使用三池煤炭，每年约订货数万吨。

人参

乃我过去贸易品之一，然维新以后各地广泛种植，产量极高，失去销售均衡，价格低落，殆无法保住声誉。若能缩减产量，优良种植，质量又可复旧。

土茯苓

近来上海市场所见者稀，未闻买卖顺当。

鹿茸

生角专作药用，其调制以九月九日为限，故迟于此期限者价格低落。又，落角用于加工各种工艺品。

樟脑

除作药饵外，还用于防虫。

---

1 仁记洋行，由威廉·傅博斯（William Forbes）等人于鸦片战争前夕在上海成立，营业范围极广，进口商品包括轮船、火车、废报纸；出口商品包括古玩玉器、废毛、头发并代理各项代销业务，以及保险、海陆运输、招募华工等，从中收取佣金。

2 天祥洋行，由英商亚当逊（W.R.Adamson）创立于1858年，总部位于伦敦，在上海、天津、福州、广州、汉口均设有分公司，经营丝绸、茶叶进出口贸易，并代理船务和保险业务。

3 英商办的船厂。

4 英商办的船厂。

5 马立师洋行，由英商约翰·马立师（Jhon Morriss）与乔治·刘易斯（George Levis）于1862年合伙创办，开始代理航运业务，后来转为经营上海的房地产业务。

硫酸

主要用于各炼铁厂与造船厂。

茴香

用于制作香油。广东省产量少时,我邦产品价必高涨;彼产出多时,我邦价格必低落,似乎我邦产品仅补彼产品之不足。

白蜡

清人需求少,据云分输香港者概归洋人之手。

木皮、五倍子

木皮用于鞣制、染色兽皮;五倍子劣于清国产,然此亦作主要染料。

香菌

香菌以我产为上等,故清人喜食用之。然亦有福建省出产者,香气少,品质低,时时供过于求,导致价格低落。

茶末

因价廉,供天津地区清人日常饮用。

铜

用于政府铸钱局、各口造船厂及器具制作等。

针金

用于日用品箍、圈或雕刻品等之制作,近年来我邦输出渐次增加。

木炭

由我长崎输出。亦有浙江省台州、杭州两府制品,其品质以杭州为冠,每百斤一元左右;我产与台州产皆位于其次,每百斤七八十分左右。

松杉板、松坚木

上海附近缺木材,故以我木材用于建筑及制作器具。

野鸡葛

用于制作夏季上衣,以其清凉为贵。然因价格之贵与丈尺之短而需求稀少。据闻上衣无三丈二三尺无法制作。

绉布

绉布主要用于制作中衣[1];印花布用于制作蚊帐、被子等。蚊帐乃夏季使用,然喜用厚布,不使窥见寝床内部。

手帕

近来多输入斑点印花手帕。然据云清人喜用白地花草图案手帕。

牛皮、狗皮、海豹皮、狐皮、獭皮

牛皮用于制作各种用具;狗皮用于制作渔夫、田夫等衣服里子;狐皮做常服里子;海豹皮作中等以上衣服领子、袖口及里子;獭皮亦同,或用于妇人额帽等。

漆器

上等品少,中等以下居多,有木皿、茶盆、点心盒等。四五年前有许多上等品输入,与瓷器相同,仅满足租界洋人之需。近年需求少,无输入。能充清人之用者乃价格低廉品。

棉纸

近来我邦始输出,用于粘贴茶盒、包装或上等雨伞等。

---

[1] 中衣又称里衣,是东亚传统服饰(汉服、和服、韩服等)的衬衣,起搭配和衬托作用。多为白色,主要有中衣、中裙、中裤、中单之分。中衣可搭配礼服,也可以搭配常服,同时可以作为居家服装。

团扇

多为俗称柿团扇[1]者，唯因价廉，可供日常所需。

自来火

至明治十二年（1878）为止价格得当，往往有压倒西洋品之势。其后流于粗制滥造，渐渐失去信用，眼下殆无人垂顾。与此相反，西洋品日益精巧。即令改善我制品，以挽回颓势亦不容易。我邦物品不少往往如此，制造者宜关注。

上海输入日本货品之现状及我对未来之看法

上海乃清国贸易重镇，为我邦最为关注之地。然因其土地湿润，气候不干爽，货物损坏严重，可谓贸易上之一大困难。故通商各国商民，专务避除，其储存输入品之鸦片、棉布，输出品如过外人之手之绢丝、茶等重要商品之仓库，结构完善，屋顶设通气窗，库内货物码放整齐，面对四方窗户，货物间留纵横三四尺之空隙，窗户朝暮晴雨开闭自如，使空气流通。尤如茶叶必纳楼上，注意保存不息，不仅无损坏，而且于讨价还价上亦有一利而无害。与此相反，我邦输出之最主要且最易腐败之海产品，却无完善之保存之道，不得已须存放于洋人仓库，有时因货物不同而苦于仓储费之昂贵。偶尔我邦亦有三菱公司与海军所属仓库，然海军仓库不问商品保存便否，三菱公司近来对仓库稍加改善，亦未至充分，故常可见我物品于上海市场腐败损坏。加之包装粗糙，

---

1 柿团扇，表面涂抹柿核液、红黑色、结实而粗制的团扇。

稻草绳崩断，箱板破损等，实不忍直视。有时买卖虽成，然于交货时往往须打折等，无法有效讨价还价。此不仅对侨居商贾不利，而且对制造商亦有影响。我贸易无法进步，此故也。岂不令人遗憾之至？于今直接输出少，我商民无法建造功能完善之仓库，政府加以保护，建造足以收纳直接输出之海带及其他海产品之仓库，已成当务之急。另一方面，制造商亦须避免粗制滥造，改善包装。适于此道者应给予金融之便，使其输出更精良之产品，图贸易之扩张，得买卖之真利。且我尝试贩出物产者犹多，而清人性安旧习，不喜新规，前者打开销路亦不容易，故眼下与其徒望虚幻，毋宁希冀既有因缘，即有需求增势之海产品，以此作为上海贸易之主要目标。

芝 罘

此港位于北纬三十七度三十三分余、东经一百二十一度二十五分余,隶属山东省登州府福山县,三面环山,东北部扼黄海。芝罘^{也写作}岛状若灵芝,由北向东南蜿蜒而出,形成半岛,西南部与烟台相对。港内水甚深,便于大船巨舶停靠。然因季节气候变化,有时风浪甚大。洋人称此地为芝罘,而清人多称烟台。

洋人租界近来颇有改进,房屋、道路、街灯等牢固、便利。清人街市稍繁华,较之北方街市无甚不洁。人口约三万五千人^{指清人。或}。此地于北支那可谓气候最为良好,且临街市处最适于海水浴,来此养生或游览者多。

如前述,此港为清国东北部沿海一大重要港口,自古以来内地商船来往不绝,互市物产。然此港原不可谓繁荣,咸丰八年^{我安政五年 西}以《天津条约》[1]首次与英国约定作为通商口岸之一。后于同治元年(1862)^{我文久}议定通商口岸十六处,此港亦为其中之一。尔后五洲商船出入贸易者陆续增多。同

---

[1]《天津条约》是1858年第二次鸦片战争后英、法、俄、美强迫清政府在天津分别签订的不平等条约。其主要内容有:1.公使常驻北京;2.增开牛庄(后改营口)、登州(后改烟台)、台湾(后定为台南)、淡水、潮州(后改为汕头)、琼州、汉口、九江、南京、镇江为通商口岸;3.外国传教士可入内地自由传教;4.外国人可往内地游历、通商。5.外国商船可在长江各口岸往来;6.修改税则,减轻商船吨税;7.对英赔款银400万两,对法赔款银200万两。

217

治九年^{我明治三年}税收达银三十六万六千三百两。

同治十年（1871）^{我明治四年}，我邦始与清国签约，定通商口岸时此港亦位列其中。由我邦销往山东地区之物产为海带^{第二位}（占一二成）与人参（占一成），比例较高，并由此地分销各地，但并非由我商人直接输出。

川绸、茧绸、大豆、豆油渣、草帽缏、生丝乃此地名产，产出甚多且价格低廉。此外，亦输出石器、白菜、粉丝^{绿豆所制}。大豆、豆油渣以往禁止外国船由此港与牛庄输出。一八六二年^{同治元年,我万延二年}三月解禁^{条约外之各国仍旧禁止}，允许由此两港输出，使其参照与清国其他货物相同之规则。芝罘丝次于汉口丝，位列第四，可直接由此港输出。此港及其附近地区驴马、骡马最多，青鱼及大口鱼种类甚丰富。当地人皆以此生活，且可自由买卖。又，山东省犹输出风干狗腿。以上为此港土特产概况，仅示其一斑。

芝罘港输出入货品价额总计表

		一八八二年		一八八三年		一八八四年	
		小计（两）	总计（两）	小计（两）	总计（两）	小计（两）	总计（两）
外国货品	自外国及香港输入	八七七，八四四		九八八，六九九		八五九，八一六	
	自清国各口输入	二，七一四，六七一		二，三一二，二〇四		二，七一三，一四七	

续表

		一八八二年		一八八三年		一八八四年	
		小计（两）	总计（两）	小计（两）	总计（两）	小计（两）	总计（两）
外国货品	合计		三,五八六,四一五		二,三〇〇,九〇三		三,五七二,九六三
	自外国及香港再输出	二,一二六		一,九〇三		六,七〇七	
	自清国各口再输出	八八,六六六		七〇,〇三五		三七,一六一	
	再输出合计	九〇,八〇二		七一,九三八		四三,八六八	
	输出入抵扣后纯输入	三,四九八,六一三		三,二二八,九六七		三,五二九,〇九五	
清国货品	自清国各口输入合计		一,九五七,二五七		二,三〇二,八六三		二,四五七,九九〇
	向外国再输出	四五,三三〇		七,六八六		六,〇〇七	
	向清国各口再输出	四二,五六七		九五,一九八		五八,八七六	
	再输出合计	八七,八九九		一〇二,八八四		六四,八八三	
	输出入抵扣后纯输入	一,八六九,三五八		二,一九九,九七九		二,三九三,一〇七	
	地方物产向国外输出	一八七,五五二		一四六,〇三二		一六九,二二七	

续表

		一八八二年		一八八三年		一八八四年	
		小计（两）	总计（两）	小计（两）	总计（两）	小计（两）	总计（两）
清国货品	地方物产向清国各口输出	三,六〇七,〇八四		三,七五七,四二三		三,九七〇,〇八七	
	地方物产输出合计		三,七九四,六三六		三,九〇三,四五五		四,一三八,三一四
输出入合计			九,三四一,三〇八		九,五〇七,二二一		一〇,一六九,二六七
纯输出入合计			九,一六二,六〇七		九,三三二,四〇一		一〇,〇六〇,五一六

输出货品品种

蚕丝、绢布类

蚕丝^{上等} 蚕茧 乱丝头 野蚕丝 黄丝 丝带 绢布 绸 土布

金属类

铁器

药材、香料类

须参 高丽参^{上等 中等} 清国产高丽参 鹿茸 线香 甘草

染料、颜料类

染料^{各种}

220

饮料、食品类

苦味杏仁　甘味杏仁　豆饼　黑豆　绿豆　白豆　黄豆　各种豆类　黑海参　栗子　干沙白　黑枣　红枣　干鱼　咸鱼　面粉　生果仁[1]　金针菜　瓜子　咣噂子[2]　芝麻　小虾皮　虾米　赤糖　冰糖　白糖　粉丝　胡桃　白果[3]　酒　烟丝

竹、木、皮、牙、角、羽毛类

兽骨类　猪毛　生牛皮　牤牛筋　兽皮　羊毛

服饰、器玩、机械类

毡帽　草帽　粗细瓷器　棉衣　古董　玻璃器皿　草席　棉鞋　毡鞋

杂货类

炮竹　豆油　纸（上等中等）　纸银　干蜗牛　斑点草帽缏　白草帽缏　色草帽缏　其他杂货

输入外国货品品种

鸦片类

小洋药　大洋药　新洋药　新山土

棉布类

原色布　白色布　有色布　白点花布　色花点布　大小扣

1　生果即水果，生果仁是对部分可以食用的植物果实和种子的统称。

2　原文如此，不知何物。

3　白果，又名鸭灵眼，是银杏的种仁。

布[1]　斜纹布^英国　斜纹布^美国　印花布　缎布　原斜纹布^英国　原斜纹布^美国　印花斜纹布　布棉绫[2]　回教斜纹布　提花[3]　袈裟布　原粗布^英国　原粗布^美国　素红布　柳条布　帆布　剪绒　手帕　面巾　棉纱　棉丝　棉花

绒布类

羽纱　大呢　冲呢　哈喇呢　法兰呢　羽绫[4]　羽绉　哔叽　花素棉绒布　粗哆罗呢　床毡　旗布　绒线

金属类

日本铜　船底用铜　船底用旧铜　铁板　铁箍　铁钉　旧铁　铁片　铁丝　铅块　铅片　水银　钢　马口铁　锡砖条　黄铜　亚铅片　黄铜纽扣　针

药材、香料类

八角　槟榔　硼砂　樟脑　白豆蔻　砂仁　丁香　良姜　人参　拣净参　须参　血竭　没药　乳香　鹿茸　犀角　肉果豆蔻　黑胡椒　木香　檀香　酒精　儿茶　成药

染料、颜料类

各色染料　各色颜料　苏木

饮料、食品类

黑海参　燕窝^(上中下等)　干贝　干蟹　火腿　木耳　海菜^(上等中等)　黑鱼翅　白鱼翅　红糖　白糖　面粉　日本茶　葡萄酒　啤酒　碳酸水　烟筒

1　扣布，土制棉布。
2　棉绫，以棉为主、丝和化纤为辅，机械编织的布料。
3　提花，英文名jacquards。
4　羽绫，质厚光滑如缎的毛织物，与"哔叽"类似。

222

竹、木、皮、牙、角、羽毛类

藤　各色木料

服饰、器玩、机械类

衣服　各色自鸣钟　衡秤　各种机械　细瓷器

杂货类

麻袋　煤炭　船用绳索　鳄鱼甲　玻璃片　鱼胶　自来火　煤油　油漆　番碱　捕虫网袋　其他杂货

货值十万两以上输出货品品种

物名	向外国输出（两）	向香港输出（两）	向清国诸港输出（两）	向外国、香港及清国诸港再输出额总计（两）	输出增加额（加上再输出额）
豆饼			一,〇〇〇,六八一		一,〇〇〇,六八一
蚕豆类	二七一	二三,三一八	八四,〇七一	一四八	一〇七,八〇八
椰子枣	四三三	二八,三八七	七二,〇一八		一〇〇,八三八
绢布类	二,〇八一	一一,〇三九	三二三,三八七	一,六九五	三三八,二〇二
蚕丝类		四,二三九	七四一,〇二四	三〇,四四三	七七五,七〇五
草帽缏			一,〇一九,一七四		一,〇一九,一七四

223

续表

物名	向外国输出（两）	向香港输出（两）	向清国诸港输出（两）	向外国、香港及清国诸港再输出额总计（两）	输出增加额（加上再输出额）
粉丝	一，七〇二	一五〇，五九四	四〇二，〇四〇		五五四，三三六
输出合计	二八，二四二	二四九，八二一	三，八五〇，二五一	六四，八八三	四，二〇三，一九七

货值十万两以上输入外国货品品种

物名	自外国输入（两）	自香港及清国他口输入（两）	向外国再出口（两）	向清国他口及香港再输出（两）	纯输入（两）
鸦片类		三六七，二四七		一，八二六	一六五，四二一
棉布类	一七七，一五三	一，八〇九，六八一	四，二五三	一一，三九三	一，九七一，一九八
绒布类	三四九	一二七，〇八四		四七六	一二六，九二七
金属类	四，九九一	三三四，七六〇	一，〇二四	二，八三八	三三五，八八九
煤炭	一〇三，二八五	七，五六九			一一〇，八五四
自来火		一三七，一六〇	四〇〇		一三六，七六〇

224

续表

物名	自外国输入（两）	自香港及清国他口输入（两）	向外国再出口（两）	向清国他口及香港再输出（两）	纯输入（两）
输出入合计	四三九，〇六八	三，一三三，八九五	六，三七一	三七，四九一	三，五二九，〇九五

芝罘贸易状况

此港贸易有渐次发展之势。今各国船舶出入并输出入货物数量较数年前有大幅增长。加之朝鲜开港以来，外国轮船航行该国者，眼下悉由上海经长崎运送货物，故未见此港与朝鲜之直接关系有显著发展，然据闻现今居仁川港之外国商贾有日益增多之势。若将来山东地区清人于仁川经商，此港之商业状况亦将改变。以下列举输出入货物之状况。

此港输入货物中与本邦所产有关之主要货物大致如下：

煤石炭	海带昆布
茶	茴香八角
冻琼脂寒天	铜
五倍子	樟脑
香菌椎茸	陈皮
白鱼翅鳝鳍	鲍鱼

此外，有陶器、漆器及印花棉布等。

输入主要货品解说

煤

毋庸置疑，输入有逐年递增之景况，然近来输入量高涨，盖因清国北洋水师舰队扩充编制。明治十四年（1881）已输入本邦及外国煤炭，共计一万一千九百五十一吨。至翌年增至两万八千八十四吨。明治十七年（1884）输入量为一万八千九百六十九吨，此价为银十一万八百五十四两，较之去年殆减两千吨。之所以有此缩减，盖因清法交战以来，各国军舰悉往来于南方各埠之间，且清国兵舰常停泊于旅顺、大沽等港，少购买此港之储煤，然不可谓大幅超过去年适度之输入量。以下列出明治十三年（1880）至明治十七年（1884）五年间煤炭输入比较表，以供一览：

年度	输入量（吨）
明治十三年（1880）	五千二百三十五
明治十四年（1881）	一万一千九百五十一
明治十五年（1882）	一万一千七百九十二
明治十六年（1883）	两万零八百八十四
明治十七年（1884）	一万八千九百六十九

此港输入之外国煤，不过为英国加尔低孚煤与澳大利亚涡伦岸煤两种，其余皆产自我高岛、唐津、三池等地，其输入量近年日益增多。兹列出明治三年（1870）至明治十七年（1884）此十五年间此港输入日本煤之统计表，供业者参考：

年度	输入量（吨）
明治三年（1870）	一千三百一十八
明治四年（1871）	一千一百二十八
明治五年（1872）	九十四
明治六年（1873）	一千两百四十
明治七年（1874）	一千两百三十一
明治八年（1875）	两千四百零四
明治九年（1876）	七百三十八
明治十年（1877）	六百八十九
明治十一年（1878）	两千零十一
明治十二年（1879）	两千四百二十七
明治十三年（1880）	四千三百四十五
明治十四年（1881）	七千零六十四
明治十五年（1882）	八千六百七十三
明治十六年（1883）	一万九千零四十九
明治十七年（1884）	一万六千两百七十九

由上表统计可知，此港所供煤炭殆为我邦掌握，然不可谓清国北部亦无矿山之利。据闻开平煤矿所采煤炭一日凡八百吨，加之山东省峄县与青州府属各地亦开始采矿。此业固不能一蹴而就，然清商一旦投入巨万金银，渐次从事山东地区矿务，则必给我煤炭业带来巨大冲击。故从今日始，我从事此业者宜选择品质精良之煤炭，越发取信于外人，以扩大我邦之销路。

海带

此港输入之海带由俄属符拉迪沃斯托克（海参崴）运出者（此港称之晖春海带，质量低劣）为最多，而我邦海带则装于帆船，由长崎、兵库等地运来，或由上海以轮船运来。据云我邦海带消费地主要为登州府及利津县，部分由此类地区再转运各地。

据云俄国海带由居于奥尔加贝、肖霍夫等地之清人，于每年五月，驾舟数十艘前往附近岛屿采收后运至此港，然因晾晒方法拙劣，多海沙且含湿气，与我邦海带不可相比。比较明治十三年（1880）起五年间清国输入日俄两国海带数量，可得下表：

年度	国名	
	日本产（吨）	俄国产（吨）
明治十三年（1880）	一三，二一八	九四，八八八
明治十四年（1881）	四，九五三	五二，八五八
明治十五年（1882）	五，六六六	六一，九五六
明治十六年（1883）	八，九一二	二九，五〇六
明治十七年（1884）	四，四〇〇	七九，一九一

由上表可以看出，有海运之便且质量优良之我邦海带，其输入额却不及俄产输入额之一半，不能不令人慨叹。清国北部人民向来习惯购买俄产低价海带，贫困者常青睐之，故其需求随之增加。山东全省固不必说，亦有分销山西、陕西之势。自一八六七年始，清国定俄产海带为二等品，所课税银一担为一钱^{一钱相当于我国十六钱一厘三毛余}。与我邦海带相比，有五文^{二文相当于我国一钱六厘一毛余}之差。又据此港海关调查报告，可知对俄产海带减税以来，输入最多时为一八七二年，其量达十五万九千九百四十九担。即令如此，清人亦能以低价售出。盖因于采收地以每百斤一两六七钱运至此港，以平均一两十二钱售出，尚可得充

分利润。以此足以知晓俄产海带需求之多。

俄产海带卷曲至凡二尺许,其卷曲物六个一把,一把重约三十二三斤。现今此港价一担洋银一两三十五六钱,而日产海带一担为二两银。明治十七年(1884)我海带输入量为四千四百担,其价为八千四百九十八两,较去年输入额实减至一半。与之相反,俄产增长迅速,总计达七万九千一百九十担余,价银为九万三千四十三两。不过内含再输出者八千五百四十四担,价银为九千六百三十五两。

茶

明治十四年(1881)间输入两千九百一十三担,其价低廉,且或云腹中发热时饮之大感清凉,故输入量渐次增加。据云至去年殆输入六千六百二十五担。

日本铜

此输入额为五百四十三担七十九斤,价银九千七百六十两。

此港输出品中最重要者乃豆饼、草帽缏,位列第一,野蚕丝、茧绸次之。其他种种杂货与我邦无大关系,此不详述,但值得本邦人多加关注者乃草帽缏此项。

输出主要货品解说

草帽缏

此货品一年输出量殆达三万担以上,价银九十五六万两。近年来欧美各国需求渐次增加,明治十七年(1884)输出额达三万四千七百九十六担余,价银一百零一万九千一百七十四两,达至此港通商以来未曾有之高点,较去年输出额殆超过六万一千零十五两。增加之原因,据该业者所说，乃因去年美国市场对芝罘某缏^{即斑点缏}需求极大，故能如此兴旺发达。

欧美求购草帽缏，不仅用于制作男女草帽，还用于制作鸟笼或餐桌用器皿垫物及儿童玩具等日用品，故需求日渐增加，从事此业之山东人获利甚高。

清国制作草帽缏之地，有山东、河南、直隶等，由直隶输出者悉汇集于天津市场；山东、河南产则运至本港。其种类凡十一种，于贸易上最负盛名者有以下五种：

第一，黑缏与白缏；第二，帽缘装饰用草缏；第三，塔尖型草帽缏；第四，芝罘白缏；第五，芝罘斑点缏。

由此港输出之草帽缏，一捆二百四十把，一把长三十五码¹至一百零二码。其价有别，每捆十七两至七十两不等。据云山东省内制缏地区主要为青州府诸县^{据闻该地多制草帽}、曹州府朝城县及登州府至河南省一带，此外还有莱州府等地。以上地区皆适于种植小麦。又据云制缏乃妇女、儿童之职业，制缏一两^{一两之长度约十尺余}可得七文钱，每人每日可得五十文钱。

因草帽缏业务适于妇女、儿童，故我邦亦可选择多地，渐次劝导并鼓励此业发展，最终使之成为我邦重要之贸易品。兹列出一八六八年^{我明治元年}至一八八四年^{我明治十七年}十七年间此港草帽缏输出额之比较表，以显示其年年递增之业绩：

---

1 码，长度单位，主要用于英国、其前殖民地和英联邦国家。美国等国家也使用它。作为长度单位，1码等于3英尺，即0.9144米。

年度	输出额（捆）	年度	输出额（捆）
一八六八年	一，七七三	一八七七年	二〇，八〇二
一八六九年	五，四三二	一八七八年	二七，八二三
一八七〇年	四，〇八七	一八七九年	二五，九〇一
一八七一年	七，〇一二	一八八〇年	三三，三六八
一八七二年	一五，一八四	一八八一年	三二，五四六
一八七三年	一〇，二二三	一八八二年	三三，七九九
一八七四年	一三，一七〇	一八八三年	二九，〇三五
一八七五年	一七，〇七二	一八八四年	三四，七九六
一八七六年	一四，一四七		

蚕丝

此港蚕丝输出亦呈大幅增加之势。野蚕丝制品二千五百四十担二十九斤，价银二十六万八千一百四十五两；黄丝一千四百二十八担二十七斤，价银三十三万五千三百七十四两；乱丝头六千八百三十七担三十五斤，价银十三万两千六百六十八两。

天　津

此港位于北纬三十九度三十分五十五秒、东经一百一十七度三十分五十五秒，隶属直隶省天津府天津县，在北京东南，距离凡八十英里。地势极平坦，不见山岭。卫河由西而来，北河由北而来，交汇于直沽[1]，后流入大海。由海边即大沽口溯行陆地三十四英里_{或云二十五英里}，水道极为蜿蜒，总长凡六十八英里_{或云五十英里}。

北河一名白河，又名天津河，乃黄河以北最长河流。其支流众多，贯通直隶。其水道距入海口最长约二百七十英里。

北河河口有五个堡砦[2]拱卫。东南十二英里处满潮时驳船可靠泊，海滩有沙与贝类。正面泥滩较他侧稍柔软。

堡砦间河流宽约二百二十码，由此向东南贯穿沙滩入海，凡四英里。

北河贯流泥地，湍急水深，斜滩之外水浅。吃水十英尺半乃至十一英尺之船只，由此河口航行至天津绝无障碍。吃

1　直沽，古地名，在今天津市内狮子林桥西端旧三汊口一带，为天津聚落最早兴起之地。

2　堡砦即堡寨。

水极浅之船只横渡沙线[1]后可平稳抵达天津。长船转弯时尤须留意与熟练。吃水八英尺以上船只,须满潮时方能通过某处。有两处较浅,一为天津上游约九英里处,在砖窑外,退潮时深七英尺;一为天津城区上游三英里处,又长又宽,水深六英尺半。

天津河河宽二百英尺,由此溯上游,河道邃然变窄且浅。望晦日[2]涨潮时间约为七时零分,涨落中数[3]为三尺至四尺。以下列举大沽口海关报告部分内容,以供参考之便。

就明治十七年(1884)四月至明治十八年(1885)三月大沽口潮水涨落与冰层厚薄状况,大沽海关报告:十七年八月廿三日,潮水涨至二十英尺。落潮最低时间为十七年四月六日、十月十六日、十一月十日、十一日、十四日、十五日、廿二日、廿五日等,各低至二英尺。而通常涨潮高度在七英尺至十五英尺之间;退潮时在三英尺至五英尺之间。十八年一月一日始结冰,厚度达十二英寸,尔后因寒暖交替,有薄厚不均及消融现象。一月廿三日、廿七日、廿九日三度各达十五英寸厚。二月以后渐次变薄。三月一日达五英寸,最终消融。

河水若结坚冰,则船舶被锁不能通行。至冰消雪融,贡船、商船争相入津,帆樯林立达数十里。而于冰未释之际,货品则装小船、冰车等,滑行冰面运至此港。

---

1 沙线,地图上表明航道上暗滩的虚线,因亦指航线上的暗滩。

2 望日,每月十五日;晦日,月大每月三十日,月小每月二十九日。

3 中数是按顺序排列在一起的一组数据中居于中间位置的数,即在这组数据中,有一半的数据比它大,有一半的数据比它小。换言之,即对一组数进行排序后正中间的一个数(数字个数为奇数),或者中间两个数的平均数(数字个数为偶数)。

据闻此府街市人口凡九十三万（或云九十五万，此二数似皆过多，然无由细查，于兹仅凭中外人士所称与两三本著作列举之）。租界位于府城南边，有紫竹林相隔，濒临白河。据寒暑计，酷暑时极端气温华氏一百零六度，严寒中气温下降至华氏零下六度[1]。

电报线于一八八一年首度由上海连至此港；一八八三年又由此连至通州；翌年连通北京城。

此地重要输出货品为豆类<small>豌豆或蚕豆</small>。此外，水果类货品如葡萄、梨子、水蜜桃亦颇有名。亦多制造、贩鬻绒毯、毛毡、皮货之类。又，附近盛产盐，河北数里之间皆堆积粗盐。此地以西陆路凡二百余清里[2]，据云所称兴济此地，多制造、输出草帽缏。将来棉花亦有望大量产出。

茶叶多由此港输出俄国西伯利亚地区。据一八八三年之调查，达二十九万二百零四担。

此港输入我邦物品有海参[3]<small>煎海鼠</small>、干鲍、鱼翅<small>鰭鮨</small>、鱿鱼<small>鯣</small>、海带<small>昆布</small>、伊多罗贝<small>干贝</small>、冻琼脂<small>寒天</small>、番茶[4]、人参、海龙皮[5]、獭皮、鹿角、铜、漆器、野鸡葛[6]、木材等，据云向北京及其他地区

---

1 一百零六华氏度约为 41 摄氏度；零下六华氏度约为零下 21 摄氏度。

2 当时的一清里约为 576 米，二百清里约为 115200 米，合 115.2 公里左右。

3 海参也叫海鼠，是一种名贵的海产动物，因补益作用类似人参而得名。

4 番茶，日本的一种茶，乃汇集较硬的芽、较嫩的茎或是在加工煎茶时被剔除的叶子所制造的绿茶。

5 海龙皮，也称海狗皮，毛皮显棕色，质地纤细柔软，富有光泽度，其在水中产生的空气泡可以在水中起到保暖作用。

6 野鸡葛，日文写作"越后缩"，是一种平织的麻织物，产于今日本新潟县南鱼沼市、小千谷市为中心的地方。

广泛销售。

鸦片由国外输入，一八八三年达两千四百五十一担。

与洋人直接交易数额 一八八三年

输入　一百三十七万两千五百三十六 海关两
输出　三百六十六万七千五百八十三 海关两
总计　五百零四万零一百一十九 海关两

天津港输出入货品价额总计表

		一八八二年		一八八三年		一八八四年	
		小计（两）	总计（两）	小计（两）	总计（两）	小计（两）	总计（两）
外国货品	自外国及香港输入	一，一八一，九七六		一，三七二，五三六		一，三一八，九五九	
	从清国各口输入	八，四五二，七〇二		九，〇三一，〇〇七		九，三六六，四三七	
	合计		九，六三四，六七八		一〇，四〇三，五四三		一〇，六八五，三九二
	向外国及香港再输出	三九二		一四〇			

续表

		一八八二年 小计（两）	一八八二年 总计（两）	一八八三年 小计（两）	一八八三年 总计（两）	一八八四年 小计（两）	一八八四年 总计（两）
外国货品	向清国各口再输出	一二四,五六二		一一二,八三二		六六,八七〇	
外国货品	再输出合计	一二四,九五〇		一一二,九七二		六六,八七〇	
外国货品	抵扣后纯输入	九,五〇九,七二四		一〇,二九〇,五七一		一〇,六一八,五二二	
清国货品	自清国各口输入合计		一三,三三七,二一〇		一一,七二八,九六五		一三,四五五,七八〇
清国货品	向外国再输出	三,二八六,三四五		三,六六五,三九七		三,七三九,六六七	
清国货品	向清国各口再输出	三,九四六		四,七九四		五,六五四	
清国货品	再输出合计	三,二九〇,二九一		三,六七〇,一九一		三,七四五,三二一	
清国货品	抵扣后纯输入	一〇,〇四六,九一九		八,〇五八,七七四		九,七一〇,四五九	
清国货品	地方物产向国外输出	三三七,三七八		二,一八六		一,六三三	
清国货品	地方物产向清国各口输出	二,六三一,二四六		三,三一五,四八〇			

236

续表

| | | 一八八二年 || 一八八三年 || 一八八四年 ||
		小计（两）	总计（两）	小计（两）	总计（两）	小计（两）	总计（两）
清国货品	地方物产输出合计		二，九六八，六二四		三，三一七，六六六		三，六一〇，〇七六
输出入合计			二五，九四〇，五一二		二五，四五〇，一七四		二七，七五一，二四八
纯输出入		二二，五二五，二六七		二一，六六七，〇一一		二三，九三九，〇五七	

输出货品品种

茶类

红茶　砖茶

蚕丝、绢布类

蚕丝　乱丝头　绢布

棉毛杂织物类

棉花　毛毡

药材、香料类

大黄　麝香　甘草　制药

饮料、食品类

杏仁　蚕豆　黑枣　红枣　干果　金针果　香菌　梨子　豌豆　蜜饯糖果　酒　瓜子　吭哗子　鼻烟　烟丝　腌

芜菁[1]　盐菜　捣碎胡桃　胡桃

竹、木、皮、牙、角、羽毛类

兽骨屑　兽毛　绒毛　羽毛　鱼骨　马尾毛　犛牛毛　牡牛皮　羚羊角　鹿角　白革　衣用狐皮　衣用兔皮　衣用羊皮　衣用栗鼠皮　旅用山羊皮　旅用羊皮　仔羊皮　生山羊皮　生羊皮　其他生皮类　犛牛尾　骆驼毛　山羊毛　羊毛

服饰、器玩、机械类

毡帽　草帽　细瓷器　景泰蓝　靴　纽靴　毡靴　绣货

杂货类

番碱　淬火钢　草帽缏　煤炭　黑水晶

其他杂货

输入外国货品品种

鸦片类

小洋药　大洋药

棉布类

原色布　白色布　素色布　白提花布　有色花点布

大小扣布　斜纹布英国　斜纹布美国　斜纹布荷兰　原斜纹布英美荷兰　原粗布英美　印花布　素红布　缎布　花剪绒　细斜纹布　袈裟布　唐栈　棉绫　柳条布　意大利棉缡子　粗斜纹棉布　棉法兰绒　粗麻布　法兰绒　蚊帐　棉　棉丝　棉纱

---

[1] 芜菁，与萝卜同属十字花科，且与部分萝卜品种形状相似。块根熟食或用来泡酸菜，或作饲料。

手帕

绒布类

羽纱 羽缎[1] 大呢 意大利毛缥子 哈喇呢 棉纺绒布 法兰呢 羽绫 哗叽 花素棉绒布 粗哆罗呢

金属类

日本铜 船底用铜及板黄铜 铁条 铁箍 旧铁箍 铁钉 旧铁 铁块 厚铁板 薄铁板 铁丝 铅块 水银 钢 钢箍 锡砖条 马口铁 黄铜纽扣 金银丝 针 锡箔

药材、香料类

八角 槟榔 硼砂 樟脑 上冰片 肉果豆蔻 白豆蔻 砂仁 丁香 印度牛黄 良姜 没药 乳香 犀角 苏木(越几斯) 制药 黑胡椒 白胡椒 木香

染料、颜料类

染料及颜料(各种) 铅粉 花绀青 佛青 朱粉

饮料、食品类

黑海参 燕窝(上中下等) 干贝 鲍鱼 鱿鱼 鱼肚 鱼皮 面粉 葡萄干 海带丝 日本海菜 红海菜 鲁国海菜 黑鱼翅 白鱼翅 赤糖 白糖 冰糖 日本茶 日本茶末 香菌

竹、木、皮、牙、角、羽毛类

马六甲藤 藤 檀香木 苏木 重木梁 轻木梁 松原木 俄勒冈松板 狐皮 獭皮 黄鼬皮 兔皮 海驴皮 翠毛

---

[1] 羽缎,毛织物,也称羽毛缎或哗叽,即像缎子一样光滑的织品。用于作大衣、外套的里子,在明清时期羽缎又是防雪的衣料,如《红楼梦》中就有过描写。

服饰、器玩、机械类

细瓷器　自鸣钟　粗葵扇　灯筒　洋灯　茶席　镜子　八音琴　玩耍货[1]　洋伞　时辰表　其他机械类

杂货类

蜡烛　煤炭　自来火　壁纸　煤油　油漆　色油[2]类　吕宋[3]绳索　番碱　镜窗玻璃片　硫酸　其他杂货类

货值十万两以上输出货品品种

物名	输出外国（两）	输出香港（两）	向清国各口输出（两）	再输出总计（两）	输出合计加上再输出额（两）
鹿茸		六六二	二〇七,五八六		二〇八,三四八
药品		一一六,八七八	一二九,一二四	一三三	二四六,一三五
酒		三四,〇〇〇	六九,三一〇		一〇六,三一〇
毛制鞋		一四,四九二	八八,三二二	五二四	一〇三,三三八
皮革类		二,六七四	三六二,二四五		三六四,八九二
草帽缏			一,二九〇,〇四〇		一,二九〇,〇四〇

1　玩耍货，玩具的俗名。盖指儿童取而玩耍之物，耍活儿之艺成货卖于市上者之称。

2　色油，以烘干的油作为载色剂的一种漆。

3　吕宋（菲律宾）绳索是硬质纤维，耐水浸，拉力大。

续表

物名	输出外国(两)	输出香港(两)	向清国各口输出(两)	再输出总计(两)	输出合计加上再输出额(两)
茶				三,七三九,六六七	三,七三九,六六七
兽毛类		三一六	二九六,四六八		二九六,七八四

货值十万两以上输入外国货品品种

物名	自外国输入(两)	自香港及清国各口输入(两)	向外国再输出(两)	向清国各口及香港再输出(两)	纯输入额(两)
鸦片		七七六,〇七一		一六,六八〇	七五九,三九一
棉布类	七五,七三四	七,一八三,二九一		四,四七一	七,二五四,五五四
绒毛布类	一五,七二七	四〇一,七〇四		一,六〇四	四一五,八二七
金属类	一四,二一六	八四,五一三			二九八,七二九
燃料及颜料类	二八,六一二	一八四,〇一二		三,一八六	二〇九,四三八
自来火	四,四三四	二七四,七五五		一二	二七九,一七七
糖	四,三八八	三二五,六三一			三三〇,〇一九

241

天津贸易状况

欲确知此港本邦货品消费地最为困难，盖此港未有明确之报告书，且从业者皆清人，其言亦难以信任。然略可知者，乃输入货品中煤炭占比最高，且多为此港轮船公司与洋人使用。其或与清国开平煤混用，或单用日本煤；铜用于制造日用器物，机器局偶有需求；海产品分销于清国北方各地，难定其需求地；砖茶未见大量输入，其需求地与清国茶一道，乃蒙古及俄属地区。

据称眼下商业活动并不活跃，但亦未见该不活跃之实态。据查海关报告，可知较去年未有明显贸易波动，故难以相信今后有剧烈变动。若此则只能说，大体眼下交易状况既不繁盛，亦不衰败。不过因清法战争，难免受到几分影响。而受影响者或非洋货，亦非日货。欲知此中详情，终须俟他日调查而无其他办法。又，清国交易状况不易受外部影响，此乃清人性情所致。此港无日商。虽曰此港于外交上乃清国要地，而商业却出人意外并不繁盛，不过近来略有繁华之兆。不仅如此，若目前计划建造之铁路告成功，亦当有令人刮目相看之观。故本邦商人此时若能来此经营，他日必有机会，一改日清交易状况。

北　京

北京位于北纬三十九度五十四分、东经一百六十度二十七分,古为燕国之地,辽、金、元三代皆于此建都。至明,初以金陵为都,明成祖任燕王时曾居于此,即帝位后于永乐(1403～1424)末期迁都于此,称北京,并改旧都为南京。清代承继明代,亦建都于此^{世称此地为北京,乃仍明代旧称,非今代之公称,今姑从俗称}。北京分内、外二城,内城中央为禁城,即皇帝居所,周长六清里,有四门,南为午门,东为东华门,西为西华门,北为神武门,非朝官及禁中人员不得入内。其外为皇城,周长十八清里,南有大清门,内有天安门;东有东安门,西有西安门,北有地安门。皇城之外为京城,周长四十清里,有九门:正南为正阳门,其左为崇文门,其右为宣武门,东为朝阳门、东直门,西为阜成门、西直门,北为德胜门、安定门。城墙雄伟阔大,高三丈余,宽二丈余,此为内城。外城位于内城南面,周长二十八清里,南有三门,东西各有两门,北面直通内城之南三门。内外两城街道皆横平竖直,中有车道,两旁设人行道,街道宽阔,不似其他都邑街道狭窄。内城有诸官衙、王侯府邸、旗人家宅等。街道多在外城,正阳门外乃最繁盛之地。人口总数未闻有正确统计,然当有百万左右。

北京乃五方[1]会集之地，人多马杂，道路宽广，然不经修补，高低不平，污秽盈街，晴时尘埃扬十丈，雨时泥土积三尺，初到者无不惊其不洁。唯其空气干燥，无食物腐败之忧。房屋亦复如此，极为单薄脆弱_{于北京盖楼者甚少。}设若其在潮湿之地，则可忧柱朽壁坏，但于北京，稍可保长久留存。

北京地区断无自身名品，有者皆由他省贩运而来，不乏价廉物美之上等品。其产地不易购得者于北京反而可轻易购得。盖为数百年来之首都，五方辐辏之地域，故运输虽有不便，然百货远近来集，此亦自然之理也。

---

1 五方，指五个方向，即中央及东、西、南、北。

张家口

　　张家口隶属直隶省宣化府万全县，位于通往蒙古之要地。政府于此设关门，稽查过往人员，征收货物税赋。距北京四百零五清里，出此关即口外之地。人口约十六万，乃北方一大都会。关门左右有山，曰东太平山与西太平山。长城城墙蜿蜒逶迤，与山体相连，并随山势起伏。登顶望之皆魄石，层层叠叠，极其粗糙，不似八达岭长城坚固雄伟，现今已多处破损。履乱石，越长城，其间隔千余米，见有圆形橹台[1]点缀，人曰此乃秦代真长城。张家口昔时乃与俄国通商之地，有俄国邮政分局，据云系为大库伦[2]之领事馆与北京公使馆转递邮件所用。另有俄国茶商店两间，位于关外北山山麓。此两间茶商店一年经手之砖茶，凡二十万笼^{一笼六}_{十四砖}，皆福州、汉口所制，且以汉口制为上品。该砖茶经海路运至天津，再以河船运至通州，复以骆驼由通州运至此地。骆驼一头所载约四笼^{一笼重量一百六十磅，相当于我}_{十九贯三百十九勾六分八厘六四}，[3] 有时亦用牛车，于此地换包装后驮运至恰克图。又有五家清国茶商店，每家一年交易额

1　橹台，即烽火台。

2　大库伦，1778年乾隆降旨喀尔喀蒙古领袖在北京到恰克图商路上的驻地设立城防，取名库伦。库伦直译为"中央帐篷"，意为营地，汗、王公和喇嘛在草原上所居之地都称"库伦"。

3　贯和勾皆为日本重量单位，1贯=1000勾=3.75kg，1勾=3.75g。

不下三万笼。近年来海运大开，汉口所出制茶一部分由海路直运敖德萨，一部分溯黑龙江直运尼古拉耶夫斯克，年输出总额为一百五十万普特（一普特相当于我四贯四百匁）左右，今由此地运出者居其一半。以下为一八八五年萨哈林[1]某俄历历书所载茶叶输入比例表：

一八七八年	一，五四八，二〇二（普特）	五三，二四一，〇〇〇（卢布）
一八七九年	一，七七一，五一一	五九，二二九，〇〇〇
一八八〇年	二，一四四，八八二	八六，〇六三，〇〇〇
一八八一年	六二五，三三九	五七，〇七八，〇〇〇
一八八二年	一，八〇二，八六九	七〇，六一五，〇〇〇

亦有制碱厂，系官设，其原料称碱，乃碳酸钠类物质，属天然产出盐，由察哈尔运来此加工，制成块状，用于制作染料或面类，或替代肥皂洗涤衣物。此碱大量运至北京与天津。其他输出蒙古地区者有铁器、绸缎、棉布等。输入者有哈喇呢、回绒[2]、哦噔绸[3]、哔叽等及毛皮革类。毛类多为驼毛与羊毛。近年洋人多需求驼毛，故其销量大增，价格亦高昂。驼毛大批发商有四户，据云每户一年销量不下十万斤，其上等驼毛一斤可售百文钱。

---

1 原文为スウヲリン，属当时注音，或为萨哈林（英语：Sakhalin Oblast），中国称库页岛，在俄罗斯远东地区。

2 回绒，一种毛织物，面料里子里有一层绒，摸起来手感略像薄毛毯。

3 哦噔绸，何绸不详，清代作品中曾大量出现此词汇。

汉　口

汉口隶属湖北省汉阳府汉阳县，地处长江北岸汉水汇流之处，位于北纬三十度三十二分五十一秒，东经一百一十四度十九分五十五秒，与汉阳府相接，同长江南岸武昌府相对，距上海约六百英里。自古以来，此地即与河南朱仙镇、江西景德镇、广东佛山镇并称为天下四大名镇，其中又以汉口最为繁盛，人口不少于六十万。法国传教士哈克[1]早将此地视为贸易重镇。一八五八年（咸丰八年），英国公使额尔金亦入此地。据同年签订之《天津条约》，清国实现与外国通商。平定长毛贼后，一八六一年（咸丰十一年）汉口开埠。镇江、九江亦据该条约开埠。汉口之所以尤趋于繁荣，原因无他，全在于运输便利。盖此地位处全国腹地，水路四通八达，溯长江远可至四川、云南、贵州；溯汉水可至河南、陕西、甘肃；赴湖南、江西诸省，亦皆有行舟之便；山西、安徽货物亦汇集于此，实可谓九省通衢。清国内部贸易以此地最为重要。

---

[1] 原文仅写"宣教士ハック"，故何人不详。

租　界

开埠之初，洋人在选居留地时遭遇颇头疼之事，此即当地人索要地价太离谱，亦为清国各地开埠后常有之事。故英人不得已暂居汉阳河畔，之后经若干时日，方据有现租界。其位于汉口市区北端，从商业与卫生角度视之，皆非良善之地，然眼下经大力修葺，状况稍可。租界中外商状况如下，以此足可见一斑：

名称	母国	行长 老板	行长 代理	买办 洋人	买办 清人	商业业种
太古洋行	英国	在上海[1]	一人	二人	一人	轮船公司，上海、汉口间三艘_{北京、上海、芜湖}
德兴洋行	英国	沃德		一人	一人	轮船公司，上海、汉口间两艘_{安庆、汉口}
怡和洋行	英国	英理思		一人	一人	轮船公司，上海、汉口间四艘_{泰和、元和、公和、福和}
太平洋行	英国	霍克			一人	轮船公司，上海、汉口间两艘_{华利、萃利}
阜昌洋行	俄国		职员五人		一人	砖茶制造_{有铁制机械厂两处，一日制砖茶一百余块}
顺丰洋行	俄国		职员四人		一人	砖茶制造_{有铁质机械厂一处}
恒昌洋行	俄国		职员三人		一人	砖茶制造_{有木制样械厂一处，每日制砖茶六十个}

1　原文如此，似为人名。此列以下和旁列部分皆然。

续表

名称	母国	行长 老板	行长 代理	买办 洋人	买办 清人	商业业种
怡和洋行	英国	怡和轮船公司			一人	内地膂运、外国货物批发商。在内地各处可免零售税收。借洋行之名收取佣金
普和洋行	英国	沙普			一人	同上
太古渝庄洋行	英国	挖生			一人	同上
公泰洋行	美国	秦安			一人	同上
亨昌洋行	美国	拍列第			一人	同上
锦隆洋行	英国	秦不在			一人	专营红茶
天祥洋行	英国	的第乌由			一人	同上
厚德洋行	英国	品克斯			一人	同上
沙逊洋行	土耳其	逊			一人	专营鸦片烟
华记洋行	英国		沙普		一人	专营红茶
隆泰洋行	英国		德人应 一人		一人	同上
美最时洋行	德国	一人			一人	专营牛皮
信和洋行	英国	米掩[1]			一人	茶商，兼营上海《申报》
室顺洋行	英国	瓦达			一人	专营红茶
仁记洋行	英国		沙普		一人	同上
公信洋行	英国		沙普		一人	同上

---

[1] 米掩，现多译为美查。

续表

名称	母国	行长 老板	行长 代理	买办 洋人	买办 清人	商业业种
名利洋行	英国		沙普		一人	同上
永利洋行	英国		沙普		一人	同上
柯化威洋行	英国		沙普		一人	同上
祥泰洋行	英国	一人			一人	同上
屈臣药局	英国	挖生			一人	药品 据云此店香港分店每年向清国各港及内地销售额为四十万元
隆茂洋行	英国	挖森			一人	牛奶与冷冻肉
马士德发杂货店	印度	一人		一人	一人	洋货及所有食品批发
万生印字馆	清国	一人			一人	专营印刷

商业基本状况

汉口古代乃芦草繁茂之地，然因地处要冲，为货品进出之处，故芦草渐灭，今成富甲一方之城镇，其地租亦呼为芦租。且本地居民仅十分之一，商贾皆为外省客籍，而本地人原籍亦多在江西省。因水路便利，故不论远省近府，货物悉聚于此，由此再应各地需求，分销四处，是以进出发售百货之各种商贾皆聚于此。其中占首领地位者，俗称八大行，即从事钱庄、典当、铜铅、油烛、绸缎布匹、杂货、药材、纸张之各商贾。此各商贾中，依其商业地位可分三类：甲类俗称字号。所谓字号，即其招牌名，亦即店名，此类商贾一般以字号名之。其皆乃各地所来之客商，或常住客栈，或租住于一大公馆。其总店掌柜每三年更换一次，或由总店店主亲自出任。此类人系批发商，均不零售，而专卖某地出产之货物，或专营某物。此类商客普遍云字号，各行当皆有之。其资本有四五十万两乃至一万两，即市井所推崇之豪商。乙类曰行栈，"行"乃批发商，专为各类字号商客提供住宿，代为买卖货物，或专奉某一商客，或兼营数业并零售，称之为某某行。多在通衢大道拥有大宅，其资本至少有一千两。盖经营此业者，须先向户部捐银若干，以获得许可证。此证俗称"帖"。若未有资银一千两，则无法获得此帖。若无此帖，各类字号等则不敢奉托货物于它。以小本博大利者即此行商。丙类曰店铺，乃于通衢所开之店，有专卖某物者，有兼前述字号者，亦有杂做手工者，皆应顾客需求零售货物，此云某铺某店，其资本多少不一。此商贾皆因本店属性结成公会，或与同业结为公会，开设会馆，议论商务，同心协力，共谋利益。此公会称"帮"。次于此商者为工人，多居于偏僻街巷，亦兼字号、店铺业务，分别名之为"作""坊""厂""园"，总之可归为"工匠"。其或以业成帮，或指地成帮，资本有万两以上者，亦有二三百两者，更有无资银者，其间贫富相错极甚。此帮亦有会馆，下至贱业，甚或每每有汲江水、抬轿子、推小车_{当地此小车不多}、运货物、漕小舟者，亦有衙门差役、夜间更夫、吹鼓子_{奏乐人}、唱戏的_{演戏人}、耍把戏者，甚至乞丐。前述字号中资金最多、业务最大者乃木材商，有二十余号；与此商并列者为盐商，亦有二十余号；其次为茶商，有三十余号。汉口乃著名产茶之地，每年五月至七月间，外商交易极繁忙。据前年调查，输出达二十三万四千两百余担。至此时期，各地茶商等悉聚于此，争相售卖，充溢茶栈、客栈，或乘轿往来狭街，络绎不绝。与之相反，租界常显寂静，如若无人。而当江头杨柳呈翠时，英美茶商等由上海来此，租界忽忽转为商衢，茶商仓库夜以继日，赶制茶叶，包装茶箱，终夜喧嚣，不绝于耳。为获选茶雇钱，少妇老妪黎明即猬集仓库门前。又，租界码头平日仅碇泊二三轮船或趸船。而至此时，英美俄茶船舳舻相接，列于江面。以如斯景况，可想见营商之盛。次于茶商者为白花商。白花即棉花。湖北适于种棉花，有众多产棉田地，棉花乃湖北最大物产。而其大多聚集此地，并由此溯江运至湖南、四川、贵州、云南各地，其商号有二十余。再次为棉布商。因此省为棉花产地，故布匹亦不少。此称土布，多运至上游各口岸发售，此号有四十余户。与棉布商并称之豪商为汇票号[1]，即所谓银两兑换商。货物出入愈频繁，此商号愈繁忙，各地相互联络，无处不通。其汇兑方法为，先执现银至某号，告知欲汇兑之地方，继而称量现银，外加佣金若干价银，此称汇水。此汇水事前有一定价额。于彼我之地，因存银多寡，汇率时有浮动。该号出具汇票，此称汇券。持此券至乙地同号，可得等额银两。可与此商相拮抗者乃烟土商。烟土即鸦片烟。方今清国各省，所到之处，无不盛行，乃民众必需之物，渐如茶果一般。此地官商，殆无人不吃，其中成瘾之人，十之一二；嫌弃之人，亦仅十之一二，故不问上下贫

---

1 汇票号，即钱庄。

富，欲飨宴宾客时必先备好鸦片。少年游妓馆，先进以茶烟，次进以鸦片。朋友交际，彼此闲话之间，亦互进鸦片，以此为礼。输入鸦片已大幅加税，然奈何方今内地产鸦片却年年益发增多。烟土商需巨资，亦可得巨利，此商号有四十余；次于烟土商者乃广货商。广货即广东货物，均为过去由西洋输入之物品，而方今该省及其他地区制出者与外来货并称广货；与之不分轩轾者为杂货商，山货商次之。以上皆称字号。其他如行栈、店铺，工人，于兹无遑逐一列举。论其买卖时节，清人按通例，有正月中嬉戏消日之习俗，故此月不营业。小店三日间必锁铺门，至初四日半开门。字号、行店大商，则于正月二十后至二月初旬间择吉日开业，此曰"开账"，之后方着手各种买卖。至三四月间，市场最为活跃。五月端午为小儿佳节，八月中秋称闺人节[1]，家家献祭。另有惯例，以此佳节为一期，平日赊赈交易悉数结算。至年底，一年之赊卖亦须尽数结算。亦即，一年分三次结算，以端午、中秋、年底为三期。钱庄、当铺兑换银钱、发行钱票之处需巨本，可获巨利。其商法坚实者，多以官吏储金开设，可谓清国官吏乃商贾之金库也。

水　运

汉口水运要道有三，即长江、汉水、南水。长江，西通四川成都、重庆巨镇，东下上海、镇江各埠；汉水，北达陕

1　道光年间，八月十五中秋节是汉口人的"闺人节"，相当于现在的女儿节。

西汉中府；南水，南连洞庭湖。此诸水沿途之物产，悉下诸水聚集汉口，再赖诸水分运各路。今记所见所闻此三水漕运情况如下：

长　江

　　由长江上游运至汉口之货物，多由四川省而来。四川素来山川富饶，土地膏腴，物产未有所缺。其谷米、食盐、丝绸、药材、白糖、纸料，以及方今最为流行之鸦片烟、白蜡、红花，输出他省甚多。而其运出，皆赖长江水便上下。此长江指"川水"，即所谓四川成都之源流。成都位于岷江上游，府城上游有灌县，县有一崖，崖下河窄如沟。每遇水涸，官府即命近村闭闸拒水，使其合流而下，绕成都城郭东流。有汉阳坝，河面稍宽而浅，夏秋间河水泛涨，始通大船。由此经嘉定府下叙州府，乃岷江、金沙江会流之处，系一大埠。此地产红糖、白蜡、药材，以本地船运载而下。又，云南所产铜、铅、锡、茶、鸦片，经大金关聚于此。下至纳溪县，并永宁河，又通云贵。有大道，四川产盐由此经叙永，分赋贵州省内各地。稍下行，至泸州，又有一巨镇，内河即沱江会于此。其上游富顺县有盐井，以井火(即天然瓦斯)熬制，售于沙市、汉中、湖南各地。由泸州下，经合江、合津到重庆府。此乃川东巨镇，率先开埠之地，商贾云集之区。其名产巴缎，成都产丝绸，栏杆用铁线，各地产木油[1]，花椒，茯苓、大黄、枸杞、橘皮等一切药材，糖，纸，白蜡，红花，

---

[1] 木油，即油桐木果实油，世界上种植的油桐有6种，以原产我国的三年桐和千年桐最为普遍。

食盐，山货，土果各种，皆由此处分运，直下湖北宜昌、沙市及汉口始卸之。盖重庆土产最多，汉口消费最广。重庆府城之东有嘉陵江，由江北之保宁、顺庆，通陕西之昭化、广元，食盐、药材、杂货之类，皆由此下重庆，聚集后分运各地。由此下涪州，州东有涪陵江，俗称龚滩河，通往贵州、湖南。往年广东洋货聚集湖南湘潭，分运四川，即下此龚滩河，经涪州，逆运重庆。而今则概经汉口上行，由涪州经忠州、万县、云阳，至夔州府。此处有关，设厘金局，征上下货物之税。上下船至此，必泊三日，方可放行。城东有峡门，曰夔门，岸上有白帝城。自此始江面狭窄，两岸绝壁，水流湍急，称"巫山大峡"。下行即巫山县，沿途有无数险滩，水下礁石林立，行舟甚危。入湖北界，经归州，大小名滩不可胜数。到宜昌府，江面宽阔，乃川水门户。此地已开埠，然生业不甚兴旺，所出唯棉花，产有棉布。载船上江，由宜昌下沙市，乃万货云集、舟舶辐辏之地。四川食盐亦止于此，转运湖南各地。由沙市下长江至汉口，下川水之货物有白蜡、红花、木油、桐油、麻布、鸦片、丝绸、灯草、一切纸张、各种药材等，皆著名。至九十月，由汉口运棉布、布匹、洋货、杂货至重庆，又分售至水陆各地。年年夏水泛涨之时下运，秋冬水涸之时上行。平日除盐船往来之外，舟行不甚多。此乃川水一流之运转也。

南　水

南水即汇入湖南洞庭湖之湘江。汇入洞庭湖之江水有澧水、湘江、资江、沅江四流，其中运送货物最多者乃湘江。湘江有东西二源，东源流自广东地界，西源来自广西地界，至衡州相汇，流入洞庭湖。最初自广东进京，有水路两程：先经江西境内，直抵九江，渡江后北上。而就商贾之路而言，即自广东出发，亦有水陆两程：至梅岭以北，由瓦窑埠船载各种货物沿湘江而下。然上游水浅，故以人力推行小舟。上行船多运炭，下行船多运广货。水路由郴州经永兴县、耒阳县，至衡州，客船停泊，货物屯集。又，西源俗称陡河，乃水陆分运之地。下行至裤裆河间名曰白水之码头。又，至永州府祁阳县，物产运出不多，然其口岸为粮船起运之处，故曰粮船埠。由此下行至衡州，与西源之水相汇，江面渐宽阔。多运米，运抵湘潭始有一巨镇，乃水陆通衢。又下行经长沙府至湘阴，入洞庭湖。经湖面抵岳州，即出湖。至新堤又乃一大埠，产棉花、杂粮、绢扇。沿大江而下，经嘉鱼、金口等，抵汉阳县，下鹦鹉洲头。此乃由湖南下运之木料屯集地，有木帮公所[1]，名南木庙。由湖南下载之货物，以米、煤、油、普洱茶、竹木为主。上载之货物，多为近代洋货、广货、糖、盐之类，溯流分售沿途。此即南水往来之水运。

汉　水

汉水乃陕西省汉中之水，东流下长江。然汉中非源头，仅为船舶货物聚集之处。该省所产木耳、酒、红花之类，以木筏、小舟或以陆路车、驼运至汉中，再以船搭载东下，经兴安入湖北省。过郧阳、均州，到光化县属老河口。郧阳之

---

[1] 公所，有两个意思：①旧时区、乡、村政府办公的地方：区公所、乡公所、村公所。②旧时同业或同乡组织办公的地方：布业公所。

皮纸、木耳，均州之烟叶，武当山之木耳，亦聚集此处。自此下游有樊城，对岸即襄阳府。往日西北之货物由此地起运，如今概由老河口发送。由襄阳赴东南，经安陆府、沙阳等，抵汉川县，即客舟停泊处。而从安陆至此，沿途杂粮、花布顺襄河干流上下运载，彼此互市交易亦不在少数。下行至新沟，有支流，通往德安、应城、天门、孝感各地。上行由随州、枣阳至河内地界。新沟即各河上下转运必经之处。有分关，征百货之厘金。由新沟赴东南，达汉口。此即汉水转运之水路。

输 出 入

汉口货物集散极多，乃次于上海之繁华大港。然其与外国直接贸易，除茶之外，殆无其他。且大半乃与上海及其他各口交易，外国物皆经由他口运来。其主要商路以上海为主，亦通往宜昌、九江、燕湖、镇江、宁波等地。售于英国、敖德萨、西伯利亚者仅限制茶。内地消费地区甚广，有湖北、湖南、河南、四川、贵州、陕西、广西诸省。今列出输出入总计表及其品种，且摘录银十万元以上输出入货品，并附解说，以此可知此口贸易之大要。

汉口港输出入货品价额总计表

		一八八二年		一八八三年		一八八四年	
		小计（两）	总计（两）	小计（两）	总计（两）	小计（两）	总计（两）
外国货品	自外国及香港输入	九,七三四		一二〇			
	自清国各口输入	一二,六七三,二九八		一二,五一二,六〇〇		一三,六一一,二七七	
	合计		一二,六八三,〇三二		一二,五一二,七二二		一三,六〇七,二七七
	向外国及香港再输出			九八八			
	向清国各口再输出	九九九,九九六		一,六五三,八七四		一,三七一,八八五	
	再输出合计	九九九,九九六		一,六五三,八七四		一,三七一,八八五	
	抵扣后纯输入	一一,六八三,〇三六		一,八五七,八六〇		一二,二三五,三九二	
清国货品	自清国各口输入合计		一〇,七五九,八七五		一一,一九八,四八六		九,一一〇,六三七

续表

		一八八二年		一八八三年		一八八四年	
		小计（两）	总计（两）	小计（两）	总计（两）	小计（两）	总计（两）
清国货品	向外国再输出	三,一三六,四九四		三,〇三七,一八五		二,四八八,八六〇	
	向清国各口再输出	一,四〇七,五八七		一,四〇七,五八七		一,三八九,二八六	
	再输出合计	四,五四四,〇八一		四,四三〇,九四六		三,八七八,一四六	
	抵扣后纯输入	六,二一五,七九四		六,七六七,五四〇		五,二三二,四九一	
	地方物产向国外输出	三,二四一,〇五〇		四,六四三,三六五		三,五二七,五〇七	
	地方物产向清国各口输出	一三,二〇三,〇一四		一三,〇八六,一二〇		一二,八七六,四九一	
	地方物产输出合计		一六,四四四,〇六四		一七,七二九,四八五		一六,四〇三,九九八
输出入总计			一九,八八六,九七一		四一,四四〇,六九三		三九,一二一,九一二
纯输出入		三四,三四二,八九四		三五,三五四,八八五		三三,八七一,八八一	

259

输出货品品种

茶类

红茶 绿茶 砖茶 茶末

蚕丝、绢布类

四川黄丝 四川白丝 蚕茧 绢布（各色） 绸 乱丝头 丝带 丝线

棉布类

棉花 棉带 细夏布 粗夏布 土布

鸦片类

四川烟土

金属类

铜箔 黄铜器 铜纽扣 旧铜 生铜 铜器 金线 假金线 生铁 铁器 铅 黄铜管 锡砖条 锡箔

药材、香椒类

信石 虎骨 辣椒壳 土茯苓 高丽参 石膏 甘草 制药 麝香 陈皮 大黄 黄姜 斑猫[1]

染料、颜料类

朱砂 染料（各色） 五倍子 红花

饮料、食品类

杏仁 笋虾 饼料 栗子 鱿鱼 红枣 木耳 金

---

[1] 斑猫，也称为斑蝥，药材，味辛，大毒，入药部分为芫青科动物南方大斑蝥或黄黑小斑蝥的全虫。

针菜　莲子　干桂圆　瓜子　柿饼　葡萄干酒　芝麻　白糖　烟叶　烟丝　菜干　粉丝　胡桃　白果　杂糖果

竹、木、皮、牙、角类

牛骨　棕　金堂草　生牛皮　熟皮　轻木板　重木板　驴皮　加工驴皮　羊皮　杂兽皮　木材^{各色}　羽毛

服饰、器玩、机械类

故衣[1]　纸扇　料器　灯　席子　装饰具　靴鞋　伞　棕器

杂货类

弦线　蜜蜡　木炭　煤　赤土[2]　炮竹　麻　苔　茶油　木油　纸^{上等中等}　钾　松香　火头煤　草帽缏　柏油　漆蜡　肥皂籽[3]　白矾

输入外国货品品种

鸦片类

小洋药　大洋药　新洋药　新山土

棉布类

原色布^英　白色布^英　色布　大小扣布^{英美荷兰}　印花布　回族斜纹布　白提花布　色花点布　缎布　花剪绒　素红布　棉

1　故衣，有两个意思：①平素穿的衣服。②旧衣。
2　赤土，焙烧过的黏土。
3　肥皂籽，学名叫无患子，属落叶乔木，果实的皮沾水用力搓，就会产生像肥皂一样的泡沫，当年农村许多家庭用它来洗衣服。

绫　袈裟布　细麻布　斜纹布　唐栈　毛毯　原粗布^(英美)　手帕　意大利棉缡子　棉纱　面布

绒毛布类

花棉绒布　羽纱　羽绫　冲呢　哈喇呢　毛缡子　羽缎　哔叽　粗哆罗呢　法兰呢　床毡

金属类

铜　日本铜　铜丝　旧铁　铁箍　铁条　熟铁　铁丝　铁砖　铅　钢　锡砖条　马口铁　水银　黄铜　白铜　黄铜器　铜纽扣　针

药材、香料类

黑胡椒　白胡椒　檀香　八角　八角碎　槟榔衣　槟榔　樟脑　上冰片　白豆蔻　砂仁　桂皮　桂枝　丁香　母丁香　良姜　拣净参须参^(美)　日本参　高丽参　乳香　鹿茸　犀角　大风子[1]　肉果豆蔻　木香　降香

染料、颜料类

苏木　银硃　染料、颜料^(各色)

饮料、食物类

红糖　冰糖　鱿鱼　海菜　黑海参　燕窝^(上中下)　干沙白　干贝　鱼肚　香菌　淡菜　虾米　葡萄干　黑鱼翅　白鱼翅　加工鱼翅　贝类

1　大风子，常绿乔木，除去种皮，压榨取脂肪油用，或取仁制霜。

货值十万两以上输出货品品种与解说

物名	向外国输出（两）	向香港输出（两）	向清国他口输出（两）	再输出总计（两）	输出总计加上再输出（两）
茶	三,五二七,二〇七		三,六一五,八八四	三,一八五,五〇一	一〇,三二六,五九二
木油			一,四二八,三〇七		一,四二八,三〇七
烟叶_{烟丝各样}			一,二四九,〇〇三	九八四	一,二四九,九八七
蚕丝与绢布类	四〇		七二四,四七三	三三三,六二二	一,〇五六,〇五一
药材			八八四,〇五四	一二〇,六四二	一,〇〇四,六九六
生牛皮			七四五,五一八		七四五,五一八
麻			七一三,三四三	五,七五九	七一九,一〇二
柏油			四八〇,五三三	一,三五七	四八一,八九〇
白蜡			三五一,六五〇	六六,六一八	四一八,二六八
五倍子			三六四,九二七	六,四三五	三七一,三六二

续表

物名	向外国输出（两）	向香港输出（两）	向清国他口输出（两）	再输出总计（两）	输出总计加上再输出（两）
木耳			二九三，四七三	四二四	二九三，八九七
麝香			二三九，二三一	九，〇六一	二四八，二九二
漆			一九六，四五九		一九六，四五九
土布			一三六，六五四	二〇四	一三六，八五八

茶

茶产地极多，其中以湖南省、江西省、湖北省最为著名。红茶、绿茶主要供西洋诸邦需求，砖茶则输出西伯利亚及其他关外各地。盖由汉口输出货物中以茶为第一。输入品中为主者乃棉布与绒毛布，鸦片次之。今此三种输入总额为银一千零十五万八千八百二十四两，较之茶输出额银一千零三十二万六千五百九十二万两，输出超过输入银十六万七千七百六十八两。而据去年调查，其超过额为银三百一十一万两余。且茶叶贸易仅于阴历四月初至五月下旬兴盛，至六月殆止息。与一年中主要输入货品比较，其额胜出如斯，实可窥汉口茶商之繁盛。今陈述其买卖景况：于湖北省内购茶并从事贩卖之批发商称"庄"，即茶公司，其著名者在蒲圻县下羊楼洞。该公司应茶商委托，接受制茶与茶具制造一切事务，故他处而来之商客，皆信赖并委托该公司。此不仅可省去事必躬亲，亦无陷入奸商欺诈之患。其他各处开设大小公司者亦不在少数。设立时不拘使用人数多寡，必雇当地茶师一名，委托其购茶，此乃常规。又，各产地茶商到汉口，亦委托汉口茶公司（大大小小数量众多）雇熟知国外贸易者一名，委托其销售茶之一切事务。此乃售于外国商家之惯例。茶价视当时洋商所定行情而定，通常每年初出之茶价贵，此后逐渐走低，其茶质亦不致前后无异。红茶之上等品称乌龙，以福建武夷产居首。

木油

榨取自桐树果实。产于四川、贵州、湖南各地。以白色为上品，红黄色次之。四川秀山、湖南辰州多产白色者，故称秀油、辰州油或白油。清人以之涂抹房屋、点灯等，用途极广。

烟叶（各类烟丝）

产于湖南、陕西、四川、河南及湖北各地，其叶大且厚者为上品。烟丝即烟叶所切之丝，有定子烟条、丝烟、粗丝烟等数种。此外亦有水烟，即于烟管底部盛水，透过水吸食。又有鼻烟，即取烟叶梗研磨成粉，或熏之时加以各种香料调制。

蚕丝与绢布类

生丝有白色，有黄色，以浙江、江苏江宁产为上品，广东、四川、湖北次之。汉口输出者主要产自四川，向欧洲输出者质量最优。茧壳、乱丝头之类，上述各地亦有产出。其他绢布类亦多少有输出。

药材

药材亦为主要输出品之一，其种类有当归、党参、生地、川芎、川贝、杜仲、黄芪、川冬、大黄、枸杞子、药花、川附、淮山、巴豆等，数量众多。产自山西、陕西、四

265

川等地。

生牛皮

多产自湖北襄阳、樊城，其周边亦多产之，广泛用于制作马鞍及马具类或农业所需各物。

麻

产于四川、湖南、广东、江西诸省，有棉麻、纻麻等数种，用于织布、制绳。

柏油[1]

榨取自柏科树干果实，如我蜡树之类。其状宛如猪油或羊油，用于制作蜡烛。产地为湖南、四川及湖北各地。

白蜡

色白带光泽，其质最美。产于四川嘉定府各地。其种虫卵仅产自云南、四川交界各地。至小者不及菜籽大小。每年仲春时节，商贾往该地购买虫卵，其价固高低不一。客商委托该地虫行即批发商购买，亲自运送，到四川嘉定府再分为小包，开市时卖与乡人。运送途中最忌天热，因卵孵化则有归于无用之虞。故挑担者只夜行，白昼则休憩于阴凉处。嘉定府附近乡人购入小包后，又分为更小之小包，放入虫卵三五粒，绑扎于篾之两端，并挂于树枝_{树名冬青，又称女贞子，独繁殖于四川省，云南及他省各地皆无}上。此时须注意测量树枝大小，选树叶稠密处，预先规避狂风暴雨之害。其虫卵仅受三五日温暖即自然孵化，跂附于树枝上，食其树叶生长并酿蜡。蜡熟时折采其树枝，入锅盛水熬煮。浮于锅面者即优质白蜡。此蜡皆运至批发商处，再售与

---

[1] 柏油是柏科植物侧柏树干或树枝经燃烧后分泌的树脂，能除温清热，解毒杀虫。可作防水、防腐和绝缘材料。

商家。买客购买后须再熬制，分其品质为两等，一曰"米心"，一曰"牙口"。又有倾于盆内呈圆饼状者，此称"转盆"，每块重二十三四斤。价贵，一斤卖八两银。其蜡主要用于制作蜡烛，亦用于制作蜡布、蜡纸，或供药用。广东产蜡丸色白，与此类似，然与此蜡完全不同。

五倍子[1]

五倍子乃漆树科植物，其繁殖与生长需靠致瘿蚜虫寄生。其果实形长或圆，有粗糙节瘤[2]。其壳坚脆，易破碎，蜡层如树脂。以四川产为上品，湖南常德产次之。有两种，一称"角倍"，用于染布；一称"肚倍"，专染丝绸类。据云若交替染之，其色劣。

木耳

由四川运至上海之一种，称银耳，色白。此种最为珍贵。

麝香

麝香多有赝品，其真麝栖息于西藏、云南南部及四川一带。据云取自羚羊或数种鹿，用于熏香或药剂。

漆

除漆树新鲜汁液外，黑而有光泽者曰"漆"，故可作涂料。其他树木亦有人误称漆树。真漆其价贵。

土布

洋人称"南京布"，盖以其最初产地取名。江苏省产最

---

1 五倍子树，也叫盐肤木等。

2 树皮或果实的筛管被破坏后，上面的有机物输送不过来，导致有机物聚集在被破坏的树皮或果实上方，形成节瘤。

优，广东、福建产质稍劣。

货值十万两以上输入外国货品品种与解说

物名	自外国输入（两）	自香港及清国他口输入（两）	向外国再输出（两）	向清国他口及香港再输出（两）	纯输入（两）
棉布类		五，九五一，六二九		五九八，八七〇	五，三五二，七五〇
绒毛布类		二，四六七，五六七		四九五，八七〇	一，九七一，六九七
鸦片		一，七三九，六二八		一八，九五九	一，七二〇，六六九
金属类		四七八，四三六		二二，七二五	四五五，七一一
砂糖		三六七，三四〇		一，六七一	三六五，七六九
煤油		三〇八，五二一		二七六	三〇八，二四五
胡椒		二四八，七六九		二九，八四九	二一八，九二〇
人参		二三九，二二七		三三，〇一六	二〇六，二一七
海菜		二〇五，五二四		一四，一八二	一九一，三四二
染料与颜料		一九〇，九四六		五三，一九四	一三七，七九七

续表

物名	自外国输入（两）	自香港及清国他口输入（两）	向外国再输出（两）	向清国他口及香港再输出（两）	纯输入（两）
檀香		一一五，〇四八		一，七五四	一一三，二九四
鱿鱼		一〇四，四八二		二九，四三〇	二一二，二七二

棉布与绒毛布类

棉布居汉口输入品之冠，其贸易名称有原色布、白色布、无花布、斜纹布、有花色布、白提花布、白点花布、印花布、袈裟布、洋纱、缎布、柳条布、毛布、手帕、回绒、花剪绒等。绒毛布于输入品中居第二位，种类繁多，此类货品因可免内地税而渐次行销，且合清人喜好，故需量年年增加。

鸦片

近年来云南、贵州、四川、河南、山西等地产出不少，然犹仰赖英国巨额输入。据云中等阶层以上人群非外国产鸦片不吃。

金属类

以输入铜、铁、铅、锡及水银为主。水银运至四川，供制镜，故需量逐渐增加。

砂糖

由新加坡输入，分赤糖、白糖及冰糖三种。

煤油

煤油即石油，其需量年年增加。地方官视其为危险品，往往禁止使用。然因价廉且便利，故消费额逐渐增加。

胡椒

有黑白之别。胡椒蔓产于苏门答腊、马六甲、婆罗洲[1]、爪哇等地。其蔓经三年结果，由绿色变红后可采摘，干燥后去茎，上市。

人参

多输自朝鲜与日本，美国产人参与其种类完全不同。清人犹信其有大功效，用于药材，颇珍贵。

海菜

曰海带类。汉口殆占全国输入之半数，以日本产居多。符拉迪沃斯托克（海参崴）产海菜输往天津、芝罘等地，未输至此口。

染料、颜料类

其品名不详，约有呀兰米[2]、大青、紫梗、水靛、藤黄、栲皮诸种。

檀香

檀香木产于印度及印度洋、太平洋诸岛，有数种树心，其色最浓者为贵。清人以之熏焚于室内与祠堂，或用于雕刻工艺品。

鱿鱼

由他国输入，多日本产。

---

1 婆罗洲，即今加里曼丹岛。

2 "呀兰"是"呀兰米""呀兰带"等的省称，有多种写法，如"牙兰"，是一个外来语，很可能是西班牙语 *grana* 的粤音翻译，意指现代译作"胭脂虫"的一种染料原料。

日本海产品交易状况

我邦物产到汉口者不少，除薄铁板、铜、漆器、药水等外，多为海产品，尤以海带为最多，海参、干乌贼、干贝、香菌、鱼肚、鱼翅、干虾等次之。据前年即一八三三年输入调查，其主要商品如下：

物名	数量	金额
海带	十一万七千二百九十六担余	二十二万四千九百一十七两
海参	三千一百一十二担余	十万零六千一百三十一两
干乌贼	一万三千八百九十九担余	十六万四千三百九十二两
干贝	一千零三十四担余	一万零三百四十六两
香菌	八百四十担余	两万五千二百九十五两

货物往日由各地批发商通过各渠道分运至汉口，而近来则先汇集上海，再以轮船运至汉口分销。其多半通过四川、陕西、湖南三条水路运出，由重庆、汉中、湘潭及各省城分店转运贩售。亦行销河南地区，然因缺乏水路，仅有陆路少量贸易。该货物运达汉口，斡旋买卖之杂货行若无"广福物产贩卖许可"之部帖，即户部衙门之执照则无法贩售。所谓广福物产，即以广东、福建海产作为清国海产代表，其他海产如宁波海产及日本海产皆为属称，故出售海产之店铺必以广福二字称呼。然当地之广福店铺，据云多系宁波商帮经营，福建商帮次之，广东商帮少。该行分为数"帮"，帮办买卖。即广东产货物分为内外二帮，内地物产属内帮，沿海

物产属外帮。福建产货物亦然。又分福浙洋数帮，福建产货物为福帮，宁波及其他地方产货物为浙帮，外国产货物为洋帮，以此买卖。货物买卖时用浙宁秤，较之汉钱秤每百斤重五斤，用银又以九十八两为百两。与汉口银比较，每百两轻五匁[1]。若经杂货行斡旋买卖，需由卖家给该行卖价银百分之四，此称"行用"，即礼金之意。其他称"捐需"[2]，即向本乡会馆捐赠，一般为卖价之百分之一。以上货价涨跌不一，其销路畅否亦不定。今列举其货名及时价如下：

物名	等级	每百斤价格
刺参 一个海参	一级	银四十二两
刺参	二级	银三十三四两
蛏虾[3]	大	银十五两
蛏虾	小	银六两至九两
淡菜	大	银二十三四两
淡菜	小	银十四五两
鱿鱼	一级	银十八两
鱿鱼	二级	银十一两
鱿鱼	箱馆[4]大	银十二两

---

1 此处须重注一遍，匁为日本古代的重量单位，1匁＝3.75g。

2 捐需，捐赠和需求的统称。需要受助方提出请求，捐赠方按量捐助。

3 蛏虾，即蛏子（拉丁学名：Sinonovacula constricta [Lamarck]），是帘蛤目（Veneroida）竹蛏科（Solenidae）瓣鳃纲软体动物的通称，又称蛏子皇、圣子、竹蝗、蜻。贝壳长，近柱状或卵圆形，两壳相等。中国盛产蛏子，南北沿海多有分布。蛏子肉可鲜食，也可加工制成蛏干、蛏油等。中国养殖历史悠久，以福建、浙江产量最大，并有人工养殖。

4 地名。以地理标志表示质量等级。下同。不一一注释。

续表

物名	等级	每百斤价格
鱿鱼	黑水洋[1] 大片圆级	银十一两银九两五匀
江瑶柱	小	银二十八两
江瑶柱	大	银二十二三两
鱼脆 鱼肚	中	银一百五十两至一百八十两
鱼唇	大	银二十五六两
鱼唇	中	银二十二三两
蜇皮		银五两
干鲍	金钱级	银三十五六两
虾米		银十四五两
大白翅	大	银九十五六两
大白翅	中	银八十两
大白翅	小	银六十两
大白翅	上白筋色	银九十两
大白翅	上白皮刀	银八十两
大白翅	上白划水	银六十两
堆翅	单	银二百一十两
堆翅	夹	银一百八十两
花落翅	筋色	银六十五六两
花落翅	皮刀	银五十五六两
花落翅	划水	银五十两

---

1 地名标准等级。

续表

物名	等级	每百斤价格
海带	广业[1]级	银三两
海带	次级	银二两七八匁
海带丝	高田[2]改正般	银四两六匁
海带丝	副改[3]	银三两五六匁
海带丝	六〇	银三两
海带丝	横滨[4]	银二两五匁
紫菜		银二十二两
香菌	厚	银四十三四两
香菌	薄	银二十九两
洋菜	角大[5]	银二十七八两
洋菜	草青[6]	银二十一两
洋菜	次级	银二十两

世人皆知，清人之性，敏于逐利，善控商机，且富有组织力，此亦为清商普遍之风气。而同为清人，若贸然赴他乡做买卖，则又往往遭当地同业者串联共谋而蒙受损失，何况外国商人乎？其无论伎俩多好，若进入异地，情况不通，亦

---

1 公司名，公司标准。下同。不一一注释。

2 公司标准。

3 公司标准。

4 地名标准等级。

5 商品品牌，以品牌作为标准。

6 商品品牌，以品牌作为标准。

皆无法与彼争衡，不陷入其术策者殆稀。不能不说，以欧美人之机敏，亦于商业一途逊清商一筹。此口杂货商即买卖我海产之人，与上海居间商联络，向来行事圆滑，盛行物物交换，动用现金者稀。故货物流通极迅速，双方便利最多。而一旦为外商所窥，则二口之清商往往立马互通心气，共同施策以不被洋人夺利。情况如斯，故本邦商人携我物产，欲一跃直输此口，攻破清商壁垒难矣，想必遭遇一败涂地之不幸。即令于此口开店，销售我产品，若非拥有巨额资本，锐意掌握商权，我驻沪商人最终亦只能受清商牵制，陷入困顿，故不如暂缓此举，静待时机。兹最需关注者，乃我货品之包装。如上海条目所云，因包装粗疏，导致货物多损坏。而即令于上海修缮其包装，溯长江达此口，其破损亦更严重，故清商先算其破损，再定其货物价格，而独自承担损失者，不外乎我内地生产商。是以将来欲改良品质，愈发迎合清人喜好，若非先改良包装法，则最终无法于市场博得善价。不胜痛感我海产品生产者与商人念及此点者少。又，就海产贸易，商家不可不注意其仓库结构。仔细观察此口清商与英商贮存海带之仓库可发现，其预防水灾固不必说，甚而挖掘库底至地下一丈左右，如地库一般，并用厚板覆盖地面，以防湿气；或于库内筑高出地面一丈余之基台，地面涂抹水泥，再铺排一寸余之厚板，堆放海带。试翻开其厚板，观察海带，底部亦悉干燥。尤为英商贮存棉布类，必涂抹水泥以加固，再于库内设一尺许之石条，架原木于其上。库内留纵横三四尺之空隙，面对四面窗户，让空气自由流通。盖棉布居清国内地输入品之首位，其需量逐年增加，乃未来最有望之商品。是以英商如此关注贮藏方法，以维持其棉布价格，益得清人信赖。今我邦产品如海带居清国贸易之重要地位，其销路亦有望日益扩大，故输入上海时可借鉴以上方法，注意贮存，保持其品质乃当务之急。我商人岂有不爱本国产品而不思前途长久之计乎？

镇　江

镇江距扬子江口一百五十英里，与大运河交汇，人口约十三万五千人，一八五八年（咸丰八年），据《天津条约》，与汉口、九江一道辟为外国通商口岸。此地乃江苏省省会江宁之门户与要塞之地。以往清国南部贡米皆经此地输往北京。一八四二年（道光二十二年）英兵侵略此地，中断运路。而后经一个月签订《南京条约》，不致长久陷清国中央政府于窘蹙之境。又，一八五三年（咸丰三年）四月，长毛贼攻入此地，占领至一八五七年（咸丰七年）。

市区在大运河口与扬子江右岸之间，房屋多建于平地，四周丘陵环绕，风景甚佳。退长毛贼后，全市殆归荒废，至今尚未恢复往日之盛。外国租界沿河岸延伸至河口，独占一隅之地。开埠时方有人从商业角度视镇江为重要地区。因大船巨轮亦容易靠近，故有望其地位足以促进清国内地商业发展，然于今尚未达至其目的，扬子江之商业仍以上游之汉口为主。

镇江港输出入货品价额总计表

		一八八二年 小计（两）	一八八二年 总计（两）	一八八三年 小计（两）	一八八三年 总计（两）	一八八四年 小计（两）	一八八四年 总计（两）
外国货品	自外国及香港输入						
外国货品	从清国各口输入	九,一三七,五五二		八,三二六,六七一		八,三一五,九六九	
外国货品	合计		九,一三七,五五二		八,三二六,六七一		八,三一五,九六九
外国货品	向外国及香港再输出						
外国货品	向清国各口再输出	一三八,六一一		五九,三七三		四四,四五四	
外国货品	再输出合计	一三八,六一一		五九,三七三		四四,四五四	
外国货品	抵扣后纯输入	八,九九八,九四一		八,二六七,二九八		八,二七一,五一五	
清国货品	自清国各口输入合计		三,三五三,一八七		三,〇五一,五五八		二,八四七,六四八
清国货品	向外国再输出						
清国货品	向清国各口再输出	二九,五八八		一六,〇七四		一〇,六五七	

续表

		一八八二年		一八八三年		一八八四年	
		小计（两）	总计（两）	小计（两）	总计（两）	小计（两）	总计（两）
清国货品	再输出合计	二九，五八八		一六，〇七四		一〇，六五七	
	抵扣后纯输入	三，三二三，五九九		三，〇三五，四八四		二，八三六，九九一	
	地方物产向国外输出						
	地方物产向清国各口输出	二，四一五，五三〇		一，〇五五，六七八			
	地方物产输出合计		二，四一五，五三〇		一，〇五五，六七八		九七六，四二五
输出入合计			一四，九〇六，二六九		一二，四三三，九〇七		一二，一四〇，〇四二
纯输出入		一四，七三八，〇七〇		一二，三五八，四六一		一二，〇八四，九三一	

输出货品品种

蚕丝、绢布类

野蚕丝　乱丝头　绢布_{各色}

279

鸦片类

清国产烟土

药材、香料类

制药

饮料、食品类

豆　豌豆　黑枣　白枣　皮蛋　鱼干　咸鱼　生果仁　火腿　金针菜　贮藏肉类　瓜子　白果　虾米　米　芝麻　菜干　腌菜　胡桃　麦

竹、木、皮、牙、角、羽毛类

羽毛　熟皮　免税电信用木材及柱材类　生牛皮　牛角

服饰、器玩、机械类

纸扇

杂货类

牛皮胶　纸^{上等}　其他杂货

输入外国货品品种

鸦片类^{即洋药}

小洋药　大洋药　新洋药　新山土

棉布类

原色布　白色布　素色布　色布^{香港染}　原粗布^{英美}　大小扣布　斜纹布^{英美}　原细斜纹布　印花布　素红布　袈裟布　缎布　剪绒　花剪绒　印花袈裟布　棉法兰绒布　棉线　面巾

绒毛布类

床毡　羽纱　羽缎　大呢　哈喇呢　粗哆罗呢　羽

绫　棉羽绫　羽绉　哔叽　花素棉绒布　法兰呢

金属类

黄铜丝　日本铜　铜片　铁条　铁板　铁丝　旧铁　箍铁　铅块　水银　钢　锡砖条　马口铁　黄铜　铜纽扣　黄铜器　锡箔　针

药材、香料类

八角　黑胡椒　木香　檀香　丁香　拣净参须　参$_{美国}$　日本参$_{中等}$　降香　制药　樟脑　砂仁

染料、颜料类

染料$_{各色}$　铅粉　黄丹　水靛　银硃　苏木

饮料、食品类

黑海参　燕窝$_{中等}^{上等}_{下等}$　干沙白　桂圆$_{干}^{软}$　香菌　淡菜　海菜　白鱼翅　赤糖　冰糖　白糖　荔枝干

竹、木、皮、牙、角、羽毛类

重木材类　重木板类　沙藤

服饰、器玩、机械类

瓷器　窑器　自鸣钟　时辰表　细葵扇　粗葵扇　洋灯　手电筒　草席　茶席　镜　玻璃镜　伞$_{棉布}^{羽布}$

杂货类

麻袋　席袋　煤$_{外国产}$　火石　花草种子　鱼胶　自来火　煤油　纸$_{等}^{上}$　硫酸　玻璃片　其他杂货

货值十万两以上输出货品品种

物名	向外国输出（两）	向香港输出（两）	向清国他口输出（两）	向外国、香港及清国他口再输出额总计（两）	输出额总计（合于再输出额）（两）
金针菜			一七六,七一二		一七六,七一二
米			三五四,九九四		三五四,九九四
蚕丝、绢布类			二一五,四六二	一,〇五一	二一六,五一三

货值十万两以上输入外国货品品种

物名	自外国输入（两）	自香港及清国他口输入（两）	向外国再输出(两)	向清国他口及香港再输出（两）	纯输入（两）
棉布类		四,五七九,二〇三		二,九二五	四,五七六,二七八
鸦片		四,四二一,三六九		三四,七〇〇	四,三八六,六六九
砂糖		一,〇一〇,三三一		一九一	一,〇一〇,一四〇

续表

物名	自外国输入（两）	自香港及清国他口输入（两）	向外国再输出（两）	向清国他口及香港再输出（两）	纯输入（两）
绒毛布类		三三六，〇〇二		一，〇三二	三三四，九七〇
金属类		一九二，五九三		六七五	一九一，九一八

芜　湖

　　芜湖隶属安徽省，位于镇江与九江之间。据《芝罘条约》，与宜昌一道于一八七七年（光绪三年）开埠，乃商业上最为便利之地，有内地水运之便。此地有大运河，冬季水高五至六尺，夏季十至十二尺。距此五十英里处与安徽省南部宁国府相连。向西南方向行走八英里余乃产茶地大平县。运河仅于夏季可通航，至冬季水量锐减，舟楫难以通行，然因流过养蚕业繁盛之南陵与泾县，故其用不少。夏秋间搭载二百担至三百担之茶船，可由大平县驶往芜湖。南陵与泾县养蚕地距芜湖五十英里以内。芜湖有如斯水运之便，故成为商业上货物辐辏之地。近来其输出入贸易有大幅进步之兆，街市建筑不劣，马路与清国其他都市街道相比，稍显宽阔整齐。据云人口约六万。

芜湖港输出入货品价额统计表

		一八八二年 小计（两）	一八八二年 总计（两）	一八八三年 小计（两）	一八八三年 总计（两）	一八八四年 小计（两）	一八八四年 总计（两）
外国货品	自外国及香港输入	二,五〇〇				二,〇二五	
外国货品	自清国各口输入	一,八九〇,〇五〇		一,九八一,八八〇		二,〇九〇,二一五	
外国货品	合计		一,八九二,五五〇		一,九八一,八八〇		二,〇九二,二四〇
外国货品	向外国及香港再输出						
外国货品	向清国各口再输出	七五,八五五		一六,八二五		四,〇八八	
外国货品	再输出合计	七五,八五五		一六,八二五		四,〇八八	
外国货品	抵扣后纯输入	一,八一六,六九五		一,九六五,〇五五		二,〇八八,一五二	
清国货品	自清国各口输入合计		五八〇,一七六		六八三,三七一		五九七,六三九
清国货品	向外国再输出						
清国货品	向清国各口再输出	二,五〇七		一九,七九三		四,〇九四	

285

续表

| | | 一八八二年 || 一八八三年 || 一八八四年 ||
		小计（两）	总计（两）	小计（两）	总计（两）	小计（两）	总计（两）
清国货品	再输出合计	二，五〇七		一九，七九三		四，〇九四	
	抵扣后纯输入	五七七，六六九		六六三，五七八		五九三，五四五	
	地方物产向国外输出						
	地方物产向清国各口输出	一，三一三，一五〇		一，二七八，七二四		一，二〇六，七九三	
	地方物产输出合计		一，三一三，一五〇		一，二七八，七二四		一，二〇六，七九三
输出入合计			三，七八五，八七六		三，九四三，九七五		三，八九六，六七二
纯输出入			三，七〇七，五一四		三，九〇七，三五七		三，八八八，四九〇

输出货品品种

茶类

红茶　绿茶

蚕丝、绢布类

生丝　绢布_{各色}　丝带

棉布类

棉花　粗夏布

染料、颜料类

五倍子

饮料、食品类

豆　枣^(贮藏)　稻　米　烟丝

竹、木、皮、牙、角、羽毛类

羽毛　生牛皮

服饰、器玩、机械类

纸扇

杂货类

煤　麻　纸^(上等)　柏油　其他杂货

输入外国货品品种

鸦片类^(即洋药)

小洋药　大洋药

棉布类

原色布　白色布　色花点布　斜纹布^(英美)　大小扣布　原细斜纹布^(英国荷兰)　印花布　素红布　剪绒　棉绫　袈裟布　手帕

绒毛布类

羽缎　羽纱　大呢　哈喇呢　混纺布　羽绫　哔叽　花棉绒布　粗哆罗呢

金属类

铜片　铁条　铁丝　旧铁　铅块　钢　马口铁

药材、香料类

拣净参须参^{美国}　日本参　黑胡椒　檀香

染料、颜料类

染料、颜料^{各色}　苏木　银朱

饮料、食物类

黑海参　燕窝^{中下}　桂圆干　香菌　淡菜　海菜　赤糖　白糖

竹、木、皮、牙、角、羽毛类

竹器

服饰、器玩、机械类

细葵扇　粗葵扇　伞

杂货类

麻袋　席袋　自来火　煤油　番碱　玻璃片　其他杂货

货值十万两以上输出货品品种

物名	向外国输出（两）	向香港输出（两）	向清国他口输出（两）	再输出总计（两）	输出总计（合于再输出额）（两）
蚕丝、绢布类			六九七，三七八		六九七，三七八
米			二一四，六五五		二一四，六五五

货值十万两以上输入外国货品品种

物名	自外国输入（两）	自香港及清国他口输入（两）	向外国再输出（两）	向清国他口及香港再输出（两）	纯输入（两）
鸦片		一,四四二,二八七		一,三九一	一,四四〇,八九六
棉布类		二三二,三四四		一,一九四	二三三,五三八
砂糖		一〇四,二〇五			一〇四,二〇五

九　江

　　九江隶属江西省，位于扬子江畔，与鄱阳湖相接，距上海四百四十五英里，距汉口一百三十七英里，一八五八年据《天津条约》开埠，曾繁盛一时。一八五三年（咸丰三年）为长毛贼所据，官军收复前此地全遭破坏，颇为惨淡，一时极度荒凉，及至定为租界不久，人民生活复旧，人口增加亦甚速。据云现今有五万三千人。

　　街市与扬子江相接，城墙有五百码临江岸，周长殆有五英里，然其间犹多空地，租界在其郭外。开埠时定租界之困难与汉口不相上下。

　　九江乃产茶之地，有水路之便，四通八达，年年茶叶运出不少，又乃运出著名景德镇瓷厂所制瓷器之地。然去年景德镇遇罕见洪灾，三分之一街市殆遭破坏，据云瓷器厂用窑损失四分之三。

九江港输出入货品价额总计表

		一八八二年		一八八三年		一八八四年	
		小计（两）	总计（两）	小计（两）		小计（两）	总计（两）
外国货品	自外国及香港输入					二一一	
	自清国各口输入	二,六五七,二三四		二,二六三,三四一		二,〇八四,九三六	
	合计		二,六五七,二三四		二,二六三,三四一		二,〇八五,一四七
	自外国及香港再输出						
	自清国各口再输出	三四,一一六		一二,五三四		六,三四二	
	再输出合计	三四,一一六		一二,五三四		六,三四二	
	输出入抵扣后纯输入	二,六一三,一一八		二,二五〇,八〇四		二,〇七八,八〇五	
清国货品	自清国各口输入合计		六四三,二三一		六四七,八一四		七七六,八九五
	向外国再输出						
	向清国各口再输出	一,一五六		一,三四三		二,八七五	

291

续表

	一八八二年 小计（两）	一八八二年 总计（两）	一八八三年 小计（两）	一八八三年	一八八四年 小计（两）	一八八四年 总计（两）
清国货品 再输出合计	一，一五六		一，三四三		二，八七五	
清国货品 输出入抵扣后纯输入	六四二，〇七五		六四六，四七一		七七四，二〇二	
清国货品 地方物产向国外输出	六二，六二七		二〇八，〇六七			
清国货品 地方物产向清国各口输出	九，〇四八，一八八		六，四九〇，一二七		六，三五一，八〇〇	
清国货品 地方物产输出合计		九，一〇九，八一五		六，六九三，一九四		六，三五一，八〇〇
输出入合计		一二，四一〇，二八〇		九，六〇四，三四九		九，二一三，八四二
纯输出入合计	一二，三七五，〇〇八		九，五九〇，四六九		九，二〇四，六二五	

输出货品品种

茶类

红茶　砖茶　茶末　绿茶　茶叶

棉布类

粗夏布　细夏布

药材、香料类

制药　土茯苓

饮料、食品类

笋虾　莲子　瓜子　烟叶　烟丝　烟草茎

服饰、器玩、机械类

细瓷器　粗瓷器　席子

杂货类

铜货　麻　纸(上等中等)　柏油

输入外国货品品种

鸦片类(即洋药)

小洋药　大洋药

棉布类

原色布　白色布　色花点布　假色布　大小扣布　斜纹布(英)　原粗布(英美)　原细斜纹布　印花布　棉绫　素红布　剪绒　面巾　手帕　棉纱

绒毛布类

羽纱　冲呢　粗哆罗呢　羽绫　哔叽　花棉绒布

金属类

铁条　铁板　铁丝　铅块　铅片　锡砖条　马口铁

药材、香料类

八角　白豆蔻　砂仁　母丁香　拣净参须参(美)　胡

椒^黑_白　木香　檀香

染料、颜料类

染料^各_色　苏木　银硃

饮料、食品类

海参^黑_白　燕窝　干沙白　鱿鱼　咸鱼　香菌　海菜^{海带}_{海带丝}　鱼翅^黑_白　贝类　虾米　赤糖　白糖

竹、木、皮、牙、角、羽毛类

鱼皮

服饰、器玩、机械类

葵扇　伞

杂货类

牛皮胶　自来火　煤油　纸^上_等　玻璃片　其他杂货

货值十万两以上输出货品品种

物名	向外国输出（两）	向香港输出（两）	向清国他口输出（两）	外国、香港及清国他口再输出额总计(两)	输出额总计（合于再输出额）
茶			五,一四九,一七三		五,一四九,一七三
纸			四九二,六二九		四九二,六二九
麻			二一八,二七二		二一八,二七二
夏布			一八三,七二六	一,三四二	一八五,〇六八

续表

物名	向外国输出（两）	向香港输出（两）	向清国他口输出（两）	外国、香港及清国他口再输出额总计(两)	输出额总计（合于再输出额）
烟草			一三〇，一〇九	五一	一三〇，一六〇

货值十万两以上输入外国货品品种

物名	从自外国输入（两）	从香港及清国他口输入（两）	向外国再出口（两）	向清国他口及香港再输入（两）	纯输入（两）
棉布类		五九四，九〇二		一，四二七	五九三，四七五
鸦片		六八五，二二〇		四，四〇六	六八〇，八一四
绒毛布类		二六三，八八四			二六三，八八四
原料金属类		一一七，七八九			一一七，七八九

宜　昌

据清英《支罘条约》，宜昌乃于一八七七年（光绪三年）四月开港之四港之一。其地隶属湖北省，距汉口四百英里，位于扬子江上游。至此港前吃水不浅，故溯扬子江行船较易。然至宜昌，最浅处水深仅七八尺，连接街市处有一便利码头。此港为富庶地区中心，位于湖北省一大平原上。除普通物产外，桐树（制桐油）栽培最为盛行。宜昌附近有丘陵，延伸至四川西部。此地近来多产鸦片，以抵制外国输入。宜昌乃扬子江轮船航线终点，物产丰饶，扼四川省咽喉，占有贸易上绝好地位，故一般预期不久可成为重要之商业地区。开埠后三年间，殆不负众望。据近期报告，其渐成货物集散中心，转销内地之商业仅次于汉口，颇兴盛。据云人口有三万四千人。

宜昌港输出入货品价额总计表

		一八八二年		一八八三年		一八八四年	
		小计（两）	总计（两）	小计（两）		小计（两）	总计（两）
外国货品	自外国及香港输入						
	自清国各口输入	八六一，五三六		一，四三六，八二三		一，〇八〇，八九六	
	合计		八六一，五三六		一，四三六，八二三		一，〇八〇，八九六
	向外国及香港再输出						
	向清国各口再输出			二二二		三二八	
	再输出合计			二二二		三二八	
	抵扣后纯输入	八六一，五三六		一，四一六，六〇一		一，〇八〇，五六八	
清国货品	自清国各口输入合计		一二九，二二七	九三，四一八			七〇，四〇七
	向外国再输出						
	向清国各口再输出						

续表

		一八八二年		一八八三年		一八八四年	
		小计（两）	总计（两）	小计（两）	总计（两）	小计（两）	总计（两）
清国货品	再输出合计						
	抵扣后纯输入	一二九,二二七		九三,四一八		七〇,四〇七	
	地方物产向国外输出						
	地方物产向清国各口输出	六八三,五七八		一,〇二〇,六二九		九二八,七五七	
	地方物产输出合计		六八三,五七八		一,〇二〇,六二九		九二八,七五七
输出入合计			一,六七四,三四一		二,五五〇,八七〇		二,〇八〇,〇六〇
纯输出入			一,六七四,三四一		二,五五〇,六四八		二,〇七九,七三二

输出货品品种

蚕丝、绢布类

四川黄丝　四川白丝　四川乱丝头　蚕茧　绢布 各色

鸦片类

四川烟土

金属类

生铜　贡铜

药材、香料类

鹿茸　制药　麝香　大黄　虎骨

染料、颜料类

五倍子　红花

饮料、食品类

木耳　烟丝

竹、木、皮、牙、角、羽毛类

牛角　熟皮

杂货类

柏油　白蜡　其他杂货

输入外国货品品种

棉布类

原色布　白色布　素色布　色花点布　大小扣布　原粗布[英][美]　斜纹布[英][美]　原斜纹布[英]　印花布　细条纹布　缎布　素红布　袈裟布　剪绒　花剪绒　棉花　手帕　面巾　棉纱　棉线

绒毛布类

羽纱　羽绫　哔叽　花素棉绒布　粗哆啰呢　大呢　哈喇呢

金属类

铁丝　水银　锡箔　黄铜箔　黄铜器　铜纽扣　金

线　假金线

药材、香料类

白豆蔻　砂仁　桂皮　丁香　拣净参须参^{美}　制药　陈皮　黑胡椒　木香　檀香

染料、颜料类

染料颜料^{各色}　苏木

饮料、食品类

黑海参　干贝　鱿鱼　鱼肚　桂圆^{干}　虾米　海菜　白鱼翅　白糖

竹、木、皮、牙、角、羽毛类

藤肉

服饰、器玩、机械类

自鸣钟　时辰表　绢扇　粗葵扇　料器[1]　鸦片灯　席子镜　玻璃镜　装饰具

杂货类

鱼胶　假珍珠　伞　其他杂货

---

[1] 料器，指用加颜料的玻璃原料制成的器皿或手工艺品，又称"玻璃器"。

货值十万两以上输出货品品种

物名	向外国输出（两）	向香港输出（两）	向清国他口输出（两）	向外国、香港及清国他口再输出额总计（两）	输出额总计（合于再输出额）（两）
蚕丝及绢布类			六一三，八五九		六一三，八五九
药品			一五六，一三八		一五六，一三八

货值十万两以上输入外国货品品种

物名	自外国输入（两）	自香港及清国他口输入（两）	向外国再输出（两）	向清国他口及香港再输处（两）	纯输入（两）
棉布类		四二一，四九四		九〇	四二一，四〇四
绒毛布类		四〇八，〇〇九			四〇八，〇〇九

福　州

福州府位于北纬二十六度十二分二十四秒，东经一百一十九度三十分，乃福建省省会，人口五十万。府城在闽江之北，距海六十清里。闽江[1]发源于浙江龙泉建浦城畔，曲折东流，过城南，经马尾入海。马尾为外国轮船往来之福州江港。一八四二年清政府准福州首度开港。租界地处南台岛，位于闽江南侧。距城南大门十里处，有称梅坞或天山之小丘，英美诸领事馆皆设于此山腰，洋商店铺、房舍等尽在丘东侧之河岸处。琉球馆[2]在城东南角水部门外。

福州气候温暖，冬季气温殆不降至华氏四十度[3]下，夏季逾华氏一百度[4]，四季蚊子不绝。三月至五月多降雨，七八月多台风，有大雨。此地交易时盛行使用洋银，以至于钱庄发行洋银票。盖钱庄可自由发行银票^{如我国私立银行发行之纸币}，其制至粗，且发

---

1 关于闽江发源地，原作说法较古老，正确的是：闽江发源于福建、江西交界的建宁县均口镇。建溪、富屯溪、沙溪三大主要支流在南平延平区附近汇合后称闽江。穿过沿海山脉至福州市南台岛分南北两支，至罗星塔复合为一，折向东北流出琅岐岛注入东海。以沙溪为正源，全长562千米，流域面积60,992平方公里，约占福建全省面积的一半。

2 琉球馆，原名柔远驿，其地点原文说法有误，其实位于福州市台江区琯后街。始建于清康熙六年（1667），为接待琉球国等朝贡宾客和与琉球贸易的场所。当年设有进贡厂，馆舍规模宽敞，民间称之为"琉球馆"。

3 华氏四十度，相当于摄氏4度多。

4 华氏一百度，相当于摄氏37度多。

行钱庄一旦倒闭，则其银票完全无法通用。平素需检验票面所记之钱庄名称，信用薄措者不可使用，故使用时颇不便。此票固然可与真币兑换，而世人持其票至某钱庄要求兑换，若该钱庄储备金少，则立马出现兑付障碍。其他持有该票之人，益生危惧之念，一时间皆要求该钱庄兑换，终至钱庄倒闭。据云此时有票之人皆亲赴钱庄，争先恐后攫取财货，终至所剩无余。

马尾碇泊处

马尾位于闽江下游，北纬二十五度五十九分，东经一百一十九度二十七分十六秒。其地形如江中半岛，周长七清里，人口二百余。南侧傍江有小岛，其上有石塔（洋人称"宝塔锚地"[1]，因有此塔，当地人称"罗星塔"。其结构为六角形，下部周长三十六七米，由水面计算高七十来米，塔下东南两面江中即内外舰船碇泊之处。此处上游江流浅，十马力以上船舰无法通行，故洋人往来南台岛时，多雇用小轮船或清国舢板[2]。

此地有造船厂，即福州船政局所在处，船政大臣居此。沿江设造船、机器诸厂，制造种种船具。又有学校，集书生，使其学英语与法语。其旁有储材房，储存由台湾、广东及印度等运来之诸木材。距船政局数里之后山，有火药库，

1　宝塔锚地，来自英语词 Pagod Anchorage。
2　舢舨，一种小船，也叫"三板"，是一种木结构船。"舢"原指"大山一般的船"，即母船；"舨"本指"在大船与大船之间，或大船与码头之间穿梭往返的小船"，即子船。

多储存海陆军用火药。

此局创建于同治元年（1862），规模颇盛。然此前清法交战时为法军炮击，遭破坏者不少。据闻其后略加修复，然其内部终不得观看。

福州贸易状况

福州开港于道光二十二年（1842），自古即为与他邦交通之地，与我长崎往来已久，至今亦然。其商贾勤俭能干，出产亦丰，与四方皆有交易。或专营上海、香港商路，以鸦片、制茶为主。其基本贸易状况如下。

福州输出入货品价额统计表

		一八八二年		一八八三年		一八八四年	
		小计（两）	总计（两）	小计（两）	总计（两）	小计（两）	总计（两）
外国货品	自外国及香港输入	二,七一二,九六二		二,五六五,一一〇		二,六三二,〇四七	
	自清国各口输入	八五五,七七五		九七八,〇〇五		九〇九,三七三	
	合计		三,五六八,七三七		三,五四三,一一五		三,五四一,四二〇

续表

		一八八二年		一八八三年		一八八四年	
		小计（两）	总计（两）	小计（两）		小计（两）	总计（两）
外国货品	向外国及香港再输出	四一，四七五		五一，七四五		四七，六九四	
	向清国各口再输出	九一，三八二		六〇，〇六二		二五，四七七	
	再输出合计	一三二，八五七		一一一，八〇七		七三，一七一	
	输出入抵扣后纯输入	三，四三五，八八〇		三，四二一，三〇八		三，四六八，二四九	
清国货品	自清国各口输入合计		二，〇五七，四四〇		一，六四二，四九〇		一，六二三，七九〇
	向外国再输出	二八，一一八		四九，〇一七		三七，九四二	
	向清国各口再输出	八，五七一		一，九〇六		一五，三二七	
	再输出合计	三六，六八九		五〇，九二三		五三，二六九	
	输出入抵扣后纯输入	二，〇二〇，七五一		一，五九一，五六七		一，五七〇，四四〇	
	地方物产向国外输出	七，六六〇，五七六		七，七九五，三一二		七，二一五，二七三	
	地方物产向清国各口输出	一，六四〇，六九三		一，三二七，五八九		一，二九三，四七九	

305

续表

		一八八二年		一八八三年		一八八四年	
		小计（两）	总计（两）	小计（两）		小计（两）	总计（两）
清国货品	地方物产输出合计		九，三〇一，二六九		九，一二二，九〇一		八，五〇八，七五二
	输出入合计		一四，九二七，四四六		一四，三〇八，五〇六		一三，六七三，八八一
	纯输出入		一四，七五七，九〇〇		一四，一四五，七七六		一三，五四七，四四一

输出货品品种

茶类

红茶　绿茶　砖茶　茶叶　茶末

棉布类

土布

药材、香料类

制药　陈皮　柚皮　虎骨

饮料、食品类

干沙白　鱼肚　鱼皮　白鱼翅　火腿　生果仁类　荔枝　莲子　桂圆　香菌　橄榄　柑橘类　梅干　咸梅　蜜饯　糖果　红米　笋虾　鼻烟　烟丝

竹、木、皮、牙、角、羽毛类

竹片　花木类　木材　板料　柱材类

服饰、器玩、机械类

竹杖　竹器　缎靴　古董　茶席

杂货类

钾盐　火头煤　纸^{上等中等}　纸银

输入外国货品品种

鸦片类

小洋药　大洋药　新洋药　新山土

棉布类

原色布　白色布　素色布　色花布　大小扣布　斜纹布^{英美}　原细斜纹布^英　印花布　素红布　花剪绒　袈裟布　棉绫　帆布　手帕　棉线　棉纱

绒毛布类

床毡　羽纱　大呢　意大利毛繻子　军用毯　法兰呢　羽绫　哔叽　棉布绒^{各色}　粗哆罗呢　丝绒盘纽

金属类

铜板　铜条　铜片　铜钉　蒙知黄铜　日本铜　铁板　铁锁　铁钉　旧铁　铁器　黄铜器　铁块　铅块　水银　钢　锡砖条　马口铁　铜纽扣　针

药材、香料类

硼砂　白豆蔻　砂仁　桂枝　丁香　人参^美　日本参　高丽参　木香　檀香

染料、颜料类

染料颜料_{各色}　苏木　颜料_{各色}

饮料、食品类

黑海参　白海参　燕窝　干沙白　鱿鱼　鱼干　咸鱼　鱼皮　淡菜　虾米　海菜　贝类　鲍鱼　干贝　面粉_美

竹、木、皮、牙、角、羽毛类

木材　沙藤　牛角　翠毛

服饰、器玩、机械类

自鸣钟　时辰表　皮器　机械类　军备品类　洋灯　伞

杂货类

钾盐　火头煤　纸_{上等中等}　纸银　煤　煤油　芝麻油　自来火　鱼胶　日本纸　番碱　硝石　玻璃片

货值十万两以上输出货品品种

物名	向外国输出（两）	向香港输出（两）	向清国他口输出（两）	向外国、香港及清国他口再输出额总计（两）	输出额总计（合于再输出额）（两）
茶	六,九九一,六七二	二〇七,八〇六	六三七,七四五	三七,二〇三	七,八七四,四二六
纸	七六	六一五	二八八,一四一	四九	二八八,八八一

茶

以建宁府武夷茶及其他茶叶、福州府小龙茶、乌龙茶等为主，输出英属印度、新加坡及其海峡各地、澳洲、新西兰、南非、英属美洲、欧洲大陆。

纸

以邵武府奏本纸（即白纸）、福州府火纸、草纸最为著名。其他各种纸分输内地各口，输出国外者仅限印度群岛。

货值十万两以上输入外国货品品种

物名	自外国输入（两）	自香港及清国他口输入（两）	向外国再输出（两）	向清国他口及香港再输出（两）	纯输入（两）
鸦片		一，五九八，四四六		六七，四六六	一，五三〇，九八〇
棉布类		六四八，七九九		三九八	六四八，四〇一
绒布类		一九九，八一六		二八〇	一九九，五三六
金属类	一，六二〇	四三五，八六六		九一八	四三六，五六八
军器类		一八一，三六三			一八一，三六三

以上货物状况与上海相同，兹不赘述。但军器类价格超过十万两以上，故列于表中。因非一般贸易品，故不特别说明。

309

淡 水

淡水港位于台湾岛西北岸，北纬二十五度十一分，东经一百二十一度二十七分余，与厦门与福州隔海相望。淡水河入海处河口淤浅，不利于船舶碇泊，且多沙洲，随潮涨潮落，时隐时现。此地通商不盛，仅有英领事与两三位传教士及由厦门派驻之四个商会成员。当地人约一万五千至一万八千人。

此港附近土壤甚肥沃，多稻田，且多产砂糖。因适合茶树生长，故近来大力种植茶树，高陇平地无不为茶树。据云客岁法舰封锁此港前，每到茶季，为运茶至厦门每一两日即有轮船出入。又，过去多输出樟脑与樟树，然近来因滥伐，输出额逐渐减少。其基本贸易状况如下：

淡水港输出入货品价额总计表

		一八八二年		一八八三年		一八八四年	
		小计（两）	总计（两）	小计（两）	总计（两）	小计（两）	总计（两）
外国货品	自外国及香港输入	六〇五，九七四		五二六，二六六		六八八，五九四	
	自清国各口输入	三八七，〇〇七		四三一，二五九		三二一，三八七	

续表

		一八八二年		一八八三年		一八八四年	
		小计（两）	总计（两）	小计（两）	总计（两）	小计（两）	总计（两）
外国货品	合计		九九二，九八一		九五七，五二五		一，〇〇九，九八一
	向外国及香港再输出	一一，一四六		一〇，四八八		一〇，二三七	
	向清国各口再输出	一七，七三四		一四，八九四		一〇，九八一	
	再输出合计	二八，八八〇		二五，三八二		二一，二一八	
	输出入抵扣后纯输入	九六四，一〇一		九三二，一四三		九八八，七六三	
清国货品	自清国各口输入合计		四九二，三二九		二六〇，四二三		二四二，七七八
	向外国再输出						
	向清国各口再输出	七，四二六		一，二七九		一，八一九	
	再输出合计	七，四二六		一，二七九		一，八一九	
	输出入抵扣后纯输入	四八四，九〇三		二五九，一四四		二四〇，九五九	
	地方物产向国外输出	六二，二〇七		四二，一三五		二一，二七八	

311

续表

		一八八二年		一八八三年		一八八四年	
		小计（两）	总计（两）	小计（两）	总计（两）	小计（两）	总计（两）
清国货品	地方物产向清国各口输出	二,四七一,二〇六		二,三〇一,五九九		二,三七九,三七九	
	地方物产输出合计		二,五三三,四一三		二,三四三,七三四		二,四〇〇,六五七
输出入合计			四,〇一八,七二三		三,五六一,六八二		三,六五三,四一六
纯输出入		三,九八二,四一七		三,五三五,〇二一		三,六三〇,三七九	

输出货品品种

茶类

红茶 乌龙茶 茶茎

棉布类

细夏布 麻

药材、香料类

制药 樟脑 槟榔

饮料、食品类

海菜 鱿鱼 咸鱼 笋虾 米 红糖 橙

竹、木、皮、牙、角、羽毛类

樟木板　重木板　沙藤　牛皮　熟皮

服饰、器玩、机械类

家具　空酒桶

杂货类

煤　皮胶　蓪纸[1]

输入外国货品品种

鸦片类

新洋药　大洋药　新山土　金花土[2]

棉布类

原色布　白色布　色布　色花布　色提花布　大小扣布　斜纹布(英美)　原粗布　印花布　素红布　剪绒　花剪绒　柳条布　有花棉绫　桂花布　毛缛子　日本布　棉手帕　棉线　棉纱　蚊帐

绒布类

床毡　羽纱　羽缎　羽绸　羽绫　哔叽　粗哆啰呢　大呢　中呢　冲呢　绒线

金属类

铁钉条　铁板　铁器　铅块　锡砖条　马口铁　水

1　蓪纸,用通脱木的树芯切割而成的纸张。

2　金花土,即土耳其鸦片,又称"小土",是一种质量较差的鸦片,跟印度出产的"大土"相比,金花土的价格十分便宜,故当时很快在中国打开了市场。

银　钢　黄铜纽扣　锡器　刀类

药材、香料类

人参_美_　高丽参_上等中等_　日本参　白豆蔻　砂仁　桂枝　丁香　胡椒　木香　檀香　沉香

染料、颜料类

染料_各色_　呀兰米　栲皮　薯莨[1]

饮料、食品类

黑海参　白海参　燕窝　鱿鱼　鱼干　咸鱼　虾米　贝类　麦　面粉　西谷米[2]　香菌　酒精　葡萄酒　牛乳

服饰、器玩、机械类

绢伞　羽布伞　自鸣钟

杂货类

鱼胶　煤油　自来火　草帽缏

货值十万两以上输出货品品种

物名	向外国输出（两）	向香港输出（两）	向清国他口输出（两）	向外国、香港及清国他口再输出额总计（两）	输出额总计（合于再输出额）（两）
茶		一八，一〇五	二，三一三，一二四	一，八一九	二，三三三，〇四八

1　薯莨，中药，具有活血止血、理气止痛、清热解毒之功效。

2　西谷米，又称西米，其实并非米，而是取西米棕榈的茎髓制成的淀粉质食物。

货值十万两以上输入外国货品品种

物名	自外国输入（两）	自香港及清国他口输入（两）	向外国再输出（两）	向清国他口及香港再输出（两）	纯输入（两）
鸦片	二，一九〇	六一六，一二一		二〇，四〇四	五九七，九〇七
棉布类		一九三，一一〇		二二〇	一九二，八九〇
绒布类		三九，四三一		五五	一九，三七六
金属类		六一，〇三七		一一	六一，〇二六

上述货物情况与福州府相同，兹不赘述。

基　隆

基隆位于台湾岛东北岸，北纬二十五度九分，东经一百二十一度四十七分，三面皆山，仅北面之一部豁开，直通外海，故便于避开西南风。冬季多东北风，船舶碇泊颇困难。濒海之群山巍峨矗立，宛如断壁。其山脉蜿蜒曲折，高耸于东北方。淡水河发源于此，流向西南。

此地曾为西班牙人占领，后落入荷兰人手中，最终复归中国人。当地人多从事矿业与渔业，然近来风气渐开，与福州、厦门及大陆其他地区互通贸易。

此地有煤矿，五年来由英人管理，铺设机械与铁道开采，其后由清政府收回。其他山中亦有数个小型煤矿，依清国方式采掘，据云产量颇丰。又据云该煤炭适于轮船与家庭使用，清国造船局与机械局亦在使用。

此港仅有四五名欧人与海关官员及由厦门派出之差人。另有一两家店铺。

输出入货品价额与淡水相同，兹不赘述。

广　州

广州府为广东省会，称羊城或穗城，又单称广东，位于北纬二十三度七分十秒、东经一百一十三度十四分三十秒，在珠江(欧人称广东河)北岸。暑时气温在华氏八十七八度至一百度[1]间，偶尔超过华氏一百度；冬时在华氏五十四五度至七十度前后，有时降至四十度[2]，可知寒暖不顺。一二月间北风甚多，雨水最少。北风之日，阴霾满天，最感凛冽。三月中大雨连旬，殆无晴日。四月亦多雨，然较三月雨势稍减。五月至八月间多南风，天常热。时至东北风日，降雨滂沱，并有飓风。九月西风猛烈，甚于酷热炎夏，民疾多。十月天气渐稳，淫雨日少，冷热时有不齐。至十一月，北风渐来，天色朦胧，寒冷稍增，渐发肃杀之气，始呈冬天之色。十二月以后多北风，降水最少，而微雨适至，寒冷随之。

此地距香港凡九十英里，街市沿珠江延伸四里，自珠江河边至五层楼[3]，宽三里。珠江南侧城外有开阔地块，称河南。广州街市城墙周长凡六里，高平均二十五尺，宽十五至二十五尺，外面均由石头与砖建造。此墙将街市分割为二，

---

1 华氏八十七八度约31摄氏度，华氏一百度约37.7摄氏度。

2 华氏五十四五度约12摄氏度，华氏四十度约4.4摄氏度。

3 五层楼，今广东广州市北越秀山顶镇海楼的俗称。

一谓新市，一谓旧市。据云围绕旧市之城墙建于一一〇〇年，一三八〇年落成；围绕新市之城墙建于一五六八年。全城有十六个出入门，人口约一百余万，两广总督、文武显官及广州诸吏居此。

新市多为商贾辐辏、买卖热闹之地。举其大要：打铜街多银行、绸缎店；酱栏街以药材、药丸而闻名；西荣巷亦以银行著称；双门底多书店；买卖不甚起色者独陈李济药丸店；号称粤东第一之十一甫、十三甫、宝华坊，皆为巨绅豪户之渊薮；连新街虽不属富庶之地，然机房、工人之多，实以此为最，且多玉器店。

此府乃诸水汇聚之处，货物辐辏亦随之增多，故商品概非产于此地，多为他地物品。其种类有茶、丝、夏布、席、棉花、盐、烟草、甘蔗、乌木、药材、珍珠、磁石、麻、米、麦等。据云又有端溪老坑石[1]（制砚）、琥珀、玛瑙、铜、煤之类。

外邦人来此通商，始于公元八〇〇至九〇〇年间。一〇〇〇年阿拉伯商旅来此。其后于一五一六年间，葡萄牙航海者啡瑙·比利·达·安特拉德[2]来此。此后荷兰人亦来此。一六三七年英国舰队入港，一六八四年（我贞享元年，清康熙二十三年）东印度公司开商路于此，握有贸易专卖权至一八三四年。一八四一年广州遭英国攻击，签订《南京条约》后与其他四港一道开埠，并赔偿银六百万两得以平安了结。一八五七年纷争又

---

[1] 老坑石，又称下岩石或水岩石，历史上曾被称作"皇岩"。

[2] 葡萄牙与中国正式的交往始于正德十一年（1516），但啡瑙·比利·达·安特拉德（Fernao Perez de Andrade）不是航海家，而是殖民者，并且其率领的人数众多。

起，广州再次为英法联军所据，四年间归三名英法理事官管理。

沙面_{又称沙基或鬼基}位于轮船往来澳门之通道近旁，位置绝好，欧人专居于此。与沙面河岸相隔不远之处，有众多各国军舰与往来沿海之轮船碇泊。沙面与西城之间，有宽百尺之壕沟，故此地亦称为岛，长两千八百五十尺，宽九百九十尺。原来沙面在江中，乃汀洲[1]。英法政府合力费洋银三十二万五千元改造之，架二桥，便于通往广州城。

沙面原曰海关口，有米埠。距今二十六年即咸丰八年（1858）成为英法改造以来租界之一。建铁门，有看门者_{雇清人}，以检验出入。尝见穿洋服者急开大门过后又锁之。而清人出入皆由小门。盖得以出入之清人，非洋人婢仆，即有要事之人，闲杂人等不许进入。此范围内有洋房三十六栋。

连家船及其数量、种类

此地气候温暖，水利至便，故连家船民甚多，殆如建于河中之小都府。该船数量、种类之梗概如下：

第一，横水渡[2]乃渡场之舟，长十五六尺，桡者[3]不过二

---

1 汀洲，水中小洲。

2 横水渡，通常设于颇为狭窄的河流或水道之上。有一条缆绳从岸的一边连接另一边。中间设有一只约可载十名乘客的板状船只。

3 段玉裁《说文解字注》：桡也。桡者曲木也。引申为凡曲之称。再引申，即划（弯曲的）桨之人。

人，船中可载七八人。各渡口有管理所，不许船只随意行往他处。约三百艘。

第二，沙艇，大小同渡船，乃送往来客人之小艇，可容六七人，凡一千七百艘。

第三，紫洞艇，乃富家宾客聚会宴饮之船，长五六丈，宽一丈，即所谓花艇也。其中藏名妓，游荡之徒勾留于此。最大者有八艘。

第四，圆头篷，乃中等紫洞艇，其底舱小。两种合计凡五十艘。

第五，屯铺艇，亦属紫洞艇类，凡三十余艘。

第六，巡船，每艘可载水师兵百名或七十名或五十名，珠江中凡四五十艘。

第七，救生船，官设，以供救溺水者。或大或小，不可以形论。船上有五六名乃至七八名救生员。据云每人一月给银八九元。省河中凡二十余艘。

第八，孖艕艇，乃送往来客人之快艇。其数多及三千余艘，然常往来各处，不停留一处。

第九，渡船，约一千艘_{非横水渡过河船}，宽丈余，长七八丈或一丈，无定制。乡民用以搭载货物，来往于各乡交易。其船底藏货物，上面坐客，常往来各方，不止一处。有佛山渡、三水渡与潮州渡等称呼。

第十，盐船，名称有数个，曰"头猛"，曰"黑艚"，皆同类船只。由各处运盐至省城贩卖者，名"头猛"或称"黑艚"。由本省去往广西各地者，皆称盐船，约二百艘。

上文所记者约六千三百余艘，尚有小舟。此类诸船船主皆与家属共居其中，即所谓疍家船。其风俗语言自有异于陆地者，人最贱之。今以一船平均五口计之，其总数殆近三万五千人，可谓繁盛。其他尚有小船、渔舟，皆略之不记。

以下列出去往广东省内著名各地之水路表，以供读者之便。

广州府至各地之水路表

地名	里数（清里）
惠州府	三百九十里
虎门寨	一百二十里
顺德县	一百里
新会县	二百三十里
广海寨	五百里
新安县	二百八十里
大鹏所城	五百里
东莞县	一百八十里
增城县	一百八十里
平海所城	四百四十里
河源县	五百四十里
碣石卫城	八百一十里
甲子所城	八百五十里
潮州镇	一千一百八十五里
海门所城	一千零五里
南澳城	一千三百四十五里

续表

地名	里数（清里）
黄冈寨城	一千三百九十七里
饶平县城	一千两百一十里
嘉应州城	一千两百八十里
平远县城	一千四百五十里
韶州府城	八百里
南雄州城	一千一百七十里
连州城	一千一百七十里
肇庆府城	二百九十里
阳江县城	七百八十里

人情风俗

广州民殷物阜，近旁诸县民众往来甚多，普通人性格颇活泼，劳役者举措敏捷，似位于清人之首。港内多小艇，妇女劳作与男子完全相同，其人数殆与男子不相上下。衣物与家中稍洁净。如上海、厦门等本地街巷，杂陋状少。

居民颇通外邦情况，解英语者不少，妇女、儿童亦解之，善与洋人交流，然其憎恶洋人之情反甚于北方。日常所用什器等亦多为外国物品，随处可见椅子、煤油灯等。又，当地人房屋窗户概模仿洋式，城内有数家出售西洋钟表之店铺，贩卖西洋杂货之店铺亦多。

广州港输出入货品价额总计表

		一八八二年 小计（两）	一八八二年 总计（两）	一八八三年 小计（两）	一八八三年 总计（两）	一八八四年 小计（两）	一八八四年 总计（两）
外国货品	自外国及香港输入	四,五八四,四四八		四,八三三,六七五		五,三五三,八四四	
	从清国各口输入	九,五一九		四,九七七		一〇,二一九	
	合计		四,五九三,九六七		四,八三八,六五二		五,三六四,〇六三
	向外国及香港再输出	五四,一三一		四一,九四六		三三,八五八	
	向清国各口再输出	二〇八,四九六		一三七,八七一		一一四,四三二	
	再输出合计	二六二,六二七		一七九,八一七		一四八,二九〇	
	输出入抵扣后纯输入	四,三三一,三四〇		四,六五八,八三五		五,二一五,七七三	
清国货品	自清国各口输入合计		八,五一三,一一五		六,六〇二,〇〇四		六,六七三,七九八
	向外国再输出	三,五一二		二,四〇八		二,六七七	

323

续表

		一八八二年		一八八三年		一八八四年	
		小计（两）	总计（两）	小计（两）	总计（两）	小计（两）	总计（两）
清国货品	向清国各口再输出	一,三一三		一,四五一		一一三	
	再输出合计	四,八二五		三,八五九		二,七九〇	
	输出入抵扣后纯输入	八,五〇八,二九〇		六,五九八,一四五		六,六七一,〇〇八	
	地方物产向国外输出	一二,六〇九,五〇三		一四,〇三三,三八三		二,三五四,〇〇九	
	地方物产向清国各口输出	三,四二六,四四〇		三,〇八五,四九一		二,四九九,二三四	
	地方物产输出合计		一六,〇三五,九四五		一七,一一八,八七四		一三,八五三,二四三
输出入合计			二九,一四三,〇二五		二八,五五九,五三〇		二五,八九一,一〇四
纯输出入			二八,八七五,五七三		二八,三七五,八五四		二五,七四〇,〇二四

输出货品品种

茶类

红茶　绿茶　茶末　茶茎

鸦片类

土产鸦片　熟烟

蚕丝、绢布类

细生丝　湖丝经　绢布假金线银线织入　丝线　束丝带子　丝缫　绢布各色　绢布假金线缝箔　绢布金线织入　绣货　绢手帕　绉纱搭脖巾　绣手帕　绣花搭脖巾　绢手帕假金线缝箔

棉布类

丝棉布　丝棉布金银线织入　丝棉布金线织入　乱丝绳　土布　细夏布　粗夏布　夏布縑

金属类

黄铜箔　黄铜器　黄铜线　黄铜纽扣　金器　银器　锡器　锡　锡箔　马口铁器　假金银线

药材、香料类

八角　碎八角　信石　斑猫　肉桂碎　桂子　桂皮　桂枝　桂枝皮　桂圆肉　干桂圆　肉桂　生佛手柑[1]　土茯苓　红肉关东人参　雄黄　嫩鹿茸　猪膏　云石片　药

---

[1] 佛手柑，中药，为芸香科植物佛手的果实。具有疏肝理气、和胃化痰的功效。主治肝气郁结之胁痛、胸闷，肝胃不和、脾胃气滞之脘腹胀痛、嗳气、恶心、久咳痰多。

酒　硬膏药　药散　制药　麝香　五倍子　檀香油　陈皮　柚皮^{上等}_{中等}　薄荷油　滑石　滑石粉　黄姜　生姜　槟榔衣　药茶

染料、颜料类

土靛　水靛　红丹　铅粉　墨　黄丹　胭脂　银硃

饮料、食品类

干肉　虾米　蚝鼓[1]　生蛋　豆腐干　米粉　面粉　生茉莉花　干茉莉花　蒜头　榄仁　咸榄　糖果　赤糖　白糖　冰糖　干荔枝　莲子　花生仁　软瓜子　酒　土鼻烟　烟叶　烟丝　烟茎

竹、木、皮、牙、角、羽毛类

轻木板　轻木材　沙藤　藤肉　熟皮　猪毛　鸡毛　鹜毛　头发

服饰、器械类

琥珀器　竹器　象牙器　骨器　角器　粗瓷器　玛瑙器　玳瑁器　玻璃器　化合玻璃器　塞得石器^{各色}　漆器　云母壳器　窑器　藤器　木器　乌木器具　瑮瑮[2]　手镯　乌龙　自鸣钟　布服　旧衣服　绸衣服　戏服　皮服　绸帽　凉帽　帽　绣扇　纱扇　羽扇　装饰毛扇　细葵扇　粗葵扇　装饰葵扇　纸扇　装饰纸扇　纸伞　棉伞　绢伞　藤席　草席　地席　椅褥　绣屏　桌帐　灯饰　洋灯　镜^{各色}　水晶镜　玻璃眼镜　装饰具　节庆装饰品　梳栉　牙刷　妆奁　滑石手镯　草手套　枕头　鞋　棉袜　包袱　杖　大

1　蚝鼓，即牡蛎，别名蛎黄、海蛎子。
2　瑮瑮，有横纹的玉器。

鼓　古董　印书　通草纸画[1]　笔　墨砚　茶壶　秤衡各色　鸡毛帚　衣箱　樟木衣箱　皮、木衣箱　家具　剧场与宗教饰物　羽毛装饰物　挂钩　熨斗　羽毛鲍鱼壳摆件

杂货类

麻袋　囊子　草袋　串珠石　串珠木　炮竹　花草种子　花木　玻璃珠　假珍珠　皮胶　时辰香　油漆　漆绿　纸上等中等　割纸器　羊皮纸　白蜡　其他杂货

输入外国货品品种

鸦片类

新洋药　小洋药　大洋药

棉布类

原色布　白色布　白提花布　素色布　色花布　大小扣布　斜纹布英　斜纹布美　斜纹布荷兰　印花布　印花斜纹布　素红布　缎布　剪绒　花剪绒　袈裟布　洋纱　柳条布　蓝帆布　日本布　意大利毛缏子　棉被胎　粗麻布　帆布　棉手帕　蚊帐　棉线　棉纱　棉花日本印度

绒布类

床毡　旗布　羽纱　羽缎　大呢　冲呢　粗哆罗呢　法兰呢　羽绫　哔叽　军用毯　羽斜　羽绸　棉绒布　绒线

---

[1] 通草纸画，是以华南通脱木茎髓为原料制成的纸，特制颜料作画，经光的折射呈斑斓缤纷的效果。通草纸画大量制作于清末民初的珠三角地区，并从广州出口到欧洲。

金属类

日本铜　日本铜线　生铜　黄铜片　铜线　铁钉条　铁条　铁板　铁箍　熟铁　铁丝缆　镀铁丝　镀铁箍　马口铁　旧马口铁　铅块　铅片　锡砖条　水银　钢　白铅　白铅片　剃刀

药材、香料类

八角　槟榔　硼砂　清冰片　坭冰片[1]　白豆蔻　砂仁　肉桂　丁香　母丁香　牛黄　拣净参须　参美国　洋参屑　日本参　日本须参　血竭　没药　乳香　乳香屑　犀角　川壳　黑胡椒　白胡椒　香物　木香　木香屑　檀木香　沉香　香柴

染料、颜料类

呀兰米　佛青　燃料各色

饮料、食品类

黑海参　白海参　燕窝　燕窝屑　黑鱼翅　白鱼翅　干贝　柴鱼　鱿鱼　鱼肚　咸鱼　火腿　贮藏肉　香菌　淡菜　马铃薯　葡萄干　米　小麦　西壳米　饼干　海菜　面粉　白糖　蜜饯糖果　葡萄酒　筒烟　碳酸水　粮食

竹、木、皮、牙、角、羽毛类

红木　狗皮　兔皮　象牙　象牙碎　海马牙　花翎　翠毛　翠毛碎

服饰、器玩、机械类

洋烛　水龙[2]　家具　玻璃器　手套　袜类　船壳用物

1　坭冰片，冰片之一种。

2　水龙，救火用的引水工具。

料　漆器　文具　机械各色

杂货类

琥珀　金星石　珊瑚　珊瑚珠　珊瑚碎　玛瑙石　玛瑙珠　宝砂[1]　香水　玻璃板　云母壳　蓖麻油　灰沙　煤炭　漆绿　纸　吕宋绳索　印书纸　壁纸　番碱　捕虫网袋　螺钉

货值十万两以上输出货品品种

物名	向外国输出（两）	向香港输出（两）	向清国他口输出（两）	向外国、香港及清国他口再输出额总计（两）	输出额总计（合于再输出额）（两）
生丝类		三,六四三,四一八	三一,三六〇		三,六六一,三四一
绢布类		三,六〇四,九〇三	七四六,二〇七		四,三六四,五四七
茶		一,一八一,二六五	四三		一,一八一,三〇八
玻璃手镯		一八七,八九八	四八		一八七,九四六
真铜纽扣		七,六五三	一二一,九一五		一二九,五六八
衣裳类		三三六,三五二	一〇八		三三六,四六〇

1　宝砂，即朱砂，又称丹砂、辰砂，其粉末呈红色，可以经久不褪。我国利用朱砂作颜料已有悠久历史。

续表

物名	向外国输出（两）	向香港输出（两）	向清国他口输出（两）	向外国、香港及清国他口再输出额总计（两）	输出额总计（合于再输出额）（两）
炮竹		四五七,九二一	一一〇	四五一	四五八,四八二
夏布类		四五,九八二	八四,四〇二		一三〇,三八四
席类		三一六,七五四	七,三一九	七四四	三二四,八一七
制药类		五〇,〇三五	七四,八五一	五七六	一二五,四六二
纸		三五,五九五	一一二,二〇五		一四七,八〇〇
糖果类		一七一,八四七	四,九三一		一七六,七七八
砂糖		三一二,八七三	四四四,二九〇		七五七,一六三
烟草		二三,七〇四	一六六,六二四		一九〇,三二八
输出合计		一一,三五四,〇〇九	二,四九九,二三四	二,七九〇	一三,八五六,〇三三

货值十万两以上输入外国货品品种

物名	自外国输入（两）	自香港及清国他口输入（两）	向外国再输出（两）	向清国他口及香港再输出（两）	纯输入（两）
鸦片类		一，二三六，九〇六		一三	一，二三六，八九三
棉布类		六一七，六五七		八五一	六一六，八〇六
绒布类		四五三，七二一		三五一	四五三，三七〇
金属类		九一，五五六		一五	九一，五四一
鱿鱼		二六三，三八一		五一六	二六二，八六五
犀角		一五一，八三二		三，五一七	一四八，三一五
塞得石		一三一，七一二		二四，一六九	一〇七，五四三
输出入合计		五，三六四，〇六三		一四八，二九〇	五，二一五，七七三

海产品消费概况

鲍鱼　此港消费之鲍鱼以日产为最佳。二十年来亦从旧

331

金山输入，然其质粗味淡，远不及日产。日产鲍鱼有两种，一曰明鲍，一曰灰鲍。明鲍多输入于上海，再由该地转销江南各省；灰鲍多行销于此港及邻近各省，然灰鲍中品最为畅销。

墨鱼 日本墨鱼不及广东甲子产，然因价廉，故需求多，近年来逐渐推广。

海参 来自印度洋、新加坡之海参，较日产易销。日本海参身薄味淡，印度产身厚味浓质佳。其价殆为日产之二三倍，乃因性质不同。

鱼翅 产自南洋者色泽明亮，优于日产。体质亦厚，最有需求，故价较贵。

虾干 南洋所产者不多。

鱿鱼 以"一番大面"[1]为上品，"中面"次之，"二番"又次之。

1　此语及以下各语皆为日产鱿鱼的规格、质量标准。

香　港

　　此港乃位于广东河河口之小岛，北纬二十一度九分至二十二度一分，东经一百一十四度五分至一百一十四度十八分。由海滨算起，其山麓最高峰约三四千英尺[1]，山脉东西长十一英里，宽二至五英里。全岛凡二十九平方英里余。距今四十七年即道光十八年（我天保九年，西历一八三八年）鸦片战争和议之后，清政府于道光二十二年（我天保十三年，西历一八四二年）签订《南京条约》，此地归英国管辖，之后渐成繁荣港湾。尔后各国商民次第辐辏，尤因英政府不课输出入货物税银，故五洲船舶多往来于此，终至东洋第一大港。街市沿海岸绕山脚，长四英里，建筑牢固美丽。七千余栋洋人公馆依山层层建造，其他平地建筑不胜枚举。据一八八一年调查，人口凡十六万四百零二人，其中白人七千九百七十人，混血人一千七百二十二人，其余皆清人。温度计设于维多利亚街，年平均温度华氏四十三度至八十九度。

　　港内驻有英国海陆军，行政官设港督、副港督、其他官员与法院院长、属地书记官、检察官、会计官，以及下属官员等，另配备六百余名警官。

　　此港位处东亚沿海要冲，扼清国各省咽喉，货物

---

[1] 三四千英尺，约900～1000米。

出入多。一八八二年入港船舶吨位凡五百万吨，实算为四百九十七万六千二百三十三吨。同年岁入总额洋银一百二十万九千五百七十元，以当时行情计算，相当于二十二万英镑。此岁入供支付此港政厅费，即用于支付警察、政府作业和海港及船舶出入并灯台等费用。加之为支付每年派出陆军所需费用，须向本国政府汇出两万英镑。

货物交易品种固繁多，其中与本邦物产有关者，乃海产品、煤炭、米、铜、人参、洋菜、香菌、樟脑等。然各品种非于此港消费，而乃再输出至广东、福建各省港埠。彼地销售几何，于今无从调查。以下说明海产品中所需物品概况：

明鲍　仅为富贵者所喜好，故销路不大，现货多不输入。

灰鲍　中等以下民众喜好，故销路大。

鱿鱼　属海产品中最大宗货品，无论有骨与否皆为人喜好。清国海滨亦产此物，然数量不多。独九龙所产为上品，每斤价格三倍于日产鱿鱼。

鲍壳　于清国内消费甚少，仅用于装饰玩具。

鱼翅　消费多，因日产价廉，故输出广东、福建等地。

虾米　日产下等品价廉者可售。产于清国海者亦多。

以上货物亦由南洋输入，然其额不多。

三文鱼　以英美输入者为上品，然清人喜好此物者寡。

咸鱼　支那海产出者多，价亦廉。日产输入者乃小鱼，价贱，其消费可期。

以下为本邦输出香港、外洋输出香港之海产品一览表：

香港输入日本海产品一览表

香港名称	日本名称	品级种类	现每百斤价格（洋银）	一年大致输入额	香港分输各国、各地之名称
一级鱿鱼	一级鯣	九州"大面" 九州"中面"	上 二十八 中 二十四 上 二十三 中 二十二	五十万斤	厦门、潮州、旧金山、福建、新加坡、吕宋、广东各埠
二级鱿鱼	二级鯣	对州 隐岐	十三洋银 五十文 十三	七十万斤	厦门、潮州、旧金山、福建、新加坡、吕宋、广东各埠
墨鱼	甲鯣 九州	上 中	十八 十四	四万斤	旧金山、福建、吕宋、广州城
竹叶鱿	笹鯣 九州	大 中	十四 十三	一万斤	广东各埠
海参	煎海鼠 九函	大 中	三十二 二十五六	八万斤	福建、广东、镇江、宁波、厦门、新加坡
鱼翅	鱶鳍 九州	白 上 黑 上	六十五 三十五	三万斤	安南、吕宋、潮州、厦门、上海各埠
鲍鱼	干鲍	函馆 一 灰 　　　二 灰 　　　三 灰 长崎 大 上 　　　中 上 　　　次	四十二 四十 三十七 四十二 四十 三十二	三十万斤	厦门、潮州、旧金山、福建、新加坡、吕宋、广东各埠
柴鱼	干鳕	上	六	三万斤	广东各埠

335

续表

香港名称	日本名称	品级种类	现每百斤价格（洋银）	一年大致输入额	香港分输各国、各地之名称
虾米	干海老	上	十五	八千斤	广东各州
蛏干	蛏贝	大 上	十一	八千斤	福州、潮州
蚬干	原文缺	上	十一	三万斤	广州、潮州、福建、上海
三文鱼	鲑、鳟		四洋银五十文	四万斤	广州、澳门、九龙岛
蚝鼓	牡蛎	上	二十二	三万斤	旧金山、吕宋、宁波、广东、福建各埠
江瑶柱	伊多罗贝 九州	上	二十八	一万斤	福建、广东、镇江、宁波、厦门、新加坡
公鱼干	小干鲔	横滨 长崎	四洋银三十文 四洋银六十文	十四万斤	福建、厦门、广东诸州
淡菜	濑贝	上	十五	一万两千斤	福建、广东、镇江、宁波、厦门、新加坡
银鱼仔	金木鱼	白 上	五洋银二十文	五千斤	广东省诸州
海带丝	刻昆布	上	三洋银二十文	五万斤	吕宋、宁波、安南、广东省各埠
海带	昆布	上	三	十万斤	吕宋、宁波、安南、广东省各埠
胶菜	海发	上	三洋银五十分	二三千斤	广东省各埠

续表

香港名称	日本名称	品级种类	现每百斤价格（洋银）	一年大致输入额	香港分输各国、各地之名称
紫菜	甘海苔	上	八	一千斤	广东省各埠
洋菜	寒天	神户 一级 　　 二级 　　 角一级 　　 角二级 横滨 角一级 　　 角二级	二十五 二十二 三十四 三十 四十五 四十二三	三万斤	安南、美国、英国、西印度、广东各埠

香港输入清国海产品一览表

香港名称	日本名称	现每百斤价格（洋银）	一年大致输入额	香港分输各国、各地之名称
抱鱼		十	一万斤	旧金山、厦门、宁波、镇江、广东各埠
带子		五十	一万斤	旧金山、潮州、广东各埠
鲟龙肠		二百二十	一万斤	旧金山、潮州、广东各埠
鲈蛋皮		三十六	二万斤	牛庄、汉口、广东各埠
章鱼		二十八	十二万斤	旧金山、福建、汉口、吕宋、牛庄、广东
槽白鱼		六	三万斤	旧金山、镇江、石叨[1]、宁波、厦门

---

1 石叨，原文如此，不知何地名。

续表

香港名称	日本名称	现每百斤价格（洋银）	一年大致输入额	香港分输各国、各地之名称
鱼翅	鱻鳍	六十三	七千斤	旧金山、烟台、牛庄、镇江、广东、福建
鱿鱼	鯣	四十五	一二十万斤二十五万斤	旧金山、石叨、福建、广东各埠
墨鱼	甲鯣	上 三十 中 二十五	十万斤	旧金山、安南、吕宋、牛庄、上海、宁波
鲍鱼		六十	一万斤	旧金山、福建、广东、镇江、上海
蚕皮		五洋银五十文	八万斤	旧金山、烟台、牛庄、镇江、上海、宁波
鲂鱼		六	七万斤	澳门、广东各埠
黄花鱼		五十四	五万斤	旧金山、厦门、宁波、镇江、广东各埠
鱼肚		一百零二	三千斤	旧金山、上海、福建、石叨、吕宋、烟台
辽参		三十	两万斤	石叨、宁波、吕宋、上海、镇江、广东
蚝鼓		三十五	两万斤	石叨、旧金山、汉口、镇江、吕宋、福建
石斑鱼		十二	三万斤	旧金山、宁波、芜湖、镇江、广东

香港输入外国海产品一览表

名称	现每百斤价格（洋银）	一年大致输入额	输入国名	香港分输各国、各地之名称
鳇鱼头骨	上 一百一十 下 八十	两万斤	俄国	旧金山、牛庄、汉口、福建、广东
淡菜	上 十四洋银五十文	不详	暹罗	广东、汉口、淡水、福建、镇江
燕窝	上 三千 中 两千	一万斤	安南 暹罗	上海、芜湖、牛庄、苏州、外江[1]、广东各埠
海参	上 七十 三十八 中 六十 三十	七八万斤	美国（旧金山） 关东[2]	上海、芜湖、牛庄、苏州、外江、广东各埠

香港商业概况

货物买卖无主要季节，亦不依季节价有高低，而因货物寡少，输入品价高，且销售速。然货物不畅销，价格亦不好。

货物买卖无特别手续与方法，通常一两个月结一次

---

1 外江，广东、福建等地人称长江左近及以北数省为外江。

2 关东，原文如此，不知何地名。

账。然欲急需现金时货价须低于时价，但无论如何皆须支付货款。

海产商鲜有一家独立营业，而皆结成公会买卖货物。或往来广东、上海及其他各港，或以书信谈事。

就海产品，政府不设制度或实施取缔等。

日本人若委托清国商人贩卖，须按实价每百元收取佣金两元。

抵押货物借钱时，每百元一个月须付一元左右利息，然依时间不同，利息有高有低。利高利低，依信贷之有无而有区别。然不按日计算利息，即令借款三日，亦须按一个月计算利息。其期限依谈判有一个月者，亦有三年者，无固定期限。以下为香港金融借贷利息概况：

> 十万或二十万洋银之借贷，一个月高利为一分五厘，低利为一分。
>
> 无货物抵押之信用借贷，无高利、低利区别，一个月两分。
>
> 有货物抵押之借贷，一个月高利为一分二三厘，低利为一分。

因清法交战，诸货品物价全面低落，不可谓难以销售。其货品价廉者，无论如何皆有人购买，而高价货品则无人继续交易。此间详细原因尚不明了，盖因万一难以销售，将造成货物长久积压等，有货物腐败或增加仓储费之虞。

货物委托支那商人贩卖，仓储费由支那商人支付，然保费、船费及搬运费等由货主支付。

香港输入煤炭之状况

此港于东洋贸易诸港中为免税港，船舶辐辏，实为东洋第一大港。每年出入之帆船、轮船数量有三万余艘之多，吨位达五百万吨以上，故所输入之煤炭数量亦多，每年不下二十五六万吨。此输入量殆与清国各港输入量相同。以下摘录三井物产公司上海分公司之调查报告，以示本邦与各国煤炭输入概况。

香港输入我三池煤炭吨数表

品名	一八八〇年五月	一八八三年 上半年	一八八三年 下半年	一八八四年 上半年	一八八四年 下半年	一八八五年 上半年	一八八五年 下半年
块煤	五七七，〇〇	一，六六五，六〇	二，四五九，六〇	六，〇三二，五〇	二，二七九，六〇	二八，六一六，七五	
粉煤		七，五九八，三〇	三，四五三，三〇	一〇，〇二五，六〇	一〇，九五三，〇〇	一四，四六七，六〇	
小计		九，二六三，九六	五，九一二，九〇	一六，〇五八，一〇	一三，二三二，六〇	四三，〇八四，三五	

续表

品名	年月					
	一八八〇年五月	一八八三年		一八八四年		一八八五年	
		上半年	下半年	上半年	下半年	上半年	下半年
总计			一五，一七六，八六		二九，二九〇，七〇		

说明：一八八〇年（明治十三年）五月输出一次，其后于一八八一年、一八八二年（明治十四年～明治十五年）两年无输出。一八八五年（明治十八年）仅列举上半年一月至六月十四日之出口额。

香港输入各国及各地区煤炭比较表

产地名		年月		
		一八八三年	一八八四年	一八八五年一月至五月
日本	三池 高岛	一五，一七七二，一六三 } 计八七，三四〇〇吨	二九，二九一，七八，二六六 } 计一〇七，五五七吨	三一，六五五，五二，二一五 } 计八三，八七〇吨
其他外国与地区	英国 澳洲 基隆 土伦 新西兰 新加坡 杂牌	六〇，九二〇，一〇三，六三三七，六七七五，四三六 } 计一七七，六六六	九七，一一七，九六，五二一五，六〇〇一，一〇〇 } 计二〇〇，二九一	二三，五五五，五四，七〇七一，八二二，八〇〇 } 计八一，二三九
总计		二六五，〇〇六	三〇七，八九七	一六五，一〇九

由上图总计可知，今年（1886）输入量明显可达

三十万吨以上。

另由以上香港煤炭输入表可知，年三十万吨输入量中，英产近十万吨，澳产十万余吨，余十万吨由基隆与日本供给。此中基隆产地在台湾南部，故运至香港最近，较我长崎港之航路里数殆减三分之二。其煤质不及高岛、三池，然有一利，即投入炉中瞬间可起猛烈火势，故需者亦不作他选。方今清法和议达成不远，相信将再度挖掘基隆煤矿。若以简便机械开采此矿，廉价售之，则于我煤炭而言，实可成可惧之大敌。煤质优劣不论，作为需求多、供给亦不少之货物，唯以价廉方可防止他国竞争。

英产、澳产煤远途运送而来，无法于香港市场长久与我三池煤抗衡。尤其英产煤不出数年将断绝输入。然澳产各煤则不然，因其输送香港时另有不可防之买卖关系，故虽无法与英产相提并论，然亦可保持如今势头。

香港需求煤炭之主要公司与场所

香港、广东、澳门轮船公司

印度支那轮船公司（怡和洋行）

清国吕宋轮船公司（旗昌洋行）

道格拉斯轮船公司

清国航海公司（太古洋行）

旧招商局（旗昌洋行）

希姆森·安德公司（禅臣洋行）

司尤汀东海轮船公司

上述各轮船公司拥有之船只，自香港向各地航行者有五十艘。此诸船主要靠泊香港。以每艘日均消耗煤炭十吨计算，总额为一日五百吨，一个月一万五千吨，一年十八万吨。

格兰蒸汽班轮公司（怡和洋行）

卡斯鲁蒸汽班轮公司（天祥洋行）

本蒸汽班轮公司（仁记洋行）

希耶蒸汽班轮公司（天祥洋行）

奥匈轮船公司（太古洋行）

联合蒸汽班轮公司（旗昌洋行）

以上各公司轮船过半搭载新茶由汉口、福州航行至欧洲。通常再由欧洲载货来香港，复由香港运往上海或神户、横滨，或仅航行东洋沿海，从事杂货运输。由欧洲驶出时多以英产煤为燃料，而向上海、日本航行时则用日产煤。尤以奥匈轮船公司各船喜用我三池煤，于香港、上海时亦多次装入该煤。据云本班轮公司（Ben Line）各船偶用我高岛煤。

奥斯特罗·匈牙利·罗伊德思蒸汽轮航海公司

伊斯特伦 & 澳大利亚轮船公司

支那·西帕尔·缪次瓦尔轮船公司

澳大利亚·支那·日本 & 斯特莱茨轮船公司

奥拉诺·拉鲁里那加斯·西班牙轮船公司

菲律宾·塞拉尔烟草轮船公司

玛吉斯·康珀斯·西班牙皇家邮船班轮公司

塞拉尔·意大利航海公司

汉堡日耳曼轮船公司

法兰西国际航海公司

达兰德斯库·英迪奇·斯特姆瓦德·玛茜皮伊奇罗斯香·乌瓦兰蒂亚舰队公司

马赛尔航海公司 A·乌瓦希乌尔·挪威公司

上述各公司皆另设分公司总部于香港，开设航线。

梅斯萨瑟利·玛丽泰姆公司（法）

半岛 & 东方轮船航海公司（英）

太平洋邮轮公司（美）

西方 & 东方航海公司（英）

上述四公司轮船中，半岛 & 东方轮船航海公司即 P&O 公司船，亦曾于长崎与香港购入三池煤，然未闻经充分试用。然而其经长崎往返于神户、横滨之船常烧高岛煤，故日后必有所可图。

太古砂糖精制公司（总经销公司为太古洋行）

中华糖局（总经销公司为怡和洋行）

利运精糖局（清人管理）

上述三公司消费煤炭额每月凡三千八九百吨。其中太古精糖公司已约定购买我三池粉煤，每月供给两千吨。中华火车糖局已数次购入。如今太古砂糖精制公司正计划专用我三池粉煤。利运精糖局则使用多久[1]与唐津[2]煤，不久即可使用三池煤。

香港瓦斯公司

此公司眼下使用澳产与我高岛产煤，此前已数次试用我

---

1 多久，日本佐贺县中部城市，明治维新之后以挖掘煤矿发展而来。

2 唐津，佐贺县西北部城市，濒临唐津湾，幕末与明治维新之后皆为日本最大的煤炭产地。

三池煤，然其技术等不逮，无法达至满意之结果。然至今我邦已频频游说，推荐使用瓦斯适中之三池煤。

香港＆万邦船坞公司

维多利亚船坞公司

此二公司乃船只修理厂，使船舶进入船坞并修缮之等。煤炭消费量每月一千吨左右，迄今主要使用基隆产煤。

香港机器洗衣公司

吕宋缆绳制造公司

上述公司每月皆仅消费五六十吨煤。

眼下还有两家工厂于建设中：

香港玻璃制造公司

机器酿酒场

此二厂建成后亦将使用部分煤炭。

英国海军部香港办事处

处于香港英国海军司令管辖之下。其机械厂与巡航近海之军舰消费之煤炭亦不少。曾试用我三池煤，据闻其报告显示：可用。过去曾购入块煤一千吨，今后仍大有希望。此外，美法军舰亦常碇泊香港。我邦若设分公司，徐徐使其知晓价廉质优之三池煤，则可待某日满足其需求。

香港杂货买卖概况
明治十七年（1884）十一月，日下部平二郎、友田嘉兵卫分公司、森上佐七三工会报告

瓷器、铜器

自明治十二年（1879）起，石川县制瓷器、漆器率先进入香港，售于印度人、清人或欧人等，价额一年仅五千洋

银左右。然当时乃竞卖，反而买受人少（一年中亦有两三度剩品竞卖会），皆因人而异售之。

尔后自明治十四年（1881）至明治十五年（1882），本邦商品增多，价格亦稍显低落征兆。由此时始，我邦人购得加贺、尾张、京都、大阪、东京等地所制瓷器、漆器、铜器、七宝烧[1]、纸、绸绣画屏风及其他绣画屏风等，学习于此港销售，金额较前高一倍，明治十五年（1882）达一万洋银。然随销量增加，价格反日益低落（其原因恐为制造方之竞争，亦来自贱卖等。自去年即明治十六年（1883）初春起，各商贩将上述贱卖品等运至香港，首度竞卖，故可想象买受人亦不愿较前年出高价），至今年可达明治十二年（1879）至十三年（1880）之市价十分之六。然销量有所增加，达两万洋银，而货物增加殆达明治十二、十三年之七倍。

小儿用大小袜

明治十二年（1879）首度仿制此物（于大阪雇工人制造），售出三千打（此时六打装一箱两洋银五十文）。此后因得买受人认可，故至每年冬季销售额皆增加，目前已售出一万两千余打。然今春听闻大阪同业者有人将此商品售至广东各地，又有人于大阪将该商品直接售于清商，故引起该地销售竞争，对过去大获信任之该地合资店诸商品亦产生影响，日本造被视为廉价品，眼下价格下跌两成半，六打装一箱仅售两洋银。想来不顾创意者之劳，开竞卖之端，失可得之利，消耗于声价之竞争弊端，实可叹也。

1　七宝烧，日本的一种类似于景泰蓝的制品。

灯罩^{覆盖于灯筒上，接受油烟}

此品乃大阪三平公司造，仿制于美国，然材料皆用日本黄铜。明治十五年（1882）以来每年销售六千打，目前市价一打四十五美分。

灯筒

此品亦大阪造，明治十五年（1882）以来，每年亦售出六千余打，最初其价一打三十美分以上，后因欧产价格下降，故目前市价二十五美分。

仿制洋伞

此品于去年即明治十六年（1883）委托东京商人首度售出，夏季可售一千打上下，一打售价洋银三元五十文至两元五十文之间。其铁骨与伞柄系日本造，然棉布面用舶来品。

此外，肥皂与针织类产品之销售因时而变，难以详述。

香港缆绳制造厂概况

建于香港市区西端，乃一大企业，名曰香港缆绳制造厂，一八八四年十一月始建。据该厂报告，资本金为十五万洋银，股份三千股，一股五十洋银。由美商鲁塞尔公司设计建造，现由该公司管理。机械及一切所需备品之采办与制造，皆委托纽约威尔逊＆洛克机械公司，故该公司特派Z.A.威尔逊来港，监督机械之安装与运行。因威尔逊＆洛克机械公司执美国大型缆绳与缆具制造之牛耳，故依鲁塞尔公司建议，又延请最富缆绳制造经验之Z.A.威尔逊充任该厂管理人。

工厂建筑使用砖、石。车间地面长方形,长二百英尺,宽一百英尺。机房与罐房在车间外。采光方法、空气流通结构及火灾预防等,此厂皆有全面考虑。

缆绳制作分三步,即由三种特别之机械制造完成。第一步曰预备,第二步曰纺织,第三步曰绚缆。第一步与第二步于车间西侧完成,第三步于车间东侧完成。中间两侧亦留有少许空间。原料麻现皆由吕宋输入。此麻于车间西侧被分解并涂油,投入预备程序之机械中,目的乃梳理并延长之。于此制作者曰延长物。继而其被移入纺织机,制成麻线并卷入收线具。纺织机排列于两侧,长达一百二十五英尺。卷入收线具之麻线被接入第三步之绚缆机。此机可随意将麻线织成大小之缆绳,并最终卷成旋涡状,之后直销市场。车间东侧为运出处,该厂机械可生产直径四分之一英寸至十英寸大小不一之缆绳,每日足以制造十吨之缆绳。若需量增大,可随时将产量提高两倍,然去冬每日仅生产两吨左右。

据云该厂从香港某缆绳厂挖来数名清国熟练工,故自设计至工程进展皆顺利。

车间附近地面建有四十英尺平方之两层楼房,此乃管理人居所。内部有放置缆绳之储藏间,房屋四周设宽十英尺之走廊。

香港缆绳制造厂结算报告 至一八八五年一月三日止

负债（洋银）	
资本金	一五〇，〇〇〇元〇〇文
杂费	二二，八〇四，五〇
应向管理者交付之账款	四，六九七，五七
合计	一七七，五〇二，〇七
资产及钱款用途	
制造厂地价及建筑费	五〇，七三九，四八
罐、机器及其他特种器具费与现场安装费	一八，三六九，一〇
计	一五九，一〇八，五八
可抵扣部分	
因工厂建造期限延迟而得到施工方之赔偿金	二，九〇〇，〇〇
利息	一，九五一，一五
计	四，八五一，一五
收支相抵余额	一五四，二五七，四三
加入以下费用	
小工具类	一，三六六，三〇
竹栈桥	一二〇，〇〇
公司创立花费	一，四五三，八四
按公司规定创设之赏金	五，〇〇〇，〇〇
一八八五年火险保费	一，一九二，七一
缆绳、麻、油、薪材等储备	一二，八二九，二八

续表

杂费	一,二五七,五一
制造厂小额支付现金	二五,〇〇
合计	一七七,五〇一,〇七

澳　门

澳门乃清国沿海受葡萄牙殖民统治之地，位于北纬二十二度十一分三十秒，东经一百一十三度三十二分三十秒，乃小半岛，地质硗确。葡人首度来此乃一五五七年。当时附近诸岛海盗横行，大肆抢掠中国海岸，葡人亦受其害不少。最终海盗围困广东，中国政府无力讨伐，故葡人发数艘兵船讨之，解广东之围，有平定海盗之功。尔后澳门府速趋繁荣，十八世纪即年代—七〇〇间其商业颇繁荣，东印度公司与荷兰公司等均起源于此。

澳门殖民政府隔地峡[1]建城墙，以与香山县之一大岛相区隔。其地有两条小山脉，一由南向北，一由东至西，二者相接，恰成一角。公私屋宇及寺院等坐落于丘陵腹背，鳞次栉比。东西山顶建有城砦，望之景色如画。房屋皆涂美丽色彩，街衢亦甚洁净。

自香港割让给英国以来，澳门商业明显衰退，且贩卖苦力亦颇损体面，所幸于一八七四年禁止此买卖。制茶通常为输出品之一，价额一年达七百万乃至八百万洋银。油类亦有若干输出。据云亦有些许鸦片买卖。近年设有制丝厂与其他

---

[1] 地峡，是指连接两块较大陆地或较大陆地与半岛间的狭窄地带，往往成为两个水体之间的通航障碍。

工厂。

一八七四年九月二十三日，特大飓风袭击香港及清国南部海岸。澳门亦大半毁坏。此飓风、海啸发生之际，又有火灾，烧毁许多房屋，于今荒废状尚存。因此商业迅速衰颓，居民亦多搬去他处，此地之繁荣已成往事。气候较稳定且凉爽，故香港及附近诸港有人来此，或避风尘，或养病，澳门成为休闲场所。

香港、广州及澳门轮船公司之轮船，除周日外，每日往返澳门香港之间。上午八时由澳门出发，午后二时驶离香港。往返广州之轮船隔日发船。电报线现已通联香港，一八八四年七月始通电报。据一八七九年调查，澳门人口中清人六万三千五百三十二人，葡人四千四百七十六人，其他诸国人七十八人，总计六万八千零八十六人。澳门政厅每年收入金额如下：

不端行业课税收入（洋银，元）

赌徒[1]、赌徒年税	一五〇、〇〇〇
闱姓[2]行营业税	三五〇、〇〇〇
博彩行营业税	四四、〇〇〇
娼妓营业税	一〇、〇〇〇
计	五五四、〇〇〇

---

1 赌徒，在此译自广东话"番摊"，番摊即赌徒。

2 闱姓，又称榜花，中国早期彩票之一，清末盛行于两广，以猜科举考试中榜者名字的一种赌博活动。

正常课税收入（洋银，元）

鱼市税	一二、〇〇〇
猪市税	二〇、〇〇〇
盐市税	一一、〇〇〇
鸦片税	四二、〇〇〇
其他各种税	一〇〇、〇〇〇
计	一八五、〇〇〇
以上二者合计	七三九、〇〇〇

西　贡

西贡[1]乃法属交趾支那首府，位于北纬十度五十分，东经一百零四度二十二分，濒临西贡河，距入海口十五英里。南控威古河，河岸要地设砦，防备森严，乃要冲之地。城内人口一万五千。街市分两部分，其一为清人街市，有四英里平方规模，居民多勤奋经商；其二为欧人居所，临西贡河岸，有众多军舰、陆军守卫。

此地于一八五九年为法兰西、西班牙联合舰队攻占，后成为法国殖民地首府。

与此府相接处道路建设颇精良，物品运送便捷。河流深，足以容大船。法国邮轮于往来途中，按惯例须停靠于此。往来内地重要城市者乃梅塞迪卡利斯·德·交趾支那公司轮船，搭载货物、邮件、乘客，航行于固定航路。其中有大货船每周皆往来西贡与柬埔寨首都金边之间。

交趾支那之法属要地，无不架设电报线。而与新加坡、香港等地则以海底电报线通信联络。此地有兵器制造厂、造船厂等，造船业兴盛。西贡土地最为肥沃，种植殊易，尤为盛产稻米，占输出品首位，一八八三年输出额为八百六十三万两千担。亦适于栽种棉花、甘蔗、蓝、烟草

---

[1] 西贡，今胡志明市。

等。山林蕴藏良好木材，且可作染料之树木甚多。其主要物产如下：

米	棉花	砂糖	蓝	烟草
木材	桑树	胡椒	槟榔	椰子油
玉蜀黍	苎麻	菟丝子_{草名}	蓖麻	藏红花
橡胶	苏木	金鸡纳树皮		

西贡系自由贸易区，除鸦片、兵器、酒精外皆不课税，故无法详知其输出入品种。今举其输出入价额：据一八八三年统计，输出额为一千五百九十三万七千八百五十二法郎；输入额为一千两百二十三万七千零二十法郎。输入价额中三百七十九万一千四百三十四法郎来自新加坡；四百八十万三千八百三十五法郎来自香港与清国；一百八十万八千三百二十四美元来自法国；其他地区不详。

气　候

西贡终岁仅有干湿二季，湿季为四月至十月，刮西南季风；干季为十一月至四月初，刮东北季风。西南季风期间多云雾天气，大雨前屡屡先刮台风。刮东北季风之地区干旱最为严重。

此地位处热带，炎热殊甚，尤为难以忍受乃三四月与五月干湿二季交替之际，温度在华氏九十一度至九十五度间，夜间在华氏八十二度至八十六度间。空气郁塞，常有雷鸣却不降雨。人皆流汗不止，神经常受剧烈刺激，食欲衰减，难以安眠。一年中气温最低时乃十二月，清晨有时降至华氏六十六度，一日间平均温度为华氏六十度。相较其他热带地区，此地于健康危害较小。据一八六五年与一八六六年统计，死亡率为每百人四点四二人。

法国殖民之起源

法国插手安南内部事务乃始于一七八七年，胚胎于安南阮嘉隆王[1]与法王路易十六[2]签订条约，乞求援助。此乃法国尝试施用殖民政策于安南地区之滥觞。

安南国内先有西山党人崛起，势力猖獗。国王败于其后亡命暹罗，一国终至鼎沸糜烂，殆无法收拾。其时法国传教士、阿德兰区主教百多禄辅佐嘉隆王，图谋光复，与太子景叡共赴法国乞援。法国适欲扩张其势力于东亚、印度洋之富国之一，不愿错失此好机会，约定提供军舰、兵器与粮食等，其回报则为割让土地于法国。

嘉隆王假法国援助，遂于一八〇二年统一国内，成为安南国王，并信任百多禄，于国内广泛推行耶稣教。嗣后国王

---

[1] 嘉隆王（1762～1820），越南阮朝（1802～1819）创建者，名阮福映，广南阮王宗室后裔。1802年称帝，改元嘉隆，定都富春，建立阮朝，并遣使向清朝求封。1803年，清朝封其为越南国王。越南之名始此。

[2] 路易十六（Louis XVI，1754～1793），法兰西波旁王朝第五位国王（1774～1792年在位），路易十五之孙，王太子路易·裴迪南第三子，路易十八和查理十世的同母兄。法兰西波旁王朝复辟前最后一任国王。他既是法国历史上唯一被处决的国王，也是欧洲历史中第二个被处死的国王。

不喜洋人，敌视国内传教士。不仅虐待后者，而且绝通商，禁航海，因此触怒法国。一八四七年，法国于岘港击沉安南军舰，此乃法国侵略安南之开端。

其后安南国又杀法国与西班牙教徒，两国派联合舰队进攻安南，一八五九年攻占西贡。当时安南国内内讧，国王苦于镇抚，遂向法国求和，割让边和、嘉定、定祥三州于法国，并向法西联军支付虐杀耶稣教徒之赔偿金。三州临近之州，亦于安南政府多事之秋，无法专其民治，故与法国约定，暂由法国代为摄治。此乃一八六三年。内讧戡定后，安南政府出摄治偿金，乞收回土地，然法国不听。继而柬埔寨南部叛乱，昭笃、河仙、永隆三州暴徒蜂起，杀害法人不少，而安南政府未能镇压。法属都督发兵，立即戡定其乱，大幅改善其行政秩序。如部分旧有所领之地，皆效仿法国制度。安南亦无法强求归还柬埔寨。至此下交趾六州，悉归法国版图 其后于一八八三年签订《顺化条约》，约定将平顺州割让于法国，故现时法国取得七州管理权。

法国殖民地人口

一八六七年，法属领地内人口一百二十万四千两百八十七人。此外，有海陆军及国民军六千人。一八八一年，其总数殆及一百七十万人。其人种与人数如下：

欧洲人	一千四百七十三人
清人	五万两千四百八十人
他加禄人	七十九人

续表

马拉巴尔人	五百八十二人
马来人	九千四百人
当地人	一百四十一万八千五百一十九人
柬埔寨人	十万二千九百零五人
莫伊斯人	三千四百人
暹罗人	三百一十八人
漂泊人	三千五百人
合计	一百五十九万两千五百九十四人
兵员	
欧洲人	三千六百一十四人
安南人（斥候兵）	六百九十六人
安南人（国民兵）	三千七百零九人
合计	八千零一十九人
总计	一百六十万六百一十三人

法国殖民地岁出入

法属殖民地岁出入常保平衡，并且年年岁入增长，让人不胜惊讶。今举其数额如下：

一八六一年	二九〇，〇〇〇法郎
一八六二年	一，三四四，〇〇〇法郎
一八六三年	一，八〇〇，〇〇〇法郎
一八六四年	二，〇一二，〇〇〇法郎

续表

一八六五年	四,〇八三,〇〇〇法郎
一八六六年	五,〇五六,〇〇〇法郎
一八六七年	五,二九六,〇〇〇法郎
一八六八年	八,三二五,〇〇〇法郎
一八六九年	八,八〇二,〇〇〇法郎
一八七〇年	九,二五九,〇〇〇法郎
一八七一年	九,五五〇,〇〇〇法郎
一八七二年	一四,五〇〇,〇〇〇法郎
一八八一年	二〇,〇〇〇,〇〇〇法郎
一八八二年	二〇,〇〇〇,〇〇〇法郎

新加坡

新加坡位于北纬一度十六分，东经一百零三度二十五分，长二十七英里，宽十四英里，距大陆凡二英里以内，乃英国海峡殖民地[1]之一（海峡殖民地为新加坡、马六甲、槟城）。最初于一八一九年，英人斯坦福·莱佛士与马来国王签约，将此地划归英政府所有，与同为英国殖民地之斯马塔拉合并。其后于一八二三年移归印度政府管辖；继而于一八六七年合并为海峡殖民地，设政厅于此；尔后移民渐多。眼下所称之新加坡街市，分布于岛之东南沿岸，凡四英里，宽度跨半英里左右，地势平坦，树木繁茂。由南岸行走六英里始有高丘，海拔五百英尺，因修有道路可至丘顶，亦可见政厅及议会等建筑。然街市房屋概简陋，远不及香港与上海等城市整洁。此地乃往来东洋、西洋、南洋之船舶靠泊之处，有船坞、栈桥等设备，且平日储存煤炭最多，轮船及其他公司拥有之煤场，足以容纳十三万三千吨煤。盖平时系通商运输要道，战时乃海陆军进发之咽喉，可谓英国于东洋最为用力之处，治乱皆占其枢要地位。

气温最高华氏八十七度，有时达华氏九十一度。气候变

---

1 海峡殖民地，译自英文 Straits Settlements，是英国在 1982～1946 年间对位于马来半岛的三个重要港口和马来群岛各殖民地的管理建制。最初由新加坡、马六甲、槟城三个英属港口组成，因此当时也被当地华人称为三洲府。

化稳定，且夏季每日皆有骤雨，可防暑气。欧人曰此地适于人类保持健康，尤其适于培育小儿，几无夭折。医家称此地为小儿天堂。

居民多英人及日耳曼人，东西人种中占多数者乃中国人，马来人等次之。据一八八一年之调查，新加坡人口数据如下：

欧人	两千七百六十九人
欧亚混种人	三千零九十四人
亚美尼亚人与犹太人	两百五十二人
清人	八万六千七百六十六人
马来人与东洋各人种	四万六千三百二十七人
合计	十三万九千两百零八人

政厅设总督一人，行政与立法官二十人_{其中六人仅有名义，而非真实官员。}海峡殖民地军队有炮兵一支_{五百人}，步兵一支_{五百人}，分屯于槟城、马六甲及此地。

此地有两家造船公司，曰丹戎·巴加造船公司与新哈珀造船公司，共有五个船坞，其最大者乃丹戎·巴加拥有之艾伯特船坞，全长四百七十三英尺，坞口宽六十英尺。其他三个船坞长四百一十六英尺至四百五十英尺。另一个船坞长三百三十英尺。栈桥位于岛北端，原为政府所设，现租于丹戎·巴加造船公司。据云满潮时可同时系泊二十艘轮船。此外有波尔奥公司与查登·马蒂森公司拥有之栈桥。

与他港船舶交通甚频密。与英国、法国、加尔各答、朗温[1]、巴达维亚[2]、香港与澳大利亚等各港口间皆有班轮,非定期船之航行亦颇频密。

中国人于此地经商者颇多,固非当地人所能及。于街市中等以上店铺或欧人诸公司打杂或充雇仆等概为中国人。挑夫或劳工亦半为中国人。原住民甚少可独立经商者,仅充任马车夫及苦工。其性愚钝而懦弱,尤惧欧人。

殖民地出产物占多数者为锡、砂糖、胡椒、肉豆蔻、豆蔻花、各种米、水牛皮、水牛肉、藤、古他(橡胶之一种)[3]、橡胶、咖啡、染料、烟草等。据云近来渐有人栽培茶叶。

一八八四年,新加坡全岛所收税额达两百万六千六百英镑,支出额为一百九十七万八千七百二十六英镑。

海峡殖民地各港皆可自由通商,故出入船舶与货物概不课税,但需缴纳设置于近海之灯塔与灯船维护费,吨税凡三先令。

一八八二年与一八八三年输出入价额如下:

---

1 原文是ラングン,不知何港。查印度尼西亚全国城市名,与此发音相似的城市有:沙洛朗温(sarolangun)、锡马伦温(ximalungun)、北加浪岸(pikalongan)、巴兰岸(balangan)、布隆岸(bulungan)。

2 巴达维亚,荷属时代雅加达的古名。

3 古他(gutta),主要成分是古塔佩查(gutta-percha)和巴拉塔(balata)。古塔佩查是野生于马来半岛等胶木属植物等乳液凝固后的物质,与橡胶有相似之处。常温下凝固但在50℃以上则变得柔软,显现出弹性和可塑性,用于生产海底电线和牙科填充剂等。巴拉塔是野生于圭亚那等红松科植物山榄乳液凝固后的物质,灰色或褐色,在热水中变软,可作为古塔佩查的代用品,或与弹性橡胶混合使用。

输入			
地名	一八八二年（英镑）	一八八三年（英镑）
英国	一千七百五十四万四千两百一十六	一千九百八十七万五千一百二十
英殖民地与印度	两千五百一十七万五千五百八十四	两千四百六十四万六百二十四
诸外国	三千六百六十二万四千一百七十八	三千四百六十五万九千九百四十三
总计	七千四百三十四万三千九百七十八	七千九百一十七万五千六百八十七
输出			
国名	一八八二年（英镑）	一八八三年（英镑）
诸外国	六千一百一十九万两千四百五十八	六千八百一十七万四千两百二十

亚洲东部各港里程表

自	到	海里
横滨	横须贺	十三
横滨	浦贺	十七又半
横滨	房州馆山	三十二
横滨	志州的矢	一百八十
横滨	志州鸟羽	一百八十五
横滨	神户	三百七十
横滨	大阪	三百八十
横滨	下关	五百九十
横滨	福冈	六百五十
横滨	长崎	七百四十五
横滨	鹿儿岛	六百零五
横滨	冲绳	九百四十
横滨	石卷	三百
横滨	釜石	三百七十
横滨	山田	三百八十二
横滨	宫古	三百九十五
横滨	函馆	五百五十一
横滨	青森	五百七十七
横滨	室兰	五百二十四

续表

自	到	海里
横滨	厚岸	五百七十一
横滨	根室	六百五十四
横滨 经下关 西海岸	函馆	一千二百九十
横滨 经下关 西海岸	青森	一千二百九十六
福冈	唐津	三十
长崎	鹿儿岛	一百七十五
长崎	五岛玉浦	七十五
长崎	冲绳	四百二十
长崎	唐津	一百
长崎	下关	一百四十八
长崎	伊万里	九十
鹿儿岛	冲绳	三百八十五
下关	若州小滨	三百二十五
下关	敦贺	三百三十五
下关	函馆	七百
下关	青森	七百零六
七尾	富山	三十
七尾	新潟	一百二十五
七尾	函馆	三百八十
新潟	酒田	七十
新潟	船川	一百二十五
新潟	小樽	四百
新潟	函馆	二百七十二
青森	野边地	二十七
青森	厚岸	二百三十

续表

自	到	海里
青森	安渡	三十
函馆	室兰	八十
函馆	小樽	二百二十六
函馆	厚岸	二百三十
函馆	寿都	一百六十六
小樽	根室	三百九十五
根室	厚岸	九十三
根室	色丹岛	五十三
根室	择捉单冠湾	一百四十
根室	占守岛北端	六百六十
长崎	对州竹敷	一百二十二
长崎	釜山	一百六十五
长崎	汉密尔顿岛	一百六十
长崎	济州	一百八十
长崎	仁川	四百五十四
长崎	符拉迪沃斯托克海参崴	六百八十四
长崎	博西艾特	六百四十四
长崎	上海	四百七十三
长崎	香港	一千零六十七
长崎	基隆	六百三十七
下关	对州竹敷	一百二十
下关	釜山	一百二十
下关	汉密尔顿岛	一百八十五
下关	济州	二百零五

367

续表

自	到	海里
下关	元山津	三百五十八
下关	仁川	四百九十六
函馆	符拉迪沃斯托克海参崴	四百五十五
函馆	元山津	六百四十五
函馆	上海	一千一百八十一
小樽	符拉迪沃斯托克海参崴	四百五十七
小樽	圣弗拉基米尔[1]	二百六十二
小樽	上海	一千二百九十一
根室	上海	一千五百七十一
釜山	汉密尔顿岛	一百二十八
釜山	济州	一百六十
釜山	仁川	四百三十一
釜山	芝罘	五百一十一
釜山	牛庄	七百一十八
釜山	天津	七百八十一
釜山	上海	四百九十一
釜山	元山津	三百一十
釜山	波西耶特	四百七十五
釜山	符拉迪沃斯托克海参崴	五百一十
元山津	符拉迪沃斯托克海参崴	三百四十

---

1 原著写为"ヤニトゥテシメール",何港口不详。

续表

自	到	海里
元山津	博西艾特	二百八十五
仁川	芝罘	二百八十八
仁川	天津	五百三十一
仁川	旅顺口	三百二十二
仁川	牛庄	四百七十
克里奇顿岛	汉密尔顿岛	四十七
克里奇顿岛	济州	四十五
芝罘	大连湾	九十
芝罘	天津	二百四十四
芝罘	牛庄	二百零一
芝罘	旅顺口	七十五
旅顺口	天津	二百二十六
亚历山德罗夫斯克	巴尔拉库克港	一百六十三
亚历山德罗夫斯克	圣弗拉基米尔	五百三十
亚历山德罗夫斯克	德伊	六十四
亚历山德罗夫斯克	南库页岛	四百一十五
亚历山德罗夫斯克	根室	五百八十
亚历山德罗夫斯克	小樽	四百九十
亚历山德罗夫斯克	佩特罗布斯克	一百五十
亚历山德罗夫斯克	来奥克	二百二十三
亚历山德罗夫斯克	康士坦丁	三百二十
亚历山德罗夫斯克	德甘伽	三百九十五
亚历山德罗夫斯克	特尔玛河	四百一十
亚历山德罗夫斯克	尼克莱夫斯基	一百二十
亚历山德罗夫斯克	函馆	六百七十二

续表

自	到	海里
亚历山德罗夫斯克	森特尼古拉斯皮	三百二十
南库页岛	克依波奇灯塔	二百
南库页岛	萨哈林岛北端伊丽莎白海角	五百八十五
南库页岛	根室	二百五十
上海	芝罘	五百一十一
上海	宁波	一百三十四
上海	福州	四百二十
上海	厦门	五百八十
上海	香港	八百二十六
上海	基隆	三百七十六
上海	澎湖岛	五百七十一
上海	汕头	七百零五
福州	基隆	一百五十二
福州	淡水	一百三十七
福州	澎湖岛	一百九十六
福州	厦门	二百零五
厦门	澎湖岛	一百零三
厦门	基隆	二百三十五
厦门	淡水	二百零三
厦门	汕头	一百四十
厦门	香港	一百九十
香港	广州	九十
香港	澳门	四十五
香港	西贡	九百一十五

续表

自	到	海里
香港	新加坡	一千四百三十七
澳门	广州	七十五

长江水路

上海	镇江	一百五十七
镇江	芜湖	一百零一
芜湖	九江	一百九十八
九江	汉口	一百四十
汉口	宜昌	四百

自上海溯长江至四川重庆府里程表

上海至镇江水路里程表

								上海
							吴淞口	三九
						狼山	浏河	六三	一〇二
					灯船	八一	一四四	一八三
				椒山角	六三	一四四	二〇七	二四六
			江阴县	三九	一〇二	一八三	二四六	二八五
		连成洲	五七	九六	一五九	二四〇	三〇三	三四二
	复兴洲	三〇	八七	一二六	一八九	二七〇	三三三	三七二
三江口	四二	七二	一二九	一六八	二三一	三一二	三七五	四一四
镇江	五四	九六	一二六	一八三	二二二	二八五	三六六	四二九	四六八

镇江至九江水路里程表

		镇江
	仪征	五四
沙洲圩	五一	九六

372

	金陵	下三山	东西梁山	芜湖	三山镇	分金套	板子矶	威林密水道	土桥	大通
下三山	三九									
东西梁山	九〇	七八								
芜湖	一三五	一二九	九三							
三山镇	一七四	一七一	一三二	三三						
分金套[1]	二六七	二一二	一六五	一二六	六三					
板子矶	三〇〇	二五五	二〇四	一六五	一五六	九三				
威林密水道	三三〇	二八五	二三四	一九五	一八六	一一七	二四			
土桥	三六〇	三一五	二六四	二二五	二一〇	一四一	八四	四八		
大通	三八四	三三九	二八八	二四九	二三四	一五六	一〇八	七八	七二	
太子矶	四〇八	三六三	三一二	二七三	二八二	一八九	一二六	九六	一〇八	三六

	金陵	下三山	东西梁山	芜湖	三山镇	分金套	板子矶	威林密水道	土桥	大通	太子矶
续（距离累计）	四五六	四一一	三六〇	三二一	三一八	二二五	一六二	一三二	一六五	八四	八一
	四九二	四四七	三九六	三五七	三四四	二七三	一九二	一八九	一二七		
	四八三	五二八	四七七	四三七	三〇六	二四六	二一三				

1　在长江沿线的一些历史水路交通相关资料及地理文献中，有关于"分金套"的记载。它一般被认为在长江北岸靠近九江一带，可能具体位于今天湖北省黄梅县或江西省九江市的相关区域附近。

						三元峡	一二四	一〇五	一四一	一八九	二一三	二三七	二六七	二九七	三三〇	四二三	四六二	五〇一	五五二	五九七
					安庆	三〇	一五四	一三五	一七一	二一九	二四三	二六七	二九七	三二七	三六〇	四五三	四九二	五三一	五八二	六二七
				鸽洲嘴又曰磨盘洲	东流	六〇	九〇	一一四	一九五	二三一	二七九	三〇三	三二七	三五七	三八八	四二〇	五一三	五五二	五九一	六四二	六八七
				五一	一一一	一六一	一六五	二四六	二八二	三三〇	三五四	三七八	四〇八	四三八	四七一	五六四	六〇三	六四二	六九三	七三八
			小姑山	四二	九三	一五三	一八三	二〇七	二八八	三二四	三七二	三九六	四二〇	四五〇	四八〇	五一三	六〇六	六四五	六八四	七三五	七八〇
		扁担峡	六〇	一〇二	一五三	二一三	二四三	二六七	三四八	三八四	四三二	四五六	四八〇	五一〇	五四〇	五七三	六六六	七〇五	七四四	七九五	七四〇
九江	五一	一一一	一五三	二〇四	二六四	二九四	三一八	三九九	四三五	四八三	五〇七	五三一	五六一	五九一	六二四	七一七	七五六	七九五	八四六	七九一

九江至汉口水路里程表

			九江
		龙平	四八
	武穴	四二	九〇
半面山	二七	六九	一一七

								钓鱼台
							鸡头山	三三
						洋子矶	四八	六〇
					黄州	六〇	八一	一〇二
				龙王洲	二七	一〇八	一〇八	一五〇
			湖广水道	六〇	八七	一四一	一五〇	一九八
		阳逻	三三	八七	一三五	一六八	二〇〇	二五八
	汉口	三〇	九三	一四七	一六八	一九五	二三七	二八五
	四五	六三	一二〇	一九五	一九五	二二八	二九七	三四五
	七五	一二三	一八〇	二二八	二三八	二五五	三二〇	三七八
	一〇八	一五〇	二〇〇	二六一	二六一	二八八	三六〇	四〇八
	一六八	二〇〇	二三八	二八八	三一八	三三〇	四〇五	四五三
	一九五	二五八	二六一	二九一	三一八	三六〇		
	二五五	二九一	三二〇	三六三	四〇五			
	三〇三	三一八	三三〇	四〇五				
	三三六	三六三	四〇八					
	三六三	四〇五						
	四〇五	四五三						
	四五三							

汉口至湖南岳州府水路里程表

				汉口
			沌口	三〇
		金口	三〇	六〇
	下沙湖	三〇	六五	九五
东江脑	三五	四五	七五	一〇五
一〇				

	簰洲湾垸	老鼠口	小洲头	嘉鱼县	垱口	六溪口	茅埠	新堤	王家保	罗山	羊陵矶	白鹿矶	城陵矶
老鼠口	三〇												
小洲头	八五	四〇											
嘉鱼县	九五	七〇	二〇										
垱口	一三〇	一二五	六〇	四〇									
六溪口	一六〇	一三五	九〇	六〇	二〇								
茅埠	一九〇	一七〇	一四五	一〇〇	八〇	三〇							
新堤	五五	二〇〇	一五五	一三〇	一二〇	五〇	一〇						
王家保	六五	二三〇	一九〇	一八五	一五〇	九〇	九〇	二五					
罗山	一〇〇	一三〇	二二〇	一九五	二〇五	一一〇	六〇	三五	二五				
羊陵矶	一三〇	一六〇	二〇〇	二三〇	二一五	一五〇	一〇〇	六五	五〇	二五			
白鹿矶	一六〇	一九〇	二三〇	二六〇	二五〇	一八〇	一二〇	八五	七五	五〇	一五		
城陵矶			二五〇	二九〇	二八〇	二三五	一六〇	一二五	八五	六〇	四〇	二〇	
岳州					三一〇	二四五	一九〇	一四五	九五	六五	六五	三五	

（原表为三角形里程表，单位不详）

岳州至长沙府水路里程表

起/讫	岳州	布岱口	鹿角	沟渚	陈启望	白五岐	荣田	芦陵潭	湘阴县	清洲	杨四庙
布岱口	三〇										
鹿角	六〇	三〇									
沟渚	九〇	六〇	三〇								
陈启望	一二〇	九〇	六〇	三〇							
白五岐	一四〇	一一〇	八〇	五〇	二〇						
荣田	一七〇	一四〇	一一〇	八〇	五〇	三〇					
芦陵潭	二〇〇	一七〇	一四〇	一一〇	八〇	六〇	三〇				
湘阴县	二三〇	二〇〇	一七〇	一四〇	一一〇	八〇	六〇	三〇			
清洲	二八〇	二五〇	二二〇	一九〇	一六〇	一三〇	一一〇	八〇	五〇		
杨四庙	二九〇	二六〇	二三〇	二〇〇	一七〇	一四〇	一二〇	九〇	六〇	一〇	
三直六湾	三〇五	二七五	二四五	二一五	一八五	一五五	一三五	一〇五	七五	二五	一五

樟树沟	一五	三〇	四〇	九〇	一二〇	一五〇	一七〇	二〇〇	二三〇	二六〇	二九〇	三一〇
	桥口塘	二〇	三五	五〇	六〇	一一〇	一四〇	一六〇	一九〇	二二〇	二五〇	二八〇	三一〇	三四〇
		曾沟	一五	三五	五〇	六五	七五	一二五	一五五	一八五	二〇五	二三五	二六五	二九五	三二五	三五五
			彤关	六	二一	四一	五六	七一	八一	一三一	一六一	一九一	二一一	二四一	二七一	三〇一	三三一	三六一
				清沟	一五	二一	三六	五六	七一	八六	九六	一四六	一七六	二〇六	二二六	二五六	二八六	三一六	三四六	三七六
					禁子湾	一五	三〇	三六	五一	七一	八六	一〇一	一一一	一六一	一九一	二二一	二四一	二七一	三〇一	三三一	三六一	三九一
						下阴沟	二〇	三五	五〇	五六	七一	九一	一〇六	一二一	一三一	一八一	二一一	二四一	二六一	二九一	三二一	三五一	三八一	四一一
							山沙矶	二〇	四〇	五五	七〇	七六	九一	一一一	一二六	一四一	一五一	二〇一	二三一	二六一	二八一	三一一	三四一	三七一	四〇一	四三一
								长沙府	一五	三〇	五五	七〇	八五	九一	一〇六	一二六	一四一	一五六	一六六	二一六	二四六	二七六	二九六	三二六	三五六	三八六	四一六	四四六

汉口至荆州府水路里程表 其一

汉口	
	白鹿矶	四四〇

荆阿脑	一五										四五五
	观音洲	二〇	五								四六〇
		谢家塘	一五	二〇	三五						四七五
			河家埠	五	二〇	二五	四〇				四八〇
				尺八口	一五	二〇	三五	四〇	五五		四九五
					熊家洲	一五	三〇	三五	五〇	六五	五一〇
						反嘴	一五	三〇	四五	五〇	六五	八〇	五二五
							板陵	二五	四〇	五五	七〇	七五	九〇	九五	一〇五	五五〇
								洪水港	五	三〇	四五	六〇	七五	八〇	九五	一〇〇	一一〇	五五五
									中车湾	三〇	三五	六〇	七五	九〇	一〇五	一一〇	一二五	一三〇	一四〇	五八五
										上车湾	八	三八	四三	六八	八三	九八	一一三	一一八	一三三	一三八	一四八	五九三
											下大马洲	二〇	二八	五八	六三	八八	一〇三	一一八	一三三	一三八	一五三	一五八	一六八	六一三

379

							六三三	一七八	一六八	一六三	一四八	一四三	一二八	一一三	九八	七三	六八	三八	三〇	一〇	上大马洲
						六三三	一八八	一七八	一七三	一五八	一五三	一三八	一二三	一〇八	八三	七八	四八	四〇	二〇	一〇	下新河
					六四三	一九八	一八八	一八三	一六八	一六三	一四八	一三三	一一八	九三	八八	五八	五〇	三〇	二〇	一〇	窑圻脑
				六五七	二一二	二〇二	一九七	一八二	一七七	一六二	一四七	一三二	一〇七	一〇二	七二	六四	四四	三四	二四	一四	塔市驿
			六六八	二二三	二一三	二〇八	一九三	一八八	一七三	一五八	一四三	一一八	一一三	八三	七五	五五	四五	三五	二五	一	上新河
		六八二	二三七	二二七	二二二	二〇七	二〇二	一八七	一七二	一五七	一三二	一二七	九七	八九	六九	五九	三九	二五	一四		刘家湾
	七一二	二六七	二五七	二五二	二三七	二三二	二一七	二〇二	一八七	一六二	一五七	一二七	一一九	九九	八九	七九	六九	五五	四四	三〇	调弦口
七三二	二八七	二七七	二七二	二五七	二五二	二三七	二二二	二〇七	一八二	一七七	一四七	一三九	一一九	一〇九	九九	八九	七五	六四	五〇	二〇	小河口

汉口至荆州府水路里程表　其二

小河口	一五	齐公桥

									查家脑	一五	三〇
								张家湾	一〇	二五	四〇
							杨河脑	二五	三五	五〇	六五
						胡家大路	二二	四七	五七	七二	八七
					新厂	三〇	五二	七七	八七	一〇二	一一七
				萧家渊	五	三五	五七	八二	九二	一〇七	一二二
			郝穴	二五	三〇	六〇	八二	一〇七	一一七	一三二	一四七
		马家塞	三〇	五五	六〇	九〇	一一二	一三七	一四七	一六二	一七七
	蚊虫夹汛[1]	一五	四五	七〇	七五	一〇五	一二七	一五二	一六二	一七七	一九二
观音寺	一五	三〇	七〇	八五	九〇	一二〇	一四二	一六七	一七七	一九二	二〇七

---

1 在一些清代军事、地理的相关资料中,"蚊虫夹汛"是当时一个军事驻防点或水路要地,位于从汉口至荆州府的水路沿线。在《读史方舆纪要》等地理著作中也提及相关地点。可能在不同版本的清朝水路图或里程表中,存在书写上的细微差异,但基本可以确定是有这样一个大致读音和位置的地名的。据推测,此地可能位于今湖北省荆州市江陵县秦市乡的蚊虫洑村。但由于历史变迁,该地的范围和归属可能有所变化。

			窑湾	一五	三〇	四五	八五	一〇〇	一〇五	一三五	一九七	一八二	一九二	二〇七	二三二
		竹架子	八	二三	三八	五三	九三	一〇八	一一三	一四三	一六五	一九〇	二〇〇	二一五	二三〇
	沙市	二	一〇	二五	四〇	五五	九五	一一〇	一一五	一四五	一六七	一九二	二〇二	二一七	二三二
荆州府	一〇	一二	二〇	三五	五〇	六五	一〇五	一二〇	一二五	一五五	一七七	二〇二	二一二	二二七	二四二

荆州府至宜昌府水路里程表

				荆州府
			刘店驿	六〇
		松滋县	六〇	一二〇
	白阳驿	九〇	一五〇	二一〇
宜昌府	八〇	一七〇	二三〇	二九〇

宜昌府至四川夔州府水路里程表

	宜昌
平善坝	三〇

南沱溪	三〇	六〇											
	黄陵驿	三〇	六〇	九〇									
		毛坪溪	三〇	六〇	九〇	一二〇							
			屈溪驿	三〇	六〇	九〇	一二〇	一五〇					
				酒碗溪	三〇	六〇	九〇	一二〇	一五〇	一八〇			
					香溪塘	三〇	六〇	九〇	一二〇	一五〇	一八〇	二一〇	
						归州	三〇	六〇	九〇	一二〇	一五〇	一八〇	二一〇	二四〇
							七姐妹	三〇	六〇	九〇	一二〇	一五〇	一八〇	二一〇	二四〇	二七〇
								巴东县	三〇	六〇	九〇	一二〇	一五〇	一八〇	二一〇	二四〇	二七〇	三〇〇
									广东口	六〇	九〇	一二〇	一五〇	一八〇	二一〇	二四〇	二七〇	三〇〇	三三〇	三六〇
										万驵塘	三〇	九〇	一二〇	一五〇	一八〇	二一〇	二四〇	二七〇	三〇〇	三三〇	三六〇	三九〇
											溪河	三〇	六〇	一二〇	一五〇	一八〇	二一〇	二四〇	二七八	三〇〇	三三〇	三六〇	三九〇	四二〇
												巫山县	三〇	六〇	九〇	一五〇	一八〇	二一〇	二四〇	二七〇	三〇〇	三三〇	三六〇	三九〇	四二〇	四五〇

383

洞家嘴	二〇	五〇	八〇	一一〇	一七〇	二〇〇	二三〇	二六〇	二九〇	三二〇	三五〇	三八〇	四一〇	四四〇	四七〇
大溪口	六〇	八〇	一一〇	一四〇	一七〇	二三〇	二六〇	二九〇	三二〇	三五〇	三八〇	四一〇	四四〇	四七〇	五〇〇	五三〇
夔州府	三〇	九〇	一一〇	一四〇	一七〇	二〇〇	二六〇	二九〇	三二〇	三五〇	三八〇	四一〇	四四〇	四七〇	五〇〇	五三〇	五六〇

夔州府至重庆府水路里程表　其一

夔州府						
安平驿	六〇					
龙洞铺	三〇	九〇				
云阳县	三〇	六〇	一二〇			
古眼沱	三〇	六〇	九〇	一五〇		
马冀沱	三〇	六〇	九〇	一二〇	一八〇	
小港	三〇	六〇	九〇	一二〇	一五〇	二一〇

384

												大泸溪	三〇	六〇	九〇	一二〇	一五〇	一八〇	二一〇	二四〇
											万县	三〇	六〇	九〇	一二〇	一五〇	一八〇	二一〇	二四〇	二七〇
										大湖滩	三〇	六〇	九〇	一二〇	一五〇	一八〇	二一〇	二四〇	二七〇	三〇〇
									壤波驿	三〇	六〇	九〇	一二〇	一五〇	一八〇	二一〇	二四〇	二七〇	三〇〇	三三〇
								武林关	三〇	六〇	九〇	一二〇	一五〇	一八〇	二一〇	二四〇	二七〇	三〇〇	三三〇	三六〇
							曹溪驿	三〇	六〇	九〇	一二〇	一五〇	一八〇	二一〇	二四〇	二七〇	三〇〇	三三〇	三六〇	三九〇
						关溪	三〇	六〇	九〇	一二〇	一五〇	一八〇	二一〇	二四〇	二七〇	三〇〇	三三〇	三六〇	三九〇	四二〇
					忠州	三〇	六〇	九〇	一二〇	一五〇	一八〇	二一〇	二四〇	二七〇	三〇〇	三三〇	三六〇	三九〇	四二〇	四五〇
				乌羊镇	三〇	六〇	九〇	一二〇	一五〇	一八〇	二一〇	二四〇	二七〇	三〇〇	三三〇	三六〇	三九〇	四二〇	四五〇	四八〇
			羊渡溪	三〇	六〇	九〇	一二〇	一五〇	一八〇	二一〇	二四〇	二七〇	三〇〇	三三〇	三六〇	三九〇	四二〇	四五〇	四八〇	五一〇
		高家镇	三〇	六〇	九〇	一二〇	一五〇	一八〇	二一〇	二四〇	二七〇	三〇〇	三三〇	三六〇	三九〇	四二〇	四五〇	四八〇	五一〇	五四〇
	邓都县	三〇	六〇	九〇	一二〇	一五〇	一八〇	二一〇	二四〇	二七〇	三〇〇	三三〇	三六〇	三九〇	四二〇	四五〇	四八〇	五一〇	五四〇	五七〇

夔州府至重庆府水路里程表　其二

酆都县										
三〇	骡子镇									
六〇	三〇	染溪场								
九〇	六〇	三〇	新集场							
一二〇	九〇	六〇	三〇	涪州						
一五〇	一二〇	九〇	六〇	三〇	李渡					
一八〇	一五〇	一二〇	九〇	六〇	三〇	宁市驿				
一九五	一六五	一三五	一〇五	七五	四五	一五	石家沱			
二二〇	一九〇	一六〇	一三〇	一〇〇	七〇	四〇	二五	深沱		
二四〇	二一〇	一八〇	一五〇	一二〇	九〇	六〇	四五	二〇	长寿县	
二六〇	二三〇	二〇〇	一七〇	一四〇	一一〇	八〇	六五	四〇	二〇	上背沱

386

乐碛场	二五	四五	六五	九〇	一〇五	一三五	一六五	一九五	二三五	二五五	二八五								
大洪岗	二五	五〇	七〇	九〇	一一〇	一三〇	一六〇	一九〇	二二〇	二五〇	二八〇	三一〇							
木洞司	二〇	四五	七〇	九〇	一一〇	一三五	一五〇	一八〇	二一〇	二四〇	二七〇	三〇〇	三三〇						
鱼嘴沱	二〇	四〇	六五	九〇	一一〇	一三〇	一五五	一七〇	二〇〇	二三〇	二六〇	二九〇	三二〇	三五〇					
广源坝	一五	三五	五五	八〇	一〇五	一二五	一四五	一七〇	一八五	二一五	二四五	二七五	三〇五	三三五	三六五				
潭家河	二五	四〇	六〇	八〇	一〇五	一三〇	一五〇	一七〇	一九五	二一〇	二四〇	二七〇	三〇〇	三三〇	三六〇	三九〇			
黑狮子	一〇	三五	五〇	七〇	九〇	一一五	一四〇	一六〇	一八〇	二〇五	二二〇	二五〇	二八〇	三一〇	三四〇	三七〇	四〇〇		
超铺	五	一五	四〇	五五	七五	九五	一二〇	一四五	一六五	一八五	二一〇	二三五	二五五	二八五	三一五	三四五	三七五	四〇五	
重庆府	一五	二〇	三〇	五五	七〇	九〇	一一〇	一三五	一六〇	一八〇	二〇〇	二二五	二四〇	二七〇	三〇〇	三三〇	三六〇	三九〇	四二〇

日　记

明治十八年（1885）三月六日　雨，暮霁。午后六时轮船开赴横滨，八时登上英彼阿公司[1]西藏号轮船。此前清隆[2]为养病辞官，请准漫游国内外诸地。政府有命不允辞官，唯许游历。去月二十五日蒙　召见，奉　亲谕："汝今欲游历清国。清国乃我同盟，邻接最近，且方今与法国交战，故宜将经历中见闻逐一奏上。"同月二十七日有内部通知，命"太政官"[3]"大书记官"[4]小牧昌业[5]、农商务省"权[6]大书记官"奥青辅、农商务省"御用挂[7]准奏任官[8]"相良长纲、农商务

1　英国彼阿轮船公司，英文名为 Peninsular Oriental Steam Navigation。

2　清隆，即此书作者黑田清隆。下同。不一一注释。

3　太政官，有两个意思：1. 指律令制度时代掌握国政的最高官厅。2. 指明治二年（1869）到明治十八年（1885）所设的政府最高官厅。太政官的最高负责人叫太政大臣。

4　书记官，有两个意思：1. 指日本旧制中在内阁、各省、都道府县县厅、贵族院、众议院等辅助长官，分掌文书制作审核等事务的高级官员。如现在的法院书记官。2. 外交官的官名之一。如"一等书记官"。

5　小牧昌业（1843～1922），文学博士，明治、大正时期官僚、汉学家、宫中顾问官、贵族院议员（敕选）。

6　权，放在表示官位的词汇前面，表示在定员外，临时设置的一个官职。如律令时代常见的"权大纳言"等。

7　御用挂，指旧制下接受宫内省等官府命令，从事实际工作的官职。

8　奏任官，旧制下官吏的身份之一。三等以下高等官的称呼。

省"御用挂准判任官"[1]兼外务省"御用挂"峰宽二郎,随清隆出差香港地区,故与该四人一道出发。广业商会会长笠野吉次郎亦同行,一行共六人。

三月七日　阴,温度计华氏五十七度^{以正午为准,以下皆此},午时四时解缆,风平浪静。

三月八日　晴,温度计华氏五十一度,午后二时抵神户,船系泊于栈桥公司之栈桥,上下甚便利。兵库县"大书记官"篠崎五郎、神户区区长村野山人、"一等属"[2]久保春景、栈桥公司职员赤星弥之助、城岛谦藏等前来迎接。小憩于常磐楼。四时轮船出发赴大阪。建野知事于停车场迎接。投宿北滨町专崎私宅。

三月九日　阴,温度计华氏五十度,税所议官[3]时在堺市,听闻余到,来访旅寓。午后二时二十五分乘缆车返神户。建野知事送至停车场。税所议官送至神户。时稍下雪,甚寒。又小憩于常磐楼。不久上船,七时解缆。

三月十日　晴,温度计华氏四十七度,午后五时过下关。

三月十一日　微阴,温度计华氏五十七度,午前七时抵长崎。石田县令、柳本书记官、白上主税官[4]等来船。上

1　判任官,旧制下官吏的身份之一。以各省大臣、府县知事等的权限任免的官职。位于高等官方下,也叫属官。

2　一等官,属官之一。属官有两个意思:1. 从属于官厅的下级官吏。2. 旧制下各官厅的下级文官。以"判任官"充任。

3　税所议官,似为人名。然此人生平、事迹不详。

4　主税官,日本百官名之一,来源于过去的主税寮。"主税"的原意是"田租",即依靠人民之力所得的税赋。日本现在仍有主税局,系日本中央省厅之一的财务省的内部部局之一。其工作是规划、制定国家税制、测算租税收入等。

陆后憩于八坂町笠野宅。今朝稍下雪。午后四时归船。四时三十分解缆。

三月十二日　晴，温度计华氏五十七度，遇清国驻长崎领事余瓃。余乃广东新会县人，此次任满归国，由长崎上船。船中时时晤谈。

三月十三日　阴，温度计华氏五十七度，风平浪静。

三月十四日　阴，温度计华氏五十八度，午前八时右舷可见奥克萨[1]灯塔，午后九时右舷见拉莫科[2]灯塔。据云距香港一百八十英里。

三月十五日　雨，温度计华氏六十度。午后二时抵香港。町田领事雇端艇迎接。乃上陆，寓我领事馆。

三月十六日　晴，温度计华氏六十度。

三月十七日　阴，温度计华氏五十八度。农商务省三等"出仕"[3]安田定则奉命赴英国参加伦敦万国发明产品博览会，同船到此地，今日向欧洲进发。余送至海岸。

三月十八日　微雨，温度计华氏六十二度。应香港总督伯恩氏邀请，午后一时与町田领事、田边文书一道赴总督府共进午餐，款话移时而归。是夕余瓃于东来街居安会馆设宴，飨余一行。清人列席者有李璿、何献墀、张荫孙、潘荣

1　奥克萨，原文为ヲックソウ，不知何灯塔。

2　拉莫科，原文为ラモック，不知何灯塔。

3　出仕，明治时代初期的官厅试补官，后转为定员之外的临时官吏。

香港之图

川、冯耀祖、冼德芬、余贞祥,凡七人[1]。何献墀尝游欧洲,能英语。余贞祥乃余瓃叔父,亦尝游欧洲,能英语,在香港以状师[2]为业。

三月十九日 雨,温度计华氏五十八度。是夕招待余瓃等于万芳楼,以答谢昨夜之宴。清人来者有余贞祥、何献墀、冼德芬三人。

三月二十日 晴,温度计华氏六十五度。余瓃、余贞祥、何献墀来谢昨日之宴。午后四时访塞拉尔·萨尔金特[3]氏。

三月二十一日 晴,温度计华氏七十度。午前十时到九龙参观造船厂。此造船厂称香港黄埔造船公司,拥有之船坞长三百九十英尺,宽五十英尺,现役工人五百名。高级工人一日工钱四十美分,以下工人三十美分。一日消费煤炭五十五吨许,概为三池产。用于造船之木材由美国、暹罗、吕宋运来。现今修建之船坞长五百五十尺,宽九十尺,深二十七尺,以花岗石叠砌。石材采自后山,采掘、运输机械皆用蒸汽动力。此船坞建造费凡五十万洋银,据云可望两年竣工。

三月二十二日 晴,温度计华氏七十三度。

---

[1] 以上7人中,何献墀乃较著名的近代人物。何献墀(?-?),广东南海人,香港华侨巨商,郑观应的密友,曾经营广东天华银矿。除此之外,他还在中国近代史上留下两个重要的印记。第一个是提出《粤垣源源水局议》(香港文裕堂铅印本,1882),希望在广州引进自来水。第二个是在1881年,何献墀向李鸿章提议:筹集资本2000万元,在香港设立洋药公司,总揽印度鸦片输入和运销中国各口业务。

[2] 状师,又称讼师,是中国古代的一种职业,甚至由于过多为统治阶级服务,而被广大底层劳动人民蔑称为讼棍。

[3] 不详。

三月二十三日　晴，温度计华氏七十六度。午前八时乘河南号赴广州。町田领事同行。香港广州间定期班轮除星期日外，每日朝暮两班，里程八十四英里。进入珠江到虎门，时值十二时二十分。虎门乃珠江第一要冲，入口有军舰镇涛号碇泊，从该舰下小艇载引水员前来引水，因此间多沉放水雷，故使船规避危险。虎门前有大横档、小横档二岛，与虎门炮台相对。见山上有多个炮台，江流诸处有水雷浮标。再行至黄埔，此处江流分二支，左江立木桩，架长桥，阻碍船舰出入。右进至黄埔前，炮台列于两岸，旗章处处翻飞。又行至蜡德炮台前，江流颇窄。此处排列木桩以断流，仅开百尺余豁口以通船之往来。两岸堆积石材，以备填塞缓急之用。进入珠江后，两岸树木苍翠，耕地不少，其低处多水田。三时半到广东省城。下船，投河南[1]"广东旅馆"。旅馆乃葡萄牙人所开，供洋人投宿之客店仅此一家。河南在省城南面，隔江与河北相望。欲进入沙面与省城则必须渡江。于是雇船来到北岸沙面，于租界散步后返回旅馆。旅馆前面临江，由楼上望之，大小船舶往来江面如织，喧哗之声日夜不绝，实乃一大喧闹之地。此地居民以船为家者甚多，操渡船者男女相半，妇女与男劳力无异。

三月二十四日　晴，温度计华氏七十七度。午前九时出寓所，渡河到沙面，雇轿入城。街市道路宽一丈许，皆铺花岗石。两侧房屋皆砖构楼房，骑楼路面不见天日，殆如穿行洞中。屋宇壮阔，物产丰饶，复觉胜于北方都会之地。且街

---

[1] 河南，广州市人习惯上称珠江南岸的海珠区为河南区，但不包括同是珠江南岸的原芳村区和番禺区，简称河南，别称海珠。与此相对应，珠江北岸就称为河北。

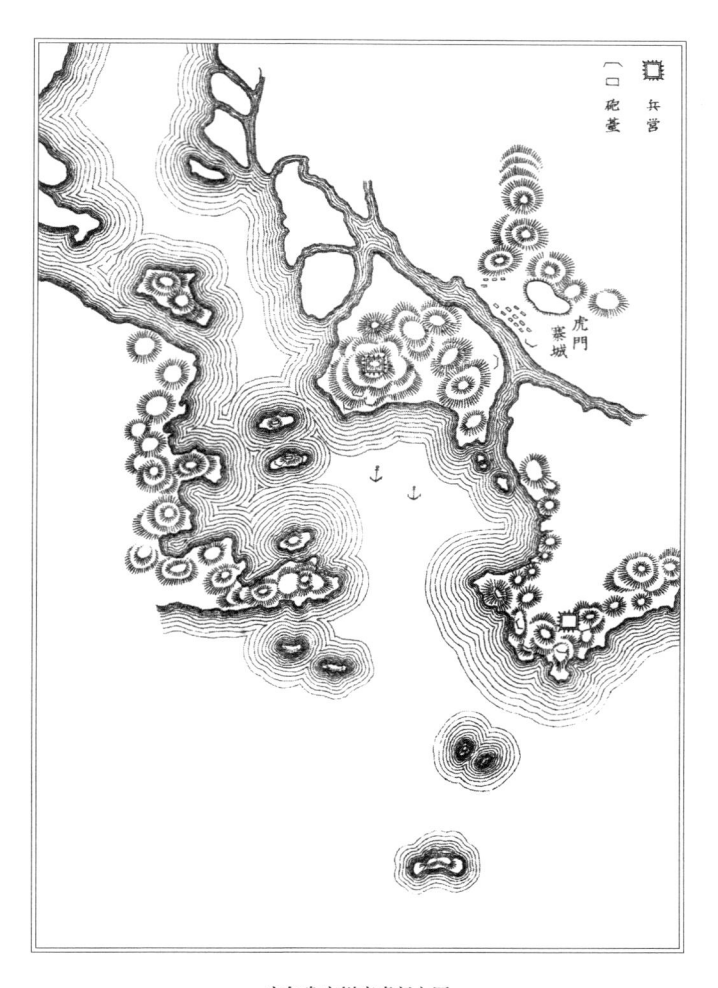

广东省广州府虎门之图

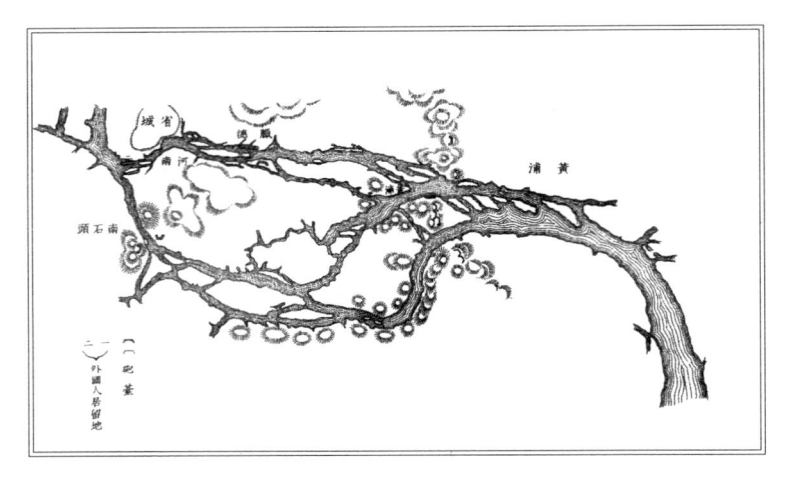

广东省广州府黄埔之图

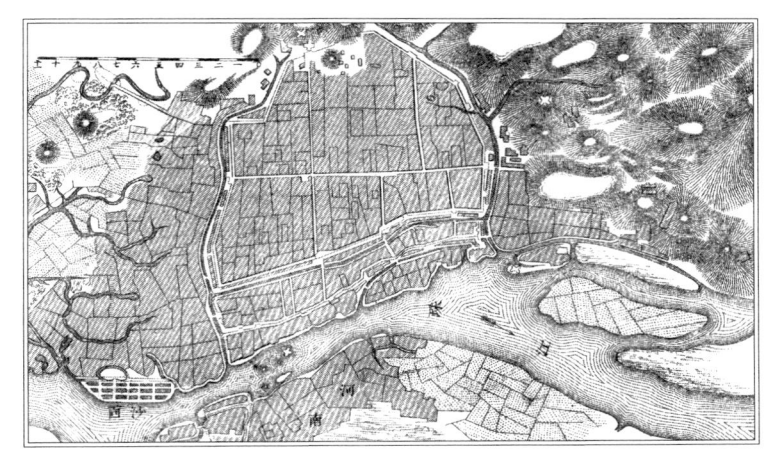

广东省城略图

衢亦较洁净，居民容貌、衣服亦较清爽。登正南门中漏刻楼见水漏，有铜器四，由上到下排列，宛如楼梯。最上面一铜器储水，水由其腹下一管滴至下一铜器，顺次再滴入最下面一铜器。此器中插一铜签，以标记漏刻。随水满签上浮，因以识时刻。上器大一围半，其下递次变小。上器腹部镌"延祐三年（1316）十二月十六日造"字；次器镌"咸丰十年（1860）重修"字。出此入古董店、杂货店二三处。午后二时归寓。进餐后租一艇，溯江到畔塘，此附近多城里富人别墅。到陈莲坡[1]别墅参观，其庭院雅致洁净。又多荔枝园，有鱼塘，据云养鲩鱼、鲤鱼等。归路顺黄沙溪流而下，穿过街市后面。到沙面，走数百米，见系泊此处之小舟甚多，舟殆壅塞不进。有舟大二十米左右，开数十方窗，曰厨艇。或曰：可命舟人作酒馔，或可在兹会餐，或可自炊。薄暮归寓。夜余璐来访。降大雷雨。

　　三月二十五日　雨，温度计华氏七十七度。是日将赴澳门，然因雨暂不出发。午前，文报局委员、三品衔遇缺即选知府蔡锡勇[2]来访。据云能英语，尝以官学生身份留美七年。午后五时余璐来，导观近邻伍氏庭园。伍名延鎏[3]，广东省著名富人。其屋宇宏阔，柱材概以一个花岗石劈出。另有祖庙，金碧辉煌，足知其豪富。

　　三月二十六日　阴，时时雷雨，温度计华氏七十二度。

1　不详。

2　蔡锡勇（1847～1897），清末官吏，福建龙溪人。

3　伍延鎏（？-？），字金泉，号少溪，番禺许玉彬弟子。收藏书画甚富，广交名流。善山水，笔气磅礴，仿吴镇、石涛。中年后专写墨梅，因自号梅盦。

省城之北有镇海楼，在越秀山上，视野甚广。初至广州时欲观览，然听闻清法交兵后不许洋人登游，故未能观。昨蔡锡勇来，托其通意于总督，乞往游。蔡去后驰书，答无碍。是日午前九时半，出寓所入城，途中到五仙观，观其中所列仙人像。庙宇颇旧，于观中遇张义澍[1]来。张乃同知衔广西候补知县营务处委员，为町田领事所知，曰于总督处听闻我辈来游，故来引路。于是共上观音山。镇海楼在西边，眺望颇远。寺僧款进迎茶。去而下山，东行五六百米，又上丘，至镇海楼。楼在省城城墙极北丘上，楼内径深三十步，广十六步，高近三十米。有五层，故亦曰五层楼。至最上层，省城内外皆在眼下。楼西北接水田，稍东与小丘相连，接城墙。楼右有清国式炮台，左方隔数百米有两炮台。最接近楼处有新建之仓库，颇坚固。从楼上望其内部，挂"鱼子药库"匾额，知其为火药库。归途至文明门内东横街，观军备局用汽机作炮弹、枪弹及水雷。邀张义澍至旅馆共进午餐。午后五时余璃来，导游海幢寺，乃昨夜有约。海幢寺乃广东五大寺之一，院内宽阔，结构宏伟，房舍极多。钟仕良[2]做东设宴于寺中。钟乃香山县人，屡来我国长崎、神户等经商，昨夜邂逅于伍氏宅。宴毕归寓。张义澍践前约，遣小轮船邀至红舫。舟中有歌妓七名。笙鼓喧阗，张友人三名亦陪席。红舫长五六丈，阔一丈许，床榻椅桌皆备，陈设颇雅。此地主人宴客皆招妓于此，他

---

[1] 张义澍，生平不详，清末盐城知县、文人、书画家，著有鼻烟专著《士那补释》等。

[2] 钟仕良，商人，但生平、事迹皆不详。

地所无。十一时归寓。

三月二十七日　微雨，午后晴，温度计华氏七十七度。午前八时搭轮船白云号赴澳门。午后三时抵澳门，里程七十五英里。投宿清人所开旅店兴记号。客房宽敞清洁，诸事皆有条理。夜雷雨。

三月二十八日　阴，温度计华氏六十九度。午前访澳门总督罗札氏，谈话少时归寓。午后一时出寓，观缫丝厂三处。又至镜湖医院，此院系十一年前清人有志之士创建，募四方义捐维持。在院医师有中医三名，管理员一名。房屋结构颇宽敞，病室分男女，共四十名病人，每室置二病床。据云患者贫而无钱，费用一切免除。又散步到香山县交界处。此处位于港口西南，两边受海，地势最狭隘，设关卡，置番兵。

三月二十九日　晴，温度计华氏七十四度。午前到清人开设之纸炮[1]厂观看；午后参观葡萄牙兵营。指挥官陆军少校希尔巴诺氏出迎，导观营中各处。迎送于楼下皆奏军乐。到庖厨开釜，拿出其所做伙食试吃。营房据山临海，其下有炮台，备大炮四门。山上又有炮台，往观。次而参观陆军医院。又参观法院。夜到赌场观看。澳门政厅课赌博税，故居民公然赌博。赌场甚多，余等到两处观看。赌场不禁路人来观，内设方桌，赌者围之。有司赌钱交收者一人，又有集铅片状小铜钱并算之者。以十除之，以其所剩数字决输赢。赢者兴趣益旺，输者或转失意，去往他处。街上散步之人，亦动辄来试一局，或倾囊而去，或盈怀而归，去来纷纷。见此情状，可谓弊政之甚。

1　纸炮，即鞭炮。

澳门之图

三月三十日　晴，温度计华氏七十四度。午前八时搭九江号赴香港，十二时到，航程四十英里。

三月三十一日　阴，温度计华氏七十一度。午前温子绍[1]来。温乃三品顶戴花翎江苏省补用道，今在广东，管军备局事。午后七时，应总督伯恩氏之邀赴其宅，共进晚餐。

四月一日　晴，温度计华氏七十四度。午后六时应余贞祥之邀，赴居安楼。

四月二日　晴，温度计华氏七十四度。

四月三日　晴，温度计华氏七十六度。

四月四日　晴，温度计华氏七十七度。

四月五日　晴，温度计华氏七十六度。

四月六日　晴，温度计华氏七十六度。午前参观砂糖精制厂。厂位于海岸东端郭外，由英国查登玛蒂逊公司拥有，以股金建成。厂房五层，最上层储放黑糖原料。黑糖包开三个三尺见方孔洞，解包后运至第四层。第四层有直径凡九尺、高八尺许之圆形大釜。将黑糖放入釜内，以十字形铁棒搅拌之，溶解后成糖汁。将糖汁注入铁管，管环绕车间，于其间滤去杂质，再流下第三层。第三层有圆铁管受之，管内有棉布袋，又过滤一遍，从六个出口管流下第二层。第二层有四个约四米见方之铁箱收纳糖汁，再通过铁管送入另室。于另室再以骨炭过滤，流下第一层。第一层有四十个高约六米、直径九尺之圆铁桶储存糖汁。再移送另室，以两台机械熬之。嗣后于另一室以二十三台干糖机制成精制白糖。其种

---

[1]　温子绍（1834～1907），字殿园，广东顺德人，"自幼即留意艺学，于泰西机器制造之事，悉心考究"（周之贞：《顺德县志》卷17《温子绍传》）。

类凡六七种。再搬运至另室打包。皆用双层草席袋包装，甚牢固。厂内职工皆用清人。

四月七日　晴，温度计华氏七十六度。午前十一时搭法国邮轮梅尔波伦号赴西贡与新加坡。邦人小岛由义昔时曾游东京，今在香港，通法语。乃雇其为通办。故一行之外加由义共七人。十二时二十五分发船。船渐进，气候渐热，午后八时温度计达华氏七十八度。甚觉空气潮湿，满船手触之处无不带有水气。

四月八日　晴，温度计华氏八十度。昨日解缆，至今午十二时，船行三百一十四英里。

四月九日　晴，温度计华氏八十二度。至今午船行三百二十三英里。

四月十日　晴，温度计华氏八十七度。午前七时入西贡河河口。十时三十分达西贡码头。自昨午船行二百七十三英里。溯河约四十英里，两岸甚低，树木丛生，一见即知乃沃土。然田圃甚少，且人家屈指可数。及近西贡街市，人家方渐稠密，然景象颇贫困。居民相貌概与清国南部居民相同，肤色稍黑，头发卷束，犹似本邦妇人或歌者结发。且多用一片绉纱布卷头，或有人在头上夹大栊。其衣服袖窄长垂。多跣足。唇带浓红色，因常食槟榔。正午下船，过贝兰桥，经海岸大道，到动物园。园内所养动物多，有虎、蛇、鳄鱼等。由此来到城墙正门前，到诺罗敦街，欲访总督官邸。拿出法国驻香港领事介绍信，约好午后四时会面后离去。简单观看桑杰街法院集治槛[1]后归船。此时街市人家大率闭户，

---

[1] 集治槛，原文如此，不知出典何处。在此似有"公告牌"之意。

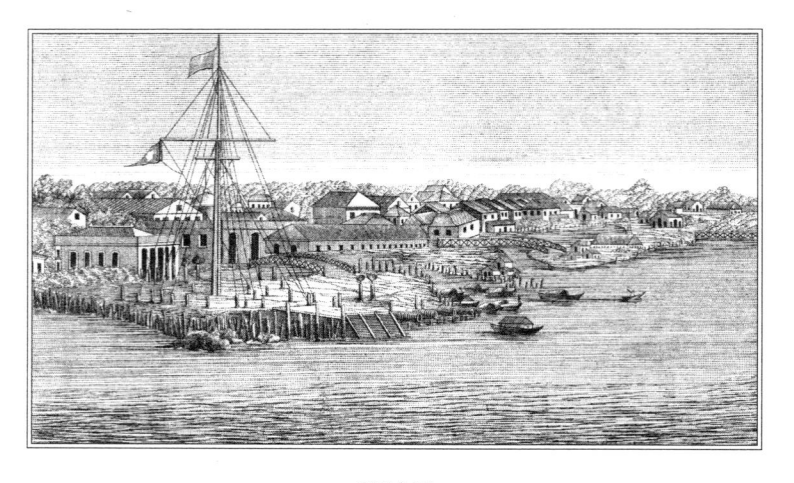

西贡之图

阒寂无声。据闻此地酷热，故人家大抵至午前十时左右即闭户休息，至午后四时左右又开店营业。午后四时前，践约到总督官邸，会面谈话数刻后归。此地城郭颇宏大，据云足以容兵一万人许。街市道路区划严整，往来尤为便利。

四月十一日　晴，温度计华氏七十九度。午前十时三十分解缆。

四月十二日　晴，温度计华氏八十度。自昨日解缆至今正午，行船三百四十英里。

四月十三日　晴，温度计华氏八十三度。午前七时三十分抵新加坡。未到码头三四英里前，见岸上松树、平林一抹相连，景致可爱。自码头至街市二英里许，车道平坦。正午十二时上岸，投宿奥德鲁西宾馆。午后三时骤雨雷鸣。

四月十四日　晴，温度计度数与昨日相同。午后二时出寓，至格雷辛格船坞。有二船坞，据云其一皆以花岗石建筑，长四百四十尺，阔五十五尺，水深一丈九尺许；其二仅挖土筑成，然多处使用花岗石。底座为木制，其间夹杂使用花岗石，长四百一十六尺，阔四十二尺半，水深一丈四尺半。继而到斯特里特政厅。其结构宏大，前面有宽广空地作花园。二层建筑，颇宽敞。右面隔溪有总督官邸。到植物园。植物皆与本邦树种相异。内有湖水，畜鸟与鱼。又有养鸟场，畜数种鸟。再到清人拥有之植物园，其面积不足前述植物园一半。晚有骤雨，已霁。据云此地暑天每日午后殆有骤雨。六时归寓。

四月十五日　晴，温度计华氏八十五度。午后出寓，游览各处。至储水厂，见有蒸汽机室，其旁有池，长约四十米，宽二十三四米，以石甃之。由此连接水管至高处之水池，逆向引水于上。据云可将水导向城中水管。所经街市中，中等以上房屋多为清人所有，其间有人宽宅大院，出入驾车马，得意扬扬。原住民则多住卑陋小屋，从事贱役。时有店肆，虽有售货者，然人甚少。修缮道路、背负货物、驾驭马车、货车，皆系原住民职业。有人形销骨立，头发全剃；有人将额前剃成方形；有人辫发，与清人相同；有人散发；有人食槟榔，唇齿带浓红色。其衣皆用白布或印花布，腰以上穿窄袖衣，腰以下缠印花布；有人裸体，仅腰缠印花布。皆跣足，穿鞋者不过百中一二。普遍以布包头。其相貌狰狞，似显柔弱而愚蠢，仅供欧人与清人役使。此地洋店中，执事者多系清人，皆解英语，举止轻快敏捷，不同于原住民。盖欧人揽其本，清人办其事，原住民仅供役使。道路区划规整，然就清洁与修缮程度而言，不及香港或上海租界。房屋结构与公园，稍显粗大而不甚精美。且此地欧人，似不甚留意装饰外表。植物长势良好，枝繁叶茂。日中躲其荫下，可避烦热。有一种树，绿叶末端长细长深红色小叶，远望似杜鹃树。街市中多马车待客，犹如我邦人力车。亦有人力车，挽夫皆清人，未见原住民挽之。乘者仅下层清人或原住民。

四月十六日　晴，温度计华氏八十五度。伊藤大使时在天津，与李鸿章商议朝鲜事件[1]。此日香港领事馆传来天津电报，云和议成，十八日可签订条约。

四月十七日　晴，温度计华氏八十五度。

1　朝鲜事件，这里指甲申政变，具体指1884年12月4日（农历甲申年十月十七日）朝鲜发生的一次流血政变。这次政变由以金玉均为首的开化党主导，并有日本协助。政变的目的有两个：一是脱离中国独立，二是改革朝鲜内政。

四月十八日　晴，温度计华氏八十五度。今日搭英国邮轮罗塞塔号返香港。十二时三十分解缆。因清国茶市开市日期渐近，故搭此船之欧洲茶商甚多。

四月十九日　晴，温度计华氏八十四度。昨午解缆至今午，船行二百九十七英里。

四月二十日　晴，温度计华氏八十四度。昨午至今午，船行三百一十英里。

四月二十一日　晴，温度计华氏八十五度。昨午至今午，船行三百〇四英里。船中所役之水夫、火夫多印度人。据闻其一月薪水一英镑五十先令至二英镑，然伙食由船公司供给。

四月二十二日　晴，温度计华氏八十四度。昨午至今午，船行三百〇九英里。连日风平浪静，而今日午后四时左右东风大起，雨亦骤至，巨浪拍舷，船摇甚剧。至晓雨止，然风未静。

四月二十三日　阴，温度计华氏七十五度。午前九时抵香港。下船，住领事馆。据闻日清谈判已结束，于十八日签订条约，大使及其一行于翌日前往天津。

四月二十四日　晴，温度计华氏七十二度。

四月二十五日　晴，温度计华氏七十二度。

四月二十六日　晴，温度计华氏七十二度。是日应塞拉尔·卡梅伦氏邀请，与町田领事、田边书记生一道赴午餐会。香港总督及书记官马尔西氏等亦来会。西园寺公使赴澳大利亚，今日途经此地。

四月二十七日　晴，温度计华氏七十三度。赴总督伯恩氏午餐会。西园寺公使、近卫公、町田领事、田边书记生亦受邀。同席者为塞拉尔·卡梅伦氏、大校克洛赫尔特氏、中校德斯氏。午后四时，总督又邀乘小轮船巡游九龙湾及各处，六时归馆。明晓拟乘英国轮船塞克罗普斯号赴上海。午后九时离馆，与上船之西园寺公使、町田领事等告别。

四月二十八日　晴，温度计华氏七十九度。午前五时解缆，风平浪静。

四月二十九日　晴，温度计华氏七十五度。今晓起雾浓，船时进时止。午后三十分，抵距厦门鼓浪屿一英里处，下碇，下清人二百八十名后解缆。据云此清人乃赴槟榔屿与新加坡等地打工返家者。昨晓解缆至今晓四时，船行二百五十英里。至晚降雨，浪颇高。

四月三十日　雨，温度计华氏六十二度。东北风颇强，船行甚缓。午后一时过，左舷可见海坛[1]灯塔。海坛乃距福州七十英里东南方之一岛。昨日离厦门至今午后四时，船行一百九十英里。

五月一日　阴，温度计华氏六十三度。自昨日午后五时至今日午后五时，船行二百四十英里。午后六时四十分，过普陀山前。八时十分过七里屿[2]灯塔。

五月二日　阴，温度计华氏六十一度。午前四时到距吴淞口三英里处，停船待潮。午后二时乘潮而进。四时达上海

1　海坛，因主岛海坛岛适中有一平坦的巨石，俗称"平潭"。平潭岛即今福州市平潭县，是全国第五大岛，福建第一大岛。东西宽约19公里，南北长约29公里，面积278.61平方公里。

2　七里屿，原文是ステープ島。查中国浙江省北部沿海过去无此岛名称，似为外国人擅取之名，疑是始建于1865年的宁波镇海口七里屿灯塔。此灯塔是我国最早的两座近代灯塔之一，由当时英国人主持的浙海关税务司与宁绍台道协同建立。

虹口码头。安藤领事、磐城舰舰长野边田少佐、清辉舰舰长伊地知少佐及两舰士官数人，以及领事馆馆员等数十人来港迎接。到法租界广业洋行[1]住宿。

五月三日　晴，温度计华氏六十一度。午后一时出寓，与安藤领事、曾根岛两氏等游览近郊。先到申园[2]吃茶，次到徐家汇看观象台。此台乃法兰西耶稣会僧徒所建，有风雨针及其他器械，可与各处观象台电报互通气象变动。清国完备之观象台唯此一处。

五月四日　晴，温度计华氏七十六度。午后四时由安藤领事引导，到美租界自来水器械厂参观。归途到中心饭店[3]小憩。

五月五日　晴，温度计华氏七十六度。碇泊上海之我军舰磐城舰将巡航南方，故欲搭之游历福州、台湾等地。预定今日十二时三十分解缆。上船一行人中，奥青辅罹病无法前往，仓辻靖次郎、寺田弘两人同行。午后一时三十分解缆。午后十一时三十分右舷可见马鞍岛[4]灯塔。

五月六日　晴，温度计华氏六十六度。风平浪静。午后四时，左舷四五英里以西处可见西乡岛[5]。五时半起，右舷二十英里以东处可见台州群岛。今日所经之处清国帆船往来

1　广业洋行，当时日本在上海建立的间谍机构之一，位于浦东，由日侨开办，属于中国大陆日本浪人的汇聚之所和实际据点。

2　申园，即豫园。过去有豫申园的说法。

3　中心饭店，原文是ポイント・ホテル（Point Hotel），不知当时叫何饭店。

4　马鞍岛（海图上曾标作南马鞍岛等），即枸杞岛，被称作东方的"小希腊"。位于嵊泗列岛东部，是列岛中仅次于泗礁的第二大岛。此岛距离舟山和上海都较近。

5　西乡岛，原文写作ヒーシャン島，不知何岛。

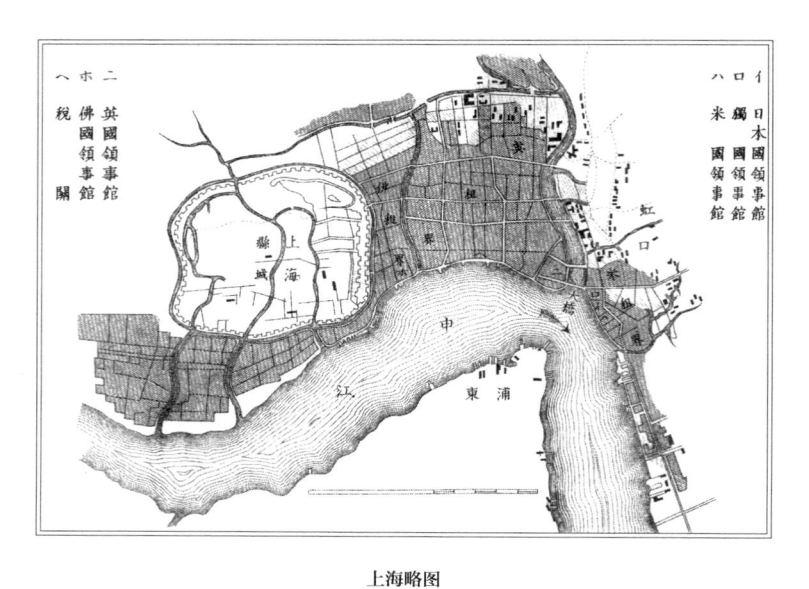

上海略图
一、日本领事馆，二、德国领事馆，三、美国领事馆，四、英国领事馆，五、法国领事馆，六、海关

甚多，且数次遇见渔舟布网。

五月七日　阴，温度计华氏六十五度。午后三时过马祖岛，英人引水员罗贝尔特森氏上船。四时三十分于闽江口川石岛下碇，清人黄什彪、唐佐溎、港口监督洋人某一道来船，曰奉闽浙总督杨昌濬、闽江驻防将军穆图善之命前来问候。我问：此船得否进入罗星塔？彼答：江中处处有水雷，大舰出入甚危险。请止舰于此，以将军座船送至福州。我云：若我舰可到罗星塔，则搭载煤炭及往来福州便利繁多。请准允入闽江口。若小轮船，已于过去在福州时命人准备妥当，不劳将军费神。彼等约定明日再来，之后离去。夜，西岸上方金牌炮台亮起灯光，两度照射我舰。川石岛邻接闽江口南岸，岛上居民六百人许，有三座洋房，英美法耶稣教传教士居此。又有电信局，在岛东边。

五月八日　晴，温度计华氏七十八度。午前八时，在福州之泽八郎、柴山一、铃木恭贤、乐善堂分店松本龟太郎雇小轮船来接。正午十二时黄什彪等至，曰：贵舰入江事已电禀总督，然因今日情势，遂无法应允贵意。故我舰决定碇泊江口。午后一时乘小轮船溯闽江。儿玉大尉、吉井少尉同行。行进一英里余，见两岸有炮台，据云左为金牌，右为长门，两岸相距仅一千二百尺，乃江流最狭窄处，实为咽喉要地。过去此炮台称白炮台，遭法舰摧毁后至今经全力修复，已不见损坏痕迹，所筑井壁式炮台以土涂盖，不见其白。金牌炮台位于山上，居高临下，最占有利位置，然井壁筑造似未甚坚固。二时二十五分过罗星塔下。塔在江北岸小丘上，其下有遭摧毁之炮台，为法舰所击也。此处碇泊一艘美国军舰。稍右转，见有马尾造船厂船坞，遭炮击后经修复，今不

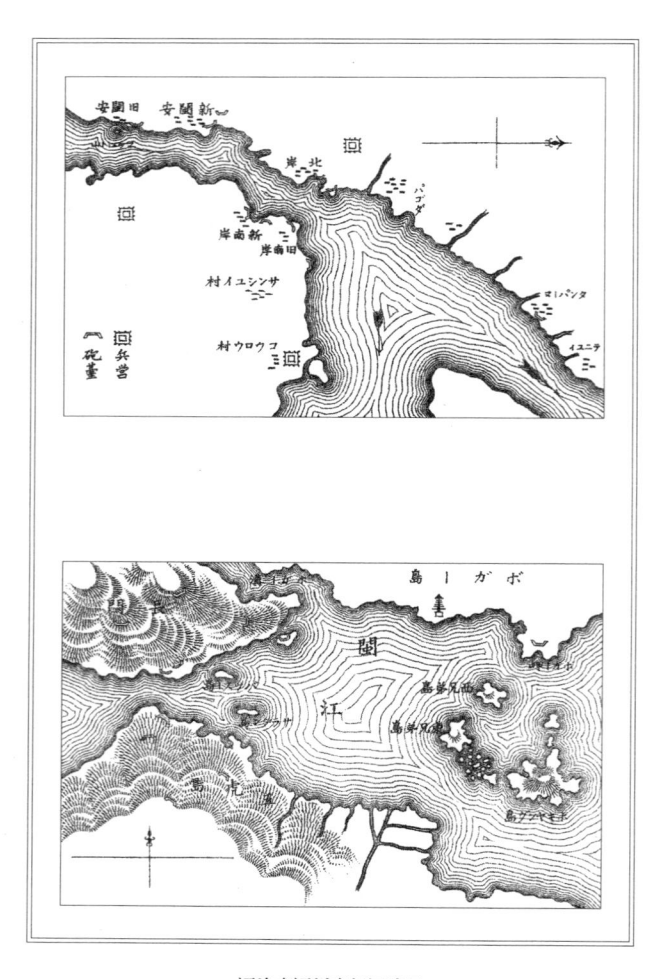

福建省福州府闽江略图

见其战火痕迹。船坞前有一炮舰，曰伏波号，去年交战时逃遁触礁受损，据云正在修复。舰旁有扬武舰，仅剩残体，余皆烧为灰烬，只存船底。稍进，江底有沉石，船不得进。此处有中洲，分流江水。南流宽，北流窄，不过二百五六十尺至三百尺。今诸船皆由北过。闽江两岸皆与山丘相连，而处处有人家，风景甚佳。山上少有大树，岩石突兀，时而其间有泉水流下，映射日光，如晒白布。山丘间苟足以耕作之地皆拓为旱田，可知当地人乃如何勤于农事。三时四十五分抵南台岛，登岸后寓泽八郎等所定旅馆。遣小牧昌业访美国领事维恩哥德，交外务大臣及安藤领事书翰。又嘱转递上海道台寄闽浙总督杨氏、巡抚张氏之书信。

五月九日　晴，温度计华氏八十三度。午前九时，美领事维恩哥德氏来访，晤谈数刻离去。午后一时出寓，赴城中。先由南门进入，上于山，远望此城内外。次上乌石山，由此纵横穿过城中街市，遂出西门去郊外，之后归寓。

五月十日　晴，温度计华氏八十三度。午前答访美领事馆。午后访邻家英人罗贝尔特森宅，从其介绍，参观俄商制茶厂。今日午前，通商局委员陈锡来访，小牧昌业接待之。彼交递通商局致驻淡水提督孙开华及台北知府陈氏之两封书翰。盖上海道台致福建督抚信中，委托应通过此类书翰作介绍致台北府知府书翰与上海道台致刘铭传书翰，因此行未能面见该二氏，故返回上海后各自退还。彼又问黑田伯[1]今日是否入城，答曰今日不复外出。并约定午饭后昌业入城，到通商局答谢。彼乃去。继而遣昌业持名片转致总督，并谢前日问候，且谢通商局斡旋之厚意。昌业到后，道台刘瑞琪及潘骏章出

1　指作者黑田清隆。清隆曾受"伯爵"衔。

迎，并延入内，供水果，款话数刻后昌业离去。入夜，通商局遣使，送总督及刘潘二氏、张鹤龄、陈锡名片后告辞。我亦托该使送名片答之。

五月十一日　阴，温度计华氏六十五度。午前五时乘小轮船溯江而下。八时三十分达我舰。九时四十分解缆。

五月十二日　阴，午后微雨，温度计华氏七十六度。午前七时到澎湖岛马公港下碇。此时在港之法国军舰有十艘，运输船两艘，英国轮船一艘。午后一时，访科尔贝舰长于巴雅尔舰。谈话数刻返回。四时该舰长来我舰答访。澎湖岛隶属台湾府，乃澎湖厅所在地，位于海中，与福建省南部并台湾岛东西相对。地势呈高原状，高原顶部如水平截面。海岸断崖突起，地中混赤土，全岛不生一木。又缺水，仅长青草。适于船舶碇泊处乃马公港。该港村落附近山崖稍被开垦，种有小麦，色青。

五月十三日　晴，温度计华氏七十九度。午后一时解缆，风平浪静。

五月十四日　午前晴，午后骤雨，温度计华氏八十三度。风平浪静。午前八时三十分抵淡水港，投锚。澎湖岛至此一百六十英里。午前九时与小牧昌业、吉井海军少佐、田中海军少佐、泽八郎、仓辻靖次郎一道搭小艇登港，欲交递通商局寄孙开华军门书信，并通来意。进入河口，港口监督洋人某乘端艇前来引导吾辈。到海关，关长艾德曼·德呼哈拉格氏出迎，乃托求为交递书信而与孙氏面会。该氏通其意后孙氏诺相见。一行到其辕门，亲兵列队敬礼。已上堂之孙军门出迎户外，延入座，款以预设之水果与洋酒。谈话数刻别归。午后一时又携吉井海军少佐、相良长纲、仓辻靖次郎

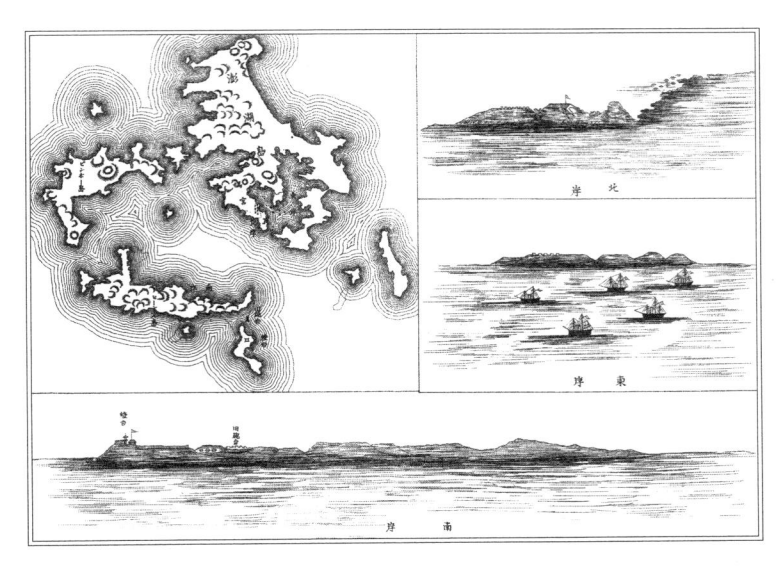

澎湖岛之图

登岸访孙军门，孙氏款待颇厚。据闻孙氏早年从军，平长毛贼乱有功，历经大小数百次战役。谈话数刻而去。归途遇骤雨，一如倾盆。据闻此地骤雨甚多。

五月十五日　晴，温度计华氏八十五度。午前六时离开淡水，十时四十五分抵基隆，投锚。法舰舰队指挥官、海军大校特莱普自法舰阿塔兰特号来访我舰。午后二时三十分，携小牧昌业、仓辻靖次郎、泽八郎并吉井海军少佐登岸，到法兵营，访司令官陆军大校杰赛奴氏。之后参谋兼炮兵中尉比伊卢曼氏导观山头之哨兵线。此地山岳相连，放眼望去，不知何处有平地。山上无大树，仅有五六尺乃至一丈许之小杂树。

五月十六日　阴，温度计华氏七十七度。午前十时三十分，应特莱普氏邀请，与野边田舰长一道到法舰阿塔兰特号共享午餐。陆军大校杰赛奴氏、炮兵中尉比伊卢曼氏亦来聚会。午后一时三十分归我舰。六时三十分起锚。风平而浪颇高。

五月十七日　阴，温度计华氏七十一度。终日不见山，波浪甚高。

五月十八日　晴，温度计华氏六十七度。十二时三十分投锚于镇海灯塔下。镇海位于甬江入海处。据云溯江至宁波十六英里。海角有小山，山上有楼，曰望海楼。此时甬江入口打下数重木桩，禁止船舶入内。其后方碇泊五艘清舰。海关欧人来告：外船与商船、军舰无异，不得擅入内。故乞碇泊于一千多米开外之海面。后起锚退至一英里外投锚。往来上海之轮船亦停泊于旁，乃因战备未撤。金塘岛边可见四艘法舰碇泊。

台湾淡水港附近之图

台湾基隆港略图

浙江省镇海之图

五月十九日　阴，温度计华氏六十八度。午前七时过，在宁波之三代清濯[1]来访，盖曾告知我将到此。起初一行拟由此处乘小轮船或清国船赴宁波，然此处小轮船仅一艘，且仅供往返上海宁波轮船所用，于今无法雇之。又缺乏立马可雇之清国端船，且即使可雇，亦费时甚多，故最终放弃前往宁波。午前八时起锚，风平浪静。午后五时过，右舷一百余米处可见铜沙[2]之灯明船。据云此灯明可作东、南两方向入上海之船舶之标的。午后八时到扬子江口，下碇。

五月二十日　晴，温度计华氏六十七度。俟满潮进船。午后一时抵上海。立即上岸，宿广业洋行。

五月二十一日　阴，温度计华氏七十五度。与小牧昌业同赴领事馆，与安藤领事共进晚餐。上海自来水局局长哈特、广岛丸船长某、三菱公司雇员德爱尔、领事馆雇员格尔夫妇、磐城舰舰长野边田少佐、广岛丸事务所所长皆来此。

五月二十二日　阴晴不定，温度计华氏七十六度。

五月二十三日　晴，午后阴，时有微雨，温度计华氏七十四度。

五月二十四日　阴，温度计华氏七十二度。德国领事莱登格来访。午后到其领事馆答礼。又应上海三菱公司管理人德爱尔氏之邀赴其寓所。小牧昌业陪伴。安藤领事与夫人亦来。飨酒、果。

五月二十五日　阴，温度计华氏六十九度。

1　三代清濯，何日本人不详。

2　铜沙，地名。当时的主港是吴淞，附港是铜沙。

浙江省镇海金塘岛之图

五月二十六日　阴，时有微雨，温度计华氏七十一度。应安藤领事之邀，与小牧昌业同赴领事馆共进晚餐。德国领事莱登格氏与其妻亦到。

五月二十七日　晴，温度计华氏六十九度。应安藤领事之邀，与小牧昌业、相良长纲、峰宽次郎共赴领事馆。上海道台邵友濂、会审官[1]黄承乙、前会审官陈福勋亦到，共进晚餐。午后十一时归。

五月二十八日　晴，温度计华氏七十度。

五月二十九日　阴，温度计华氏七十度。

五月三十日　阴，温度计华氏七十二度。拟明晓搭太古洋行轮船武昌号赴天津。午后十一时过登上轮船。奥青辅病愈，故随行。安藤领事、吴、太田、村濑、大仓四书记生、曾根海军大尉、野边田磐城舰舰长来送。

五月三十一日　微雨，温度计华氏七十四度。午前三时解缆。午前八时三十分右舷三英里外可见岁乡[2]岛。午前九时到法巡逻舰碇泊处。法舰舰桅发信号，要求我船停止前进。法舰向我船驶来，空发一炮，其士官来我船，检查装船证明后离去。船长曰：法舰在此检查往来商船始于三个月前。午前三时至正午，船行一〇四英里。

六月一日　晴，温度计华氏六十七度。风平浪静。午后

1　会审官：清同治七年（1868），根据上海道台和英美等领事商订的《洋泾浜设官会审章程》，在英美租界设立了会审公廨（也称会审公堂，英文名为Mixed Court）。会审公廨设正会审官1人，总管公廨事务，副会审官6人，办理刑民案件；另设秘书处、华洋刑事科、华务民事科、洋务科，管卷室。陪审官则由外国领事担任。随租界不断扩张，上海英美租界会审公廨改名上海公共租界会审公廨，裁判权实际由会审官操纵，亦不得上诉。

2　岁乡岛，原文是スエウシャン。查江苏省岛屿名，似无类似此音的岛屿。

八时左舷一英里外可见山东省某海角灯塔。昨日正午至今日正午，船行二百四十四英里。

六月二日　阴，温度计华氏六十四度。午后微雨雷鸣。午前二时三十分入芝罘港。三时过，使峰宽次郎上岸，告知领事馆我一行到来。六时，东领事与上野书记生来访。午前十时三十分起锚。午后三时，右舷半英里外可见候鸡岛灯塔。风平浪静。今日船行一百六十二英里。

六月三日　晴，温度计华氏六十三度。午前四时半到大沽灯塔前。船搁浅不能进，须臾间又进。过炮台前乃五时四十分。两岸所见人家四壁与屋顶概抹以土，且窗少。感觉防寒准备颇好。到距紫竹林三英里许处，时值午前十一时。水浅，船不能行。乃转乘天津轮船总公司运送旅客之小轮船，到紫竹林我领事馆。会原领事与郑书记生骑马，为迎接我一行早已出馆，故不在馆内，返回后决定一行宿于领事馆内。

六月四日　晴，温度计华氏八十四度。午后英国领事贝伦·卜来伦氏来访。

六月五日　晴，温度计华氏九十度。雇清国船三艘，于午前九时十分解缆赴通州。天津通州间水路无小轮船，故行水路者皆雇清国船。船中不备任何所需器物，且除饭外不备菜肴，故携带衾衣、食具及其他杂具与食料并厨师。一行六人雇三艘船，一船分乘两人，并兼带两名厨师，自办伙食。所雇之船概长十一二米，中间划出六七平米分为二舱，后舱架盖板，供坐卧，其下置行李。前舱不架盖板，置桌椅。与后舱相邻处有一点六七平米空间，厨师可在此烹调。三船稍有大小，然其结构相同。初约定时定租船三日达通州。若时

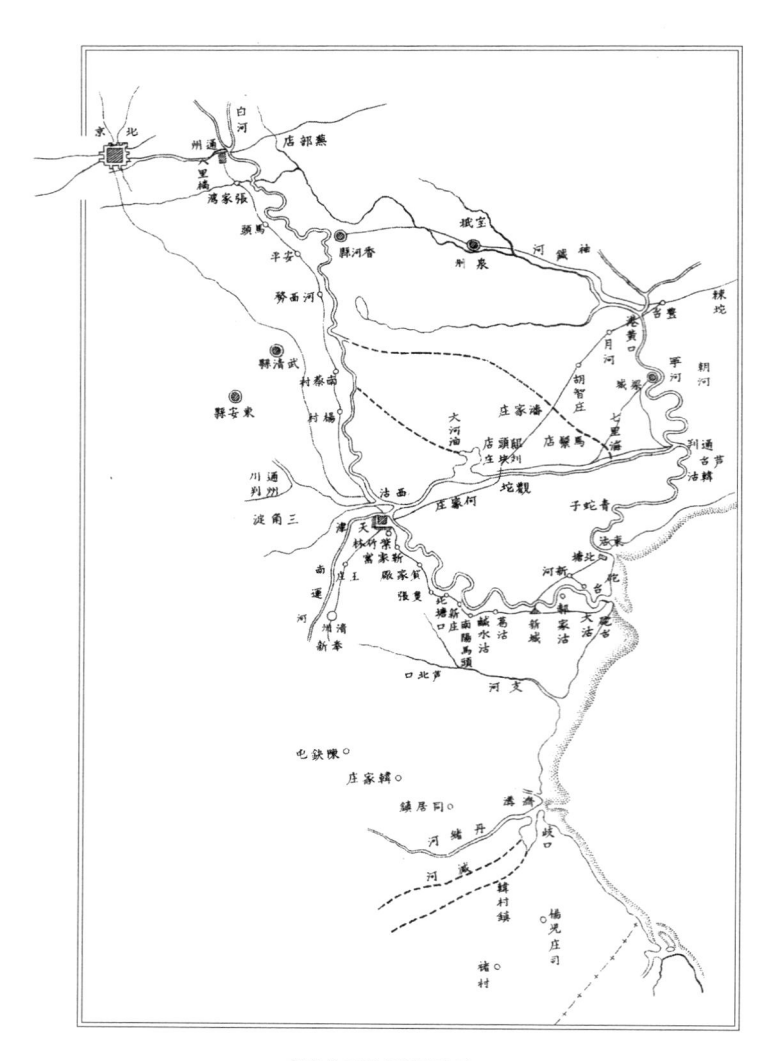

直隶省天津府附近略图

日超过可减雇银，且一船载八名水手，雇银一船洋银十元。然及解缆时水手每船仅六名，比所约少两名。诘问水手，答曰：此船无需八名水手，六名足矣，至天津必在三日之内，故不再责之，任其所为。据闻可在途中新雇人，眼下无需如此多名，临时可雇之。午前十时过三叉河。自紫竹林至此，商船栉比，毫无间隙。往来船只因系泊或钩住前船溯行，不分船舯舻舷，皆钩痕斑驳。船主相见，亦不怪异，习以为常。有船束高粱秆或栓木棍于舷端，以防毁伤。船渐进，泊船渐稀疏，水手二三人上岸牵船，风顺则止牵张帆。今日风顺，舟行颇快，午后七时过杨村。所经水路甚曲折，有时见有先行船，却疑其落在后边。且风之顺逆亦随河之曲折而变。左右陆地皆平原，无石砾。处处唯见杨树，且无水田，皆旱地，多种麦。两岸为河水侵蚀，任其崩塌，未见有防水措施，故可知为何水道会屡屡变换。

六月六日　晴，温度计华氏九十度。拂晓过河西务。天津至通州水路三百五十清里，今已行一百五十清里。

六月七日　晴，温度计华氏九十四度。午前一时抵通州。每船给酒钱洋银一元。大凡北方风俗，雇人等必于雇银之外再给钱，曰酒钱，犹如我邦云之"茶钱"。给役夫等工钱，若无酒钱，彼自索之。若不给，则嚣嚣然为非作歹，犹如乞工钱而不给，故雇人时照例须给之。有时又须约定，依工作厚薄，增减酒钱，以约束之。俟天明，雇马车前进。马车车厢大凡宽三尺，长四尺，高三尺余，以布掩之。有二轮，驾一骡，每辆御夫一名。车中可容少许行李。御夫踞其前，两足垂辕端。大件行李挂于后，有车犹于两轮间挂秣草等。车轴用木，轮圈圈铁，以大钉固定之。结构皆坚固，似无毁坏之虞。然轴未设弹机，跳跃甚剧，遇道路凹凸，时时须防头触车顶。此一带路极坏，车辙深七八寸至一尺。至高低急坡处，犹行车于不顾，让人时感危险无比。通州至北京，马车一辆雇银洋银一元五十文。行二十清里许，驻北京公使馆书记生吴启太[1]雇轿来迎，曰：馆中皆谓公等入京当在明日。何其速也！乃乘轿进发。又遇梶山少佐来迎。入朝阳门，午前十一时到六条胡同我公使馆。馆中人谓：天津至通州概费三日。且达通州，若午后立即启程，亦有误过北京城门闭门时间之虞，故通常住通州一宿，待明晨再行。今天津通州间费时四十小时而达，拂晓即踏上进京旅途，行程如此迅速者甚稀。公使馆眼下另购一处房产，欲转移中。正中之官舍已毁，缺房屋，故清隆寓庭隅之楼上，其他人租对门左侧空房而居。

六月八日　晴，温度计华氏八十四度。午前九时出馆散步，自四牌楼街过鼓楼、钟楼前。出德胜门，到练兵场折回。绕城西北隅，入西直门。于此乘马车再逛，由宣武门来到南城，至琉璃厂，入正阳门，经东华门归馆。时值午后三刻。

六月九日　晴，温度计华氏八十五度。晚阴，于华氏七十四五度上下升降。

六月十日　晴，温度计华氏七十九度。据闻清法和议达成，昨日签订条约。

六月十一日　温度计华氏七十七度。午后二时，携小牧

---

[1] 吴启太（？～？），其父吴硕三郎，长崎县士族，日籍华裔，世代为"唐通事"。

昌业及吴书记生,与榎本公使一道赴总理衙门。衙门大臣、内阁学士兼礼部侍郎衔徐用仪、工部左侍郎廖寿恒迎接,设酒果款话。归途观看东交民巷我公使馆新址。又与榎本公使一道访德国公使冯·布兰德。日暮归寓。

六月十二日　晴,温度计华氏七十二度。午后微雨。今日拂晓,总理衙门大臣使者庆郡王福锟、阎敬铭、许庚身、徐用仪、廖寿恒六人持名片来,谢昨日访总理衙门,并述再待答访入京之意。因我一行明日将赴张家口。据闻北京日久无雨,天子祈雨,午后微雨。人皆谓近来所难得。

六月十三日　午前阴,午后晴,温度计华氏八十五度。午前五时乘骡轿出寓,赴张家口。雇留学生吴永寿为通办,并带天津所请之厨师,使其携食品、饮料及其他杂具,以雇马驮之。北京至张家口间道路颇险峻,用马车遇险处须换乘骡或驴,且多费时日,故今用骡轿。雇时约定,抵彼地不超过四日,每轿往来雇银十九两,滞留张家口时一日给银一两。骡轿高三尺许,长四尺余,宽二尺五寸许。有两辕,两骡一前一后,鞍上荷辕而行,适合走险路。午前出安定门,八时经清河,十时到半沙河,传餐至客栈和顺店,给宿费六吊钱。午前十一时半出店。此地距北京安定门五十清里。周边一带土质燥白,沙尘蒙蒙,不曾见石块。地种小麦与高粱。小麦高一尺余,偶尔亦有高二尺许者,已结实,枯黄者过半。高粱犹不足一尺五寸高,然叶色青翠,生长旺盛。又多枣树,其粗足有一抱,处处成林。行二十清里许,路渐多砂砾,愈行愈多。及近南口,见居庸山巍峨屹立,如锯齿列于马前。且道路皆在石块之间,大凡低于平地。想来以水流干涸后之河床为路,似非人力所开通。午后四时半,宿南口

北京略图

之南北路西侧何家店。距沙河四十清里。南口属宣化府延庆州管辖，位于山溪相尽处之深部，城东西二清里，南北三清里，人口凡三百余。人家与商店皆少，其大者乃粮行，售卖北口外所来之高粱、小米，与通州所来之麦、豆、芝麻。有六家旅店，四家骆驼店，乃往来居庸关旅客所宿之处。旅店大门内宽广，设中庭，旅客在此下车马。左右、正面有数间房，正面为上房，左右次之。房内不铺地板或砖石，皆土地。其中有一处稍高，曰炕，旅客可在此坐卧。依房间大小，宽度不同，然可供三四人或五六人横卧。皆以砖筑，掩以草席或薄毡。房屋正面前挖有一尺许见方之坑道，有盖掩之，高出地面，下方通空隙，寒冷时焚火于坑道前方，用于温暖屋内。房内置有两三把椅子与桌，无其他器具，甚不洁净。客来，旅店仆丁提来一桶冷水，备洗漱。又供茶。今日所经之处沙尘甚多，衣服掩色，方觉携带鸡毛掸甚便。一行人食物由所带厨师调理，不复仰赖旅店。不难购买鸡与鸡蛋，此乃便利之一。此地有煤炭，居民多用之。据云产自西山附近矿洞。又据云此地有武官、外委[1]及捕快镇守。

六月十四日 晴，温度计华氏八十度。午前四时三十分出旅店即见山峦，后行走于峡谷乱石荦确中。峡宽一二百米，然宽狭不一，骤于乱石间择路而行。北京至南口一轿一御夫，但今日增至二人，以引导骡车防误蹶，可知道路险恶。左右山上树林不蓊郁，所见者仅灌木或杂草，未闻鸟声。峡中处处有小屋，摆出少许食品供旅客需用。行二十清

---

[1] 外委，清代武官名。初为额外委派，后成定制。外委千总，正八品；外委把总，正九品；额外外委，从九品。

里许到居庸关，城墙与左右山峦相连，其中仅有一小道，实为险要之地。又行十清里到居庸城。再行不远有一城堡，距居庸城五清里。未至八达岭五清里前有弹琴峡，两崖相对，相距十步许，水流西崖下，风景绝佳。过崖下即可见长城，蜿蜒起伏于山顶上，或隐或现，最为壮观。两山愈逼仄，道路愈险峻，可谓一夫当关，万夫莫开。到八达岭，有南北二门，墙筑以砖，基垒以石，高凡三丈许。此曰内长城。西起山西省河东，东至四海冶，合于外长城。此非秦始皇所筑之长城。据洋人某调查，八达岭高于海平面二千英尺。出岭，山势减缓，风光与岭内颇异。行五清里，到某岔道。此处属宣化府延庆州管辖，据云有守备武官，率兵丁凡八十人。人家凡百数十户。城内外有六家客栈，四间骆驼店。传餐至玉盛店，给宿费四吊、酒钱二吊，另给从南口新来之七名御夫酒钱二吊。南口至岔道四十五清里。午前十一时五十二分出店，午后二时五分过榆林。岔道至此二十五清里。此间乃平旷高原，多石砾，土质干燥，沙尘甚多。然处处可见耕地，种小麦与高粱，可如今高不过数寸。午后四时三十分达怀来县，榆林至此三十清里。此间地势一如岔道至榆林之地势，然石砾少，耕地多。由城南门入，投宿瑞成客店。城大二清里[1]见方，人口三百余，乃县治所在地。据云知县姓何，守备姓纪，把总[2]姓彭，兵丁六十名。

六月十五日　晴，温度计华氏七十八度。午前四时二十

1　原文是"方二里"，合现在十五华里许见方，似过大。疑为两清里见方。
2　把总，明代及清代前中期陆军基层军官名，在明代属京营、边军系统，秩比正七品，次于军中统率千名战兵之千总（守备），麾下约有战兵四百四十人。

八达岭长城图

分出店。七时过土木堡。怀来县至此三十清里。明英宗此前在此遭也先俘虏[1]。午前八时四十三分入沙城。距怀来县五十清里。此地属怀来县管辖。城东西三清里，南北半清里，户数凡三千余。据云以客栈为业者不下三十余户。传餐至城内西楼晓钟前路以北玉庆成店。客房较他处稍清洁。午前十时半出店。午后一时过新保安。距沙城二十清里。此地群山遥相环抱，独缺北方一隅，有一山屹立其间，曰鸡鸣山。今日起北风，马前道路沙土蒙蒙。黄沙扬起，遥望之如骤雨至，远山因此隐容。行二十清里，入鸡鸣驿，时值午后三时。微雨，雷鸣，须臾而止。出城前行少许，见右侧山腰堆有煤炭，矿夫数十人群居于此。山腰岩石间有矿脉露出，如土色，颇黝黑。采出之煤炭多小块，或与沙土一块堆积。沿洋河西岸行走，河心水枯，然水流颇急。且两岸白沙，水深啮之，形成数尺之沙山，可知河流时有增涨。两侧山岳险峻，树木少，草亦稀。今日所经路上草极稀疏，不见绿叶郁然。午后五时过上花园，六时三十分达响水铺，给宿费六吊、酒钱二吊。距沙城七十清里。此处户数百余。投宿客栈恒盛馆。客栈比前者简陋，臭虫颇多。臭虫类似小型壁虱，触之甚臭，昼蛰于床壁间，夜乘暗出，刺人留毒，肉体被刺蚀后

---

[1] 明英宗被俘原因和过程如下：因明朝与瓦剌之间的朝贡贸易出现矛盾，正统十四年（1449）七月瓦剌与大明开始军事对抗。在亲信太监王振的蛊惑下，明英宗在"不与外廷议可否"的情况下轻率决定御驾亲征。八月初率军走到大同，大同镇守太监向王振讲述瓦剌军的凶猛与诡诈，并说继续北征，恐中瓦剌人诡计。听完郭太监的话，王振打算"议旋师"。为确保安全，兵部尚书邝埜一再要求走居庸关回去，但王振不听。由于后勤保障不力，大明军退到土木堡时王振下令转移，军士们因饥渴难耐开始哄闹，人马失序，瓦剌军趁机进攻。明军仓促应战但无济于事，数十万精锐兵士阵亡，英宗就此被俘。

肿起，甚于我邦蟆子[1]，且痒痛最难忍受。烛照之立即逃遁。寝室四处点灯，觉其稍变少。又有白蛉[2]，色白形微，飞扬不可见。刺人甚于臭虫，且其不分昼夜出动。以线香或干草熏后不来。北方多此两虫，据云旅客之苦，其首屈一指，一行人无不为之烦恼。有人首、面被刺肿起，以至于面相为之一变。然习惯之，则不甚苦于其毒。据云清人不大惧之。

六月十六日　阴晴不定，温度计华氏八十四度。午前四时六分出旅店，七时二十分传餐于宣化府城外南门永和客栈。此处距响水铺三十清里，户数数万。据云知府姓郑，镇台[3]姓王，统兵丁凡一万余人。今日所经之路与昨日相同，四面皆山，内部陵夷旷缓不险，土质极脆燥，青草少，处处有耕地。午后四时抵张家口，此处距宣化府六十清里。投宿客栈敦升店。据云此店乃张家口最大客栈。初到店欲借正面客房。其户旁有札，书"张大人公馆"。问店主何人，答曰：张佩纶[4]，寓其房，不借他客。乃借他房。据闻张佩纶因去年福州兵败（指清法战争——译按），被谪塞外。今留在此地，意为流放谪地。盖谪塞外者留在此地乃古来惯例。清廷默许

1　蟆子，黑色小蚊。夜伏而昼飞，嘴有毒，咬人成疮。唐元稹《虫豸诗·蟆子》之一："蟆子微於蚋，朝繁夜则无。"

2　白蛉，属双翅目、长角亚目白蛉亚科。除叮人吸血外，在中国传播内脏利什曼病。该病病原体为杜氏利什曼原虫，白蛉为传播媒介。

3　镇台，亦称总兵。清梁章钜《称谓录·总兵》："《皇朝通考》：'总兵官掌一镇之军政……为重政大臣。'案今人称总兵为镇台由此。"

4　张佩纶（1848～1903），字幼樵，直隶省丰润县齐家坨人（今河北省唐山丰润），同治十年（1871）辛未科二甲进士，授翰林院侍讲，晚清名臣。李鸿章女婿，堂侄张人骏历任两广总督、两江总督，为袁世凯之亲家。孙女为近代才女张爱玲。

之。塞外乃指张家口之外。

六月十七日　晴，温度计华氏七十二度。午前七时出寓，到俄国茶商巴特佐夫氏宅，其二掌柜伊巴诺特夫以英语通办。曰此地有两家俄国茶商，买卖量每年凡二十万笼_{一笼入六十四砖}。归途访美国传教士斯普莱格氏宅。氏喜而接待，话当地事况。氏来此地已十年，颇通其情状。约定再会后归店。午后一时四十分，斯普莱格氏与同为美国传教士之罗贝尔特氏来访。留谈须臾，乃相伴出寓，到纯碱厂。厂乃政府所立，产品多分销北京及各地。离开此厂，渡通桥河，上东太平山，攀陟于乱石堆中。至绝顶，即长城所在之处。长城以石垒成，随山之高下，起伏升降，处处设瞭望台，亦以石砌之。其方形者垒以砖，壁高三四米，然于今多处崩塌。乃下山，又访美国传教士维利亚姆氏。日暮归寓。东太平山山顶高于海平面五千尺。西有一山，曰西太平山。东西两山相对，其断绝处即关口，分出塞内塞外。此地驻有满洲旗兵，都统[1]、副都统驻扎于此。

六月十八日　晴，温度计华氏八十四度。午前八时，应斯普莱格氏邀请到其宅共进早餐，其妻与罗贝尔特氏夫妇同席。后参观建筑中之学校。斯普莱格氏宅在其中，风格仿清国建筑，每间房皆设炕，供防寒。教堂亦在该建筑中，内部设炕，炕以干砖垒成，外面抹土。其结构甚巧，烟道弯曲，可烘暖全屋。据云干砖价概为二文钱，黑砖十文钱。房屋外面皆以黑砖砌筑。午前十一时归寓。正午十二时八分，整理

1　都统，清朝时全国各地"驻防八旗"的最高长官，满语为固山额真。主管八旗军队，镇守军事要地，兼管驻防地区的民政事务。

行李出寓，踏上归途。给宿费十二吊、酒钱二吊。午后六时，投宿宣化府外南关路以北玉成园客栈。北地风俗，守夜颇严，中庭击柝，屡屡警告户外。其柝之竹筒两端有节，中部开长形口，敲其上可发声，如我木鱼。于此尚显清静之客栈，听去格外庄严。且多畜蒙古犬。该犬形似普通狗，毛稍多，然目光炯炯，一见即知其性凶猛。昼以铁链系之，防其猖獗。若不系，陌生人近之则跃起啮人。夜深人静时放之，使其巡逻中庭。放狗前，守夜人报之于房中客，告其出外时须招呼本人，以免狗任意啮之。给宿费六吊、酒钱二吊。

六月十九日　晴，温度计华氏七十六度。午前四时半踏上旅途。午前十一时传餐于鸡鸣客栈天合店。给宿费五吊、酒钱二吊。午后五时到沙城，投宿客栈玉庆成店。给宿费八吊、酒钱二吊。

六月二十日　晴，温度计华氏九十四度。午前四时三十分踏上旅途。午前八时五十五分，传餐于怀来县客栈瑞成店。遇杀虎口收税监督德某进京。一行傔从甚多，亦来此店，颇杂沓。给宿费四吊，酒钱二吊。午前十时四十分出店。午后三时十分，投宿岔道之客栈玉盛馆。宿费九吊，酒钱二吊。

六月二十一日　晴，温度计华氏七十四度。午前四时四十五分出客栈，九时十五分，传餐于南口之客栈东来店。宿费五吊，酒钱一吊。给过险要八达岭加雇之七名御夫酒钱二吊。十一时五十分踏上旅途。午后二时三十五分到贯市。距南口三十清里。此处属顺天府昌平州管辖，人家凡七百户，居民仅农民与骡养殖户。据云无商店。投宿客栈同和店。

六月二十二日　晴，温度计华氏八十三度。午前四时二十分出客栈，取道万寿山下。午前十时入安定门。十一时到我公使馆，寓处同前。

六月二十三日　晴，温度计华氏八十八度。晚九十二度。夜十二时犹高达八十五度。

六月二十四日　微雨，温度计华氏七十八度。

六月二十五日　晴，温度计华氏八十二度。夜降雨。

六月二十六日　晴，雷雨，温度计华氏七十二度。

六月二十七日　晴，温度计华氏七十九度。明晨拟踏上归途。吴永寿[1]有事欲往天津，乞同行，故使其督办一行行李，先至通州。午后二时离开公使馆。

六月二十八日　午前阴，午后晴，温度计华氏八十四度。午前四时峰宽次郎先动身，其他人午前五时离寓。清隆乘轿，其他人乘马车。九时三十分到通州。梶山少佐、郑书记生[2]骑马来送。雇船三艘，犹如来时。十时三十分解缆。夜月色甚佳。

六月二十九日　晴，午前六时温度计华氏八十四度。午后一时过杨村。九时过丁字沽。月色绝佳，一如昨夜。十一时三十分抵天津紫竹林。通州天津间费时三十八小时，比来时快两小时。盖来时舟行比平日快，而今犹速，顺流而下。峰宽次郎上岸到我领事馆，告一行人来，并问寓所如何，后与原领事、新任领事波多野承五郎一道来引导。到葛罗卜宾馆，以此为寓所。

1　吴永寿，前文提及曾雇请他做通办。吴乃清代官员，但生平事迹不详。《那桐日记》宣统元年五月二十三日记载："午后办公事，申刘日本龟井、陆良、吴永寿来晤，酉初归。"可知吴永寿非一般人物，而且与日本人多有联系。

2　即前注的郑永邦。

六月三十日　晴，温度计华氏七十七度。

七月一日　晴，午前六时温度计华氏八十一度。正午十二时榎本公使、岛田书记官携吴启太由北京来此。曾根俊虎[1]亦由上海来访。午后五时过，英国领事布莱南氏来访。初过天津时托原领事通意李鸿章，乞归途到津后面唔。李氏诺之。至此问其期，约后天相见。然听闻轮船海晏号后天拟发往上海，欲搭之，乃又托领事，告因行程无法践约，并谢之。

七月二日　微雨，温度计华氏七十六度。午后七时过，行李装海晏号。

七月三日　晨微雨，午后晴，温度计华氏七十五度。午前六时搭小舟离开紫竹林。榎本公使、原、波多野两领事、岛田书记官、吴、郑两书记生来送。顺河而下两英里许，登海晏号。午前八时三十分起锚。午后一时二十分到大沽船厂前下碇待潮。四时开行，出大沽口。

七月四日　午前阴，午后晴，温度计华氏七十三度。午前十一时抵芝罘。小牧昌业、峰宽次郎上岸到我领事馆。上野书记生来访。午后四时起锚。

七月五日　晴，温度计华氏七十三度。风平浪静。

七月六日　晴，温度计华氏七十八度。午前一时半达上海。安藤领事等来接。立即上岸，投宿法租界德·克罗尼宾馆。

七月七日　晴，温度计华氏七十八度。安藤领事、野边

---

[1]　曾根俊虎（1847～1910），德川幕府武士，日本海军大尉，是日本"兴亚主义"最重要的代表，也是兴亚会的创立者之一，还是近代中日关系史上一位神秘而复杂的人物。

田海军少佐等来访。

七月八日　雨，温度计华氏八十度。

七月九日　雨，温度计华氏七十八度。上海自来水局技师哈特来，在馆外相见。

七月十日　雨，温度计华氏七十八度。

七月十一日　雨，温度计华氏七十七度。

七月十二日　雨，温度计华氏七十七度。

七月十三日　晴，温度计华氏八十二度。我北海道产盐鲱运来。试烹调为西菜，供午餐。邀安藤领事试吃。德国领事莱登格氏来访。

七月十四日　晴，温度计华氏八十一度。法国领事普兰赛氏与法舰阿斯希特古号舰长约翰·柯艾尔来访。使峰宽次郎持名片到俄国领事莱登格氏宅，答谢昨日来访。今日乃法国大革命胜利节，法租界内处处建绿叶圆门，装饰旗帜。至夜大放灯彩，杂沓殊胜。

七月十五日　晴，温度计华氏八十二度。午后二时，与安藤领事一道赴法国领事馆访法国领事普兰赛氏，酬答昨日来访之意。

七月十六日　晴，温度计华氏八十三度。午前八时三十分，携峰宽次郎到磐城舰，随吉井海军少尉访法舰阿斯希特古号，酬答该舰舰长前日来访之意。继而与野边田舰长、吉井、田中两海军少尉一道移至小艇，到浦东海军省所属仓库。仓库现借与广业公司，放置我北海道产海带与自来火。奥青辅今日先于我等到此，具酒食供诸位餐饮。

七月十七日　晴，温度计华氏八十二度。午后三时二十分，与安藤领事、吴书记生一道，乘小轮船参观江南机器制造局。该局总办聂缉规、蔡汇沧、钟启祥等迎接。先看器械制造厂，次至子弹厂，终看枪炮制造厂。所备机械颇多，然可运转者殆不及其半。午后六时归寓。

七月十八日　晴，温度计华氏八十三度。

七月十九日　晴，温度计华氏八十五度。野边田少佐、吉井、田中两海军少尉来寓，后共到广业公司，画亚洲东部各港航线图于海图中。

七月二十日　晴，温度计华氏八十三度。田中海军少尉于广业公司画航线于海图。如同昨日，野边田少佐、儿玉海军大尉、吉井同少尉与安藤领事来，共进晚餐。与奥青辅、安藤领事一道到三菱仓库，检视广业公司之海带。是日移寓广业洋行。

七月二十一日　阴，温度计华氏八十五度。田中海军少尉来，画航线于海图。同昨日。

七月二十二日　阴，温度计华氏七十八度。田中海军少尉来，执业同昨日。

七月二十三日　雨，温度计华氏七十七度。田中海军少尉来，执业同昨日。

七月二十四日　晴，温度计华氏七十七度。

七月二十五日　晴，温度计华氏八十度。

七月二十六日　晴，温度计华氏八十六度。

七月二十七日　晴，温度计华氏八十五度。午后一时，磐城舰向长崎进发。

七月二十八日　晴，温度计华氏八十四度。

七月二十九日　晴，温度计华氏八十四度。

七月三十日　晴，温度计华氏八十五度。

七月三十一日　晴，温度计华氏八十度。

八月一日　晴，温度计华氏七十九度。

八月二日　阴，温度计华氏八十度。晚东南风甚强。夜益甚。暴雨亦到。

八月三日　午前雨不止，到午后稍静，温度计华氏八十六度。定于七日搭轮船元和号赴汉口。

八月四日　晴，温度计华氏八十七度。

八月五日　晴，温度计华氏九十度。晚骤雨。

八月六日　阴晴不定，时有微雨，温度计华氏八十九度。午后十一时过，搭轮船元和号。安藤领事、岛、诸冈诸氏来送。

八月七日　晴，温度计华氏八十二度。午前五时起锚。元和号长二百九十尺，宽五十尺，吃水九尺至十尺，登记吨位一千四百吨，实际吨位二千五百吨；名义马力二百五十匹，实际马力一千四百匹。六时过吴淞。十时十五分过狼山、福山两港间。狼山在北岸，有五阜，中为狼山，其东有刀刃山，再东有军山；其西有西塔山，再西有马鞍山，总称狼五山。由此横穿南江，到福山，八十清里。十一时二十五分，到通州口，停船数分钟，待小舟载客来搭之。三时抵江阴。江阴乃长江第一要冲，据云两岸相距最窄处仅一英里许，中间四百米左右之间，深六十尺，大船往来无碍。由南岸枕江横出之山口曰鹅鼻嘴。其东边设炮台十五座，依次排至山下，远望如茅屋。江面又备有近来于上海制造之炮台船（据云各船安装大炮五尊）。北岸有新炮台一座与兵营。北岸皆沼泽，芦苇丛生，南岸岩石峭壁临江排列。据云清法交兵时江面曾沉放水雷。

眼下清舰五艘碇泊于此。《长江图说》[1]云:"江防门户,旧有廖角嘴、营前沙(属崇明岛),南北相对,为第一重。狼山、福山相对,为第二重。然江面辽阔,难以堙塞。至于长江汛防,鹅鼻嘴一带重在通局,为内户。而于长江营制,则实为第一关键。南岸大小石湾与北岸刘闻沙相距不过三里许,驳堤两两相属。此《易》所谓之地险,大硊资我守御者也。实然也。"自鹅鼻嘴稍左转,有黄田港,江阴县城距此一英里许,棹小舟可到。鹅鼻嘴在阴,江上不能见。八时三十分,遇轮船上海号顺江而下。五十分过图山。图山与北岸三江营斜角相对,东有太平洲,西有新旧涨沙,夹江分数道,轮船溯江至此,迂回曲折,不能径驶。人称镇江门户。图山、三江营皆有炮台,因夜深不能见。将到镇江,船过象山焦山之间。象山在南岸,焦山屹立中流,两两相对,相距半英里许。两山山腰皆设炮台,实乃咽喉之地。十时五十分抵镇江。美国领事贝尔格尔茨氏来访。镇江北与扬州府相对,东南位于漕运要道,乃金陵襟要。据云人口凡十一万余。此船由上海运来之商货不下二千箱(多为砂糖),故在此碇泊四小时。上海至镇江水程一百五十英里,往来汉口之轮船,来回镇江、芜湖、九江三开埠港之船只必在此停船,花数小时上下客货。招商局、怡和洋行、大沽洋行各备有趸船(即库船,横靠大船以代码头。招商局于安庆与金陵下关亦备之。汉口三公司皆有)。其余船只暂下碇于中流,事毕即行。

八月八日 晴,温度计华氏八十二度。午前三时,起锚驶离镇江。八时三十分至金陵下关。停船,费二十分钟上下

---

[1] 《长江图说》,马征麟著,属长江水师防务的军用地图,同治十年(1871)刊印。

船客。由下关溯流至南京，约二十清里许。由船上望去，石头城墙逶迤蜿蜒，向南延伸；江宁诸山秀于其间，乃形胜之地。由镇江至下关，水程四十五英里。十二时十五分，过采石矶。此地在南岸，北与牛渚相对，自古即渡江要津，乃江南有事时必争之地。右岸可遥见和州城楼。今晨所过沿岸多覆水处，洲渚或全不可见。傍水人家被淹，露出一半屋脊者比比皆是，可知今夏江水之大。二时十五分过东西梁山之间。右称西梁山，左称东梁山，两山相距一英里许。此处称古天门。李白诗云"天门中断楚江开"者即此。东西皆设炮台。三时至芜湖系缆。由下关至芜湖水程五十五英里。卸下上海运此之七百箱货多为砂糖，于六时十五分开船。此一带洪水泛滥，弥望渺茫，殆如一大湖。

八月九日　晴，温度计华氏八十五度。午前八时十五分抵安庆。芜湖至安庆水程一百〇八英里。安庆府在江北，乃安徽省省城，户数四万余，有巡抚[1]、布政使[2]、按察使[3]等衙门。李鸿章乃此地人。岸上有一寺，建七层塔，以瓷器造之。据云乃李鸿章为供养其母所建。停船十分钟，供上下船客。十时五十分，过东流县前。此县在南岸，有尖塔高耸。午时来骤雨。十二时四十分，过响水矶下。矶临水，峭立于南岸，矶腰架楼阁。江狭流急，午后二时过小孤山。山突出于江中，顶上有宫观，与南岸蟛蜞矶相对，风景绝佳，自古即著名游览地。船稍进，南岸有彭泽县。三面负山，城堞跨

1　巡抚，中国明清时代地方军政大员之一，又称抚台。

2　布政使，全称为承宣布政使，官名。

3　按察使，中国古代的一个官名。清末改称提法使，简称臬司。

江苏省镇江府码头之图

江苏省乌龙山沙洲圩炮台之图

江苏省金陵下关之图

江苏省金陵下关码头之图

山谷间。晋陶渊明曾任此地县令，《归去来辞》亦作于此。此一带南岸重峦叠嶂，沿江峭立。于烟雨中望之，颇觉有趣。四时四十分，过湖口县前。此即鄱阳湖水入江之处。前有钟山，与梅花洲、扁担洲相对，各有炮台。长毛贼乱时，政府始于鄱阳湖设长江水师，以此为根据地，如今仍于湖口置水师镇标[1]，据云总兵官居此。由此始见匡庐山，高二千三百六十丈_{清尺}，周长二百五十里_{清里}，乃江南名山。六时十五分抵九江府，系缆。府城东负庐山，雉堞倚江绵亘，气势颇壮。据云人口过四万。九江古称浔阳，城南有湓浦，白乐天赋《琵琶行》于此。安庆至九江水程八十六英里。九时五十分解缆。

八月十日　雨，温度计华氏七十九度。午前一时二十分抵武穴镇，停船三十分钟，供上下船客。又行十五分钟许，因夜暗下碇江中。四时开行。八时五十分过黄石港。十时十分过燕子矶，可遥望北岸巴河镇。十一时沿左岸驶过武昌镇。此镇负山枕江，有尖塔。三十分过黄州府。该城城堞傍丘阜而起，不可见城内。城外人家不甚多。岸上有东坡塔，因苏东坡谪此，故名。右转有赤鼻矶，又云赤壁，即东坡故游之地。但此地是否周瑜破曹军之地诸说纷纭，未有定论。盖江上称赤壁者有数处，且年代悠邈，终不可知战场于何处。此一带土地皆带赤色，赭壁丹崖临江者四处皆是。赤壁名盖由此而起，而真赤壁遂混杂不可辨，无须强行研究。三时十五分过阳逻。五时三十分抵汉口。九江至汉口水程

1　镇标，明代镇守边区的统兵官职，无品级，遇有战事，镇标佩将印出战，事毕缴还，后渐成常驻武官，有镇标和副镇标之分。清代镇标为绿营兵正，官阶二品，受提督统辖，掌理本镇军务，又称"总兵"或"总镇"。

安徽省梁山之图

安徽省芜湖港之图

一百三十六英里。在汉口之三河静[1]来船引导，一行至其寓所熊家巷河街亨昌洋行，投宿于此。除清国旅店外，汉口并无可称宾馆者。三河氏寓所乃美商赫莱特氏所有，楼上有六间房，每月租金十八银圆，据云已预付三个月租金。

八月十一日　晴，温度计华氏八十度。午前十时出寓，雇舟溯江到汉阳晴川阁。阁前临大江，东带汉水，眺望甚佳。下阁西行数百米，登大别山。四望旷达，汉阳、汉口皆在眼下。今夏大水，汉水旁溢，汉口街市后面西北一带皆浸水，汉口殆如一岛屿。山上有禹王庙，在此小憩吃茶。后回舟再溯汉水入月湖。湖在大别山以西，原非缘汉水舟楫可通。而大水之后，湖河合为一体，据云今日航路系平日街道。湖上有梅子山，上有外国传教士洋房。稍西有伯牙台，又云琴台，相传为伯牙毁琴之处。在此吃午饭，后凭栏游息。清风袭衣，顿忘暑热。午后五时发舟，取前路，欲到汉川口。逆风不能进，故雇小舟两只，移之回寓。

八月十二日　昨夜至晓雨，后转晴，温度计华氏八十四度。午前十时三十分，乘轿过汉口街市，自河街中码头渡河至武昌府，又乘轿穿府城，抵东郭洪山宝通寺。于禅房午餐，饭后登后山之浮屠。高十一丈五尺清尺，塔基三丈见方，有七级，垒砖筑之。武昌、汉阳、汉口三都会皆在眼中。长江自南方蜿蜒而来，眺望极其雄伟壮阔。又取前路回寓。时值午后五时。寺距武昌江岸十五清里。

八月十三日　晴，温度计华氏八十六度。午后抵河街中码头，参观清人仓库。

---

[1] 三河静，何日本人不详。

江西省彭泽县小孤山之图

湖北省田家镇之图

湖北省半壁山之图

江西省九江港之图

江西省鄱阳湖口大孤山之图

湖北省大冶县黄石港之图

湖北省黄州府之图

八月十四日　晴，温度计华氏八十七度。往来汉口上海间之船只，有招商局、大沽洋行、怡和洋行三公司之轮船，可定期航运。除星期日外，每日发船。汉口、宜昌间现今仅有招商局轮船江通号一艘，大抵旬日间一往返。据闻江通号明晓开船，故整理行李，于午后八时半登船。三河静同行。汉口宜昌间上等舱船票银三十两，而购往返票为五十两。清人船票价如下：汉口宜昌间上等票六两，下等票四两；汉口沙市间上等票四两八钱，下等票三两二钱；沙市宜昌间上等票一两五钱，下等票一两。江通号一八六一年于上海建造，长二百二十六尺，宽三十二尺，深十尺又十分之四，吃水七尺，登记吨位五百六十六吨，实际吨位八百吨，名义马力一百五十匹，实际马力七百匹，平均时速九英里。

八月十五日　晴，温度计华氏九十度。午前二时解缆，汉口至宜昌水程四百英里。据此船船长云：江流经年有变，自洞庭湖始，下游无大变，而上游与往时大异。一八六一年，英军军舰首度测量至宜昌之水道，算出总里数为三百七十一英里；一八六九年再测为三百七十五英里；其后多少有差异。今称四百英里，不免有较大差异。又云途中有浅滩三四处，冬季水枯时，凡三个月间轮船不得不停航。今日温度颇高，然船上多风，不甚热。午后二时三十分过嘉鱼县前，县城在南岸。稍进，到石矶头，此矶亦在南岸，一名赤壁山。就此诸说纷纭，据云周瑜破曹军即在此地。五时过陆溪口，此口在南岸。七时三十分过新堤镇，此镇在北岸，沿江人家栉比。颇觉此地殷实。停船少时，上下船客。新堤镇北接沔阳州，乃荆州、襄阳之襟带与形胜之地。

八月十六日　晴，温度计华氏九十度。午前零时三十

460

分到荆河脑，停船，夜暗不能行。至三时开船。荆河脑在洞庭湖口北岸，由此左转，即入湖水水道。据闻临湖有岳州府，隔湖，南与长沙府相对，后者乃湖南省大都会。七时过尺八口。今晨所见之两岸，田亩广衍，多种高粱与粟。农民下田耕作者多，土地肥沃。左舷可望洞庭湖，田野后方烟波浩渺，时有风帆来往。船首所见之山乃墨山，其右为桥鼎山，左为天井山，天井山上有庙，三者有时皆名墨山。午后一时五十分，沿江右侧驶过监利县。三时二十分过塔市驿_{北岸}，七时过调关_{南岸}。自调关行二英里许，江中有沙洲，曰挑流矶头，航路甚窄，据云秋冬水浅时行船尤艰险。过石首县后有九曲湾，亦同于挑流矶头，十分艰险。因夜里过之，无法详记。

八月十七日　晴，温度计华氏九十二度。午前八时三十分过郝穴。郝穴在北岸，人家凡二千户许。十时过马家寨，该寨在北岸。午后二时十五分抵沙市。该市距汉口三百二十英里，乃沿江最繁荣之地。荆州府位于其西北十五清里处，即古之江陵，北控襄阳_{荆州以北四五七十清里}，乃要冲之地与沙市咽喉。岸上人烟相连二十清里许，四川之盐船靠泊沿岸者数百艘。过街市一半，上游有一突堤，可挡水势。其上有尖塔，远方可见之。其下之江岸，自然形成一港湾，可供船舶安稳系泊。再上游乃街市尽头，又有一突堤。其后之二丈许长堤，沿江逶迤相连。如此重视堤防，乃长江一带所未见。在此停船，供上下客。至三时开行。十一时在董市暂停船，供上下客。

八月十八日　晴，温度计华氏八十九度。午前六时三十分，可见位于南岸之宜都县。雉堞粉壁，傍山倚水，宛然如画。今晨起两岸冈阜相连，江面渐窄。八时四十五分过虎牙

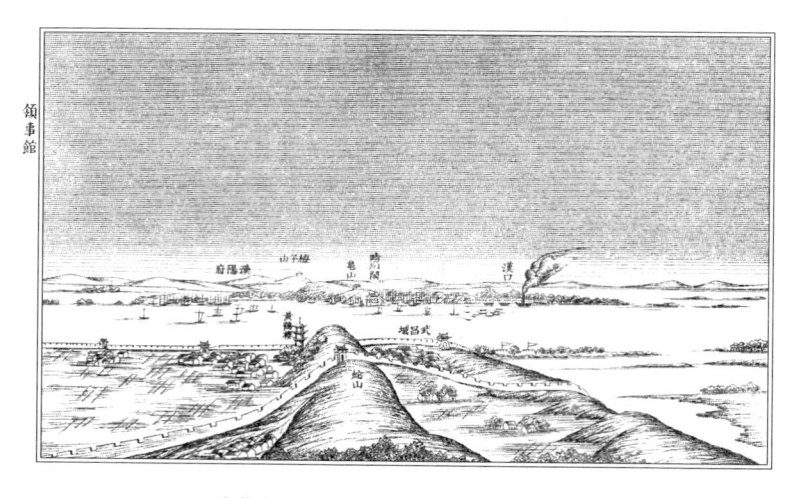

湖北省武昌、汉阳二府及汉口镇之图　其一

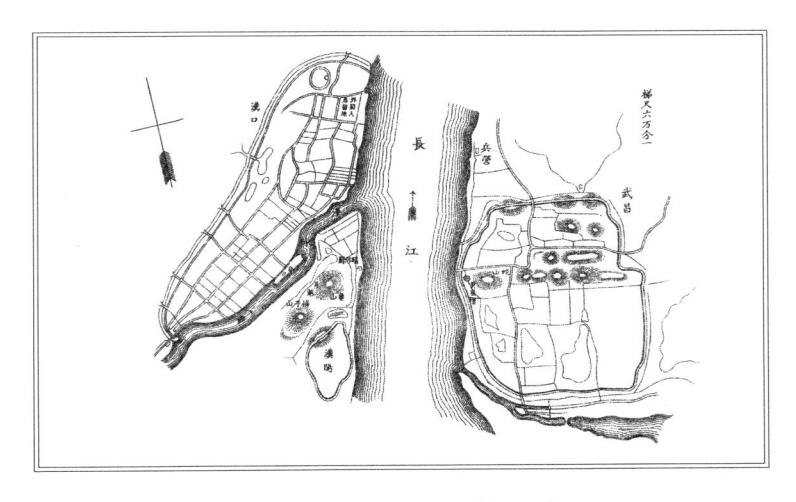

湖北省武昌、汉阳二府及汉口镇之图　其二

湖北省石首县之图

湖北省沙市图

湖北省沙市港之图

滩，其旁峭崖临江，起于北岸之形如虎露牙，故名。过此以后，重峦叠嶂，景色优美，南岸尤佳，曰荆门十二碚。有仙人桥，两阜相连处下开上通。北岸有塔，曰天然塔。南岸执笏山，高而秀丽，上有庙宇，景致可爱。江渐宽渐窄。十一时抵宜昌府税卡前，下碇。午后一时上岸，雇轿由东门入府城。出西门右转，又由北门入府城，之后到南门，如此逛一圈，观看城内外街市后回船。宜昌自古乃夷陵之地。世称三峡之险，至此始夷，故称夷陵。今察其地势，实然。自此至四川重庆府一千八百清里，水深时轮船可通航，故宜昌为四川省贸易门户。光绪二年即一八七六年，按《芝罘条约》开埠成为通商口岸，然现时仅有英国领事馆。且本地不出物产，居民、街市较贫困、简陋，与沙市等不可比拟。英国已派员驻寓重庆府，查看川省英商事宜，立约俟轮船能上驶后再行议办。据闻今英领事驻彼。

　　八月十九日　晴，温度计华氏八十八度。应船长杨卡乌斯基氏邀约，午前六时三十分下船，乘轿逛宜昌街市，游三游洞。轮机手塔金格顿氏同行。洞在江水上游十五清里下牢溪之上，即入峡之水道边。江流湍急，两岸山阜相连，景色绝秀。据云往昔白乐天、其弟知退、元微之三人曾游此地；其后苏老泉[1]父子三人亦同游于此，故名三游洞。断崖中部有洞穴，广两百平米许，有寺庙，可憩息。其深处宽广处又有一百三四十平米，安置观音。再入一小窦，行十几二十米，可见一小佛龛。石钟乳下垂，如冰柱。于此吃由船带来

1　苏老泉，即苏洵（1009～1066），字明允，自号老泉，眉州眉山（今四川眉山）人。北宋文学家，与其子苏轼、苏辙并以文学著称于世，世称"三苏"，均被列入"唐宋八大家"。

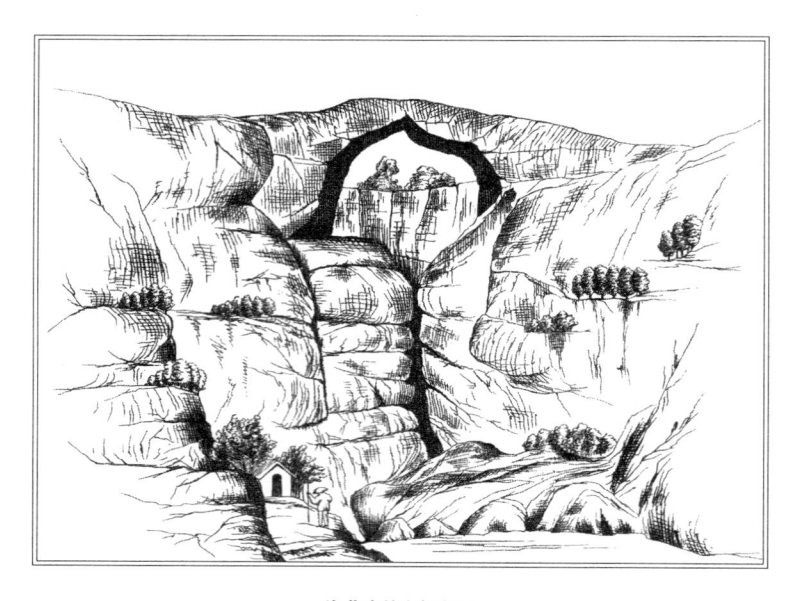

湖北省仙人桥之图

宜昌府

湖北省执笏山之图

湖北省宜昌港之图

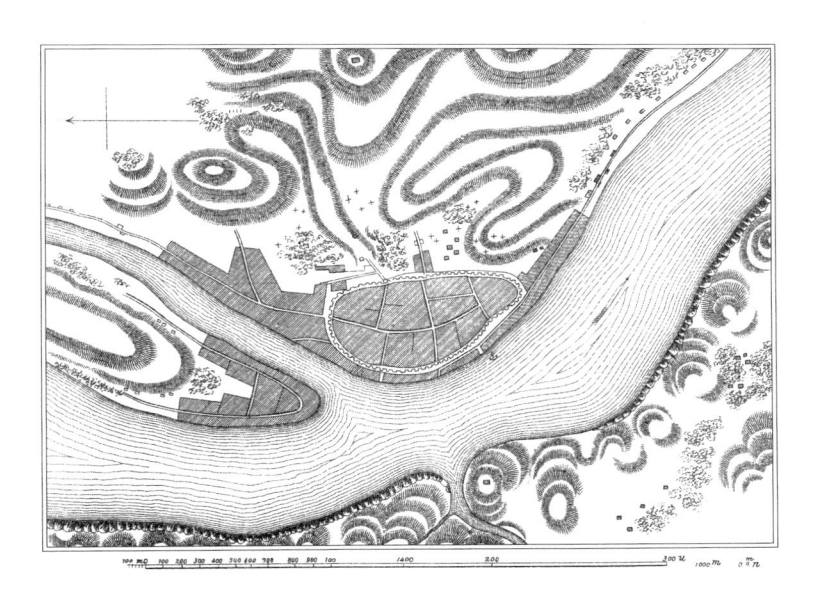

湖北省宜昌府市街图

之午餐。后随意游憩，顿忘炎暑。午后四时，驾小船由下牢溪至溪口，移至他船再回轮船。因江流湍急，下行船行驶快速。而上峡之船，舟人皆以长缆缘岸牵行。船小者需十五六人，大者需六十人。据去年宜昌港江水标尺，水位最高时在七月，江水最深处三十三英尺十分之八，最浅处二十英尺；水位最低时在十二月，最深处三英尺半，最浅处无水。据云普通年份最深处低于十英尺以下时乃十二月、一月、二月此三个月。此轮船明晓下汉口。清人来搭者二百人，多因省试[1]赴武昌府。

八月二十日　晴，温度计华氏八十二度。午前四时二十分解缆。五时半到枝江县前。因雾浓停船。七时五十分雾晴，开行。十一时四十五分到沙市，下碇。清人来搭者二百余人。今岁系乡试年，以清八月于各省会举行，故搭客大半为应举士子。午后一时开行。五时三十分过石首县前。

八月二十一日　晴，温度计华氏八十八度。午前七时三十分过洞庭湖口。五时三十分抵汉口。上岸，投宿此前之旅馆亨昌洋行楼上。暑甚。夜八时，温度计犹至华氏九十度。

八月二十二日　晴，温度计华氏九十二度。午后二时，由杨卡乌斯基氏陪同，参观顺丰制茶厂。据云此厂去年以银一万五千两从他处买来茶叶，制作砖茶。有三台机械，一日制作三万六千砖，所役员工二十六人。一箱装砖茶五百〇四块，重九十五磅左右。招商局轮船江宽号明晓下江，故决定搭之。午后八时到招商局码头，上江宽号。无夜风，暑甚。

---

[1] 省试，科举中的礼部试，在唐、宋、金、元时称省试，在明、清时称会试。

湖北省宜昌府三游洞之图

湖北省枝江县之图

湖北省峡门之图

温度计不下华氏九十度。江宽号长二百五十尺，宽四十尺，吃水六尺至十一尺，型深十三尺，总吨位二千一百吨，名义马力二百五十，实际马力一千一百。此船今次于汉口所装之货大半为茶，据云一万七千箱。

八月二十三日　晴，温度计华氏八十九度。午前三时三十分解缆。七时四十五分过黄州府。九时过黄石港。十一时三十分过积布矶。峭崖突出于南岸，江流湍急。不久到田家镇，江面益狭。行三英里许，南岸有半壁山，横出于中流，岩壁中部刻"铁锁沉江"四大字与"楚江锁钥"四大字。右转，两岸山腰筑有炮台，已殆落成，然未备大炮。据闻乃去年清法战争后所筑。十二时到武穴镇，停船少时搭客。二时三十分到九江，停一小时。三时三十分开行。四时三十分过湖口县。六时十五分抵小孤山下。夕阳掩映，景色殊佳。八时抵华容镇前，清舰伏波号搁浅于此，派二员乘小舟到本船求救。然此一带水浅危险，不能接近，二员乃搭本船下江。据闻该船由福州运兵而来，溯江搁浅于此已有六日。十时三十分将近安庆。某浙江省人士，由汉口搭此船来。其前在湖北，拟归乡应今秋省试，至此突然投水，不知其故，盖发狂。乃停船下小舟搜之，然不获。十一时抵安庆，系缆，供上下客。十二时开行。

八月二十四日　晴，温度计华氏八十四度。午前九时十五分抵芜湖，停船。十一时开行。十二时过东西梁山之间。昨日起西南风稍烈，船行时极凉爽。三时三十分到金陵下关。清人为应试赴金陵下船者甚多。李鸿章次子及其侄亦在其中，昨夜由安庆搭船至此。四时十分开行。八时到镇江。九时三十分开行。

八月二十五日　晴，温度计华氏八十度。晨起，过狼山前。十二时三十分，入吴淞江。二时抵招商局码头。上岸，投宿广业洋行。安藤领事、岛大尉等来。

八月二十六日　晴，温度计华氏八十八度。清辉舰舰长野村少佐来访。拟于三十日搭名古屋丸返日。为誊写、整理此行采集之资料等，各员甚鞅掌。

八月二十七日　晴，温度计华氏八十八度。

八月二十八日　晴，温度计华氏九十二度。今夕邀名古屋丸船长威尔卡氏、自来水局总工程师哈特氏、三菱公司负责人德艾尔氏共进晚餐。席设领事馆。安藤领事夫妇、用吉佐久马夫妇及清辉舰舰长野村等同席。

八月二十九日　晴，午后骤雨，温度计华氏九十三度。摒挡行李。

八月三十日　温度计华氏九十度。午后一时上名古屋丸。安藤领事、野村少佐、领事馆馆员等数十人来送。一时二十分解缆。

八月三十一日　晴，温度计华氏八十六度。风平浪静。

九月一日　晴，温度计华氏八十五度。午前八时五十分抵长崎。此地虎烈拉[1]病渐渐盛行，故不下船。柳本书记官、川崎二等属官等来船中慰问。夜十二时解缆。

九月二日　晴，温度计华氏八十三度。午后一时四十分抵马关，下碇。三时开行。

九月三日　晴，温度计华氏八十三度。午后一时抵神户。石田长崎县令、村野书记官等多人来船中慰问。

---

[1] 虎烈拉，即今之霍乱。

九月四日　晴，温度计华氏八十六度。午前十一时改搭山城丸号。午后二时解缆。

九月五日　晴，温度计华氏八十度。日暮大雨。七时到横滨。宫内省[1]派出樱井宫内大书记官到东海镇守府[2]迎接。西乡农商务卿、吉田外务大辅[3]等来迎接。因人数众多，不一一详记。九时四十五分乘汽车回东京。

1　宫内省，律令制八省之一，掌管天皇物件、日用器具、贡物及天皇、皇室所有事务的机构。明治维新后掌管皇室、皇族、华族事务的官厅。1869年（明治二年）设置。1947年（昭和二十二年）改称宫内府，1949年改称宫内厅。

2　东海镇守府，先设于横滨，1884年转移至横须贺，改称为横须贺镇守府。

3　大辅，原指根据《大宝律令》而设、由太政官统率的八省的次官。明治维新初期指次官之上、长官之下的各省官员。